La crypte mystérieuse

Prologue

La lumière était aveuglante.

Pendant un moment, rien d'autre ne compta que se lever pour aller vers cette lueur éblouissante qui irradiait une chaleur douce, attirante. A sa source, des ombres semblaient faire des signes, et même si elle voyait comme à travers un brouillard, Leslie MacIntyre avait l'impression que les ombres l'invitaient au réconfort, l'attendaient pour l'engloutir dans des bras aimants.

— Hé, toi !

La voix était voilée, affectueuse, et en même temps étrangement grinçante. Elle leva les yeux : c'était Matt. Elle ne savait pas où ils se trouvaient, mais tant qu'elle était avec Matt Connolly, tout allait bien.

Ils s'étaient connus enfants, alors qu'elle venait juste d'arriver dans le quartier. Matt l'avait entraînée dans son sillage et intégrée à sa bande. Il l'avait surnommée la Rebelle, mais d'un ton si taquin que personne n'avait jamais retourné le sobriquet contre elle. Après s'être moqué de son accent du Sud, il avait déclaré que c'était le plus charmant qu'il ait jamais entendu. Elle l'avait idolâtré pendant des années, puis désiré sexuellement. Mais il avait fallu qu'une crise éclate entre eux pour que ses rêves se concrétisent. Du même coup, Matt s'était rendu compte que la gamine qu'il avait prise sous son aile était une femme.

Quand elle avait quitté le lycée, son diplôme en poche, ils avaient filé le parfait amour. Mais ensuite, leur fierté respective leur avait parfois joué des tours. Une longue rupture avait suivi une scène orageuse, et Matt était parti étudier dans le Sud. Elle-même, tout en restant sa « rebelle », était demeurée en territoire yankee et s'était inscrite à l'université de New York. Après ses études, Matt avait fait un an de football professionnel, puis il s'était orienté vers le journalisme, tandis qu'elle optait pour l'archéologie. Matt avait débuté comme reporter sportif. Puis il était revenu à New York tenir une chronique sur les faits de société et les problèmes de sa ville natale.

Il avait alors retrouvé Leslie, devenue archéologue. « Les pieds dans la boue », disait-il en plaisantant. Pendant plusieurs mois, ils avaient fait preuve d'une extrême prudence : ils mouraient d'envie de se voir mais ils étaient effrayés par l'intensité de leurs émotions.

Une nuit, il avait sonné à sa porte à 3 heures du matin, et toutes leurs bonnes résolutions s'étaient envolées. Ils s'étaient aussitôt fiancés et ils prévoyaient de se marier.

Curieusement, la vie commune avait favorisé leurs deux carrières. Matt avait écrit certaines de ses meilleures chroniques, par exemple sur la vision masculine du mariage moderne. Par son intermédiaire, Leslie était entrée en contact avec un détective qui enquêtait sur la disparition d'un vieil homme. Elle connaissait parfaitement le quartier de Brooklyn et ses lignes de métro, là où l'homme s'était volatilisé. Elle avait demandé au détective de lui faire confiance, et l'avait conduit jusqu'à l'endroit où le vieil homme était mort.

En fait, elle avait presque eu l'impression d'être attirée sur les lieux. Depuis ce jour, de nombreux détectives lui portaient un vif intérêt. Matt l'avait prévenue : ils comptaient bien mettre à profit sa remarquable connaissance de la ville et de ses infrastructures pour les aider à enquêter sur une récente série de disparitions.

Matt prenait cette nouvelle affaire très au sérieux et l'évoquait dans ses articles. Certes, les disparitions étaient fréquentes à New York. Mais, dans ce cas précis, elles semblaient avoir un lien entre elles : il s'agissait exclusivement de prostituées sans abri. La police et le grand public, aussi indifférents aujourd'hui qu'autrefois au sort de ceux qui vivent dans les bas-fonds de la société, se désintéressaient de l'histoire. Les gens « comme il faut » ne s'inquiètent que lorsqu'ils sont directement menacés, disait Matt. Il aurait bien aimé que Leslie s'investisse dans l'affaire. Elle comprenait, mais elle ne pouvait pas s'improviser voyante du jour au lendemain.

Et puis il y avait son travail qu'elle jugeait important et qu'elle adorait.

Et qui les avait amenés ici. *Ici ? Mais où étaient-ils donc ?*

Ils avaient commencé la soirée à Hastings House, une vieille demeure récemment rénovée où la fondation historique qui employait Leslie avait organisé une réception pour recueillir les fonds nécessaires à la poursuite des fouilles alentour. Le site était une véritable mine de vestiges architecturaux, et le patron de Leslie était ravi qu'un chroniqueur aussi brillant que Matt Connolly participe à leur combat pour obtenir d'un puissant promoteur l'autorisation de creuser avant que tout ne soit détruit pour faire place à un nouveau gratte-ciel.

Cela dit, loin de songer à passer la soirée ensemble, ils avaient à peine eu le temps de se dire bonjour.

La société immobilière qui avait acheté le terrain, Tyson, Smith & Tryon, avait envoyé plusieurs de ses représentants qui, tous, faisaient mine d'être enchantés de communiquer sur la portée historique du projet, dans le seul but de le promouvoir. L'un d'eux, Hank Smith, avait accaparé Matt dès son arrivée, dans l'espoir de le gagner à leur cause. A cette soirée participaient aussi Greta Peterson, personnalité en vue, ambassadrice de la Fondation historique, quelques noms connus de Broadway et plusieurs célébrités, locales ou non. On apercevait dans la foule des représentants de l'ordre, dont le capitaine Ken Dryer, charismatique porte-parole de la police new-yorkaise, et le sergent Robert Adair, chargé de l'enquête sur les prostituées disparues et qui, en fait, avait passé la soirée à contempler Leslie d'un air morose. Des élus des cinq districts de la ville complétaient l'assemblée.

Leslie, à l'autre bout de la pièce, avait vu Matt échanger des plaisanteries avec un collègue.

Elle s'apprêtait à le rejoindre lorsque…

Lorsque quoi ?

Maintenant, il était accroupi près d'elle, comme le jour où elle avait reçu un ballon sur la tête, des années plus tôt, alors qu'ils jouaient au foot. Il lui souriait de ce sourire qu'il arborait en toute circonstance : intéressé, amusé, mais aussi distant et même un peu triste, comme si en fin de compte il n'avait guère d'autre solution que de se moquer de lui-même.

— Matt, murmura-t-elle, les sourcils froncés, sans

même se rappeler qu'elle avait traversé la pièce pour le rejoindre.

Et puis, que faisait-elle allongée par terre ?

— Tu es là.

— Oui, je suis là, chuchota-t-il. Juste pour un moment.

— Juste pour un moment ?

Elle aurait voulu tendre la main pour toucher son visage. Il avait toujours été sacrément séduisant, d'une beauté virile, burinée, avec un regard bleu intense, une bouche généreuse, un grand front, des pommettes hautes. Le genre d'homme que tout le monde aurait détesté s'il n'avait pas été aussi sympathique.

En dépit de sa torpeur, elle sentit qu'elle se redressait pour se tourner vers cette lumière au pouvoir incroyable. Elle ne pouvait pas lui résister. Comme si la lumière promettait de guérir la douleur, le doute.

— Non, dit doucement Matt en la retenant par le bras.

L'avait-elle entendu en imagination ? Troublée, elle reporta son attention sur lui. Elle n'entendait plus le quatuor à cordes qui jouait pendant la réception. Loin, très loin, il lui semblait percevoir des cris.

— Petite rebelle idiote ! fit-il à voix basse, comme il le lui avait dit si souvent. Il faut que tu restes ici. Tu ne peux pas partir.

— Qui m'en empêchera, Matt Connolly ? Toi ?

— Ton heure n'est pas venue. Tu as des choses à faire, Leslie. Tu ne *dois pas* suivre la lumière, déclara-t-il avec fermeté.

— Qu'est-ce que tu me caches ? demanda-t-elle d'un ton léger, tout en regardant autour d'elle les gens qui se levaient et se dirigeaient en file indienne vers la lumière.

Je suis avec toi, Matt. Nous sommes ensemble. Je dois me mettre en ligne.

— Dans un sens, nous sommes tous en ligne à partir de maintenant, dit-il dans un souffle. Mais pas toi, pas maintenant. Tu dois rester ici. Certaines choses sont écrites.

— Des choses sont… écrites ? chuchota-t-elle.

— Oui, répéta-t-il avec autorité. Certaines choses sont écrites.

Il lui serra la main. Une violente chaleur l'envahit et elle eut soudain l'impression d'une décharge, comme s'ils étaient interrompus.

— Hé ! cria une voix sonore. Celle-ci est vivante !

Elle avait l'impression de regarder un film dont elle était l'un des acteurs.

Une odeur atroce flottait dans l'air, comme si quelque chose était en train de brûler. Partout, des gens couraient, criaient.

Il y a eu une explosion, se dit-elle. Quelqu'un avait hurlé quelque chose à propos du gaz, puis une déflagration avait paru secouer la terre entière. Oui ! Maintenant, elle se rappelait : elle avait eu l'impression d'être soulevée, de voler… puis de s'écraser brutalement contre un mur. Sauf… sauf qu'elle n'était pas allongée contre un mur.

Elle contemplait une scène de chaos absolu. Et elle en faisait partie. Elle était couchée parmi des gens endormis. Elle n'en reconnaissait aucun. Matt… Où était Matt ? Les sauveteurs évoluaient efficacement au milieu du désastre, imposant l'ordre. Les murs fraîchement repeints de la salle étaient noircis et brûlés. Il y avait eu une explosion et un incendie, c'était évident.

Et elle avait mal ! Mon Dieu, elle souffrait de partout, se dit-elle en réintégrant son corps sans plus s'occuper du carnage. L'odeur du bois calciné et celle de la chair brûlée emplissaient ses narines.

Car les gens qui étaient allongés à côté d'elle ne dormaient pas.

Ils étaient morts.

Brusquement, elle se rendit compte qu'un homme s'était accroupi près d'elle. Et ce n'était pas Matt.

— Celle-ci est vivante ! répéta-t-il.

Bien sûr que je suis vivante ! pensa-t-elle.

Il y eut une soudaine confusion. Des gens se précipitaient. On cria de nouveau.

— Vite, ou ce sera trop tard ! Son pouls s'affaiblit.

D'autres l'entourèrent précipitamment.

— Ecartez-vous !

Sa poitrine s'enflammait.

Le moindre de ses os lui faisait souffrir le martyre. Il fallait qu'elle ouvre les yeux, qu'elle reprenne son souffle.

Elle cligna des paupières. Les lumières qui l'éblouirent n'étaient que celles des néons nocturnes.

— Ça y est ! Elle revient à elle.

On l'installa sur quelque chose de plat et moelleux. Elle eut vaguement conscience que quelqu'un parlait à l'homme qui était à côté d'elle. Sa vision de la scène se fit soudain douloureusement aiguë.

Il y avait quatre corps contre le mur, et l'un d'eux était celui de Matt.

Puis il n'y eut plus ni lumière ni chaos. Juste une horrible certitude.

Matt était mort.

Elle se mit à hurler.

— Calmez-vous ! lui dit un médecin. S'il vous plaît… Nous tenons à vous garder en vie.

Vivante ? Mais alors, Matt...

— Il faut que vous aidiez Matt, je vous en prie ! dit-elle. Il est vivant. Je viens de lui parler. Il faut l'aider !

Elle lut la détresse dans les yeux du médecin.

— Je suis désolé, vraiment...

Elle comprit qu'elle connaissait l'enfer sur terre.

Matt...

Elle eut vaguement conscience d'une piqûre dans son bras.

Puis elle sombra dans le néant.

1

Un an plus tard

Leslie fit une pause en levant les yeux vers le ciel. Quelle soirée splendide ! Nulle part le soleil couchant n'avait une si ravissante teinte violette. La campagne de Virginie du Nord était bien l'une des plus belles au monde. Elle en avait à présent une conscience aiguë.

Durant l'année écoulée, elle avait appris à apprécier des choses aussi simples que les couleurs de la vie. Cela avait été une année étrange, pleine d'émotions violentes et contradictoires. La caresse du soleil, la couleur du crépuscule lui semblaient désormais plus intenses. En même temps, l'angoisse de devoir apprendre à vivre seule venait perturber ce goût récent pour la beauté. La vie lui était devenue doublement précieuse, sauf qu'elle l'accueillait comme un don si extraordinaire qu'elle aurait voulu le partager… alors qu'elle était vivante et que Matt était mort.

Le coucher de soleil était somptueux, la brise nocturne, tiède et douce. Cette image en tête, elle ferma les yeux pour jouir des derniers rayons du jour contre ses joues, de leur merveilleuse chaleur.

Elle soupira et se remit au travail. Il fallait se dépêcher : il n'y aurait bientôt plus assez de lumière.

Laborieusement, centimètre par centimètre, elle dégagea la poussière qui recouvrait l'emplacement récemment découvert. Elle déblaya les derniers débris, et puis...

Oui !

Envahie d'un sentiment de jubilation, elle continua à épousseter la terre accrochée au morceau de crâne qui reposait dans une crevasse. Rien n'était sûr, évidemment, mais elle aurait parié qu'ils venaient de découvrir le vieux cimetière Saint Mathias que le Pr David Laymon était certain de trouver ici. Elle examina la forme et la taille du crâne. Alors qu'elle connaissait à fond les objets, les tissus, et même l'architecture, les ossements n'étaient pas sa spécialité, mais elle en avait vu suffisamment dans son travail pour s'y connaître un peu.

Les fragments de calicot collés au crâne évoquaient un type de coiffe qui confirmait la conviction de Laymon : cette section du cimetière était réservée aux domestiques sous contrat, aux esclaves et à tous ceux qui étaient tout simplement trop pauvres pour se permettre autre chose.

— Brad !

— Oui ?

Brad Vernon, son ami et collègue, s'affairait à quelques mètres. En attendant qu'il vienne, elle prit une pince à épiler et recueillit précieusement les morceaux de tissu qu'elle avait découverts. L'analyse du laboratoire confirmerait son hypothèse, elle en était sûre, mais il fallait sauvegarder le moindre fragment.

— Brad !

— Oui, oui.

Il finit par s'essuyer les mains, vint se pencher sur

l'endroit où elle travaillait et jura à voix basse en hochant la tête.

— Tu avais raison, dit-il. Une fois de plus !

Il la dévisagea d'un drôle d'air.

— Si je ne te connaissais pas aussi bien, je partagerais l'avis de ceux qui te prêtent un don de médium.

Elle eut un sourire contraint.

— Tu aurais choisi le même endroit pour creuser, lui fit-elle remarquer.

— Probablement. Mais en dernier.

Il parcourut le site des yeux, et son regard s'arrêta sur le professeur qui travaillait à quatre pattes, cinquante mètres plus loin.

— Allez, princesse du passé, annonce-lui ta trouvaille ! Tu vas illuminer sa soirée.

— Va lui dire, toi.

— Pourquoi ? Tu as trouvé les ossements.

— On travaille ensemble, dit-elle modestement. Tu n'étais qu'à quelques pas de moi.

— Mais c'est toi qui as fait la découverte.

— Nous sommes en équipe, à égalité, lui rappela-t-elle avec obstination.

— Je n'ai pas l'intention de m'attribuer tes succès.

— Je veux que ce soit toi qui le lui dises. S'il te plaît !

Il poussa un profond soupir.

— D'accord, d'accord. Je vais le chercher. Mais je ne mentirai pas.

— Dire que nous avons trouvé à deux, ce n'est pas mentir, fit-elle.

Il l'observa un moment, puis lui sourit avec affection.

— O.K. Si tu veux rester loin des projecteurs, fillette,

je ferai de mon mieux pour t'aider. En tout cas pour le moment.

Comme un frère, il lui caressa la joue avec un regard encourageant.

— Merci, murmura-t-elle.

— Tout va très bien. Tu t'en sors à merveille, dit-il.

Elle hocha la tête en baissant les yeux.

Est-ce qu'elle s'en sortait ? Une année s'était écoulée. Elle fonctionnait, certes, mais elle continuait à souffrir, jour après jour. Le travail lui faisait du bien. Les amis aussi.

Mais les nuits étaient une torture.

Quant à sa vie…

Sa vie était devenue radicalement différente. Et cette différence lui était apparue après l'explosion, alors qu'elle était encore à l'hôpital. Si elle n'était pas tombée sur un magazine, si elle n'avait pas lu cet article sur Adam Harrison et les Investigations Harrison…

Eh bien, sans doute aurait-elle connu, à force de se faire peur, une mort précoce, ou bien elle aurait fini à l'asile. Adam Harrison et son équipe, en particulier Nikki Blackhawk, lui avaient indubitablement sauvé à la fois la vie et la raison. Mais c'était un aspect de son existence qu'elle ne partageait avec personne. Pas même avec Brad, et sûrement pas avec le Pr Laymon.

Elle regarda son collègue s'éloigner. C'était un garçon charmant et une valeur sûre. Il se montrait à son égard aussi attentionné qu'un frère. Des années plus tôt, lorsqu'ils avaient commencé à travailler ensemble, elle avait bien compris qu'il aurait aimé pousser plus avant leur relation. Mais pour elle, personne ne pourrait jamais rivaliser avec Matt. Et puis, Brad et Matt avaient été de grands amis, et ils avaient construit tous les trois une profonde amitié.

Elle l'observa pensivement, heureuse que rien n'ait changé, qu'il ait gardé une attitude fraternelle et qu'il l'ait toujours soutenue sans la moindre équivoque. Elle-même n'éprouverait jamais pour lui autre chose que de l'amitié, elle le savait. Il y a dans la vie un moment où quelqu'un qui est devenu un ami le reste définitivement. Brad était grand, musclé, patient, intelligent et drôle. Le compagnon parfait... pour une autre. Le meilleur côté de leur amitié, c'était qu'ils partageaient la même passion pour leur travail. C'était à Brad qu'elle devait ses premières joies après la mort de Matt, quand elle avait lu dans ses yeux bruns et intenses qu'ils venaient de faire une découverte.

Maintenant, largement grâce à lui, elle arrivait même parfois à s'amuser, à sortir prendre un verre ou dîner après le travail. La présence de Brad tenait les autres hommes à distance, mais, si lui-même voulait aller plus loin avec une autre femme, elle savait se mettre discrètement en retrait.

Ils travaillaient déjà en parfaite harmonie avant l'accident. Depuis, elle s'appuyait plus que jamais sur lui, même si c'était elle en général qui « voyait » le plus clairement le passé et situait les emplacements avec une exactitude déconcertante. Brad la regardait parfois d'un air soupçonneux, mais lorsqu'elle haussait les épaules, il n'insistait pas.

Elle observa Laymon tandis qu'il écoutait le récit de Brad. Le visage du professeur s'éclaira comme si le soleil s'était levé de nouveau pour lui tout seul. Il se redressa d'un bond et se précipita vers Leslie en criant avec excitation pour entraîner le reste de l'équipe — enseignants, étudiants, volontaires — dans son sillage.

— Faites attention où vous marchez ! lança-t-il. Il ne faut pas piétiner tout ce travail.

Avec l'air heureux d'un gamin, il sauta par-dessus l'un des fils de plastique qui quadrillaient le terrain pour permettre la cartographie des trouvailles et aussi protéger les fouilles.

Il fixa Leslie d'un air interrogateur, puis baissa les yeux vers le crâne qu'elle avait déterré. Son visage ridé s'éclaira d'un large sourire. Il redressa ses lunettes à double foyer sur son nez, puis passa la main dans sa barbe blanche. Si quelqu'un avait l'allure d'un professeur, c'était bien David Laymon.

— Tu y es arrivée, dit-il.

— *Nous* y sommes arrivés, murmura-t-elle.

— Nous extrairons le reste du squelette dans la matinée, puis nous enverrons le tout aux gars du Smithsonian Institute sans perdre une minute. Il est trop tard pour poursuivre le trvail ce soir, mais nous devons sécuriser l'emplacement avant de partir et nous y remettre à la première heure. Dorénavant, il faut agir vite et très soigneusement. Leslie, je pourrais t'embrasser. D'ailleurs, je vais le faire !

Il l'aida à se relever, lui fit une accolade puis l'embrassa sur la joue. Des applaudissements éclatèrent autour d'eux. Elle protesta, les joues enflammées.

— Je vous en prie… Nous avons tous mis la main à la pâte, et c'est Brad qui a cerné le premier cette zone particulière.

— Quand même, quelle trouvaille ! murmura le Pr Laymon. Vous allez devoir parler à la presse. Cela va

considérablement exciter les gens... ceux d'ici comme les historiens.

— Laissez Brad répondre aux journalistes, s'il vous plaît, dit Leslie doucement mais fermement. Ou, mieux encore, parlez-leur tous les deux.

Laymon fronça les sourcils, l'air vaguement contrarié.

— Je vous en prie ! insista Leslie.

Laymon soupira profondément en fixant sur elle un regard désolé.

— Tu n'étais pas aussi timide, avant ! Mais bon... je comprends. Simplement...

Il secoua la tête :

— Comme tu voudras. Entendu, j'ouvrirai la conférence de presse. Toi, prépare une protection en attendant demain, avec l'aide de quelques étudiants. Je vais demander aussi une ronde de police.

Leslie ne voyait pas bien pourquoi quelqu'un aurait cherché à pénétrer dans un cimetière de pauvres gens, mais elle savait que par le passé bon nombre de fouilles avaient été compromises, et même définitivement dévastées, par des intrus. Elle promit à Laymon de monter la garde jusqu'à ce que des barrières soient érigées.

Il la dévisagea encore, laissa échapper un nouveau soupir et s'éloigna en secouant la tête. Brad le suivit, et Leslie vit l'une des étudiantes de dernière année, une accorte rouquine, s'empresser de le rejoindre et glisser son bras sous le sien. Elle se promit de taquiner Brad à ce sujet dès qu'elle serait seule avec lui.

Au fait, que pouvait-il bien dire sur elle aux femmes avec lesquelles il sortait ? *Oh, mon amie Leslie ? Nos rapports sont complètement platoniques. Elle était fiancée mais il y a eu une terrible catastrophe. Elle a failli mourir et son fiancé a été tué. Depuis, c'est un peu dur pour elle, alors j'essaie d'être présent.*

Mais ce n'était pas vieux : juste une année…

Elle se demanda si elle aurait de nouveau le sentiment qu'un homme parfait l'attendait quelque part. Pour l'instant, elle se sentait simplement… froide.

Une année. Un an depuis qu'elle avait enterré Matt. Enterré sa vie…

Elle se secoua pour revenir à sa tâche.

En théorie, elle avait décidé de se coucher tôt, mais elle se retrouva entraînée dans un dîner de célébration. Comme il fallait tenir compte du budget des fouilles, ils ne pouvaient rien se permettre de très chic, si bien qu'ils choisirent une crêperie sur la route nationale. Quand le groupe décida de conclure la soirée par quelques verres dans un pub du coin, elle trouva enfin le moyen de s'éclipser.

Elle prit le chemin de la résidence réservée aux membres les plus éminents de l'équipe. Elle-même, Laymon, Brad et quelques autres étaient en effet logés dans une plantation coloniale devenue un charmant bed and breakfast. Leur hôtesse, une charmante septuagénaire, se levait au chant du coq et se couchait avec les poules. Elle les saluait gaiement quand ils partaient le matin et, comme elle était un peu dure d'oreille, elle ne voyait aucun inconvénient à ce qu'ils rentrent tard.

Leslie, épuisée mais habitée par un gratifiant sentiment de satisfaction, se servit une tasse de thé dans la cuisine mise à la disposition des hôtes. Elle s'assit devant l'immense cheminée qui dominait la pièce et, confortablement installée dans un fauteuil à bascule, à gauche du feu qui brasillait doucement, elle sirota son thé. Au bout de quelques minutes, elle comprit qu'elle n'était plus seule.

Elle jeta un coup d'œil de côté et esquissa un sourire à la vue de l'homme qui venait de la rejoindre. Un sobre gilet noir soulignait son estomac protubérant. Sa perruque était un peu en désordre mais bien dans le style de son époque, et il arborait un tricorne fermement planté sur son crâne. Il portait des bas épais, blancs, un peu usés ; ses souliers s'ornaient de boucles magnifiques. Il avait les joues roses, les yeux, petits et sombres sous des sourcils en broussaille. Il la regarda, puis lui rendit son sourire avec un soupir satisfait.

— Eh bien, maintenant, tout est en ordre, n'est-ce pas ? dit-il.

Elle hocha la tête.

— Oui. Vous n'avez pas à vous inquiéter, révérend Donegal. Bien sûr, certains ossements vont être emballés et envoyés à l'analyse, mais les gens du Smithsonian sont très soigneux et très respectueux. Ils les renverront et nous veillerons à ce que les morts soient de nouveau enterrés avec les prières et tous les honneurs qui leur sont dus. Je pense d'ailleurs que, au vu de l'importance de nos découvertes, les autorités du Parc national feront ce qu'il faut. Ils érigeront un beau mémorial, ils reconstruiront l'église à l'identique, et des générations de visiteurs pourront tout à la fois profiter de la beauté du site et s'instruire sur ce qui s'est passé ici pendant la Révolution américaine et la guerre de Sécession.

Son sourire se fit un peu triste.

— Vous avez énormément aidé les réfugiés pendant la Révolution, je le sais bien. Mais après vous, cette maison a aussi été une halte pour les esclaves en fuite à l'époque du « Chemin de Fer souterrain », ce réseau clandestin qui les aidait à partir. Et pendant la guerre de Sécession, il y a aussi eu des échauffourées, juste devant, dans la cour. Il est incroyable que cette bâtisse soit encore debout.

— C'était une construction solide, dit gravement le révérend Donegal. Avec des gens pour l'entretenir. Tenez, je me rappelle, il y a des années et des années de cela, quand je venais prendre le thé ici, le jour du Seigneur, après mon service… Quelle belle époque c'était ! Toute cette excitation, ces craintes. Un pays neuf.

Son regard s'assombrit et il parut troublé.

— Hélas, les guerres succèdent toujours aux guerres. Quelle tristesse d'avoir vu tant d'hommes de valeur mourir, ceux du Nord comme ceux du Sud, alors qu'ils avaient le même Dieu… Ma foi, tant pis ! On peut toujours espérer que l'homme tirera un jour leçon de ses erreurs.

Il fit une pause, le regard plus songeur encore sous ses paupières fripées, et elle comprit qu'il revoyait sa propre époque, si vivace dans son esprit.

Elle connaissait son histoire, bien sûr. Il avait idolâtré de loin l'hôtesse de cette demeure, sans jamais se départir de sa réserve, mais savourant sa compagnie. Il s'était loyalement dévoué à ses ouailles ; c'était un brave homme qui tirait son seul plaisir de ces visites dominicales. Un jour, après avoir bu son thé ici même, il était mort d'une crise cardiaque dans les bras de la femme qu'il avait si longtemps adorée en secret. Leslie s'était dit au début qu'il devait s'agir d'un fantôme très triste, cherchant l'amour qu'il ne s'était pas autorisé à conquérir durant sa vie. Mais il s'était avéré tout à fait différent. Il avait fait la paix avec lui-même et s'était rendu compte que sa passion discrète et non payée de retour pour Adella

Baxter n'avait été en fait qu'un agréable fantasme, rien qu'il ait réellement espéré voir aboutir. Il avait apprécié sa vie de célibataire au service de ses fidèles et, s'il était resté si longtemps sur les lieux, c'était parce qu'il estimait que certains d'entre eux ne devaient pas être oubliés. Bref, il voulait que l'on retrouve le cimetière.

Au début, il s'était méfié de Leslie. Il lui avait joué des dizaines de tours, déplaçant sa brosse à cheveux, verrouillant sa valise, cachant ses clés. Il ne s'attendait pas qu'elle le voie et encore moins qu'elle se mette en colère, qu'elle l'enguirlande copieusement et exige une explication. Après cette période, il était devenu un redoutable charmeur. A travers ses yeux, elle avait pu voir la maison telle qu'elle était autrefois. Elle avait vibré à son récit passionné de la manière dont lui-même et tant d'autres avaient œuvré pour construire ce pays neuf, elle avait partagé sa crainte d'être pendu comme traître, une éventualité fort plausible et même fréquente durant les années brutales de la Révolution. Il était très troublé par le fait que si peu de gens, parmi les visiteurs modernes de la vieille bâtisse, aient conscience des difficultés qu'avait rencontré leur combat pour la liberté.

— Vous ne pouvez pas comprendre, lui avait-il dit. Nous avons failli perdre la guerre. En fait, c'est même un miracle que nous l'ayons gagnée. Et si nous l'avions perdue, tous ces hommes qui ont signé la déclaration d'Indépendance auraient été pendus. Beaucoup de gens ont pris énormément de risques. Enfin, Dieu finit par faire triompher sa volonté, envers et contre tout.

Pour l'instant, le révérend restait plongé dans ses pensées.

— Merci de votre aide, lui dit-elle très doucement.

Il hocha la tête, puis agita l'index dans sa direction.

— Vous avez intérêt à jouer franc jeu, jeune dame. Faites en sorte que justice soit rendue à mes ouailles. Surtout à la petite Peg. Vous avez trouvé sa tombe à l'endroit que je vous avais indiqué, n'est-ce pas ?

Leslie acquiesça, puis contempla un moment le feu, perdue dans le passé. C'était étrange. Avant l'explosion, elle avait déjà eu des intuitions, comme celle qui lui avait permis de retrouver le vieil homme disparu. C'était comme si, en fermant les yeux, elle pouvait reconstituer des pans de la vie d'autrui, puis se diriger à partir de là. Logique ? Instinct ? Autre chose ? Elle n'aurait pu le dire. Mais maintenant…

Maintenant, les fantômes étaient entrés dans sa vie.

— Je veillerai à ce que l'histoire de Peg soit connue, promit-elle au révérend Donegal.

Elle répéta ce qu'il lui avait lui-même révélé sur la fillette.

— Alors qu'elle avait dix ans, Peg a marché durant quinze kilomètres, depuis la ville, sous une pluie battante et glacée, pour venir prévenir les habitants de la campagne qu'une attaque était imminente. Elle a rassemblé les troupes locales et ils ont défendu avec succès la rivière et cette plantation, tout cela grâce à sa bravoure. Elle est morte de la fièvre qui l'a saisie le soir même, après son périple au milieu des lignes ennemies, dans la pluie et le froid. Après la guerre, les pauvres sont restés pauvres… On lui a donné le meilleur enterrement possible.

Il hocha la tête avec satisfaction.

— Une statue serait bienvenue. Vous trouverez l'argent nécessaire ?

— Je paierai moi-même la statue de Peg, si c'est nécessaire, assura Leslie.

Il lui jeta un regard indigné.

— Je parlais d'une statue de *moi* ! protesta-t-il. Mais bien sûr, il faut aussi honorer Peg.

— Vous aurez un emplacement quand ils auront reconstruit l'église, et Peg sera honorée dans le cimetière. Qu'en dites-vous ?

Il hocha la tête en regardant le feu.

— Il fait frisquet, ici. Ah, mes vieux os...

— C'est vrai qu'il fait froid ce soir, mais je doute que vous sentiez vos vieux os ! répliqua-t-elle en riant.

Elle posa sa tasse et se leva pour approcher ses mains du feu. Quand elle se tourna pour reprendre la parole, il avait disparu.

Elle se rassit. Quelques minutes plus tard, elle entendit les autres rentrer. Il était tard. Elle pensait qu'ils iraient se coucher directement, mais elle sentit quelqu'un derrière elle et l'entendit respirer.

Elle se retourna. Brad se tenait debout sur le seuil, les yeux fixés sur elle.

— Hello ! dit-elle.

— Hello ! fit-il en écho, sans la quitter des yeux.

— Qu'y a-t-il ? demanda-t-elle.

— Laymon ne t'a encore rien dit ? fit-il, surpris. Je croyais qu'il t'avait appelée.

— A quel propos ?

— Un nouveau site de fouilles dans le bas de Manhattan.

Elle sentit un frisson la parcourir, comme si on lui glissait dans le dos une épée glacée. Elle observa le feu en s'efforçant d'adopter un ton calme.

— Je suis sûre qu'il y a en permanence des gens qui fouillent dans le bas de Manhattan, répondit-elle.

— Cette fois, c'est un énorme projet.

Il se tut une minute, puis ajouta :

— Près de Hastings House.

— Super ! murmura-t-elle, les yeux fixés sur l'âtre.

Il s'accroupit près de son fauteuil.

— Il n'y a que la pièce de la réception qui ait été vraiment endommagée, tu sais ? Ils ont pratiquement tout retapé et ils ont relancé l'activité.

Leslie crispa les doigts sur les bras du fauteuil.

— Ravie de l'apprendre.

— Ce qui est arrivé a été un tragique accident, Leslie.

Elle le dévisagea d'un air fermé.

— Oui, je suis au courant, Brad.

— Certes, mais tu n'as pas l'air de comprendre ce que ça veut dire. Pardonne-moi d'être brutal, Leslie, mais Matt est mort, et pas toi.

Elle le contempla de nouveau un long moment, le visage dénué d'expression.

— J'ai failli mourir dans cette maison.

— Mais tu n'es pas morte.

— Je sais. Je suis reconnaissante d'être en vie. Je m'en félicite chaque jour.

— Il est temps de revenir.

— De revenir ? répéta-t-elle.

— Tu dois accepter le passé, te remettre à vivre dans le présent et envisager le futur. Il n'est pas question d'oublier Matt, mais tu dois accepter sa mort. Tu es devenue… disons, un peu bizarre, depuis l'accident. Peut-être as-tu besoin d'affronter tes souvenirs en face.

Elle le regarda de nouveau.

Oh, Brad… Tu ne comprends pas, hein ? Et je ne t'expliquerai jamais, jamais. Je peux te l'assurer.

— Nous avons encore du travail ici, dit-elle d'un ton neutre.

Brad agita la main.

— Nous, nous sommes des professionnels. Il y a ici beaucoup de petites mains. Grâce à toi et à ton instinct stupéfiant, il n'y a plus que des tâches de routine à effectuer. Nous pouvons passer à autre chose.

Elle secoua la tête.

— Ecoute, reprit Brad, ce nouveau site est vraiment important… Je sais que Laymon veut t'en parler. Il y retourne pour conduire l'équipe, avec ou sans toi.

Il se corrigea rapidement :

— Avec ou sans *nous*.

Leslie enfonça ses ongles dans l'accoudoir. Elle fixait les flammes.

— J'ai fait certaines promesses, ici, dit-elle.

Il parut surpris.

— Des promesses ? A qui ?

— A moi-même. Je me suis promis qu'on rendrait aux morts les honneurs qui leur sont dus, que les ossements seraient enterrés selon les rites consacrés.

— Nous le dirons à Laymon, et il y veillera, dit Brad. Ce n'est pas comme si nous quittions le pays. Vu la réputation que tu t'es acquise, tu n'as qu'à dire un mot pour que les gens obtempèrent. Tu le sais.

— O.K., murmura-t-elle.

— Laymon a reçu l'appel quand nous étions en route pour le pub et il n'a parlé de rien d'autre pendant toute la soirée, dit Brad à voix basse. New York, Leslie ! Tu adores cette ville.

— Je ne peux pas y retourner.

— Tu *dois* y retourner.

— Brad…

— Leslie, s'il te plaît ?

Elle le regarda, lut dans son regard une supplique

sincère. Puis elle détourna rapidement les yeux pour éviter qu'il ne lise dans ses pensées.

Hastings House. Restaurée, rénovée, rouverte. Ramenée à la vie. Mais les morts… Les morts, eux, ne pouvaient pas être ramenés à la vie.

Et certains d'entre eux ne quittaient jamais les lieux.

La tête baissée, elle se mordilla la lèvre, perdue dans ses souvenirs. Elle s'était aperçue très vite de ce qui avait changé en elle, après l'hôpital. Au point qu'elle avait cru devenir folle. Certes, au premier plan, il y avait eu cette atroce douleur liée à la disparition de Matt, cette souffrance semblable à l'amputation d'un membre ou de la moitié de son âme. Les hématomes, les blessures, les plaies, les brûlures, tout cela n'était rien comparé à la douleur de la perte.

Puis, une nuit, après avoir flotté durant des jours dans une torpeur à mi-chemin entre la conscience et le rêve, elle s'était réveillée dans la morgue de l'hôpital, où l'avait attirée un homme — décédé — qui avait perdu son alliance dans le transport. Tout ce qu'il voulait, c'était qu'on remette l'alliance à son doigt. Mais elle ne l'avait pas compris et avait perdu les pédales. Elle avait eu de la chance qu'on ne l'emmène pas en psychiatrie, cette nuit-là. Par bonheur, le lendemain, elle était tombée sur cet article à propos d'un homme nommé Adam Harrison qui dirigeait un groupe d'experts du paranormal. Même si le journaliste avait tenté par tous les moyens de le prendre en défaut, on comprenait que cet Harrison était un homme intelligent, cultivé, qui n'avait rien d'un charlatan. En lisant l'article, Leslie s'était mise à trembler. Elle avait appelé immédiatement les Investigations Harrison et, à sa grande surprise, Adam était venu lui-même la voir à l'hôpital. Ils avaient parlé une première fois, puis une deuxième, après son retour chez elle. Elle avait eu l'impression non seulement d'avoir rencontré un nouvel ami, aussi proche d'elle que si elle l'avait toujours connu, mais aussi d'avoir retrouvé son père, bien que son vrai père ait disparu quand elle était petite.

Elle avait rappelé Adam dès que le spectre du révérend colonial lui était apparu et, peu de temps après, elle avait remarqué dans la foule des visiteurs déambulant sur le site un couple différent des autres. Ils avaient fini par se présenter : c'étaient deux employés de Harrison, Brent et Nikki Blackhawk, un très bel homme brun et son épouse, une blonde ravissante. Ils l'avaient raccompagnée à l'ancienne plantation, lui avaient expliqué comment se lier d'amitié avec le fantôme, et avaient eux-mêmes bavardé à bâtons rompus avec lui. Il y avait donc d'autres personnes comme elle, ce qui voulait dire qu'elle était saine d'esprit.

— Leslie, reprit doucement Brad, la ramenant à la réalité, j'ai dit à Laymon que je travaillerais sur ce nouveau site, si bien que j'y serai en même temps que toi. Tu as besoin de rentrer, de laisser le passé de côté, de prendre tes distances avec la souffrance.

Elle le contempla, puis esquissa un sourire.

Brad ne savait rien d'Adam Harrison, des Blackhawk ou de tous leurs homologues prêts à aider Leslie. Il ignorait que c'était grâce à Adam et à ses associés qu'elle avait pu, tranquillement assise dans une cuisine de l'époque coloniale, discuter avec un révérend mort depuis très longtemps, sans jamais avoir le moindre doute sur sa propre santé mentale.

Quant à revenir affronter ses propres fantômes…

c'était autre chose. Une chose qu'elle redoutait mais qu'elle devait probablement faire.

Brad laissa échapper un léger soupir.

— O.K. Je suis désolé. Je m'y prends trop tôt, dit-il.

Elle soutint son regard.

— Je n'ai pas dit ça, corrigea-t-elle rapidement. Peut-être que je *devrais* rentrer, en effet. Je pense que… j'ai peut-être *envie* de retourner à Hastings House.

Il fit une pause et répondit :

— Je sais que tu as un appartement à Brooklyn, mais…

Il se tut de nouveau, les yeux fixés sur elle, et poursuivit sans reprendre haleine :

— Il y a quelques chambres disponibles à Hastings House, pour ceux qui y travaillent.

— Quoi ?

Il secoua rapidement la tête.

— Désolé. Je n'aurais même pas dû en parler.

— Qui est le commanditaire de ces fouilles ? demanda-t-elle.

— La Fondation historique, bien sûr. Greta fera la liaison entre la Fondation, les promoteurs et les archéologues. Une fois de plus, c'est Tyson, Smith & Tryon qui ont acheté l'emplacement pour le lotir. Les autorités ont suspendu les travaux jusqu'à ce que le site ait été analysé et toutes les fouilles nécessaires, effectuées. Mais Laymon dit que les promoteurs le prennent bien. Ils se frottent les mains parce que ça leur donne une image de types compréhensifs. Cela dit, tout ce temps perdu doit leur coûter une petite fortune. Bref, le site est très proche de Hastings House. C'est même la rue d'à côté.

— Et c'est pour ça qu'ils proposent des chambres à Hastings House ?

Brad haussa les épaules.

— Honnêtement, je ne sais même pas pourquoi j'en ai parlé. J'ai un appartement dans le centre, le tien est à Brooklyn…

Il prit une profonde inspiration et ajouta :

— Evidemment, c'est là que tu vivais avec Matt, ce qui fait que tu n'as peut-être pas envie d'y retourner. Mais je suis content que tu l'aies gardé tout de même. Les prix de l'immobilier dans ton quartier atteignent des sommets… Euh, désolé. Je ne voulais pas dire ça. Je parle à tort et à travers.

— Ce n'est rien, Brad.

— Bon. Tant mieux.

Il essaya de sourire.

— Je n'ai même pas pu aller à son enterrement. J'étais à l'hôpital, murmura-t-elle en contemplant le feu.

Soudain, une violente douleur lui transperça le cœur.

Parfois, des fantômes l'approchaient, la sollicitaient, demandaient son aide.

Mais pas Matt.

Le fantôme qu'elle aurait si désespérément voulu voir, à qui elle mourait d'envie de dire une dernière fois à quel point elle l'avait aimé, à quel point il avait comblé sa vie, à quel point sa seule présence métamorphosait le monde… Ce fantôme-là, elle ne le voyait jamais.

— Je veux rester à Hastings House, dit-elle.

Brad baissa la tête et elle se rendit compte qu'il souriait. Il était convaincu d'avoir manœuvré avec adresse et, en parlant logement, d'avoir réussi à la convaincre de revenir.

Peut-être y était-il effectivement parvenu.

A moins que le moment du retour ne soit tout simplement venu.

— Tu veux vraiment séjourner là-bas ? Tu en es sûre ?

— Que je meure si je mens.

Elle se leva, lui tapota l'épaule en passant, puis s'immobilisa sur le seuil et se retourna

— Humour involontaire, je précise, dit-elle d'un ton léger, avec un bref sourire. Tu as raison. Je suis prête à rentrer. Et même très excitée à cette idée. Bonne nuit.

Quand elle sortit, il était toujours à genoux près du fauteuil.

Excitée ? Le terme était bien fort, se dit-elle.

Et pourtant…

C'était vrai. Elle n'aurait jamais franchi le pas de son propre chef ; elle ne se serait pas levée un matin en se disant *Waou, j'aimerais vraiment retourner à Hastings House !* Mais maintenant qu'elle y allait…

Le passé l'appelait. Elle avait besoin de l'affronter.

Elle *devait* revenir.

2

Il était tard : c'était une heure curieuse pour un rendez-vous, se dit Joe Connolly. La femme assise en face de lui était d'une beauté stupéfiante, mais elle lui faisait penser à un lévrier de race, tellement elle était tendue. Elle était excessivement mince, parfaitement manucurée, et elle portait des diamants étincelants. Elle avait téléphoné le matin même pour fixer le rendez-vous. Ils se trouvaient dans l'endroit qu'elle avait choisi : un pub irlandais, non loin de Wall Street. Un endroit chaleureux et accueillant qu'elle avait sans doute fréquenté dans sa jeunesse.

Elle venait d'un milieu modeste, il le savait. Elle était irlandaise, et son père, un dénommé O'Brien, descendait d'une lignée d'ouvriers durs à l'ouvrage arrivés aux Etats-Unis dans les années 1840. A force de travail et d'obstination, il avait fini par grimper l'échelle sociale. Quant à Eileen, elle avait fait un beau mariage et elle était maintenant Mme Thomas Brideswell, veuve du défunt sénateur et magnat des travaux publics.

Elle lui tendit une photo 20 x 25 qui représentait une jeune femme. Joe écarquilla les yeux en découvrant leur ressemblance. Genevieve O'Brien, la jeune femme de la photo, semblait le regarder. Elle avait d'immenses yeux bleus et elle était aussi mince que sa tante Eileen, avec des traits finement dessinés et une chevelure sombre aux reflets auburn. Le photographe avait su capturer la gaieté, l'élan et l'optimisme de la jeunesse.

— De quand date cette photo ? demanda-t-il.

— Elle a été prise il y a deux ans et demi, répondit Eileen.

Puis elle hésita et baissa les yeux, les épaules voûtées, l'air triste et las.

— Juste avant qu'elle n'ait coupé les ponts avec sa famille, c'est-à-dire mon frère et moi.

Joe secoua la tête.

— Excusez-moi d'insister, mais j'ai besoin de comprendre. Si elle a volontairement quitté le domicile de son père, pourquoi pensez-vous qu'il lui soit arrivé quelque chose ?

Eileen poussa un profond soupir.

— Donald, mon frère, est mort peu de temps après son départ. Elle n'est revenue que pour son enterrement. Elle voulait garder ses distances par rapport à moi et à ce qu'elle appelle ma « ridicule dévotion familiale envers une famille dysfonctionnelle ». Je pense qu'elle a souffert du fait que mon frère soit mort sans qu'ils aient pu se réconcilier, mais…

Elle agita l'une de ses mains baguées.

— Je suppose qu'il n'a pas été drôle pour elle de grandir auprès de mon frère. Mon père et mon grand-père ont fait la fortune de la famille, mais leurs descendants ont dû en payer le prix. Nous avons des attentes disproportionnées par rapport aux enfants. Une énorme culpabilisation dès que quelque chose cloche…

Elle secoua la tête, et Joe se sentit ému par sa tristesse. En dépit de sa réserve et de son élégance, il y avait chez cette femme une réelle détresse, profondément enfouie. Elle releva les yeux vers lui.

— Depuis la mort de mon frère, elle m'appelle régulièrement, tous les quinze jours. Or, je n'ai plus de nouvelles depuis un mois.

Joe se laissa aller sur son siège en la dévisageant. Il avait beaucoup appris de ses années dans la police, et plus encore depuis qu'il s'était mis à son compte. Il savait par exemple que le fait d'observer le visage de quelqu'un pendant qu'il parlait s'avérait souvent aussi important que d'écouter ce qu'il disait.

— Votre dernière conversation a-t-elle été pénible ? demanda-t-il.

Elle hésita très légèrement.

— Non.

Elle mentait.

— J'ai besoin de tout savoir, dit-il avec fermeté.

Elle eut un nouveau geste de la main.

— Il y a bien eu un affreux article sur notre famille, dans l'un de ces journaux à scandale, fit-elle.

— Et alors ?

— Cette lecture l'avait convaincue que son père n'était pas son père.

— Elle vous ressemble pourtant de manière étonnante.

— C'est vrai.

— Bon. Que disait l'article ? Quand est-il paru ?

— Les ragots de ce torchon ne vous intéresseront sûrement pas.

— J'ai besoin de le lire, madame Brideswell. Pour l'instant, je travaille à l'aveuglette. Votre nièce a vingt-six ans. C'est une adulte. Personne ne peut lui interdire de disparaître si elle en a envie. A quoi puis-je me raccrocher ? Vous m'avez donné des prénoms, les rues où trouver quelques-unes de ses connaissances, et je sais où elle travaillait, mais elle a démissionné il y a un mois. Ce seul fait, d'ailleurs, pourrait indiquer qu'elle projetait de quitter la ville. J'ai aussi les adresses de certains endroits qu'elle fréquentait. Avec tout cela, il est inutile de me cacher quoi que ce soit. Et si je la retrouve, je ne peux pas vous promettre que je réussirai à la convaincre de vous appeler.

— Non ! Vous ne comprenez pas. Si elle pouvait m'appeler, elle le ferait. J'en suis convaincue.

Joe répondit avec prudence :

— Croyez-vous que votre nièce soit morte, madame Brideswell ?

La douleur contracta le visage de son interlocutrice.

— Je ne sais pas, chuchota-t-elle. Je... je sais juste qu'elle m'aimait... qu'elle m'aime. Quoi qui ait pu se passer entre nous... Genevieve m'appellerait... Oh, mon Dieu, monsieur Connolly, j'avoue que nous avons traversé des moments terribles dans la famille... Nous étions tellement embarrassés par ses activités ! Mon frère était... très strict. Avec raison, je suppose. Mon père nous a appris à nous conduire avec dignité, ou du moins à en garder les apparences. Et pourtant... elle m'aime. Je sais qu'elle a besoin de moi. Elle est peut-être morte. En tout cas, je dois le savoir. Et si elle a vraiment été victime de... d'un malheur, je veux lui rendre justice avant de mourir moi-même.

Joe se demanda pourquoi Eileen évoquait avec une telle passion sa propre mort. Car elle n'avait pas plus de quarante ans.

— Victime d'un malheur... Vous pensez qu'elle a été assassinée ? demanda-t-il d'un ton neutre.

Eileen prit une profonde inspiration, et quand elle répondit, ses mots étaient empreints d'amertume.

— Comme vous vous en doutez sûrement, monsieur Connolly, j'ai parlé à la police. Et je ne sais pas s'il vous a prévenu ou non, mais c'est votre vieil ami le sergent Adair qui m'a conseillé de vous appeler. Mais auparavant, il m'avait fait tout un discours sur les autres disparitions. Je suppose que la police évite d'ébruiter ce qui se passe avec toutes ces prostituées. Sans succès, d'ailleurs. Les gens bavardent. Et ces disparitions se multiplient depuis plus d'un an.

— Mais votre nièce ne se livrait pas à la prostitution !

Elle agita la main.

— Je sais. Et nous savons aussi que beaucoup de gens qui n'ont *rien* à voir avec... avec ce commerce disparaissent, eux aussi. Mais j'ai eu l'impression que le sergent Adair voyait un lien entre ces disparitions et le fait que je n'aie plus de nouvelles de Genevieve.

Joe était perplexe. Il savait que ce dossier des prostituées disparues était la bête noire de Robert. Il n'y avait aucun indice, aucune trace de sang. Les filles se volatilisaient, tout simplement... Mais qu'est-ce que la fille d'un milliardaire pouvait bien avoir en commun avec un groupe de prostituées portées disparues ?

— Je pense que ce sujet est extrêmement sensible pour la police. Les femmes qui se sont évaporées sont des adultes. Elles ont le droit de changer de vie si ça leur chante.

Eileen le regarda fixement, sans dissimuler son profond scepticisme.

— Nous savons tous les deux à quoi nous en tenir, déclara-t-elle.

Elle avait raison. L'affaire avait commencé un an plus tôt. A quelques mois de distance, deux prostituées avaient disparu, mais faute d'indice ou d'un quelconque élément troublant, on n'avait pas fait grand-chose quand leurs proches avaient signalé leur absence. Puis un travesti sans domicile fixe, connu sous le nom de Mimique, s'était également évaporé et, après lui, deux autres jeunes femmes.

Eileen se pencha en avant, le regard empli de colère.

— Quand des prostituées sont assassinées par leurs clients, les corps finissent toujours par réapparaître quelque part. Un SDF qui meurt de froid dans la rue, on le retrouve. Mais ces filles se sont envolées du jour au lendemain sans laisser la moindre trace, exactement comme Genevieve. Pensez-vous que des Martiens soient venus enlever tous ces gens, monsieur Connolly ? Pas moi. Je pense qu'il y a quelque part dans New York un tueur en série qui sait comment se débarrasser des corps. Au début, quand j'ai entendu parler des disparitions et de l'apparente indifférence des autorités, j'ai été choquée. Maintenant, je suis folle de rage. Ne vous méprenez pas : je n'en veux pas au malheureux flic qui essaie de faire son boulot. Je suis furieuse que personne ne tape du poing sur la table en disant : « Ces gens-là comptent aussi ! » Et maintenant, je n'ai plus de nouvelles de Gen depuis longtemps et je suis chaque jour plus inquiète. Apparemment, je n'ai aucun pouvoir, sauf que je suis riche.

— D'accord. Récapitulons. Votre nièce était assistante sociale, c'est ça ?

— Oui. Ici, en ville, murmura Eileen. Jusqu'à il y a un peu plus d'un mois. Elle trouvait cela terriblement frustrant. Pas seulement à cause du travail en lui-même, mais aussi parce que mon frère et moi, nous nous sommes montrés très critiques envers ses choix, alors qu'elle voulait juste rendre la vie plus facile à ceux qui n'avaient pas les mêmes avantages que nous. Bien sûr, elle ne supportait pas non plus les contrariétés, la paperasserie... Mais tout cela n'a plus d'importance, maintenant. Ce qui compte, ce pourquoi je pense qu'il y a un lien entre toutes ces disparitions, c'est qu'elle travaillait avec les prostituées exactement dans la zone où ces dernières se sont volatilisées. Vous comprenez ? Elle savait quelque chose sur les filles qui ont disparu. J'en suis sûre !

Eileen semblait prête à exploser.

— Avez-vous la moindre idée des raisons qui lui ont fait quitter son travail ?

Elle agita devant elle une main fine et élégante.

— Son irritation devant le système. Elle voulait lancer des programmes d'insertion par le travail, et aussi aider certaines prostituées à garder leurs enfants avec elles. Ma nièce est une personne extraordinaire, monsieur Connolly. Oh, je suis tellement furieuse ! Je *sais* qu'il s'est passé quelque chose d'anormal, et la police refuse d'enquêter.

— Je comprends votre colère, dit Joe, mais la police est impuissante. Car il s'agit de *disparitions*. Ils ne peuvent s'appuyer sur rien. Et les filles qui ont disparu, dans ce cas précis, menaient des vies précaires, ce qui rend les choses encore plus difficiles. Quand il y a des victimes — et il n'est pas sûr qu'il y en ait dans ce cas précis —, la police questionne les proches, interroge les gens dans les rues où les personnes ont été vues… Cette fois, ils ont harcelé des proxénètes connus de leurs services à tel point que cela frise l'illégalité. Mais absolument personne, pour l'instant, n'a remarqué quoi que ce soit de louche. Pendant ce temps, la police doit continuer à s'occuper de meurtres, de viols et de cambriolages, c'est-à-dire de délits dont les victimes sont malheureusement bien connues. Ils font ce qu'ils peuvent dans une histoire où il n'y a ni cadavre, ni arme du crime, ni piste sanglante, ni preuve d'aucune sorte.

— Des pistes sanglantes ? répéta Eileen d'un air furieux. Mais c'est avant d'en trouver qu'il faut enquêter ! Et avant de découvrir ma nièce morte quelque part ! Seulement, ils ne trouveront rien parce que, comme vous le dites, ils doivent s'occuper du sang qu'ils voient vraiment dans les rues. Je n'affirme pas que les policiers sont incompétents. Ils se donnent du mal. Ils ont fouillé l'appartement de Gen. Si elle a disparu volontairement, elle est partie avec son sac à main et les vêtements qu'elle avait sur le dos, sans même prendre un manteau convenable. Ils sont allés à son ancien travail. Ils ont essayé d'interroger les gens dans la rue. A ma grande tristesse, je ne sais rien de ses vrais amis ni d'un éventuel petit ami. Le travail de routine a été fait. Il n'a rien donné. Sauf qu'elle a disparu, ce que je savais déjà. C'est pourquoi je vous ai embauché.

— Je ferai de mon mieux.

— Et vous trouverez Genevieve, dit-elle avec passion. Parce que vous en ferez votre priorité chaque matin en ouvrant les yeux. Je saurai vous récompenser.

Joe glissa la photo dans sa poche.

— Vous connaissez mes tarifs. Ce n'est pas pour toucher des honoraires élevés que je travaille. Si j'accepte une affaire, j'y consacre tout mon temps. Mais je peux avoir besoin de votre aide n'importe quand. Apprêtez-vous à devoir me répondre au téléphone. Je vais d'abord digérer tout ce que vous m'avez appris ce soir, puis je vais démarrer mon enquête et voir ce que je peux découvrir d'autre. Je le répète, j'aurai besoin de votre aide. Je veux tout savoir. Tout ce dont vous vous souvenez. N'essayez pas de me cacher quoi que ce soit. Je ne suis pas votre employé. Je ne répéterai jamais rien de ce que vous me direz. Ne prétextez pas d'embarras familiaux pour éviter d'être totalement sincère avec moi. Est-ce bien clair, madame Brideswell ? Si vous n'êtes pas parfaitement honnête, je serai dans l'incapacité de vous aider. Et aucune somme d'argent n'y changera rien.

Eileen hocha la tête. Elle se pencha pour attraper son sac, et en sortit un petit bloc-notes.

— J'ai mis par écrit tout ce que je sais : les noms et les lieux dont j'ai entendu parler… tout ce qui peut à mon avis s'avérer utile.

Elle saisit un stylo et griffonna une nouvelle annotation.

— J'ajoute la publication dont je vous ai parlé, murmura-t-elle. Voilà.

Il prit le bloc-notes qu'elle lui tendait.

— Je ferai le maximum, dit-il.

Elle but une gorgée de thé, puis déclara :

— Je suis vraiment désolée pour votre cousin.

— Merci.

Les mots l'avaient surpris, bien qu'il ait immédiatement saisi l'allusion.

— Sa mort a représenté une perte terrible pour cette ville, poursuivit-elle, mais pour vous, bien sûr, c'est un drame personnel, et je vous présente mes plus sincères condoléances.

Ses yeux s'humectèrent. Elle ajouta à voix basse :

— J'étais sur place, ce soir-là, vous savez ?

— Non, je l'ignorais.

— J'ai appris plus tard que Gen aurait aimé être invitée. A posteriori, je suis contente de ne pas l'avoir su à temps. Elle avait rencontré beaucoup de gens concernés par ses activités, au fil des années. En tant qu'assistante sociale, elle avait des contacts étroits avec la police. Et elle avait connu Greta par mon intermédiaire, bien sûr.

Joe ne put résister et se pencha en avant :

— Quels sont vos souvenirs de cette soirée ?

— Les lumières, la musique, les tenues élégantes, le glamour… J'étais dans l'entrée quand l'explosion s'est produite. Ils nous ont réunis et nous ont fait sortir immédiatement. Je me suis retrouvée debout dans la rue sans pouvoir y croire. Je me rappelle le hurlement des sirènes, les ambulances, les sauveteurs… et aussi les sacs mortuaires, conclut-elle. Je suis tellement, tellement désolée.

— Merci. Mais est-ce que quelque chose vous a paru étrange ? insista-t-il.

Elle lui adressa un sourire peiné.

— Vous avez perdu quelqu'un que vous aimiez, c'est pour cela que vous avez besoin d'une explication plus satisfaisante qu'une explosion de gaz. Mais je regrette, je n'en ai pas. C'est comme un brouillard. J'étais en train de bavarder et il y a eu soudain un bruit de tonnerre. Quelqu'un a crié « Au feu ! ». Les gens ont paniqué… les flics sont arrivés et ils nous ont tous poussés dehors.

Joe hocha la tête. *Que pouvait-il bien espérer ?*

— Merci, répéta-t-il.

Leurs regards se croisèrent, et Eileen dit d'un ton suppliant :

— Il faut que je retrouve Genevieve, monsieur Connolly. Aidez-moi, je vous en prie !

Bien qu'elle gardât un port royal et distant, il tendit le bras en travers de la table pour poser une main sur la sienne.

— Je ferai absolument tout mon possible, lui promit-il solennellement.

Elle eut une ombre de sourire. Puis elle retourna la main, paume vers le haut, et agrippa celle de Joe. Sa poigne était ferme, presque aussi suppliante que le ton de sa voix.

Ils parlèrent encore de Genevieve quelques minutes. Au fur et à mesure que la jeune femme de la photo prenait vie dans son esprit, Joe démarrait mentalement son enquête. Il allait d'abord effectuer un travail policier de routine. Puis il continuerait là où la police, forcément assermentée, ne pouvait pas s'aventurer.

Il y avait d'autres gens dans la maison.

Il le savait depuis le début.

D'abord, il n'en avait eu que vaguement conscience. Ils ne lui prêtaient pas attention ; ils semblaient ne pas le reconnaître, mais il se rendait compte malgré tout qu'il n'était pas seul.

Il y avait cette femme dans la cuisine, par exemple. Elle se tenait en permanence devant la cheminée et tournait la main au-dessus de ce qui avait dû être un chaudron posé sur le feu. Elle était jeune, jolie, habillée dans le style colonial, avec une petite charlotte sur les cheveux. Il ne savait pas si elle avait été une maîtresse clandestine ou une servante, mais elle chantonnait d'une voix douce. De temps à autre, elle se redressait brusquement et son visage se contractait en un masque douloureux. Alors, elle se retournait, ses yeux s'écarquillaient, elle tombait… et disparaissait.

Il y avait aussi le soldat de l'entrée. Il pénétrait dans la maison en titubant, sa silhouette mêlée à l'aura brumeuse d'une autre personne. Il chuchotait quelque chose à propos d'une trahison, puis lui aussi tombait et se volatilisait.

Il ne voulait pas être l'un d'eux. Il ne voulait pas passer l'éternité debout devant la cheminée de l'office des domestiques à rire gaiement en regardant à travers la pièce… pour ensuite disparaître dans le souvenir d'une explosion.

Au bout d'un moment, il se rendit compte qu'à part rejouer indéfiniment leurs derniers moments, ils faisaient autre chose. Ils se reconnaissaient mutuellement, alors qu'ils ne venaient peut-être pas de la même époque. De temps à autre, leurs silhouettes s'entremêlaient.

Alors que lui-même…

Il avait tort de s'inquiéter à l'idée de hanter éternellement l'office. Il n'en était pas à ce stade. Pour l'instant, il pouvait seulement… réfléchir.

Pourquoi donc était-il ici ? Juste pour souffrir ? Juste pour se languir et avoir peur en permanence pour la femme qu'il avait aimée ? Bon sang, ce n'était pas juste ! Il avait été un homme intègre, de son vivant.

D'autres étaient morts avec lui. Où étaient-ils ? Il n'avait aucune sensation les concernant.

Il avait vu les sauveteurs, il les avait entendus parler. Il aurait dû se réjouir d'avoir au moins ce fragile contact avec ce qui avait été son monde d'avant, de les entendre exprimer leur colère qu'il soit mort dans un accident aussi stupide. Ils l'avaient respecté et admiré. C'était bien joli, mais en attendant, il était mort…

Et puis, un jour, la femme de la cheminée s'était enfin retournée pour le regarder. Elle lui avait même fait un petit sourire. Peut-être avait-il acquis une certaine réalité, alors. Elle s'était approchée et il avait eu l'impression qu'elle lui touchait la joue, comme une sœur compatissante.

— Cela prend du temps, avait-elle dit en souriant de nouveau.

Il avait juste réussi à chuchoter :

— Pourquoi ?

Elle avait haussé les épaules avec tristesse.

— Par justice ? Pour que quelque chose se sache ? L'homme qui m'a tuée en a réchappé. Peut-être est-il trop tard, peut-être que le monde n'en saura jamais rien. Il s'est passé tellement de temps. Mais ce n'est pas si horrible, vous savez ? Peut-être sommes-nous ici parce que nous avons encore à apprendre ?

Il trouvait du réconfort à son contact. Peu de temps après, le soldat l'avait également salué.

Une question avait alors commencé à le torturer. Pourquoi ? *Il fallait qu'il y ait une raison à sa présence ici, alors que ceux qui étaient morts avec lui, cette nuit-là, n'y étaient pas.*

La question envahissait toutes ses pensées. Il devait trouver la réponse, percer le mystère de ce qui s'était passé.

Parfois, cependant, il pensait à Leslie. Dieu, qu'il l'avait aimée…

*
* *

Il était tard quand le téléphone sonna, mais Leslie ne dormait pas. Curieusement, elle devina immédiatement qui appelait.

— Hello, Nikki !

— Tu es de plus en plus perspicace, dis donc !

— Rien à voir avec l'intuition ou avec un don quelconque, affirma Leslie en riant. Il est tard, mais on a parlé de nous aux informations et je sais que si quelqu'un décide d'appeler, c'est toi.

— Comment te sens-tu ?

— Bien. J'ai aidé à trouver une solution pour les défunts, si bizarre que ça puisse paraître.

— Génial ! dit Nikki.

Leslie l'imaginait au bout du fil. Mince, vive, un regard bleu-vert, brillant. Nikki faisait des visites guidées de La Nouvelle-Orléans et elle était passionnée d'histoire. Elle aimait sa ville et travaillait dur pour y ramener les touristes. Mais elle et Brent avaient pris sur leur temps pour aider Leslie à s'adapter à sa nouvelle vie peuplée de fantômes qui surgissaient de temps à autre. Grâce à leurs conseils et à leur sérénité, ce qui avait semblé une malédiction au départ était presque devenu un don du ciel.

— Comment ça se passe pour vous ? demanda Leslie.

— On progresse petit à petit, ça vient. Des quartiers entiers doivent être reconstruits, mais on y arrive. Et toi ?

— Ça va. Je crois que nous ne reverrons plus le révérend.

— Ah ! Eh bien, Dieu le bénisse. Donc, j'imagine que tu vas t'occuper des détails, maintenant ? Ma façon de pratiquer l'histoire est bien plus facile que la tienne. Je me contente d'en parler, alors que tu passes des heures à épousseter.

Leslie avait toujours l'impression que Nikki savait à l'avance ce qu'elle s'apprêtait à faire.

— En fait, je rentre chez moi, répondit-elle.

— Chez toi ?

— A New York. Je suis née dans le Sud, mais New York est chez moi depuis longtemps. Ils y lancent de nouvelles fouilles, sur un site proche de Hastings House, et je vais y travailler.

— Tu te sens prête ? demanda Nikki.

— Oui… non… peut-être.

— Et alors ?

— Je ne sais pas si je serai jamais prête. Je pense simplement que je dois le faire.

La ligne resta silencieuse quelques secondes. Leslie savait que Nikki réfléchissait soigneusement à ce qu'elle allait dire.

— Leslie, tu sais que même si nous avons accepté certaines choses, et appris à utiliser nos capacités jusqu'à un certain point, nous n'avons pas toutes les réponses. Tu es encore fragile, que tu le croies ou non. Alors, sois prudente. Et… ne te laisse pas piéger par le passé, par ce qui a été. Tu es ici. Tu es vivante.

— Grâce à vous deux, Nikki. Je suis saine d'esprit et j'apprécie l'existence. Simplement… tu sais ce qu'on ressent quand on perd quelqu'un. Il y a toutes ces choses qu'on n'a pas eu l'occasion de dire, cette folle envie de savoir que tout va bien, alors que c'est impossible puisque la personne est morte… O.K., je sais que j'ai l'air un peu cinglée. Je voudrais simplement avoir l'occasion de dire au revoir, tu comprends ?

— Tu ne peux pas être sûre d'en avoir l'occasion,

Leslie, même si tu retournes sur place. Matt Connolly était un homme exceptionnel. Il a fait beaucoup de bien autour de lui durant son séjour sur terre. Il se peut que… Eh bien, il se peut qu'on ne le revoie jamais.

— Je sais. Mais ce n'est pas uniquement dans l'espoir de le revoir que je rentre. Je sais juste que je dois le faire. Et c'est une proposition en or.

— Veux-tu que je saute dans un avion pour te rendre visite ?

Leslie sourit. Certaines choses étaient si étranges. A l'époque où Matt était mort, elle avait eu beaucoup d'amis. Des gens sympathiques. Mais elle s'était aperçue qu'elle devait les maintenir un peu à distance. Elle espérait l'avoir fait poliment. Simplement, elle ne voulait pas leur rendre la vie difficile et elle n'aimait pas que les gens se sentent obligés de marcher sur des œufs pour la ménager. Il y avait peu de personnes avec lesquelles elle avait réussi à parler vraiment. Mais quand Nikki était entrée dans sa vie, elle avait eu l'impression de la connaître depuis très longtemps.

Evidemment, elles voyaient toutes les deux des fantômes, tout comme Brent, le mari de Nikki. Cette dernière trouvait d'ailleurs amusant que la plupart des gens acceptent plus facilement chez lui que chez elle cette capacité de communiquer avec les morts, pour la seule raison qu'il avait des ancêtres Sioux du Dakota. Apparemment, cela lui donnait aux yeux du monde une aura spirituelle supplémentaire.

— Leslie ?

— Ça va. Je… je pense que j'ai besoin de rester seule un moment. Mais plus tard, j'aimerais beaucoup que tu viennes. Je te montrerai New York comme tu ne l'as jamais vu.

— C'est un deal, fit Nikki.

Après avoir bavardé encore quelques minutes, elles raccrochèrent.

Leslie se coucha mais ne dormit pas. Elle avait d'excellentes raisons de rentrer à New York, se répéta-t-elle. Le travail. La proposition. En outre, elle adorait New York. Elle avait besoin d'y retourner.

Non. Tout cela n'était que du vent !

Elle rentrait pour essayer de trouver un moyen d'atteindre Matt.

Joe regarda Eileen s'installer dans sa berline, derrière son chauffeur, et refusa poliment qu'elle le dépose quelque part, sans d'ailleurs très bien savoir pourquoi. Il était tard, mais on était à New York. Il y avait des gens dehors à n'importe quelle heure, même si certains quartiers, comme celui-ci, devenaient beaucoup plus tranquilles, le soir.

Quand la berline eut disparu dans le trafic fluide de la nuit, il se mit simplement à marcher. Il avait toujours aimé la partie basse de New York. Il était né à Brooklyn Heights et adorait son quartier d'origine, mais Manhattan, ici, était riche d'une histoire que peu de gens prenaient le temps d'apprécier dans une ville bruissante d'activités, de commerces et de distractions.

Ses pas le dirigèrent vers Broadway. Il éprouva un étrange sentiment de réconfort en passant devant la cathédrale St. Paul : même le vieux cimetière, témoin des siècles passés, lui donnait une sensation de stabilité, d'enracinement. Il aimait St. Paul, même si elle était moins grandiose que Trinity Church, un peu plus loin. Dernière église survivante construite avant la guerre d'Indépendance, St. Paul était un chef-d'œuvre d'architecture géorgienne. Le banc de George Washington s'y trouvait encore, et l'édifice abritait une exposition en hommage à tous les sauveteurs qui avaient inlassablement lutté lors de la tragique catastrophe du 11 septembre 2001. Plongée dans l'histoire, St. Paul n'en restait pas moins un lieu où l'homme moderne pouvait venir chercher consolation.

Tout en marchant à l'aventure, Joe s'interrogea sur la date de construction de certains bâtiments, en essayant de discerner ce qu'il pouvait y avoir d'ancien derrière des façades plus neuves. Ses pas finirent par le conduire jusqu'à Fraunces Tavern puis, au-delà, devant la bâtisse entièrement remise à neuf de Hastings House.

Il y était déjà revenu depuis la soirée fatale. A plusieurs reprises. Sans savoir exactement pourquoi. Chaque fois, il ressentait le même pincement au cœur. Il y avait eu quatre morts. Jerry Osborne, officier de police. Sally Rydell, mondaine en vue. Tom Burton, architecte. Et Matthew Connolly, brillant journaliste, de ceux dont les mots peuvent vraiment changer ce qui les entoure.

Au moment de l'accident, Joe travaillait à Las Vegas, sur une vieille affaire où se mêlaient kidnapping, fraude et blanchiment d'argent. Cette enquête lui avait pris presque un an mais il avait été extrêmement bien payé. Il avait réussi à la boucler complètement peu de temps après avoir pris l'avion pour assister aux obsèques de son cousin.

Ce jour-là, il s'était senti pour la première fois de sa vie totalement vidé d'émotions, comme anesthésié. En allant ensuite à l'hôpital, où la fiancée de Matt, Leslie, était encore dans le service de soins intensifs, il avait découvert avec soulagement qu'elle était la plupart du temps inconsciente. Il n'aurait pas su quoi lui dire. Du fait des longues périodes qu'il passait hors de la ville, il ne l'avait jamais vraiment rencontrée, sauf peut-être une fois, quand ils étaient enfants. Il s'était senti soulagé de pouvoir laisser un message disant qu'il était venu avant de s'éclipser.

Bizarrement, quand ils étaient jeunes, Matt et lui ne se voyaient que lors des réunions de famille. Matt avait vécu à Central Park et lui-même à Brooklyn Heights. A l'époque, ils avaient l'impression d'être très loin l'un de l'autre. C'était juste dû à la taille de New York, où chaque quartier se suffit à lui-même. A l'âge adulte, ils s'étaient toujours bien entendus, même s'il leur arrivait d'être géographiquement encore plus éloignés. Ils étaient même devenus très amis. Cela avait peut-être à voir avec des idéaux de droit et de justice largement et passionnément partagés.

Matt était un homme d'une totale intégrité. Beaucoup de gens devaient le regretter. Mais pour Joe, cette perte était personnelle, et il éprouvait encore une rage impuissante chaque fois qu'il songeait à la stupidité de sa mort tragique.

Il avait prévu de rentrer à New York aussitôt son enquête terminée, pour faire la connaissance de Leslie et élaborer des projets avec Matt. Il aurait dû être son témoin de mariage. C'était étrange qu'il ne connaisse pratiquement pas Leslie. Ils ne s'étaient jamais trouvés au même endroit au même moment, alors qu'elle était son lien le plus proche avec Matt.

Il était stupéfiant qu'elle ait survécu à l'explosion.

La violence de la déflagration l'avait propulsée à l'autre bout de la pièce, ce qui l'avait sauvée de l'incendie. Certes, d'après le coroner, les victimes étaient mortes sur le coup : elles n'avaient pas connu l'agonie atroce de brûler vives.

L'accident avait donné lieu à une enquête menée avec minutie, dans toutes les directions. Au final, aucune autre explication n'avait été trouvée que celle d'une poche de gaz accumulé dans les conduites. Une étincelle, due au simple allumage d'une chaudière, avait entraîné l'explosion et la tragédie.

Maintenant, Hastings House revivait. L'édifice était ouvert au public, à l'exception des pièces privées de l'arrière, dont certaines servaient de bureaux et d'autres de logement pour les archéologues employés sur divers sites de toute la partie basse de la ville. Désormais, aurait-on dit, le moindre démarrage d'un chantier immobilier mettait au jour des vestiges archéologiques, faisant se croiser ceux qui se consacraient au patrimoine et ceux qui regardaient vers l'avenir. Le projet de Hastings House était tout à fait digne d'intérêt, il n'en doutait pas, mais il n'oublierait jamais ce qui s'y était passé, et il dut se détourner un moment pour reprendre contenance avant de regarder la façade. Comme chaque fois qu'il la voyait, il était envahi par l'amertume. Il comprenait Eileen Brideswell : lui aussi pensait que seule une explication pouvait rendre la souffrance tolérable. Et il se rendait compte que la colère qu'il éprouvait à chacune de ses visites devait plus à une sensation d'impuissance et d'échec qu'au tourment naturel du deuil. Et quelles qu'aient été les conclusions de l'enquête, il ne pouvait s'empêcher de penser qu'il s'était produit autre chose. Qu'ils avaient raté un élément.

Que quelqu'un avait commis un meurtre sans se faire prendre.

Etait-ce Matt la victime désignée ?

Joe lui-même avait mené sa propre investigation, passant d'une fausse piste à une autre. Il se doutait que c'était la frustration qui le poussait à revenir régulièrement se planter ici, pour contempler la demeure d'un air désarmé.

Des gens le dépassèrent. Des touristes, leur guide à la main. Il se demanda s'il ne devrait pas leur dire que déambuler ainsi à cette heure de la nuit n'était peut-être pas l'idée du siècle.

Quelques adolescents passèrent à leur tour, puis un couple apparut, accompagné de deux enfants d'une dizaine d'années. Des touristes, eux aussi.

— C'est une maison hantée ? demanda l'un des gamins avec avidité.

— Possible, lui répondit son père. Des patriotes se retrouvaient ici pendant la guerre d'Indépendance, et d'autres pendant la guerre de 1812. Elle a même servi de halte au Chemin de Fer souterrain, pour abriter les esclaves en fuite, pendant la guerre de Sécession. Beaucoup de gens pourraient hanter l'endroit.

Il adressa un clin d'œil à sa femme.

— Ne dis pas des choses comme ça, Herbert ! lui lança-t-elle sèchement.

Puis, dans un murmure, elle ajouta :

— Des gens sont morts ici, pas plus tard que l'an dernier.

Le père soupira.

— Nous visitons New York, Marina. Est-ce que les enfants n'ont pas le droit de s'amuser un peu tout en s'instruisant ?

— S'amuser ? répéta sa femme d'un air glacial.

— Bon, excuse-moi.

Joe ne put s'empêcher d'intervenir.

— Bonsoir ! lança-t-il en s'approchant du petit groupe. Il est un peu tard. Il n'y a pas grand-chose d'ouvert, à cette heure-ci. Et même rien du tout. Sauf des bars.

— C'est vrai, dit la femme en regardant Joe d'un air un peu méfiant.

Puis elle tira son mari par la manche.

— Nous devrions rentrer à l'hôtel.

— Nous ne sommes ici que pour deux jours ! plaida son mari.

— Vous avez sans doute remarqué que la rue est déserte, dit poliment Joe.

— Vous êtes flic ? demanda la femme.

— Je l'ai été.

— J'ai lu dans le journal qu'il y avait des disparitions inexpliquées dans le coin, dit-elle.

Ils s'éloignèrent en se retournant de temps à autre pour voir s'ils n'étaient pas suivis.

— Prenez un taxi à l'angle : il ira vers le nord ! leur cria Joe.

Puis il chassa la demeure et ses souvenirs de son esprit et reprit son chemin dans la direction opposée, en haussant les épaules, comme si ce geste pouvait le débarrasser des sentiments qui l'assaillaient chaque fois qu'il venait à Hastings House.

Curieux. Il avait presque l'impression que la maison l'attirait comme un aimant. Comme si quelque chose — ou *quelqu'un* ? — l'appelait pour le faire revenir, refusant qu'il s'éloigne.

Il serra les dents et continua à marcher. Il ne se complaisait pas dans les fantasmes. La réalité était suffisamment dure comme ça.

Pourtant, il s'immobilisa un peu plus loin et regarda

la maison par-dessus son épaule. Puis, presque avec colère, il repartit.

Une maison ne *pouvait pas* appeler comme si elle demandait une aide quelconque…

3

La nuit tombait quand ils arrivèrent à Hastings House. Sur la gauche, au pied d'une énorme fosse, se dressait un mini-gratte-ciel partiellement démoli qu'on détruisait pour ériger à sa place un immense building. La partie basse de la ville se transformait à vive allure.

Sur la droite, en retrait derrière une étroite pelouse (unique preuve que le quartier avait compté, autrefois, de nombreux hôtels particuliers), il y avait un complexe de bureaux et d'appartements datant des années 1940. Avec le crépuscule, en ajustant sa vision, Leslie parvenait presque à imaginer ce à quoi ce minuscule endroit de la planète avait pu ressembler par le passé.

En même temps, elle prit conscience des bruits alentour : klaxons, musique rap, et aussi un cri suivi d'un claquement de talons sur le trottoir… Voilà, après tout, ce qu'était New York. Même par un paisible dimanche après-midi, c'était un univers minéral où des millions de gens avaient décidé de vivre et, dans l'esprit de beaucoup, c'était le centre du monde. Elle sourit. En dépit de ses péchés, de sa crasse, de cette mixture du meilleur et du pire, elle adorait cette ville. Leslie était peut-être une rebelle, mais elle aimait New York.

Et c'était bon d'être de retour.

— Hé ! lança le chauffeur du taxi, l'interrompant dans ses pensées.

Il avait un accent étranger perceptible sur cette seule syllabe, et elle aurait été bien en peine de dire de quelle partie du monde il venait.

— Qui est-ce qui va me payer ? reprit-il.

— Oui, oui, voilà, dit le Pr Laymon.

Leslie ne se retourna même pas. Elle sentit Brad s'immobiliser à côté d'elle tandis qu'elle contemplait Hastings House. *Qu'est-ce que la demeure allait lui offrir, maintenant qu'elle-même était devenue ce qu'elle était ? Maintenant qu'elle avait changé ?*

Elle prit conscience de la main de Brad sur son épaule.

— Ce n'est qu'une maison, dit-il doucement. Mais si tu te sens un tant soit peu mal à l'aise, tu n'es absolument pas obligée d'y rester.

Elle se tourna et lui sourit.

— Je tiens à rester ici.

— Cela ne ressuscitera pas Matt.

— Je sais, dit-elle en ramenant les yeux vers Hastings House.

C'était une belle demeure de deux étages dont on avait retiré tous les ajouts postérieurs et restauré la façade dans le style colonial d'origine. Même ici, dans la ville basse, bien peu d'édifices pouvaient lui être comparés, à part la cathédrale St. Paul et Fraunces Tavern. Tout autour de Hastings House, on avait installé une barrière blanche, sûrement plus haute que celle de l'époque, où l'on discernait dans le jour déclinant les fils électriques des alarmes. Un panneau, sur le portail, signalait l'importance historique de la demeure et précisait les heures de visite et les tarifs d'admission.

Elle avait exactement le même aspect, la dernière fois.

Tous les dommages causés par l'explosion et l'incendie avaient été réparés.

Comme on était dimanche et bien après 5 heures de l'après-midi, aucun touriste ne déambulait. Les klaxons et les autres bruits de la rue semblaient provenir de très loin. La maison était silencieuse, comme si elle se reposait.

Comme si elle attendait quelque chose.

Puis la porte de façade s'ouvrit brusquement, et Greta Peterson dévala en hâte l'allée qui menait au portail.

— Entrez, entrez ! Nous vous attendions. Nous vous guettions.

Nous ?

Qui d'autre était là ? Leslie espérait passer une soirée paisible et avoir la maison pour elle toute seule.

Sans laisser à Leslie le temps de souffler, Greta, débordante de chaleur et d'enthousiasme, l'attrapa pour la serrer dans ses bras et, tout en la tenant par le cou, elle lança des salutations à Brad et au Pr Laymon. Puis elle l'entraîna dans l'allée en disant :

— Je suis tellement contente de vous voir, ma chère Leslie ! Vous avez une mine superbe. Vous êtes peut-être un peu trop mince, mais magnifique. Je sais que la minceur est à la mode… mais n'allez pas perdre vos formes, jeune dame !

Celle qui parlait, songea froidement Leslie, était une maîtresse femme maigre comme un clou.

Pour autant, son accueil chaleureux et enthousiaste

était touchant. Mais alors qu'elles approchaient de la maison, Leslie sentit son cœur se serrer.

De toute évidence, Greta avait organisé une réception de bienvenue. Heureusement, il n'y avait pas trop de monde. Le sergent Robert Adair — Leslie l'aimait bien et elle était contente de le voir — jeta un coup d'œil par la porte entrouverte. Derrière lui se profila Hank Smith, de la société immobilière, puis Ken Dryer, le séduisant et compétent porte-parole de la police.

— Leslie ! s'écria Robert avec un sourire affectueux.

— Robert ! répondit-elle en se prêtant à son accolade, tandis que les deux autres hommes se tenaient derrière lui.

— Hello, Les ! lança Hank en lui tendant la main.

Ken Dryer l'étreignit, puis serra la main de Brad et demanda quel temps il faisait à Washington. Il s'engagea ensuite dans l'allée pour saluer le professeur et récupérer la valise à roulettes de Leslie restée sur le trottoir.

— Vous êtes plus belle que jamais, chuchota Robert Adair.

Il lui prit les mains, plongea dans le sien un regard anxieux, et ajouta :

— Comment vous sentez-vous ?

— Très bien, assura-t-elle.

Il l'embrassa rapidement sur la joue. Robert avait la cinquantaine et travaillait depuis vingt ans dans le maintien de l'ordre. Basé au quartier général de la police new-yorkaise, il n'était affecté à aucun district particulier : c'était un officier de liaison que l'on chargeait des crimes et délits qui affectaient plusieurs districts à la fois, comme l'affaire des prostituées disparues, ou qui commençaient à susciter une attention accrue de la part des médias.

Greta le dépassa d'un air affairé pour se planter devant Leslie.

— Nous sommes ravis de vous voir, ma chère. D'autant que tout le monde aurait compris que vous refusiez de venir.

Ses yeux gris trahissaient une compassion sincère, de celles qui réveillent une souffrance intime, mais Leslie avait besoin de dépasser ce stade. Et c'était, somme toute, très gentil de la part de Greta d'avoir préparé un accueil particulier pour elle, Brad et le Pr Laymon. Greta était née, comme dit le proverbe, avec une cuiller en argent dans la bouche. Ses ancêtres avaient fait le commerce de fourrures à la même échelle que la famille Astor. Née et élevée à New York, elle aimait profondément sa ville et son histoire, et cette passion avait fait d'elle l'une des principales autorités en matière de restauration et d'archéologie.

— J'aime cette ville, et je me sens privilégiée d'avoir été conviée à travailler sur ce nouveau site, lui dit gaiement Leslie.

— Nous le sommes tous, intervint Brad avant d'ajouter en rougissant : C'est-à-dire que le professeur s'impose en la matière, mais Leslie et moi-même sommes ravis d'être suffisamment reconnus pour que l'on fasse appel à nous.

— C'est que vous n'avez pas seulement de vraies compétences, fit Ken Dryer. Vous aimez cette ville et vous la connaissez.

— C'est très gentil à vous tous d'être venus, dit Leslie en souriant. Je pensais que le professeur et Brad m'aideraient à m'installer tranquillement, mais j'ai l'impression qu'un dîner de gala nous attend.

Elle s'efforçait d'avoir l'air enthousiaste.

— Oh, il n'y aura que nous et les traiteurs ! dit Greta. Je voulais sortir un peu de l'ordinaire.

Puis elle entra dans le vif du sujet :

— Leslie... voulez-vous vraiment *rester* dans la maison ? Y *dormir* ?

Leslie eut un mince sourire.

— Je meurs d'envie de rester ici, affirma-t-elle.

— Et vous, vous ne restez pas ? demanda Greta à Brad, l'air désapprobateur.

Brad haussa les épaules et répondit d'un ton volontairement léger :

— Hélas, Leslie a montré clairement qu'elle préférait ne pas dormir avec moi.

Cela n'amusa pas Greta, qui fronça les sourcils.

— Désolé, reprit Brad, je plaisantais. J'ai un appartement à Manhattan. Celui de Leslie est à Brooklyn, alors c'est plus pratique pour elle de séjourner ici.

— Je peux me rendre aux fouilles à pied, expliqua Leslie.

Elle sourit pour essayer de mettre Greta à l'aise.

— Honnêtement, Greta, j'aime cet endroit. Je ne rends pas la *maison* responsable de ce qui s'est passé. J'ai envie d'être ici.

Greta regarda le Pr Laymon.

— Vous ne restez pas ici, vous non plus ? lui demanda-t-elle d'un ton acide.

Laymon eut l'air profondément embarrassé.

— Nous en avons parlé avec Leslie, Greta, et elle a fait son choix. Moi aussi, j'ai un appartement en ville, expliqua-t-il.

Il leva les deux mains, comme une icône impuissante en dépit de son intelligence.

Greta secoua la tête, faisant virevolter sa courte chevelure argentée qui encadrait son visage avenant.

— Mon Dieu ! murmura-t-elle, l'air malheureux. Il n'y a aucun garde de service, sauf quand le musée est ouvert au public. Il y a un système d'alarme, bien sûr. Très sophistiqué. Mais la Fondation n'a pas les moyens d'assurer la sécurité en permanence.

— Un système d'alarme sophistiqué, c'est bien plus que ce que j'ai à Brooklyn, affirma Leslie.

Et lorsque Greta la regarda en essayant de sourire, elle comprit que cette dernière avait organisé sa petite réception dans le seul but de lui éviter de rester seule trop longtemps. Elle baissa la tête pour dissimuler un sourire, puis releva les yeux.

— Cet endroit est fantastique. Il m'a plu dès la première fois que j'y suis venue. En outre, je crois comprendre que les dégâts ont été complètement réparés, et qu'on ne devine même pas… qu'il est arrivé quelque chose. Dites… comment se passent les visites ? Avez-vous beaucoup de touristes ?

— Au début, nous avons même dû contrôler les entrées, tant il y avait foule, intervint Ken Dryer.

Il parlait en souriant. En fait, il souriait tout le temps. Plutôt bel homme, avec ses cheveux blonds, il avait l'air d'un gamin grandi trop vite. Sa capacité à dénouer n'importe quelle situation le rendait indispensable, mais Leslie le trouvait un peu trop *mielleux*. Elle ne savait jamais ce qu'il pensait vraiment. Elle avait entendu dire qu'il avait des ambitions politiques et elle était sûre que si jamais il se lançait dans cette voie il saurait séduire son public sans jamais rien dire de concret sur les grands enjeux.

— Je vois que vous avez contrôlé les entrées, dit Brad d'un air admiratif.

Robert parut un peu gêné.

— Rien de tel que... qu'un événement pour attirer les badauds.

Hank Smith prit Leslie par le bras en grommelant :

— Ce que notre brave sergent essaie d'expliquer, en clair, c'est que non seulement cette maison est une demeure historique, mais qu'elle a été le théâtre d'une tragédie contemporaine. Or, on peut le déplorer, mais les tragédies attirent les foules. Au début, nous avions des flics tous les jours. La queue s'étirait jusqu'au carrefour. Ça s'est un peu calmé, mais ça remboursera quand même largement les frais engagés. Ecoutez, vous avez choisi de rester ici et, pour ma part, je n'irai pas par quatre chemins : comme vous le savez, nous avons tous été terriblement affectés par ce qui s'est passé, et nous avons vécu douloureusement ces disparitions. Donc, si vous tenez à rester, c'est votre choix, voilà tout. Je ne dis pas ça pour me faire bien voir mais parce que je le pense sincèrement. Et maintenant, pouvons-nous manger, Greta ?

— Bien sûr, bien sûr ! balbutia Greta. Venez dans la salle à manger. Je vous ai préparé la meilleure chambre, Leslie. Nous monterons vos bagages dans un moment. L'un de ces costauds sera sûrement volontaire pour faire office de... eh bien, de costaud.

— Je peux monter ma valise moi-même, dit Leslie.

— Certes, mais nous tenons à nous comporter en gentlemen, répliqua Brad. Allons manger !

Il regarda sa montre. Leslie eut l'impression que

ses plans pour la soirée n'avaient pas inclus un dîner d'accueil.

Leslie…

Elle avait minci. Elle semblait presque éthérée. Il n'avait jamais ressenti une telle souffrance, une telle nostalgie qu'en la voyant ce soir. Il avait tellement envie de la toucher. Il aurait voulu lui dire que tout allait bien.

Il aurait voulu lui dire que Hank Smith était un imbécile. L'idée le fit sourire. Il n'aurait pas imaginé pouvoir détester le promoteur à ce point. En apparence, c'était un type correct. Peut-être trop parfait : grand, brun, visqueux. Ses costumes Armani étaient toujours impeccables. Même ses chaussures étaient signées. C'était une personnalité en vue. Fréquentant les bons clubs. Dînant dans les bons endroits. Des poignées de main avec le maire. Ce type embrassait même les bébés. C'était un associé de la firme Tyson, Smith & Tryon et un émissaire parfait lorsque la firme devait gérer les permis de construire, l'opinion publique et les lois de l'Etat. Simplement, ce n'était pas le genre d'homme que les autres hommes appréciaient. Il était trop lisse. Ce n'est pas lui qui serait allé décompresser dans un bar en suivant un bon match de football. Est-ce que ça faisait de lui un type louche ? Non. Simplement un imbécile.

Il y avait aussi Robert Adair, ce bon vieux Robert, avec son air de chien de chasse. Travailleur infatigable, toujours investi, toujours au milieu d'événements tragiques, criminels, tristes…

Ken Dryer. Il ne l'aimait pas plus que Hank Smith.

Ken ne portait jamais d'Armani. Il arborait un uniforme immaculé. Il est vrai qu'il n'avait pas un travail facile : il devait parler aux médias, promettre aux New-Yorkais que, même dans les pires circonstances, ils étaient à l'abri. Dryer aimait presque trop son boulot. Et il s'arrangeait toujours pour se donner le beau rôle.

Quant à Greta... elle aimait l'histoire plus que la vie. Mais c'était une brave fille, compatissante, droite, ce qui n'était pas rien quand on avait débuté dans la vie avec autant d'argent.

Le Pr Laymon... il devrait se rapprocher de Greta. Ils formeraient un couple d'enfer.

Brad Vernon... Il faillit sourire. Il aurait souri s'il avait fait partie des vivants. Autrefois, il avait été jaloux de Brad. Tout comme Ken Dryer et Hank Smith, Brad aimait être sur le devant de la scène. Lui aussi était bel homme... En fait, il s'était aperçu que sa jalousie était infondée. Aux yeux de Leslie, Brad n'était qu'un ami et un collègue, quelqu'un avec qui elle aimait travailler. Ils avaient souvent ri ensemble de ses fiascos affectifs. Mais maintenant...

Son cœur se serrait. C'était drôle : il n'avait pas de cœur mais il ressentait la souffrance.

Il aimait Leslie. Il voulait qu'elle vive sa vie. Qu'elle retrouve quelque chose d'aussi merveilleux que ce qu'ils avaient partagé. Sincèrement...

Simplement, il ne voulait pas qu'elle succombe à un crétin.

Bon, d'accord, il était devenu amer. Et pourquoi pas ?

Ne la touche pas ! Ne va surtout pas la toucher ! se dit-il.

Puis il se corrigea.

Ne la blesse pas ! Sinon, je…

Il quoi ? Il ne pouvait même pas apparaître à volonté et il pouvait à peine communiquer avec ceux qui hantaient le même endroit que lui.

Ne la blesse pas ! supplia-t-il.

La bâtisse de Hastings House n'était pas très grande. Il y avait une vaste entrée avec un escalier installé sur le côté pour permettre aux courants d'air d'aérer toute la demeure. Leslie supposait que ces courants d'air avaient dû abonder autrefois, mais que, avec tous les gratte-ciel qui entouraient maintenant la maison, ils devaient se faire très rares. Le rez-de-chaussée comprenait deux pièces sur la droite, deux sur la gauche, et l'étage comptait six chambres. La salle à manger était la deuxième pièce à gauche, en bas. Derrière, on avait ajouté la seule innovation du XXIe siècle : une cuisine et un grand office, rattachés à l'édifice par un passage voûté.

— Est-ce que ça va ? Sincèrement ? demanda Robert en rejoignant Leslie tandis qu'ils gagnaient la salle à manger.

— Ça va, vraiment, assura-t-elle en lui serrant le bras.

Vraiment, se répéta-t-elle. J*e voudrais juste que vous sortiez tous de chez moi.*

« De chez moi » ?

Mais cette maison n'était pas la sienne.

C'était simplement la maison où Matt était mort.

— Alors, Hank, lança Brad tandis qu'ils entraient dans la salle à manger en file indienne, votre compagnie a fait une autre découverte historique, on dirait ? Ça doit être rude. Tout cet investissement de temps et d'argent pour devoir maintenant suspendre les travaux et attendre que nous ayons fouillé partout.

— Heureusement, intervint le Pr Laymon avant que Hank n'ait pu répondre, la firme n'essaie pas de cacher ce sur quoi elle tombe, Brad.

Hank souriait largement.

— Vous voulez savoir si ça m'ennuie de perdre de l'argent, Brad ? Oui, bien sûr. Mais nous tirons de cette histoire bien plus de bénéfices promotionnels que vous ne pouvez l'imaginer.

En s'asseyant sur une chaise, devant la table qui était une reproduction de l'époque, Leslie ignora la conversation des hommes et sourit à Greta. Ils étaient servis dans des assiettes en porcelaine, copies d'une vaisselle hollandaise, et des fleurs fraîches agrémentaient l'ensemble. Dès qu'elle était entrée dans la maison, Leslie avait humé l'odeur du bœuf en train de mijoter, et elle s'attendait à un dîner traditionnel, comme dans un vieux pub anglais.

— Dites-nous un peu plus de choses sur vos trouvailles, Hank ! lança Brad.

Hank eut l'air surpris.

— Nous avons donné tous les détails au Pr Laymon.

— Oui, il nous a dit ce qu'il savait, mais je suis intrigué. Qu'est-ce qui vous fait penser que vous avez exhumé un caveau de domestiques ?

Hank haussa les épaules et s'assit à table à l'instant où les traiteurs faisaient leur apparition, apportant le repas depuis la cuisine. Un rôti, une purée de pommes de terre, des haricots verts, une salade de tomates, du vin rouge. Un dîner délicieux et parfaitement traditionnel.

— J'espère que personne n'est devenu végétarien sans me prévenir ! dit Greta avec inquiétude.

Ils la rassurèrent tous d'un signe de tête, et Hank entreprit de répondre à la question de Brad.

— Eh bien, nous n'avons retrouvé ni cercueil ni ossements. Nous vous laissons ce soin, ajouta-t-il en prenant de la purée. Puis-je avoir la sauce ?

Ken Dryer lui passa la saucière.

— Ce que notre ouvrier a trouvé, c'est un dentier de bois, poursuivit-il.

— Un dentier de bois ? répéta Leslie.

— Exactement comme celui de George Washington qui est conservé au Smithsonian Institute.

— Les gens pauvres n'avaient généralement pas de dentier, souligna-t-elle.

— Il est très rudimentaire, et n'a été conservé que parce qu'il était emballé dans un morceau de toile goudronnée, comme aurait pu en avoir un soldat, fit Hank. Je n'y connais pas grand-chose, mais c'est ce que m'a dit quelqu'un du musée. Bref, on a ensuite trouvé d'autres objets. Quelques bijoux, des morceaux de vêtements de piètre qualité, ainsi que deux ou trois petites croix qui, elles, sont en argent massif. Nous avons arrêté les travaux aussitôt, naturellement.

— Naturellement, acquiesça Brad.

Leslie crut percevoir chez lui une trace de cynisme. Puis elle se rappela qu'il avait un a priori envers quiconque travaillait dans l'immobilier.

— Je précise que nous avions trouvé des documents d'archives à la bibliothèque Morgan, rappela Greta à l'intention de Hank. Ils indiquent qu'une église se dressait à cet endroit avant d'être détruite par un incendie. A l'époque, toute la zone était densément peuplée de familles d'immigrants qui luttaient pour survivre. Plus haut dans la rue, il y a avait également une église catholique et, plus près de nous, une autre église épiscopalienne, pour ne pas mentionner Trinity et St. Paul. N'oubliez pas que tout le monde allait à l'église, à l'époque.

— Exact, Greta, fit Hank avec un bref sourire à l'intention du Pr Laymon. Bref, nous avons pris la décision de confier les fouilles à notre ami ici présent. Tous les travaux ont été suspendus, l'accès des zones de trouvailles a été bloqué et vous êtes tous fin prêts.

Il adressa un nouveau sourire, cette fois à Leslie, et ajouta :

— En outre, deux des archéologues les plus reconnus de cette ville vont nous prêter main-forte, indépendamment des hordes d'assistants que le professeur souhaitera embaucher.

Il se tourna vers Brad et conclut :

— En somme, soyez gentils de dire du bien de nous à la presse.

Greta eut un léger rire. Leslie sourit. Elle trouvait Hank plutôt honnête, même si elle non plus ne faisait pas toujours confiance aux promoteurs.

— Les ouvriers du bâtiment ont eux aussi besoin de gagner leur vie, vous savez ? glissa Robert.

— C'est vrai. Nous autres travailleurs de base gagnons notre vie à la sueur de notre front, dit Ken.

— Pauvre Ken, vous n'êtes qu'une petite abeille ouvrière, n'est-ce pas ? dit Leslie d'un air taquin.

Il se mit à rire.

— Bon, d'accord, je suis une abeille ouvrière éduquée et privilégiée. Mais si vous cherchez un type qui s'est cassé le cul — pardon, Greta — pour arriver à quelque chose, et qui en dépit de tous ses efforts en est encore à trimer dur sans la moindre reconnaissance et pour un salaire minable, demandez donc son avis à Robert.

— Hé, dites donc ! protesta Robert.

— Tiens, nous autres flics sommes payés correctement, maintenant ? demanda Ken.

— Ça pourrait être pire, dit Robert.

Ken grommela.

— D'ailleurs, je doute que vous ayez l'intention de rester flic très longtemps, ajouta Robert.

— Avez-vous des ambitions politiques ? demanda Leslie en sirotant son verre de vin.

— Pas cette année, je vous le promets, répondit Ken. Tout ceci est absolument délicieux, Greta. Merci infiniment de m'avoir invité.

— Eh bien, fit Greta en agitant la main, nous voulons convaincre Leslie que la police la secondera si jamais elle en a besoin, n'est-ce pas ?

— Greta s'inquiète beaucoup de vous savoir seule dans cette maison, dit Robert à Leslie.

Il n'ajouta pas *moi aussi*. C'était inutile. Elle l'avait lu dans ses yeux.

— Je connais New York comme ma poche, leur assura-t-elle.

— Tout le monde peut avoir besoin d'aide, dit Robert.

— Ai-je la moindre raison d'avoir peur ? demanda Leslie. Est-ce que vous savez quelque chose que j'ignore ?

— Non, répondit Robert.

— A vrai dire, nous n'avons toujours pas résolu le problème des disparitions qui surviennent dans le coin, intervint Ken.

— Leslie n'a aucune raison de s'inquiéter. Elle n'a pas exactement le profil, dit Robert.

— Vous n'avez toujours aucune piste dans cette affaire de prostituées ? demanda Leslie.

— Aucune piste, dit Ken.

Il hésita, puis ajouta :

— Matt avait réussi à alerter certains responsables, mais personne n'a repris l'histoire là où il l'a laissée.

— Comme il est hautement improbable que Leslie se mette à racoler dans les rues, je pense qu'elle n'a pas besoin de trop s'inquiéter de ça, déclara Greta. A titre personnel, je veux dire.

— Il y a peut-être un Jack l'Eventreur moderne en vadrouille, suggéra Brad.

— Jack l'Eventreur tenait particulièrement à ce qu'on découvre les corps mutilés de ses victimes, coupa sèchement Robert.

Il rougit et reprit :

— Désolé de parler aussi crûment. Je suis particulièrement sensibilisé par cette histoire. Nous sommes totalement dans le brouillard. Et chaque fois que la série semble terminée, nous voyons arriver dans nos locaux un parent éloigné, une collègue de trottoir ou un client gêné qui viennent nous signaler la disparition d'une autre fille.

— Peut-être qu'elles quittent la ville, tout simplement, suggéra Brad.

— J'aimerais que ce soit le cas, dit Robert. Mais je n'y crois pas.

— Pourquoi est-ce qu'on ne retrouve pas les corps, alors ? demanda Ken.

— Je ne sais pas, dit Robert.

Il se tourna vers Leslie :

— Je n'avais pas l'intention de vous mettre mal à l'aise, Leslie.

— Je ne le suis pas. Il y a une alarme sophistiquée, ici, vous vous rappelez ? répliqua-t-elle en souriant.

Mais Robert la contemplait d'un air inquiet.

Quelques instants plus tard, on débarrassa leurs assiettes pour servir un café accompagné d'une succulente tarte aux pommes. Alors qu'on posait ce dessert devant eux, Leslie décida d'alléger l'atmosphère.

— Dites-moi, quels sont les derniers potins mondains ?

Apparemment, elle n'avait pas été bien inspirée.

— Pour le savoir, il faudrait avoir une vie mondaine ! lança Ken. Tu en as une, toi, Robert ?

— Oui. La preuve : je dîne ici ce soir. Grâce à cette aimable dame.

Il tendit le bras pour serrer la main de Greta.

— La vie de Greta est entièrement mondaine, mais comme elle y travaille dur, elle n'a pas le temps d'en profiter, dit Hank d'un air taquin.

— Bêtises ! fit Greta. Je suis très heureuse. J'adore travailler pour les causes qui me sont chères, et l'histoire en particulier. Quant à vous, Ken, vous participez à tous les événements qui comptent.

— Oui, mais est-ce qu'on peut appeler ça une vie mondaine ? demanda Ken.

— Excusez-moi d'avoir posé la question, dit Leslie.

Après le dîner, comme personne ne semblait avoir envie de prendre congé, Leslie décida qu'il était temps de leur demander de partir.

Elle feignit un bâillement.

— Oh ! Excusez-moi. Dites, nous commençons dès demain matin, n'est-ce pas, professeur ?

— Est-ce que tu essaies de nous chasser ? demanda Brad.

— Je pourrais difficilement vous chasser puisque je ne suis pas chez moi. Mais oui, partez, je vous en prie. J'ai besoin de dormir, lui dit-elle avec un grand sourire.

Robert Adair regarda Brad.

— Elle a l'air sérieux.

— On dirait, acquiesça Brad avec un haussement d'épaules.

Les derniers échanges durèrent un bon moment : chacun vérifia que Leslie avait bien programmé les numéros de portable, et on lui fit promettre d'appeler sur-le-champ si elle avait besoin de quoi que ce soit.

Greta tint à vérifier que les traiteurs avaient tout rangé correctement au rez-de-chaussée, qu'ils avaient éteint tous les appareils, puis elle contrôla la fermeture des portes et des fenêtres. Elle expliqua à Leslie le fonctionnement de l'alarme et lui en donna le code pendant que les autres patientaient dans l'entrée. Finalement, même Greta dut admettre que tout était en ordre.

— Demain, nous sommes lundi. Comme le musée ouvre à 10 heures, Melissa Turner vient vers 8 heures et demie — elle s'occupe de la vente des tickets —, et Tandy Goren et Jeff Green, les guides, arrivent en général un peu après. Melissa fait partie de ces gens qui aiment venir avant l'heure pour pouvoir prendre leur temps, et elle commence par se faire un café. C'est un amour, elle vous plaira. Simplement, ne soyez pas étonnée d'entendre des voix dès le matin.

— Je serai peut-être déjà partie, dit Leslie.

Elle regarda le Pr Laymon.

— A quelle heure avons-nous rendez-vous sur le site, professeur ?

— Demain, pas besoin de vous presser. 10 heures, ce sera parfait, répondit-il. Vous savez où ça se trouve ?

— Plus bas dans la rue. Je pense que je ne peux pas le rater, dit la jeune femme en souriant.

— Bon. Appelez-moi sur mon portable si vous avez besoin de précisions. Je veux d'abord voir comment les choses se présentent, puis je vous mettrai au travail avec Brad. J'embaucherai aussi quelques thésards et je réglerai les détails.

Leslie hocha la tête, impatiente de les voir partir.

Ken Dryer repoussa une mèche blonde sur son front et serra la main de Leslie.

— Je suis encore flic, dit-il d'une voix voilée. Vous savez que vous pouvez compter sur moi si vous avez besoin de quoi que ce soit.

Lâche sa main, crétin !

Ken fronça brusquement les sourcils, puis haussa les épaules.

— Appelez-moi.

— Merci, dit-elle.

Hank s'avança.

— Bon, je ne suis pas flic, mais je serai toujours là pour vous.

Il l'embrassa sur la joue.

Et toi, tu es le roi des crétins !

Hank parut soudain se mettre à bégayer.

— N'hésitez pas à m'appeler, conclut-il.

Robert serra Leslie dans ses bras, sans fausse gêne. Brad lui fit une bise sur la joue.

— A demain, fillette ! lança-t-il.

Greta l'étreignit avec vigueur. Leslie avait l'impression de partir en safari au fond de la jungle. Ils étaient tous tellement inquiets ! Et elle ne pouvait pas leur expliquer pourquoi elle avait autant envie de rester seule dans la maison.

Finalement, les adieux prirent fin. Robert Adair avait toujours l'air troublé. Elle l'embrassa sur la joue.

—Dînons ensemble demain soir, d'accord ? lui souffla-t-elle.

Cela parut le rasséréner. Il accepta d'un signe discret.

— Ça fait vraiment plaisir de vous savoir de retour, Leslie, dit-il gravement.

— De retour à New York, et parmi nous, ajouta Ken Dryer.

Elle sourit.

— Je suis ici chez moi, murmura-t-elle.

Ils partirent enfin et elle se retrouva seule dans la maison.

Elle resta debout dans l'entrée. Elle entendait encore les bruits de la rue, étouffés par la barrière extérieure et par les murs épais. Le son d'un klaxon, un cri, une alarme de voiture. La routine.

Elle s'efforça de repousser ces bruits à l'arrière-plan pour tendre l'oreille vers la maison elle-même.

Rien. Tout était calme. On n'entendait même pas craquer le bois ancien.

Hastings House était debout depuis plus de deux siècles. Elle avait vu passer la guerre, la paix, la vie, l'amour… et la mort. Elle devait obligatoirement abriter quelques esprits. Elle avait été le témoin d'une révolution et d'une guerre civile qui avaient déchiré le pays. Elle était là en 1812 quand une nation à peine née avait affronté la première confrontation de son indépendance. Elle avait vécu les émeutes, les turbulences de foules d'immigrants lancés les uns contre les autres dans une guerre de castes, anciens contre nouveaux, au milieu d'un monde devenu fou. Deux guerres mondiales s'étaient succédé, suivies de la guerre froide. La maison avait survécu à la tragédie et aux épreuves qui avaient inauguré le XXIe siècle.

Oui, il y avait certainement des esprits…

Mais elle n'entendait ni ne sentait rien. La maison était silencieuse.

— Matt ? chuchota-t-elle avec espoir.

Il n'y eut pas de réponse.

Elle ferma les yeux, pria, espéra, attendit.

Rien.

Finalement, elle monta se coucher.

Il n'y avait pas de règle, lui avait dit Nikki une fois. Personne ne savait vraiment ce qu'il y avait au-delà de notre monde.

Elle resta longtemps éveillée, immobile, dans l'expectative.

Mais il ne se produisit rien et, sans même percevoir la transition entre la veille et le sommeil, elle finit par s'endormir.

4

A 3 heures du matin, au volant de sa voiture, Joe sillonnait lentement les rues, guettant la prostituée qu'il cherchait au milieu de ses consœurs.

Il avait d'abord commencé par le travail de routine. Vérifier et revérifier les renseignements qu'Eileen lui avait donnés, prendre des rendez-vous, envoyer des e-mails…

Il avait lu et relu plusieurs fois l'article du magazine, sans rien y trouver d'autre qu'une allusion à une vieille rumeur de relation extraconjugale. Rien en tout cas qui justifie qu'une femme adulte et intelligente pète les plombs. Le journaliste étant pour l'instant en reportage outre-mer, Joe n'avait aucun moyen de le contacter pour contrôler ce qu'il savait vraiment.

Il ne pensait pas tirer grand-chose de ce côté-là, en tout cas.

La clé du mystère que représentait la disparition de Genevieve se trouvait ici, quelque part dans ces rues.

L'une des notes qu'Eileen lui avait confiées faisait allusion à une fille que Genevieve avait essayé d'aider dans le cadre de son travail et dont elle avait parlé à sa tante. *Didi Dancer.* Sans doute pas son vrai nom, mais…

Un mètre soixante-deux, la poitrine généreuse, la taille fine. Portait généralement une jupe rouge moulante et une veste de cuir quand elle travaillait. Des talons aiguilles. Elle tirait sa fierté de sa chevelure, longue et d'un brun chaud. Elle ne devait pas être difficile à repérer.

Il la vit et se gara contre le trottoir. Elle remarqua qu'il conduisait une Lexus et il enregistra le sourire froid qui étira ses lèvres tandis qu'elle s'avançait vers la voiture. Elle s'appuya contre la carrosserie en arquant le corps d'une manière suggestive.

— Hello ! fit-elle.

La dureté de son sourire s'atténua un peu.

— Alors, beau gosse, quels sont tes projets pour ce soir ?

— J'aimerais vous parler, dit-il.

Elle avait de jolis traits, mais sa peau était sèche. Trop de cigarettes. Et probablement aussi de substances illicites.

— Parler ? Bien sûr, chéri. Tout le monde veut parler.

Il sourit, et elle sembla se détendre un peu.

— Hé ! reprit-elle, la voix soudain rauque, tu es vraiment beau gosse, tu sais ? On peut peut-être s'arranger, pour ce que tu sais.

— En toute honnêteté, je veux juste vous parler, mais je vous dédommagerai.

Elle se tendit brusquement et fit mine de se redresser.

— Tu es de la brigade des mœurs, c'est ça ? Je n'ai rien dit. Tu ne peux pas me coller au trou.

Elle s'éloigna, ses talons claquant sèchement sur le bitume.

D'un bond, il sortit de sa voiture.

— Je vous jure que je ne fais pas partie de la brigade des mœurs. Et que je vous dédommagerai. Vous êtes, euh… Didi Dancer, c'est ça ?

Bon Dieu, quel nom ridicule !

Elle s'arrêta, fit volte-face et le dévisagea.

— Qui êtes-vous ? Qu'est-ce que vous voulez ? demanda-t-elle avec méfiance.

— Je suis détective privé. J'ai juste besoin d'aide. Je suis à la recherche d'une femme qui a disparu. Genevieve O'Brien.

Une expression étrange, mêlant curiosité et compassion, passa sur le visage de la fille.

D'un ton voilé, elle demanda :

— La jolie assistante sociale ?

— Oui.

— J'en ai déjà parlé aux flics.

— Accepteriez-vous d'en discuter avec moi ?

Elle hésita.

— D'accord, dit-elle enfin. Si vous m'emmenez faire un tour. Vous avez une super-bagnole.

— D'accord.

Elle se glissa sur le siège du passager, fit courir ses mains sur le cuir souple, puis regarda Joe.

— Où voulez-vous aller ? lui demanda-t-il.

— Je veux juste rouler. Tiens, sur l'autoroute FDR.

— Entendu.

Il conduisit pendant plusieurs minutes, naviguant dans les rues pour atteindre l'autoroute, avant qu'elle ne reprenne la parole.

— Ce que je peux vous dire, c'est que la police a interrogé un grand nombre de filles. C'était curieux. Enfin, pas vraiment curieux, mais disons que ça semblait machinal, comme s'ils posaient des questions convenues.

Ils pensent qu'on choisit cette vie, qu'on mérite tout ce qui nous arrive.

Elle secoua la tête, regarda par la vitre, puis ramena les yeux vers lui.

— Je peux fumer ? demanda-t-elle.

— Si vous acceptez de m'aider, vous pouvez même fumer le cigare, répondit-il.

Elle sourit, les yeux toujours fixés sur lui.

— Vous êtes vraiment beau gosse, vous savez ? J'aurais dû deviner tout de suite que vous ne cherchiez pas à baiser. Evidemment, le fait d'être beau ne veut rien dire. Vous seriez étonné du nombre de types superbes qui recherchent simplement le sexe, sans s'encombrer de sentiments. Ou qui veulent des trucs un peu bizarres, voire pas si bizarres que ça mais que leurs femmes refusent de faire.

Elle fronça les sourcils.

— Vous n'êtes pas des mœurs, c'est sûr ?

— Juré. Je ne suis pas des mœurs. Je vous montrerai mes papiers.

— Allons, mon chou, n'importe qui peut falsifier des papiers ! dit-elle en riant.

Puis, redevenant sérieuse, elle ajouta :

— J'aimerais pouvoir vous aider.

— Essayez.

— O.K.

Elle ouvrit la vitre, alluma une cigarette et, tout en exhalant la fumée, elle commença :

— Genevieve... Les flics aussi m'ont posé des questions sur elle. C'est un joli nom, et une jolie femme.

Elle inhala profondément, mais juste de l'air. A cet instant, elle ne semblait pas se rendre compte qu'elle avait allumé une cigarette.

— J'ai une petite fille. On me l'a enlevée pour la placer. En tant qu'assistante sociale, Genevieve est venue me voir. Je lui en ai fait voir de toutes les couleurs, au début. Elle a la tête des mannequins qui posent pour *Vogue*, ce genre-là. Et j'avais entendu certaines copines dire qu'en plus elle est vraiment riche. Mais elle jouait franc jeu. Elle voulait vraiment m'aider. Nous aider. Je lui ai même fait rencontrer d'autres filles, une fois. Elle était si gentille. Elle voulait tout savoir de nos *rêves*, vous imaginez ? Est-ce qu'on a l'intention de faire ce boulot-là toute notre vie ou est-ce que c'est juste pour amasser de l'argent ? Elle voulait nous aider à trouver un vrai travail, assez bien payé pour survivre dans cette ville, pour rentrer dans les clous. Et récupérer nos enfants, ajouta-t-elle doucement.

— Quand l'avez-vous vue pour la dernière fois ? demanda Joe.

— Il y a un mois, environ.

Juste à l'époque où elle a disparu ?

— Est-ce qu'elle vous avait rendu visite ? Etait-ce dans un restaurant… dans la rue… Où ? Comment ? continua doucement Joe.

— Nous étions juste à l'endroit où vous m'avez rencontrée ce soir, répondit-elle. Elle savait où me trouver.

— Pourquoi vous cherchait-elle ?

— Elle pensait m'avoir trouvé un job.

Didi tira sur sa cigarette, souffla la fumée puis jeta le mégot par la vitre et regarda Joe.

— Elle voulait savoir si j'avais sérieusement l'intention — vraiment sérieusement — de changer de vie. Si j'avais suffisamment envie de récupérer ma fille pour devenir réglo. Sans un faux pas.

— Que lui avez-vous répondu ?

Didi croisa les bras et répondit doucement :

— J'ai dit oui.

Joe hocha la tête.

— Mais elle n'est jamais revenue ?

— Non.

— Comment vous êtes-vous séparées ?

— Une voiture s'est arrêtée à notre hauteur et j'ai compris qu'elle connaissait la personne qui était au volant. Elle est montée, et on aurait dit qu'elle et le type — je crois que c'était un type — se disputaient. Je n'entendais pas ce qu'ils disaient, mais elle avait l'air contrarié, vous voyez ? Et puis elle m'a saluée de la main et m'a dit qu'elle reviendrait me voir pour le job.

— Est-ce que vous pouvez me décrire la voiture ?

— C'était une berline sombre. Noire ou bleue.

— Est-ce que, par le plus grand des hasards, vous auriez noté le numéro d'immatriculation ?

Didi secoua la tête.

— Non.

— Vous n'avez pas regardé Genevieve partir ? Elle ne vous a pas fait un signe de la main avant que la voiture démarre ?

— Non, fit Didi à voix basse.

Elle leva les yeux vers lui.

— Une autre voiture est arrivée : un de mes clients habituels. Je le connaissais ; je savais que c'était une aubaine. Du coup, j'ai complètement oublié Genevieve. Je n'avais pas le choix. Je veux dire… j'avais vraiment l'intention d'accepter sa proposition et de revenir dans le droit chemin, mais… eh bien, en attendant, il fallait que je mange.

— Je comprends, murmura Joe.

Il la ramena à l'endroit où il l'avait rencontrée. Après avoir mis au point mort, il sortit une liasse de billets.

— Vous ne me devez rien, dit-elle.

— Je vous ai dit que je vous dédommagerais.

— C'est de Genevieve que nous avons parlé. Vous ne me devez rien. J'espère vraiment que vous la retrouverez. Parfois, je prie pour qu'il ne lui soit rien arrivé.

— Prenez l'argent et offrez-vous à dîner. Faites une pause.

Elle garda le silence, regarda Joe dans les yeux, et prit l'argent.

— Qu'est-ce qui vous fait penser que je ne vais pas m'acheter de la coke avec ça ?

— Vous le ferez peut-être. J'espère que non.

Elle entreprit de sortir de la voiture.

— Vous êtes le seul à m'avoir jamais demandé ça, vous savez ?

— A vous avoir demandé quoi ?

— Ce que j'ai répondu à Genevieve. Personne d'autre ne s'est soucié de savoir si je voulais m'en sortir ou non. C'est vraiment gentil de votre part.

— Vous pourriez sans doute trouver un vrai travail, avec ou sans Genevieve, dit-il.

— Ah ouais ? Avec mes super-références ? Des clients qui assureraient que je baise bien ? jeta-t-elle sèchement.

Elle rougit, puis fouilla dans son petit sac à main. Elle en sortit un bout de papier, le ticket d'une consommation, et y griffonna un numéro.

— Si jamais vous pensez que je peux encore vous aider, appelez-moi.

Il prit le papier.

— Merci. Etes-vous sûre de ne rien vous rappeler

d'autre à propos de cette voiture ? Une indication sur la couleur ?

— Noire. Je pense qu'elle était noire, dit-elle.

Puis elle soupira.

— Mais je n'en suis pas sûre.

— O.K. Merci. Vraiment.

Elle lui caressa le visage, le regard tendre.

— Merci à vous, mon chou. Vous m'avez traitée gentiment. Et je le dis sérieusement : appelez-moi.

Son sourire redevint dur.

— J'ajoute que ce n'est pas une invite. Bonsoir !

Elle sauta hors de la voiture.

En redescendant la rue, Joe passa devant le nouveau site de fouilles. Vu de nuit, à l'abri de barbelés érigés en hâte, il semblait immense. A peine conscient de ce qu'il faisait, il se glissa dans une place vide, sortit de la voiture et se mit à marcher tout en prenant mentalement des notes.

Eileen Brideswell avait peut-être raison. Sa nièce avait travaillé avec des prostituées dans la zone où plusieurs filles avaient disparu. Elle était montée dans une berline sombre, probablement noire, dans l'une de ces rues. Joe se dit qu'il aurait besoin de consulter les notes de Robert Adair pour savoir si certaines collègues des filles disparues les avaient vues elles aussi monter dans une voiture noire.

Il marcha tout en réfléchissant, et se retrouva une fois de plus devant Hastings House, comme si son instinct avait guidé ses pas.

Voilà qui est complètement idiot. Quel rapport entre Hastings House et Genevieve O'Brien ?

L'endroit le turlupinait, voilà tout. Il ne pouvait s'empêcher de penser que l'explosion avait été sciemment provoquée et que c'était Matt qui était visé.

Quelqu'un avait commis un meurtre en toute impunité.

Debout sous un réverbère, Joe contempla la maison. Elle avait l'air vivante, comme si elle respirait. Les anciennes fenêtres de style colonial ressemblaient à des yeux et la porte, à une bouche.

Une sensation de malaise l'envahit. Oui, Eileen Brideswell avait raison, songea-t-il. Il était *vraiment* arrivé quelque chose de louche à sa nièce. Comme aux prostituées.

Quelqu'un avait commis des crimes sans se faire prendre.

Exactement comme à Hastings House.

D'abord, Leslie dormit profondément. Puis, tout à coup, elle se rendit compte qu'elle était parfaitement réveillée.

Elle jeta un coup d'œil à son réveil de voyage, posé près de son lit sur un meuble du style de ceux de Duncan Fife. 4 heures du matin. Bien trop tôt pour se lever.

Elle tapota son oreiller, mais le sommeil la fuyait. Au bout d'une demi-heure, elle se leva en soupirant. Elle enfila un peignoir et descendit l'escalier sans bruit.

Jusqu'à présent, elle n'avait pas pénétré dans la pièce où s'était produit l'explosion. Etait-elle prête à le faire ?

Avait-elle envie d'entrer en contact avec Matt ?

Dans l'entrée, elle hésita, puis s'avança dans la première pièce du rez-de-chaussée, transformée en salon colonial. Il y avait un fauteuil rond sous la fenêtre, une table au centre de la pièce, un piano-forte sur un côté et plusieurs chaises ainsi qu'une table à thé. Elle se tint debout dans la pénombre baignée de la lueur diffuse des veilleuses de sécurité.

— Hello ? dit-elle doucement.

Elle franchit la porte qui ouvrait sur la salle à manger attenante en se disant que la soirée de la veille faisait désormais partie de l'histoire, comme tout le reste.

Elle traversa la cuisine et pénétra dans l'office des domestiques.

On avait reconstruit la cheminée. Elle pouvait presque visualiser Matt debout à côté, comme lors de la nuit tragique. Et elle se revoyait elle-même, non loin, piégée dans une conversation avec d'autres gens. En esprit, elle discernait presque…

Mais l'endroit était silencieux. Ce n'était qu'une pièce ordinaire.

— Pas même un gentilhomme de l'époque coloniale dans un coin ? Ou bien la maîtresse de maison ? demanda-t-elle à voix haute.

Juste une pièce vide.

Elle regagna la cuisine et dénicha la cafetière et le café en se disant que si les provisions appartenaient à Melissa, la guichetière, elle veillerait à les remplacer. Elle mit la cafetière en route. A l'étage, dans sa chambre à laquelle les visiteurs n'avaient pas accès, il y avait un poste de télévision. Elle allait déguster son café en regardant les premières informations du matin.

Cette décision prise, elle chantonna en préparant le café. Elle s'attendait à tout moment à voir un fantôme derrière son épaule. Mais quand le café fut prêt, elle n'avait toujours rien vu. Elle trouva une grande tasse, la remplit, et remonta l'escalier.

Dans la chambre, elle alluma la télévision, puis s'approcha de la fenêtre et regarda la rue, l'esprit ailleurs. Son cœur s'arrêta de battre.

Il y avait un homme sur le trottoir, debout sous un réverbère.

Matt.

Elle battit des paupières. Il était toujours là. Un homme aussi grand que Matt, et se tenant exactement dans la même posture. Ça ne pouvait être que lui.

L'homme leva les yeux.

Bon sang, c'était bien Matt !

Elle oublia qu'elle n'avait sur elle qu'un peignoir et une courte chemise de nuit. En se précipitant au rez-de-chaussée, elle faillit aussi oublier l'alarme. Puis elle se rappela à la dernière minute qu'une sirène se déclencherait et que la police serait alertée si elle ne tapait pas le code. Elle frappa les touches à la hâte, puis ouvrit brutalement la porte et dévala l'allée en courant.

En atteignant la palissade, elle ralentit et étouffa un juron. L'homme avait disparu.

Elle serra contre elle les pans de son peignoir. La rue, tout à coup, était très calme.

Morte, en fait.

Elle ouvrit la grille pour jeter un coup d'œil anxieux de part et d'autre. Il n'y avait rien en vue. L'homme, sous le réverbère, avait dû être un effet de son imagination.

De toute façon, un fantôme n'avait pas besoin de s'échapper en courant dans la rue. Ça ne devait pas être Matt. Elle avait seulement trop envie de le voir…

Un léger soupir lui échappa.

— Ohé ? Il y a quelqu'un ?

Elle sentit la brise lui effleurer le visage, entendit le son distant d'un klaxon et quelqu'un qui criait : « Taxi ! »

La ville ne dormait jamais vraiment. Pas même ici, au cœur du quartier financier.

— Ohé ? murmura-t-elle de nouveau.

— Hello, jeune dame !

Elle fit volte-face. Un clochard répugnant, édenté, les cheveux longs, se tenait derrière elle, souriant largement.

— Je veux dire : bonjour, *chérie* ! reprit-il.

Elle l'examina des pieds à la tête en s'efforçant de ne pas grimacer de dégoût.

— Euh, bonjour, dit-elle. Et au revoir.

Avec un geste de la main, elle fonça vers la grille ouverte, prit une minute pour la verrouiller derrière elle et escalada les marches. A l'intérieur, elle referma la porte et programma l'alarme, tout en se promettant de faire nettement plus attention. Sinon, les gens allaient *vraiment* commencer à penser qu'elle avait un grain.

A 9 heures tapantes, Joe Connolly était dans les bureaux du service social et s'entretenait avec l'ancien patron de Genevieve, un grincheux du nom de Manny Yarborough qui se montrait guère coopératif.

— J'ai déjà reçu la visite d'un inspecteur et je ne pourrai rien vous dire de plus. Cette fille est partie. Elle a débarrassé son bureau et elle a filé. C'est tout.

— Non, ce n'est pas tout. A-t-elle dit où elle allait ? A-t-elle laissé une adresse pour qu'on lui envoie son dernier salaire ? A-t-elle dit qu'elle viendrait le chercher ? Puis-je voir son bureau, s'il vous plaît ?

— Je vais vous dire une chose, monsieur : je suis quelqu'un de très occupé. Nous sommes toujours à court de personnel, ici, et le départ de Genevieve n'a rien arrangé.

Elle n'a donné aucune explication. Quand je lui ai fait remarquer qu'elle ne pouvait pas partir comme ça, qu'il fallait respecter les procédures, donner son préavis, que ça ne se faisait pas de disparaître de cette manière, elle a juste répondu : « C'est ce qu'on va voir. » Ensuite, elle a attrapé ses affaires et elle a filé. J'ai utilisé son bureau aussitôt après : il nous faut de l'espace pour bosser. On est à New York, ici !

— J'aurais besoin de la moindre adresse que vous pouvez avoir dans vos fichiers, et j'aimerais tout de même voir le bureau sur lequel elle travaillait, dit Joe avec fermeté.

— Vous avez un mandat de perquisition ?

— Pour quoi faire ? Vous pensez que cette histoire va se transformer en enquête pour homicide ? Je vous l'ai dit, je ne suis pas flic. Je travaille pour une famille. Une famille qui apporte son soutien aux œuvres sociales de la ville, et je suis sûr que vous le savez. Alors, que diriez-vous de me donner un coup de main ?

L'homme le regarda d'un air exaspéré.

— Je vais vous donner l'adresse et le numéro de téléphone qu'elle m'avait communiqués, et vous pouvez demander à Alice, là-bas, si ça ne l'ennuie pas de vous laisser examiner le bureau.

Alice était jeune et elle avait l'air gêné. Elle semblait, cela dit, exceptionnellement gentille : le type même de personne faite pour ce genre de travail. Elle avait encore des idéaux. Ses yeux étaient grands, bleus, et elle avait dû entendre la conversation car elle bondit de sa chaise dès que Joe approcha.

— Je peux aller vous chercher un café ou autre chose, si vous le souhaitez. Je veux dire, je ne voudrais pas rester dans vos jambes.

Elle était mince et nerveuse.

— J'aimerais beaucoup que vous restiez, pour me fournir des renseignements sur ce que je vais peut-être trouver, répondit-il avec un sourire qu'il espérait rassurant.

— Bien sûr.

Manny s'éloigna comme si toute l'affaire l'écœurait.

Joe s'assit devant le bureau.

— Le tiroir du bas contient des dossiers, lui dit Alice. Je vais les parcourir avec vous.

Joe s'aperçut rapidement que le travail de Genevieve avec les prostituées constituait l'essentiel des cas qu'elle suivait, même si, de manière révélatrice, elle ne les avait pas étiquetées comme des prostituées. En fait, elle avait classé leurs dossiers sous divers intitulés, comme « Exerce des emplois temporaires » ou « Attend des propositions plus intéressantes ». Elle avait des documents sur tous les enfants — essentiellement des bébés —, des formulaires administratifs indiquant quand ils avaient été confiés aux services de l'enfance, quand ils avaient été placés, avec des annotations partout.

Joe trouva le dossier de Didi Dancer. Sa petite fille lui avait été retirée six mois plus tôt. Dancer était peut-être son vrai nom, après tout, car l'enfant était inscrite sous le nom de Dianna Dancer. Une courte note, dans le dossier, n'était pas agrafée avec les autres. Il lut *: Elle a sa chance. Mettre le paquet.*

Une seconde plus tard, il entendit quelqu'un tousser. Lui et Alice levèrent les yeux. Manny était de retour, l'air mauvais.

— Voilà les renseignements que je vous ai promis,

monsieur Connolly. J'ai fait tout ce que j'ai pu, mais ici, notre temps et précieux.

— Ça ne m'a pas dérangée du tout d'aider M. Connolly, affirma Alice avec un grand regard innocent.

— Peut-être, mais vous avez rendez-vous au tribunal pour l'affaire Blalock dans trente minutes.

— Trente minutes ? répéta Alice, consternée.

Elle bondit de nouveau sur ses pieds, et Joe l'imita. Tout en se redressant, il cacha dans sa paume le morceau de papier avec l'annotation de Genevieve. Par la suite, il pourrait toujours dire qu'il l'avait emporté sans le faire exprès.

Il s'arrangea pour chuchoter à Alice :

— Pourriez-vous photocopier les dossiers pour moi ?

Elle parut enchantée d'être incluse dans une conspiration contre son patron. Elle hocha la tête, les yeux brillants, le sourire aux lèvres.

— Alice, l'heure tourne ! lança Manny.

— Merci à vous deux, fit poliment Joe.

Puis il ajouta :

— Je reviendrai peut-être.

Manny fit la grimace.

Joe décida de battre en retraite et de remonter au front un autre jour. Il tendit la main à Manny.

— Merci encore. Je prie pour retrouver Mlle O'Brien vivante, et si j'y parviens, ce sera largement grâce à votre aide.

Quel tas de sornettes ! Mais au fil des années, grâce à son expérience, il avait compris qu'avec ce genre de type il fallait se montrer non pas obséquieux, ce qui aurait été exagéré et lui aurait donné envie de vomir, mais suffisamment cordial pour les mettre mal à l'aise et, parfois, les rendre plus enclins à une certaine coopération.

Il tendit aussi la main à Alice en la remerciant sincèrement. Elle rougit et balbutia :

— Je… je vous en prie. J'aimais beaucoup Genevieve. Nous l'aimions tous. Nous l'aimons, je veux dire.

— C'est ça, et nous avons tous besoin de nous remettre au travail, conclut Manny.

Joe adressa à Alice un clin d'œil qui la fit sourire largement, puis il s'en alla.

Il avait sorti son portable pour appeler Robert Adair avant même d'avoir quitté l'immeuble. La chance lui sourit : il ne perdit pas la connexion dans l'ascenseur et Robert répondit immédiatement.

— J'ai besoin de m'entretenir avec vous à propos de Genevieve O'Brien et des prostituées disparues, dit Joe.

— Quoi ? fit Robert.

— J'ai dit…

— J'ai bien entendu. Mais… Genevieve n'était pas une prostituée !

— Je sais. Rendez-moi ce service, dit Joe, certain que Robert avait fait les mêmes rapprochements que lui mais qu'il ne comptait lâcher aucune information.

— D'accord, fit Robert. Je suis sur le site. Pouvez-vous m'y retrouver ?

— Quel site ?

— Comment ça, quel site ? Les nouvelles fouilles. Le grand chantier de fouilles de New York, comme ils l'appellent.

Robert se tut une seconde, puis ajouta :

— Tout près de Hastings House.

— Donnez-moi juste le temps d'arriver, dit Joe.

Et il raccrocha.

*
* *

Leslie était couverte de boue, mais elle s'en apercevait à peine et, en tout cas, elle s'en fichait royalement. L'excitation de la découverte, cette excitation qui avait orienté sa vocation dès le tout début, la faisait vibrer. D'un point de vue archéologique, cet endroit était une véritable mine d'or.

En l'espace de quelques heures, ils avaient placé leur quadrillage, et Laymon avait embauché un certain nombre de professionnels : tous les employés du musée déjà concernés plus vingt étudiants en doctorat des universités voisines. Ils étaient tous à genoux, munis de petites truelles et de pinceaux délicats, tandis que de lourdes machines de chantier attendaient non loin, silencieuses. Jusque-là, ils avaient trouvé des boucles de chaussures, des boucles de ceintures et des fragments de bijoux.

Leslie était sûre qu'ils découvriraient bien d'autres choses.

Elle n'avait d'abord pas compris pourquoi elle était attirée par une section particulière du quadrillage. Et puis, après avoir creusé puis déblayé la poussière, elle avait levé la tête…

Et vu la fillette.

Elle devait avoir environ sept ans. Elle serrait contre elle une poupée de mousseline écrue, cousue à la main. Ses cheveux étaient nattés. Elle était très mince et avait les jambes légèrement arquées. *Rachitisme*, se lit Leslie. Elle avait contemplé l'enfant pendant plusieurs secondes avant de comprendre qu'elle était seule à la voir.

Une enfant fantôme.

Elle sourit, espérant que personne ne l'entendait chuchoter :

— Bonjour.

La petite fille avait de grands yeux bruns. Elle était vêtue d'une robe de calicot imprimé et d'un tablier immaculé. Elle serra la poupée plus étroitement contre elle et murmura :

— Bonjour. Vous pouvez me voir ?

— Oui.

— Qu'est-ce que tu dis, Leslie ?

La question venait de Brad qui se tenait quelques mètres plus loin mais, heureusement, le dos tourné.

— Euh, rien. Comment tu t'en sors ?

— Très bien, répondit-il en se remettant au travail.

Leslie sourit de nouveau à l'enfant.

— Comment t'appelles-tu ?

— Mary.

— C'est un joli nom, dit Leslie.

— Qu'est-ce-que tu dis ?

— Rien, Brad.

— Te voilà encore en train de parler toute seule, lui fit-il remarquer en soupirant, les yeux fixés sur elle.

— Je chantonne. Ça m'aide à travailler.

— Ah, bon ! Tu chantes faux, tu sais ?

— Merci de me prévenir. J'éviterai les karaokés.

Il mima un grognement exaspéré, leva les yeux au ciel et reprit sa tâche.

Leslie craignait que Mary ne soit partie, mais le petit spectre était toujours là et souriait.

— Je suis sûre que vous chantez bien, madame.

— Je te remercie.

Leslie marqua un temps d'arrêt et reprit :

— Tu es perdue ?

— Je ne sais pas où est ma mère.

— Est-ce qu'elle était… malade ?

La fillette hocha la tête, l'air grave.

— Toi aussi, tu étais malade ?

L'enfant acquiesça, puis parut troublée.

— Je pense que ma mère est morte et qu'après je suis venue ici avec mon père. Mais je n'arrive pas à la retrouver.

— Crois-tu que sa tombe soit ici, juste ici, à l'endroit où je me tiens ?

La fillette pointa le doigt un peu plus loin.

— Je la retrouverai, dit Leslie. Ensuite, Mary, on l'emmènera ailleurs pendant quelque temps. Mais je te trouverai aussi. Et je m'assurerai qu'à la fin vous soyez toutes les deux réunies.

Elle inspira profondément et ajouta :

— Mary ? Sais-tu que tu es…

— Je suis morte. Oui, je le sais. Je veux juste ma mère.

Malgré elle, et en dépit de son expérience en matière de spectres, Leslie ressentit un froid terrible. Le soleil brillait. C'était une belle journée. Elle était heureuse d'être entourée de gens. De vraies gens, vivants.

Brad s'était mis debout et il s'essuyait les mains sur son pantalon de toile.

Elle lui fit une petite grimace.

— Je crois que je vais explorer ce coin là-bas. Tu veux m'aider ? Il faut creuser un peu.

— Comment sais-tu qu'il faut creuser à cet endroit précis ?

— Une idée. L'instinct. Je ne sais pas. Mais je veux essayer.

Il parut à la fois sceptique et contrarié, mais vint néanmoins lui prêter main-forte.

Ils se mirent au travail en silence. Leslie leva la tête pour sourire à l'enfant et la rassurer de nouveau, mais la petite fille avait disparu.

Elle était tellement absorbée par ce qu'elle faisait qu'elle perdit toute notion du temps. Puis, finalement, elle tomba sur un morceau de bois.

— Brad ?

— Quoi ?

— Regarde.

Elle épousseta le fragment et le lui tendit.

— Un cercueil ? demanda-t-elle doucement.

— Continuons, fit Brad.

Une minute plus tard, un cri rauque lui échappa. Il était tombé sur un bout de bois tellement gros qu'il ne pouvait s'agir que d'une planche.

— Nous y sommes, murmura Leslie.

— Doucement, maintenant, doucement... juste au pinceau, même si c'est long.

— Oui, oui, je sais. Depuis le temps qu'on travaille ensemble...

Brad ne leva même pas les yeux.

Elle trouva le premier ossement. Une clavicule. Ils s'immobilisèrent tous les deux et échangèrent un regard.

— Continuons un peu, souffla-t-il.

Elle hocha la tête. Ils se remirent à la tâche avec une lenteur méticuleuse. Leslie avait mal au dos mais elle s'en apercevait à peine. Les minutes s'écoulèrent. Finalement, ils mirent au jour le squelette d'une femme et des fragments de tissu qui avaient survécu aux ravages du temps. Ils trouvèrent aussi une croix, une simple croix d'or minuscule : le trésor d'une femme pauvre.

Alors qu'elle allait se relever pour appeler les autres, Leslie se rendit compte qu'ils étaient entourés. Silencieusement, un par un, la vingtaine de personnes occupées sur le site étaient venues se mettre en cercle autour d'eux, y compris le Pr Laymon, Robert Adair et Hank Smith.

— Eh bien, ma foi… il s'agit sans aucun doute d'un cimetière, dit Leslie.

— Nous savons qu'il y a eu une église ici. C'est son cimetière. Il doit y avoir de nombreuses tombes et, avec un peu de chance, elles vont nous apprendre énormément de choses sur le quartier, déclara le Pr Laymon avec satisfaction.

Leslie se demanda si Hank Smith se réjouissait, étant donné que tout cela risquait de retarder encore son projet immobilier.

Mais Hank demeurait serein, en homme apparemment accoutumé à ne jamais trahir ses émotions. Son visage ne révélait absolument rien de ce qu'il pensait.

Laymon, en revanche, exultait littéralement.

— Mon Dieu, mon Dieu ! lançait-il.

Il bégayait avec l'enthousiasme d'un adolescent, songea Leslie en souriant.

— Bon, reprit-il, les sourcils froncés, il va falloir faire venir les photographes… et la presse.

L'idée de voir des gens piétiner ce qu'il considérait maintenant comme *son* territoire ne l'enchantait pas, mais il savait qu'un certain degré de communication pourrait s'avérer utile. En outre, les promoteurs accordaient une telle importance aux relations de presse que, de toute façon, il serait impossible d'interdire *totalement* l'accès aux journalistes.

— Sergent Adair, pourriez-vous faire venir un garde, s'il vous plaît ? Et quand nous sortirons le squelette, je veux qu'il reste *in situ*. Avec la terre qui est autour *et* celle qui est dessous.

Laymon avait l'air tout droit sorti d'un film sur un savant fou, se dit Leslie. Il arborait une blouse blanche constellée de taches, ses lunettes lui pendaient de travers sur le nez et ses cheveux poussiéreux se hérissaient en tous sens. Elle sourit : le professeur ne vivait indubitablement que pour son travail.

Hank Smith tendit la main pour l'aider à remonter la pente en bas de laquelle elle avait creusé. Elle hésita, réticente à l'idée de laisser seule la mère du petit fantôme Mary.

— Venez, Leslie. Vous pourrez revenir contrôler dès que les photographes auront fini, promit Laymon.

Avec un large sourire à l'attention de Hank Smith, elle accepta sa main en s'excusant : il avait un costume griffé dernier cri, même s'il s'agissait somme toute d'une tenue de travail, et le portait avec une grande élégance.

— Je vais vous salir, dans l'état où je suis.

— Même ainsi, vous restez séduisante, fit-il poliment, avant de sourire à son tour. Et je vous autorise à me salir quand vous voulez.

— Merci, murmura-t-elle, ne sachant pas très bien comment prendre son commentaire.

Brad était déjà remonté de son côté, et les autres commençaient à s'éparpiller.

Leslie remarqua que Robert Adair n'était plus là. Elle fronça les sourcils en se demandant où il était passé.

— Souriez, chuchota Hank en l'attirant vers lui.

Un reporter venait d'arriver. Leslie se retrouva debout entre Hank et Laymon. Ils passèrent chacun un bras sur ses épaules, et un flash crépita.

Super ! se dit-elle.

— Vous êtes de plus en plus connue pour dénicher des ossements, mademoiselle MacIntyre ! lança une jeune journaliste toute frêle. Comment avez-vous trouvé le squelette de cette dame ?

— Le site était déjà prêt quand je suis arrivée.

— Vous aimeriez filer à l'anglaise ? lui chuchota Hank Smith à l'oreille.

— Oui, répondit-elle. Brad et Laymon peuvent se charger de l'interview.

— Mademoiselle MacIntyre…

— Merci de bien vouloir vous adresser à mes collègues. Pour ma part, je dois…euh…

— Venez. Il y a une caravane juste en face, dit Hank.

D'un geste, il éloigna la journaliste.

— Excusez-nous.

D'une main ferme, il conduisit Leslie à travers la foule jusqu'à la caravane garée près de la rue, en manœuvrant avec une adresse surprenante au milieu des piquets et des cordes qui quadrillaient le site.

En entrant dans la caravane, Leslie comprit qu'elle avait été prévue au départ pour les ouvriers du chantier. Confortable et lumineuse, elle contenait un ordinateur, une kitchenette et une table.

— Asseyez-vous et détendez-vous, dit Hank. Je peux vous proposer de l'eau, du soda, du thé glacé, ou même du vin ou de la bière.

— Je prendrais volontiers un thé glacé.

Il lui en donna une canette, en prit une pour lui et traversa la caravane pour soulever le rideau de cotonnade.

— J'imagine qu'ils en ont pour un moment, fit-il.

Il laissa le rideau retomber.

— Bon.

Il revint s'asseoir en face d'elle, à côté de l'ordinateur.

— Vous avez vraiment du flair pour faire ce genre de trouvaille, n'est-ce pas ?

— L'emplacement des fouilles était déjà défini, répéta-t-elle. Et n'oubliez pas toutes les autres sections. Elles aussi vont révéler des surprises, croyez-moi. Je me suis simplement trouvée au bon endroit au bon moment, comme on dit.

— J'ai l'impression que ça vous arrive souvent, souligna Hank d'un ton léger.

Il marqua un temps d'arrêt, puis ajouta :

— Excusez-moi. Je sais que vous avez passé un long moment à l'hôpital et que vous n'étiez pas du tout au bon endroit le soir où… Désolé. Je ne voulais pas réveiller de mauvais souvenirs.

— Ne vous excusez pas. Les souvenirs ne m'abandonnent jamais complètement, de toute façon.

— J'aimerais que vous me parliez de la Virginie, à l'occasion.

— C'est une très belle région.

— Et vous y avez fait une découverte exceptionnelle.

— C'était assez excitant, concéda-t-elle.

— Un ancien cimetière… Et voilà que vous venez de prouver qu'il y en avait un autre ici même. J'aimerais comprendre comment vous vous y prenez. Peut-être pourrions-nous déjeuner ensemble un de ces jours, pour que vous m'expliquiez…

Elle ouvrit la bouche pour décliner l'offre. Il leva la main :

— Ecoutez, vous êtes une jeune femme intelligente et, soyons clairs, tout à fait séduisante, mais je sais que vous ne cherchez pas de nouvelle relation, et ce n'est pas ce que je vous propose. J'aimerais simplement vous inviter à déjeuner.

Elle hocha la tête.

— Dans ce cas, c'est d'accord.

— Et comme le flirt ne vous intéresse pas, vous pourrez peut-être m'aider à mieux comprendre les femmes, suggéra Hank.

— Vous êtes riche, puissant et beau garçon, fit Leslie sèchement. Je suis sûre que vous avez des hordes de femmes à vos basques.

— Oui, c'est vrai, mais comment savoir quelle est la bonne ?

— Ça, ce n'est pas moi qui pourrai vous le dire. Au fait, est-ce que la trouvaille d'aujourd'hui vous contrarie ? Je sais que ça va vous coûter de l'argent…

Il secoua la tête.

— Pour être honnête, c'est un événement que nous pourrons monter en épingle. Si nous nous y prenons bien, tous les Etats de l'Union nous supplieront de faire une offre pour le moindre de leur projet immobilier. Certains sont furieux que leurs chantiers soient suspendus, c'est vrai. Pour ma part, même si je pense au début : « Flûte, nous voilà encore tombés sur un de ces fichus sites historiques ! », la vie ne s'arrête pas. J'aime l'argent parce que c'est le moteur de la vie, mais l'image, c'est important aussi. Et faire comprendre que nous sommes une entreprise humaniste et soucieuse du patrimoine, c'est bon pour le business.

— Alors, buvons à votre image et à votre sens du lobbying. A la vôtre ! dit Leslie en brandissant sa canette de thé.

— A la vôtre ! Même s'il aurait mieux valu du champagne, dit-il.

— Pour être franche, je préfère de loin le thé.

— Vous ne buvez jamais d'alcool ? demanda Hank en feignant l'effroi.

— Au contraire. Je n'apprécie rien autant qu'une bonne bière avec une pizza.

— Une jeune femme aux goûts simples, en somme.

Hank était sympathique, mais la conversation prenait une tournure un peu trop familière au goût de Leslie.

Elle se leva pour aller regarder par la fenêtre. Robert Adair, debout sur le trottoir, de l'autre côté des fouilles, discutait avec un homme blond, assez grand. Le cœur de Leslie se mit à battre. Grand, blond… comme Matt. L'inconnu penchait la tête d'un air concentré, exactement comme Matt l'aurait fait. Il se redressa : il avait les traits de Matt. Ce n'était pas…

Il lança une dernière phrase à Robert, sans doute un remerciement, puis s'éloigna.

— Hé ! cria Leslie.

— Qu'y a-t-il ? demanda Hank.

— Cet homme… excusez-moi, Hank. Il faut que j'aille parler à Robert.

Elle se précipita dans la caravane étroite, manquant trébucher sur les pieds de Hank.

— Leslie…

— Merci pour le thé ! jeta-t-elle par-dessus son épaule. A plus tard.

Elle traversa le site en enjambant rapidement les piquets et les cordes auxquels elle était habituée, et se dirigea droit vers le trottoir d'en face.

Mais Robert avait disparu.

L'autre homme aussi.

Comme s'il n'avait jamais existé.

Comme s'il s'était agi…

… d'un fantôme.

5

Cette nuit-là, il vint enfin la rejoindre, mais d'une façon à laquelle elle ne se serait jamais attendue.

Quand elle quitta le site, il était tard. Sa sortie précipitée de la caravane avait de nouveau alerté les journalistes et elle dut se soumettre à une nouvelle série de photos, cette fois en compagnie de Brad. Comme il fallait s'y attendre, on lui posa des questions sur les événements de l'année précédente et même, de manière plus surprenante, sur sa santé. Durant les échanges, elle se rendit compte avec soulagement que personne n'avait informé la presse qu'elle avait décidé de séjourner à Hastings House, ce qui lui évita toute remarque sur le sujet. Pour autant, l'interview lui parut interminable : elle mourait d'envie de prendre une douche et de se retrouver seule. Elle se réjouit malgré tout d'avoir eu l'occasion de rappeler publiquement qu'ils se trouvaient dans un cimetière et que les dépouilles mises au jour méritaient d'être traitées avec respect et considération.

— J'espère que nous pourrons réunir les membres d'une même famille, conclut-elle.

Cela se termina enfin.

Laymon avait commandé des pizzas pour tous ceux

qui voulaient rester. Epuisés, sales, ils s'entassèrent dans la caravane pour manger avant de rentrer se coucher.

— Je te raccompagne, dit Brad.

— Je ne vais pas loin, lui rappela-t-elle.

— Je sais. Je t'accompagne tout de même.

— J'habite New York et je sais me défendre.

Brad regarda droit devant lui.

— Je n'en suis pas si sûr. Matt t'appelait « la Rebelle »...

— Tu te souviens de ça ?

— Oui. Et je préfère te raccompagner parce que... disons que, même si tu as l'habitude de circuler à New York, je préfère, c'est tout. J'attendrai que tu sois à l'intérieur et je resterai sur le trottoir en priant pour qu'un taxi passe par là. Sinon, j'irai à pied jusqu'à Broadway pour en trouver un. Au fait, je te remercie.

— De quoi ?

— D'avoir de nouveau concentré sur moi toute l'attention des journalistes.

— Nous faisons équipe.

— Certes, mais c'est toi qui sais où creuser. Et la presse ne s'y trompe pas : les projecteurs sont toujours braqués sur toi. Les journalistes t'adorent. Tu es jeune, ravissante, et tu déterres des morts. Ce genre d'histoire fascine le public.

— Je ne déterre pas les morts : je trouve des vestiges historiques, corrigea-t-elle.

Brad haussa les épaules.

— En outre, ajouta-t-elle, toi aussi, tu es jeune et beau.

— Merci de l'avoir remarqué, dit-il en riant.

Elle rit à son tour et, bras dessus bras dessous, ils se dirigèrent vers Hastings House.

Brad la laissa devant la porte et s'éloigna. Dès qu'elle fut entrée, elle composa le numéro de Robert.

— Comment vous sentez-vous ? demanda-t-il aussitôt.

— Très bien.

— Tant mieux. Vous êtes chez vous ? Je veux dire, à Hastings House ?

— Oui. On se serait cru dans un zoo, sur le site, aujourd'hui. Un zoo intéressant, cela dit.

— Oui, je suppose. Alors... en quoi puis-je vous aider ?

— Euh... Robert...

Elle s'interrompit, puis reprit en s'efforçant de prendre un ton léger :

— Vous n'auriez pas commencé à voir des fantômes, par hasard ?

— Quoi ?

Il semblait éberlué et poursuivit d'une voix inquiète :

— De quoi diable parlez-vous, Leslie ?

— Qui était cet homme ?

— Quel homme ?

— Celui auquel vous parliez tout à l'heure.

— J'ai discuté avec une bonne douzaine d'hommes différents, aujourd'hui.

— Celui de cet après-midi. Sur le trottoir, près du site.

Est-ce que Robert n'avait pas hésité un quart de seconde ? La légère méfiance qu'elle crut percevoir quand il reprit la parole était-elle imaginaire ?

— Je pense que vous connaissez la plupart des gens auxquels j'ai parlé aujourd'hui. Hank, Dryer... C'est peut-être avec lui que vous m'avez aperçu. Voyons voir.

J'ai bavardé une fois ou deux avec Brad, avec Laymon... avec une ravissante étudiante qui n'était pas un homme... avec une autre étudiante, moins jolie... plus quelques policiers, un privé, un homme d'affaires insistant... un type en limousine, garé en double file...

— O.K. Tant pis. Ça n'a pas d'importance, fit Leslie.

— Vous êtes sûre que tout va bien ?

— Certaine. A vrai dire, je suis fatiguée et crasseuse, mais au moins je n'ai pas faim : nous avons mangé de la pizza. Je suis désolée de vous avoir dérangé, Robert. Je vais prendre une douche et me mettre au lit. Mais assez parlé de moi. Quoi de neuf de votre côté ?

— Ça va. Ou plutôt non, ça ne va pas, corrigea-t-il d'un ton amer. La moitié du temps, j'ai envie de hurler d'énervement. Mais je suis un vieux flic : j'ai l'habitude. Tenez, je vous propose une chose. Quand je vous emmènerai dîner, je viderai mon sac. Qu'est-ce que vous en dites ?

— Je suis partante, répondit-elle.

— Eh bien, bonne nuit, alors ! Vous pouvez m'appeler si vous avez besoin de moi. Vous pouvez me demander tout ce que vous voulez. A n'importe quelle heure.

— Vous êtes un ange. Je le ferai sans hésiter. Merci.

Elle raccrocha puis, debout dans l'entrée, regarda autour d'elle. La maison était tellement silencieuse que cela semblait presque surnaturel.

— Il y a forcément quelqu'un, dit-elle à voix haute.

Mais si c'était le cas, de toute évidence, personne n'avait l'intention d'apparaître devant elle.

Elle gagna l'étage pour prendre une douche. Après quoi, tout en se séchant les cheveux, elle alluma la télévision. C'était le journal télévisé de 10 heures : elle ne s'était pas rendu compte qu'il était si tard. Elle se vit à l'écran avec Brad, Laymon, quelques étudiants surexcités et Dryer, qui expliquait que la découverte intéressait aussi la police et qu'il assurerait une vaste présence policière dans le quartier. Il fallait protéger la ville et ses habitants. On ne tolérerait ni le vandalisme ni aucune interférence.

Leslie finit par s'endormir devant le récepteur allumé.

Ce fut à ce moment-là qu'il vint.

Dans ses rêves.

Alors qu'elle dormait, il était là.

Elle savait qu'elle était en train de rêver, mais c'était doux et ça lui paraissait réel. Elle sentit son corps s'enrouler autour du sien, comme ils l'avaient fait si souvent quand il était vivant. Il la tenait dans ses bras et son souffle lui frôlait la nuque. Elle sourit.

— Je savais que tu viendrais. Mais…

— Chut ! murmura-t-il.

Il lui effleura la joue du revers de la main, la caressa tout au long du dos, descendit jusqu'au creux de ses reins.

Elle se retourna vers lui, sentit son baiser, avide, érotique, tel qu'il l'avait été autrefois quand ils se retrouvaient après une absence. Le baiser se prolongea, se fit ardent, moite, insistant, lourd de signification. Son étreinte était puissante mais, en même temps, douce et rassurante, à l'image de sa passion, et elle se lova contre lui comme s'ils n'avaient jamais été séparés. Elle lui rendit son baiser avec tout l'amour resté douloureusement enfoui au fond d'elle-même depuis que…

Mais ce n'était qu'un rêve, elle le savait.

Elle s'écarta légèrement.

— Je t'aime tant, chuchota-t-il.

— Pourquoi ne viens-tu jamais me voir ? Me parler ? Pourquoi as-tu mis si longtemps ? Pourquoi ne puis-je que rêver de toi ? murmura-t-elle. Je vois tellement d'autres apparitions…

— Je ne suis pas comme les autres, répondit-il avec son sourire nonchalant et mélancolique.

Il y avait en lui un étonnant mélange d'assurance et d'humilité.

— Matt…

— Chut !

Il reposa sur les siennes des lèvres passionnées, amoureuses.

Sans abandonner leur baiser, ils croisèrent les mains pour retirer la chemise de nuit de Leslie, la faire passer par-dessus sa tête et l'abandonner par terre. Elle se serra contre lui, peau contre peau, et retrouva avec délice son corps chaud, vivant, ses muscles fermes, son cœur qui battait au même rythme que le sien. Elle fit courir ses doigts sur ses épaules, dans son dos, lui agrippa les fesses. Il la pressa plus étroitement contre lui, moulant son corps au sien. Ils avaient l'impression de s'embrasser depuis des siècles, bouches scellées, renforçant toujours plus l'étreinte comme pour se fondre l'un dans l'autre, pénétrer le corps de l'autre. Elle le touchait, le touchait encore…

C'était à la fois doux et poignant.

Et c'était un rêve…

Il finit par s'écarter, étrange fantôme de son imagination qui, pourtant, semblait tellement réel. Elle soutint un moment son regard bleu, intense, qui l'avait si souvent taquinée avec amour.

— Ma Rebelle, dit-il, le souffle court. Qu'est-ce que tu m'as manqué !

Elle releva avec douceur une mèche de cheveux qui lui tombait sur les yeux.

— Il n'y a pas de vie sans toi, murmura-t-elle.

Il secoua la tête.

— Si. Il faut qu'il y en ait une.

Ses lèvres dessinèrent ce sourire à couper le souffle.

— Mais pas ce soir, ajouta-t-il.

Il recommença à lui faire l'amour, parcourant son corps de baisers tendres et provocants. Le bout de ses doigts dansait sur ses seins. Des baisers suivaient les caresses, d'abord doux, puis plus appuyés... Elle sentait sa langue, le frôlement de ses dents, sa bouche... si peu perceptibles qu'elle se tendait de tout son être pour en recueillir la sensation.

Le spectre nocturne de Matt... Tandis qu'il bougeait près d'elle, elle sentait son propre désir s'éveiller. Aussi intimes qu'autrefois, les baisers de Matt descendirent vers son nombril. Puis il écarta doucement ses cuisses et baissa la tête, traçant un sillage embrasé et sensuel partout où sa bouche se posait. Une vibration de désir tournoya en elle comme une spirale, l'enflamma jusqu'à la folie. Elle se pressa contre lui en chuchotant son nom, emmêla ses doigts dans ses cheveux. Tendu de tout son corps, il la rendit ivre des caresses brûlantes de sa bouche et de ses lèvres, la fit frémir, se tordre, murmurer son nom jusqu'aux sanglots.

Puis il se souleva et la pénétra avec une passion qu'elle n'avait jamais oubliée.

Elle noua les bras autour de lui, l'accompagnant de ses hanches. Il l'agrippa par les fesses, l'étreignit, se fondit en elle jusqu'à ce qu'ils aient l'impression de ne plus faire qu'un seul être. Elle s'arc-bouta, frissonna, se serra plus étroitement encore contre lui, le cœur palpitant, plongée dans un tourbillon de rêves et d'extase. La bouche de Matt trouva de nouveau la sienne, l'embrasa comme leurs deux corps s'embrasaient. Il s'enfonça derechef, sans répit, et elle se sentit se consumer sous lui. Elle voulait que cela dure encore et encore, vers la jouissance promise, pour connaître de nouveau cette fulgurante complétude…

Et cela vint. Elle cria son nom en tremblant comme si l'univers explosait autour d'elle et en elle. Elle *sentit vraiment* son corps se durcir comme l'acier, son bassin vibrer comme une lame. Elle *entendit* le cri rauque qui lui échappait, elle le sentit s'abattre contre elle, l'attirer dans ses bras sans plus bouger.

— Matt ?

— Chut !

— Mais, Matt…

Il la tenait toujours dans ses bras.

— Dors, murmura-t-il. Rêve.

Et c'est ce qu'elle fit, dans ses bras.

Le lendemain matin, naturellement, elle s'éveilla seule.

Mais le rêve était encore présent dans son esprit.

Elle resta allongée, fixant le plafond. Peut-être que les rêves valaient mieux que rien du tout, mieux que cette douloureuse sensation de perte et de solitude qui semblait ne jamais l'abandonner.

A moins, comme le suggérait Brad, qu'il ne soit temps

pour elle de régler ses comptes avec le passé, de renouer les fils de sa vie.

Elle se leva, prit une douche et revêtit sa tenue de travail pour les fouilles : un pantalon et une chemise en jean, des tennis aux pieds. Sur le site, ils avaient trouvé un trésor. Mais l'excitation de la découverte paraissait maintenant presque dérisoire face à ce rêve qui, elle devait l'admettre, l'avait considérablement secouée.

Au rez-de-chaussée, elle fut accueillie par une voix qui chantonnait avec gaieté, avec *entrain*, même. Elle entra dans la cuisine et découvrit Melissa Turner, affairée avec la cafetière. C'était une jeune femme brune aux cheveux courts, un tout petit peu enveloppée, vêtue de confortables mocassins, d'une jupe à mi-mollet et d'un chemisier blanc. Elle chantonnait la mélodie de « Yankee Doodle ».

Sans doute parce qu'elle avait entrepris de remplir la cafetière au robinet, elle n'avait pas entendu Leslie entrer et, en se retournant, elle poussa un cri, fit un bond et fixa ses yeux bruns sur la nouvelle venue.

— Excusez-moi. Je ne voulais pas vous faire peur, dit Leslie.

— Vous m'avez terrorisée. Je viens de perdre dix ans de ma vie ! répliqua Melissa.

Elle agrippait la cafetière, ce qui lui avait sans doute évité de la laisser tomber par terre.

— Mais vous n'êtes pas un fantôme, reprit-elle en dévisageant Leslie.

Leslie secoua la tête, esquissant un demi-sourire un peu amer.

— Non. Je suis Leslie MacIntyre. On ne vous a pas prévenue ? Je séjourne ici le temps des fouilles. Vous vous attendiez à voir un fantôme ?

— C'est vrai, on me l'avait dit. J'avais oublié. Et comme je suis *convaincue* que cette maison est hantée…

— Je vois, murmura Leslie.

— Mais je pensais à des fantômes de la Révolution, de l'époque des gangs… à de vieux fantômes. Je suis vraiment désolée, balbutia Melissa.

— Ce n'est rien, assura Leslie.

Melissa semblait si sincère, si contrite, qu'elle faillit se mettre à rire.

— C'est une demeure historique, commenta-t-elle.

— Oui, incroyablement ancienne, répondit Melissa.

Elle ajouta d'un ton révérencieux :

— Et vous, vous êtes archéologue.

— Oui. Vous risquez d'en voir beaucoup dans le coin, ces temps-ci.

— Mais pas de votre pointure.

— J'ai eu de la chance, j'en conviens.

— De la chance ? Vous êtes simplement bien meilleure que les autres.

— J'ai plus d'années de pratique, c'est tout.

Melissa la fixa d'un air peu convaincu.

— Et si vous finissiez de préparer le café ? J'en boirais volontiers. D'ailleurs, si c'est vous qui vous chargez des provisions, j'aimerais participer.

— Je serais honorée de payer pour le café, dit Melissa.

Leslie hésita : la Fondation historique ne versait sans doute pas un bien gros salaire à la jeune femme.

— Honnêtement, je préfère participer, insista-t-elle. Votre rémunération…

— Oh, je gagne des clopinettes ! lança Melissa.

Puis elle ajouta précipitamment :

— Me voilà de nouveau en train de me plaindre !

Excusez-moi. Je devrais remercier le Seigneur de gagner de quoi vivre. Je ne viens pas ici pour l'argent, mais parce que j'en ai envie. J'adore cet endroit. L'histoire me fascine, surtout l'histoire de New York.

— Alors, vous aussi, vous devriez devenir archéologue.

— Le problème, ce sont les études, fit Melissa avec une grimace. Elles coûtent trop cher pour moi.

— Ma foi… il doit exister des solutions. Vous connaissez le proverbe : « Quand on veut… » Je peux me renseigner, si vous voulez.

— Vous feriez ça pour moi ? demanda Melissa, subjuguée.

— Bien sûr. Déjà, nous employons des volontaires pour certaines tâches. Si vous avez le courage de faire du volontariat après vos heures de travail, naturellement.

— J'adorerais ça ! s'écria Melissa. Je ne sais comment vous…

— C'est bien naturel, coupa Leslie.

Comprenant qu'elle ferait mieux de faire le café elle-même, elle prit les choses en main.

— Greta dit qu'elle me laissera bientôt travailler comme guide, un jour par semaine, dit Melissa. Evidemment, les guides ne gagnent pas plus que moi. Mais ils n'ont pas besoin d'argent. Le mari de Tandy gagne des fortunes, et Jeff Green est retraité de l'armée : il touche une pension. Pour ma part, j'aime tellement l'histoire de cette maison que j'y travaillerais même gratuitement si je pouvais me le permettre.

— Je suis certaine que nous trouverons une solution pour éviter ça, assura Leslie. Est-ce que vous prenez du lait et du sucre ?

Melissa rougit.

— Je suppose que je prêche une convaincue…

— Ne vous excusez pas. Je trouve votre enthousiasme rafraîchissant, fit Leslie avec sincérité.

Elle trouvait Melissa sympathique et touchante. Elle devait juste convaincre cette jeune femme de la traiter comme une personne normale.

— Vous imaginez tout ce qui s'est passé ici ? Il y a eu des batailles, des incendies, mais la maison n'a jamais été totalement détruite. Même lors de cette explosion, l'an dernier… Mon Dieu ! Excusez-moi. Voilà que je recommence…

— Melissa, détendez-vous. Je vous en supplie !

Le café était enfin prêt. Leslie remplit deux tasses.

— Tout le monde se fait du souci pour vous, vous savez ? reprit Melissa.

— Ce n'est pas nécessaire.

— Les gens disent que vous et Matt formiez un couple de rêve, tellement amoureux et… Pardon. Je remets les pieds dans le plat.

— Je l'aime profondément et je suis heureuse d'être ici car cela me permet de penser à lui. Mais je vais bien. Je suis en passe de… j'ai fini par accepter l'idée de l'avoir perdu. Cela ne me dérange pas que vous parliez de lui. C'est quand on parle des disparus qu'ils restent vivants.

Melissa resta coite un moment. Leslie versa du lait dans son café.

— Est-ce qu'il vous arrive de le voir ? demanda enfin Melissa.

— Comment ça ?

— Les gens disent que… que vous avez des dons de perception extrasensorielle, répondit gravement Melissa.

— Ils se trompent, affirma Leslie.

Elle était sûre de ne pas mentir. Ce n'était pas une perception extrasensorielle qui l'habitait jour après jour.

— Ah bon ? répliqua Melissa, l'air déçu.

— Je suis désolée.

Melissa but une gorgée de café en soupirant.

— Pour être honnête, j'aurais adoré m'apercevoir, par votre intermédiaire, que la maison est hantée par un soldat de la Révolution, mort pour son pays.

— Eh bien, si je croise un fantôme, homme ou femme, je vous promets de lui faire raconter son histoire.

Melissa s'empourpra.

— Je parle sérieusement, insista Leslie. Plusieurs événements passionnants sont associés à cette maison. Saviez-vous que c'était une halte du « Chemin de Fer souterrain » qui aidait les esclaves à fuir vers le Canada, pendant la guerre de Sécession ? Et que nous sommes tout près de l'endroit où avait été installé le marché aux esclaves, en 1711, au début de Wall Street ?

— Et Wall Street s'appelle ainsi parce que les Hollandais y avaient construit un mur, ajouta Melissa. Je l'ai appris pour devenir guide, mais je suis sûre que vous le savez aussi.

— Ma foi, oui, admit Leslie avec diplomatie.

— Je ne vous ennuie pas avec mes bavardages ?

— Non. Mais je vais devoir me rendre sur le chantier, répondit Leslie en consultant sa montre.

— Vous avez de la chance.

— Nous ferons quelque chose pour votre avenir, ne vous inquiétez pas. Vous avez déjà la passion et la volonté nécessaires, c'est le plus important.

— Vous croyez ?

— J'en suis certaine. Bon, maintenant, je dois y aller.

— Vous ne mangez rien ? Je comprends pourquoi vous êtes mince comme un fil.

— Je prendrai un beignet sur place, assura Leslie.

— J'aimerais pouvoir manger des beignets !

Leslie haussa les sourcils, se demandant comment répondre sur ce point délicat.

— Je… j'ai eu une année difficile, dit-elle enfin.

— Moi, quand je suis déprimée, je grossis, expliqua Melissa d'un air triste.

— Nous pourrions nous associer pour essayer de créer une recette de beignets sans sucre.

— Avec plaisir !

— Bon. Je vous revois demain matin ?

— Sans faute, à moins que vous ne rentriez tôt ce soir. J'espère vraiment ne pas vous avoir fait mauvaise impression, conclut Melissa d'un air inquiet.

— Pas du tout. Je vous trouve très sympathique.

— Merci !

— Je vous en prie.

Leslie rangea sa tasse et sortit. Dans le couloir, elle s'immobilisa en ouvrant de grands yeux. Un homme et une femme en costumes de l'époque coloniale venaient de franchir le seuil en bavardant. Ils s'arrêtèrent à leur tour pour la dévisager.

— Bonjour ! lança-t-elle en s'avançant, la main tendue. Je suis Leslie MacIntyre. Vous devez être Tandy et Jeff.

— Tout juste, répondit Tandy.

Agée d'une quarantaine d'années, très jolie, les yeux vifs, elle incarnait parfaitement Martha Washington. Sa perruque et son chapeau lui allaient à merveille et sa grande jupe ornée d'un tablier évoquait parfaitement son époque. Son compagnon, grand et mince, portait sa perruque avec le même naturel. Le couple aurait fort bien pu passer pour George Washington et son épouse.

— C'est un plaisir de faire votre connaissance, dit Jeff Green.

— Je vous remercie. Je suis ravie de vous rencontrer tous les deux, mais je dois vous prier de m'excuser : je suis déjà en retard.

— Pas de problème. J'espère que nous nous reverrons plus tard, dit Jeff.

— Je l'espère aussi.

En s'éloignant à la hâte, Leslie entendit Jeff demander du café et Tandy interroger Melissa d'un ton excité. Comment était « Mlle MacIntyre » ? Avait-elle déjà parlé avec un fantôme ?

En arrivant sur le site, Leslie se rendit compte qu'elle aurait aussi bien pu prendre tout son temps : l'entrée, comme la veille, était déjà encombrée d'une foule de curieux, et elle n'avait pas franchement envie de se frayer un chemin au milieu d'eux.

Elle repéra de nombreux journalistes, ce qui l'irrita encore plus. Pourquoi venaient-ils s'entasser ici, alors que dans une ville comme New York il se passait en permanence des milliers de choses différentes ? Certes, elle comprenait que l'histoire de la ville puisse susciter un vif intérêt, mais en dépit de ce qu'elle avait dit à Melissa, elle était lasse de répondre à toutes ces questions sur Matt et sur la façon dont elle-même faisait face.

Tant pis. Elle avait choisi de revenir, alors elle n'avait

pas le droit de se plaindre. Redressant les épaules, elle se dirigea d'un pas ferme vers l'entrée encombrée.

— Excusez-moi. Je travaille ici et j'ai besoin de passer, dit-elle en se faufilant entre les gens.

Debout au centre du site, le Pr Laymon tenait une conférence de presse devant un groupe de journalistes. Brad était à ses côtés. Elle n'avait aucune envie de leur voler la vedette, mais elle se dit qu'elle ferait mieux de dissiper le plus rapidement possible la curiosité qu'elle suscitait. Elle se dirigea donc vers eux.

— C'est Leslie MacIntyre, chuchota quelqu'un sur son passage.

Le bruissement de son nom, répété par plusieurs voix, gonfla comme un écho.

— Bonjour ! fit-elle gaiement en arrivant à la hauteur des deux hommes.

Elle remarqua un certain nombre de policiers : on empêchait la foule de piétiner un sol sacré.

— Heureux de vous revoir à New York, mademoiselle MacIntyre, dit un journaliste qui tenait un bloc-notes à la main.

— Merci.

— Quel effet cela fait-il de revenir ? cria un autre.

— Y a-t-il un autre homme dans votre vie ?

— Comment vivez-vous le fait de travailler si près de Hastings House ?

— Avez-vous eu l'occasion d'y entrer ?

— Je suis contente d'être de retour à New York, répondit Leslie en se penchant vers le micro de Laymon. Je crois que nous avons fait une découverte très importante et… eh bien, je suis ici chez moi et je m'y sens bien.

— C'est vous qui avez trouvé le squelette, hier, n'est-ce pas ?

— J'ai eu la chance de tomber sur ces ossements avec mon collègue Brad Vernon. Brad et moi-même sommes supervisés par le Pr David Laymon. Nous sommes tous très reconnaissants à la ville de nous avoir conviés à participer à cet extraordinaire projet, ainsi naturellement qu'à l'entreprise Tyson, Smith & Tryon, grâce à qui nous avons pu lancer ces fouilles. Voici d'ailleurs Hank Smith, qui représente cette entreprise… Merci à tous de l'intérêt que vous nous portez. Maintenant, veuillez nous excuser : nous devons nous mettre au travail.

Hélas, les journalistes ne s'éloignaient pas ! C'était bien la peine de se montrer courtois, se dit-elle avec un réel agacement. Elle en avait assez. Elle s'éloigna en hâte, laissant le Pr Laymon et Brad poursuivre les interviews. Mais le seul endroit où elle pouvait se réfugier, comme la veille, c'était la caravane. Elle s'y rendit en espérant la trouver ouverte.

Elle l'était. Elle s'y installa, contrariée de ne pas avoir apporté son dossier pour l'étudier. Puis elle remarqua que quelqu'un avait laissé une pile de journaux du jour. Elle en prit un et le feuilleta jusqu'aux pages locales. Il y avait un grand article sur les fouilles, qu'elle parcourut en diagonale. Tournant la page, elle tomba sur la photographie d'une très jolie jeune femme dont les grands yeux semblaient défier le monde. La légende disait : « Genevieve O'Brien, l'héritière disparue, est désespérément recherchée par sa famille. »

Leslie se mit à lire l'article avec intérêt, sans voir le temps passer. Assistante sociale, Genevieve O'Brien avait démissionné de son travail peu de temps avant sa disparition, après avoir œuvré durant des années avec obstination et efficacité au secours des plus démunis. La dernière fois qu'on l'avait vue, elle était dans la rue, en train de monter dans une berline noire. Sa famille offrait une importante récompense pour tout indice qui permettrait de la retrouver.

Sans réfléchir, Leslie ferma les yeux et fit courir ses doigts sur la photographie.

— Alors ? On essaie de communiquer avec les disparus ? demanda soudain une voix moqueuse.

Surprise, Leslie ouvrit brusquement les yeux. Hank Smith venait d'entrer dans la caravane.

— Je suis un peu fatiguée, c'est tout, murmura-t-elle.

Il haussa les épaules, ouvrit le petit réfrigérateur et en sortit une bouteille d'eau.

— Pour ce qui me concerne, je pense que cette fille en a eu assez de sa famille tatillonne, de ses clients miteux, et qu'elle a mis les voiles.

Il dut se rendre compte que Leslie le fixait d'un air légèrement désapprobateur, car il ajouta précipitamment :

— Excusez-moi. Je sais que j'ai l'air cynique, mais j'ai déjà croisé des toxicos. S'ils ne veulent pas qu'on les aide, on ne peut rien faire. C'est une perte de temps et d'argent, et j'ai horreur de gaspiller de l'argent.

— Je le conçois, répondit Leslie poliment, en se demandant si, en fait, il n'était pas plus inquiet qu'il ne l'affichait du retard imposé à son chantier. Est-ce que le ballet des journalistes est fini ?

— Tout le monde s'est remis à fouiller. Je pense qu'ils ont fini par lasser la presse, répondit Hank en souriant. Je sais que tout cela vous passionne, bien sûr. Mais pour nous autres qui n'avons pas votre patience... c'est plutôt fastidieux.

Il sourit de nouveau, l'air désarmant, comme pour corriger ce que ses paroles pouvaient avoir de vexant.

Elle posa le journal et se mit debout.

— Vous n'êtes pas le premier à faire ce type de remarque, Hank, croyez-moi, fit-elle en souriant elle aussi. Merci de me laisser utiliser la caravane.

— Pas de problème. Et, comme je vous l'ai dit, dès que vous souhaiterez déjeuner avec moi, faites-moi signe.

— Entendu. Merci.

Elle quitta la caravane, pressée de reprendre son travail.

Au bout de quelques heures, elle dut reconnaître que Hank n'aurait pas été le seul à trouver la journée mortellement ennuyeuse. Maintenant qu'ils avaient découvert une première tombe, Laymon ne voulait prendre aucun risque et, au lieu de creuser, ils avaient passé leur temps à tout dépoussiérer au pinceau, couche après couche. Pendant ce temps, les restes du cercueil qu'elle avait trouvé la veille étaient soulevés avec précaution, terre et débris compris. Elle surveilla l'opération jusqu'à ce que les précieuses reliques soient emballées avec soin, puis se remit au travail avec les autres. Il y aurait d'autres tombes, d'autres vestiges à découvrir, bien sûr. Mais en attendant, le travail était long et pénible.

Chaque fois qu'elle s'étirait pour soulager son dos, elle remarquait Robert Adair, en train de déambuler un peu partout. Il ne semblait pas s'intéresser précisément aux fouilles, et elle avait l'impression qu'il examinait tout le quartier environnant. Elle se demanda dans quel but, et se promit de lui confirmer qu'elle dînerait avec lui le lendemain soir.

Finalement, elle sentit Brad lui tapoter l'épaule.

— Tu n'as rien remarqué ? chuchota-t-il d'un ton moqueur.

— Non, quoi ? répondit-elle en se rendant compte qu'elle chuchotait aussi.

— Il fait nuit ! Même Laymon a arrêté. Allez, viens : je te ramène à Hastings House.

— Oh ! s'écria-t-elle en levant les yeux.

Ils étaient seuls sur le chantier cerné de barrières.

— Est-ce que Laymon nous a dit au revoir ?

— Oui, répondit Brad, amusé. Je ne te laisserai pas seule ici, Leslie, même s'il y a un policier de garde à l'entrée.

— Merci. Je dois dire que j'ai mal au dos à force de travailler penchée. Heureusement, tu es venu m'interrompre !

Elle baissa les yeux sur ses vêtements.

— Je suis repoussante. J'ai hâte de rentrer, de prendre une douche et de me coucher.

— Quelle solitaire tu fais ! dit Brad.

— Tu sors, ce soir ?

— Oui.

— Quel courage ! Amuse-toi bien.

— Tu pourrais m'accompagner.

— Merci, mais non.

— Tu as tort. Et si je te suppliais ?

— Je te remercie, Brad, mais je suis épuisée, répondit-elle en riant de nouveau.

— Tu ne te rends pas compte que le fait de sortir te stimulerait, te remettrait d'aplomb.

— Je n'en peux plus, honnêtement. Et j'ai promis à Robert que je dînerais avec lui demain.

— Bonne idée. Excellente figure paternelle.

— C'est un ami.

— Il a surtout un service à te demander, si tu veux mon avis.

— Peut-être, mais c'est un ami tout de même.

Brad ouvrit la bouche comme pour ajouter quelque chose, mais il se borna à secouer la tête.

— Quand tu voudras t'amuser vraiment un soir, préviens-moi. Je peux t'emmener dans les bars les plus branchés.

— Je n'en doute pas. Et si tu tombes sur une fille qui ne te convient pas, je ferai de mon mieux pour venir à ton secours.

— Merci d'avance, fillette.

Il passa un bras autour de ses épaules et ils traversèrent le site avec précaution en saluant au passage le policier de garde, qui leur fit un signe amical de la main.

Ils franchirent le portail de Hastings House et Brad accompagna Leslie jusqu'à la porte d'entrée.

— Tu ne veux pas que j'examine l'intérieur ?

— Non. Tout va bien. Il y a un système d'alarme sophistiqué, tu te souviens ? Et certains employés sont peut-être encore là.

— Tandy et Jeff ? Eux, je leur fais confiance. Mais Melissa…

Il leva les yeux au ciel.

— Elle est très gentille ! affirma Leslie.

— Elle est surtout névrosée… Enfin, détends-toi bien.

— Merci. Après une douche divine, je serai ravie de retrouver mon lit.

— Bon, je te laisse, ma grande. Bisous. Bonne nuit.

— Bonne nuit. Encore merci.

Elle referma derrière Brad avec soulagement.

Partout dans la demeure, la lumière restait allumée. Elle se sentait totalement en sécurité.

Et elle était seule.

Pourtant, cette maison abritait des fantômes.

C'était impossible autrement. Des soldats étaient morts ici, pendant la Révolution, lorsque la bâtisse avait fait office d'hôpital. Un esclave en fuite, mordu et mutilé par des chiens, était mort quelques instants après s'être réfugié à l'intérieur. Une jeune fille, blessée lors des émeutes de 1863, avait rendu son dernier soupir, allongée sur un divan du hall.

Il y avait beaucoup d'histoires de ce genre. Mais, jusqu'à présent, aucun de ces esprits n'avait décidé de lui faire confiance, de manifester sa présence, de venir lui parler.

Matt encore moins que les autres.

Sauf dans ses rêves, aussi passionnés que réalistes…

Elle grimpa vers sa chambre en sifflotant doucement. Une fois à l'étage, elle se rappela qu'elle avait oublié de dîner. Cela n'avait pas d'importance. Elle était bien trop lasse.

Evidemment, elle risquait de se réveiller au milieu de la nuit, l'estomac vide, regrettant de n'avoir rien mangé… Tant pis. Elle se sentait au bout du rouleau, et pas seulement à cause de sa journée de travail.

C'était un peu comme si elle avait passé la nuit à faire frénétiquement l'amour…

Elle entra dans la douche. Peut-être que cela lui donnerait suffisamment d'énergie pour se préparer à dîner.

A moins qu'elle n'ait envie de se précipiter au lit, pour rêver ?

Elle resta longtemps debout sous le jet délicieusement chaud. Quand elle en sortit enfin, propre comme un sou neuf, elle enfila sa chemise de nuit, alluma la télévision et se rendit compte avec consternation qu'il était à peine plus de 8 heures. Elle se mettait au lit très tôt. Terriblement tôt.

De quoi rêver plus longtemps, ma chère.

Pas étonnant que Brad ait essayé de la convaincre de sortir. En fait, il avait raison. Elle allait changer de rythme, dès le chantier fini.

Dès qu'elle aurait réglé ses comptes avec cette maison et la mort de Matt.

Machinalement, elle traversa la chambre pour regarder par la fenêtre.

Son cœur s'arrêta de battre.

Il était de nouveau là.

Matt ?

Non, c'était impossible.

Pourtant, *il y avait bien un homme* debout sous le réverbère.

Sans doute l'imaginait-elle… Ses yeux devaient lui jouer des tours…

Non. Il était là.

Et cette fois, elle ne le laisserait pas s'échapper.

Elle s'éloigna de la fenêtre avec l'énergie d'un plongeur qui recule avant de sauter, traversa la chambre, attrapa son peignoir au vol et l'enfila tout en dévalant l'escalier. Elle fonça vers la porte d'entrée et colla son œil au judas pendant qu'elle manipulait l'alarme et la serrure.

Le désespoir l'envahit : il avait disparu.

Elle ouvrit brusquement la porte et se mit tout de même à courir jusqu'à la rue.

Un obstacle l'arrêta brutalement. Un être de chair et d'os, un mur de muscles. Elle leva les yeux.

Matt !

Non. Cet homme-là était réel. Chaud. Palpitant. Vivant.

— Matt ? chuchota-t-elle malgré tout.

— Pas exactement, répondit l'homme.

C'était la voix de Matt, les bras de Matt qui la retinrent alors qu'elle essayait de parler. Elle ouvrit la bouche.

Et s'évanouit.

6

Bon sang !

La jeune femme avait beau être mince, elle pesait lourdement sur les bras de Joe. Il la souleva en priant le ciel pour qu'elle ait débranché l'alarme. Sinon, il verrait débouler une douzaine de flics d'un instant à l'autre.

Dieu merci, il y avait plusieurs lumières allumées dans le hall. Il se dirigea vers le divan qui flanquait l'un des murs, toujours chargé de son fardeau, et y déposa la jeune femme. Par bonheur, il avait déjà eu l'occasion de rentrer dans la demeure, quand il était venu examiner les dégâts causés par l'explosion. Il connaissait les lieux. Il fila dans la cuisine chercher une serviette humide. Un bref examen des placards ne lui permit pas de trouver quoi que ce soit ressemblant de près ou de loin à de l'alcool. Il remplit un verre d'eau et revint en hâte dans le hall avec le verre et la serviette. Il n'avait aucune chance de tomber sur un flacon de sels, et il fallait donc espérer que l'évanouissement n'était dû qu'à la surprise et que la jeune femme ne tarderait pas à revenir à elle.

Elle reprit effectivement conscience. Son beau visage aux traits délicats se plissa quand il lui passa la serviette sur le front.

Elle écarquilla des yeux magnifiques et le dévisagea

avec inquiétude. Puis elle agrippa le divan des deux mains et s'arc-bouta pour s'éloigner de Joe le plus possible. Toute son attitude trahissait la méfiance.

— Matt ? demanda-t-elle d'une voix hésitante, incrédule.

— Non, désolé, répondit-il aussi doucement qu'il put. Je ne suis pas Matt, mais Joe. Nous ne nous sommes jamais rencontrés, mais vous avez peut-être entendu parler de moi : Joe Connolly, le cousin de Matt.

Une profonde émotion, dont il ne parvint pas à déterminer la nature, traversa les yeux magnifiques rivés sur lui. Elle eut un sourire mélancolique, baissa ses paupières aux cils longs et fournis, et eut un rire mal assuré.

— Mon Dieu ! Excusez-moi. En général, je ne… je ne suis pas du genre à m'évanouir ou à… Désolée.

Elle lui tendit la main et il la prit. Elle avait une poigne ferme.

— Je suis Leslie MacIntyre. Matt m'a souvent parlé de vous, naturellement. Je me sens parfaitement ridicule, mais la ressemblance entre vous est… stupéfiante.

— Pas vraiment. Matt était… plus séduisant, répondit-il en souriant. Pour parler sérieusement, il avait les cheveux plus blonds, et les yeux bleus alors que les miens sont verts. Cela dit, nous devions avoir à peu près la même taille, et une solide musculature héritée de mon grand-père. Vieille souche irlandaise, je suppose. Nos ancêtres n'étaient probablement pas des aristocrates. Plutôt des fermiers avec des champs de pomme de terre, à mon avis.

Il parlait trop, ce qui ne lui était pas coutumier, mais elle avait sûrement besoin d'être rassurée.

En tout cas, elle le dévisageait ouvertement, sans fausse timidité.

Elle sourit, l'air de nouveau mélancolique.

— Je vous prie de m'excuser.

— C'est moi qu'il faut excuser. Je n'ai pas songé à cette ressemblance. Matt et moi n'y faisions guère attention.

Fixant les yeux sur elle, il reprit avec gravité :

— C'est un ami commun, Robert Adair, qui m'a dit que vous résidiez ici.

— Vraiment ? Il aurait pu me mettre en garde à votre sujet, répliqua-t-elle avec un rire bref.

— Eh bien, il me connaît depuis des années, et il connaissait Matt... il ne fait probablement plus attention à notre ressemblance physique.

Elle hocha la tête.

— En tout cas, je suis vraiment ravie de vous rencontrer. Finalement.

— Je suis allé vous voir à l'hôpital, dit-il calmement. Mais vous n'étiez pas consciente.

Elle hocha de nouveau la tête, détournant enfin son regard.

— On m'avait transmis votre message... Ecoutez, je suis vraiment confuse. Je ne suis même pas habillée, je me suis évanouie à vos pieds... Matt avait l'intention d'épouser quelqu'un d'intelligent, vous savez ? Je veux dire... je me comporte normalement, d'habitude.

— Ne vous excusez pas. Je vous ai causé un choc. C'est *moi* qui suis désolé.

Il se rendit compte tout à coup qu'ils se tenaient à quelques centimètres l'un de l'autre, elle allongée et dressée sur les coudes, lui-même accroupi à côté. Cela devait sans doute embarrasser Leslie... Il se mit debout.

— J'étais juste passé vous dire bonjour, mais je vois que vous étiez prête à vous coucher.

Pourtant, il était à peine plus de 8 heures, songea-t-il. Sans doute travaillait-elle dur. Ça devait être épuisant de creuser toute la journée. Et puis, il y avait des tas de gens qui se couchaient tôt…

— Je vais vous laissez tranquille. Mais j'aimerais vous revoir, si jamais vous avez un moment.

— Je trouverai toujours du temps pour le cousin de Matt, répondit-elle en souriant.

Son sourire était un pur enchantement. Il comprenait pourquoi Matt était tellement amoureux.

— Super ! murmura-t-il.

Elle le fixait de nouveau.

— Etiez-vous déjà entré dans Hastings House ?

— Oui.

Il haussa les épaules. Pourquoi tourner autour du pot ?

— Je suis détective privé. J'étais venu car je tenais absolument à examiner moi-même le site de l'explosion.

— Et alors ?

— Cela avait tout l'air d'un accident.

— *L'air ?*

— La police a mené son enquête, les pompiers aussi. Une conduite de gaz a explosé quand quelqu'un a monté le chauffage…

A ces mots, l'atmosphère parut changée. Il se demanda si elle pensait la même chose que lui. *Un accident, vraiment ? Ou bien est-ce que quelqu'un aurait trafiqué la conduite et ajusté la chaudière juste au bon moment* ?

— C'est Greta qui jouait les hôtesses, ce soir-là, murmura Leslie.

Il haussa les épaules.

— A mon avis, Greta préférerait s'étendre sur la voie ferrée plutôt que détruire un site historique.

Leslie baissa la tête, et Joe comprit qu'elle acquiesçait. Au cours des années, il avait appris que les explications les plus surprenantes pouvaient s'avérer vraies, mais un gros titre du genre « *Une riche mondaine devenue folle détruit une demeure historique* » lui semblait tout simplement absurde.

Cela dit, peut-être que quelqu'un d'autre… Il devait y réfléchir.

Leslie releva la tête et rougit en se demandant si leurs pensées avaient suivi le même cours. Brusquement, elle se mit debout.

— Il est ridiculement tôt, en fait, déclara-t-elle. M'accorderiez-vous quelques instants ? Je n'ai pas dîné et je me rends compte que je meurs de faim. A moins que vous ne soyez déjà pris…

— Non. J'aimerais beaucoup vous emmener dîner.

— Je ne voulais pas dire… Je ne voudrais surtout pas que vous changiez de programme à cause de moi.

— J'aimerais beaucoup vous emmener dîner, répéta-t-il.

Elle le regarda en haussant les sourcils.

— Entendu. Faites comme chez vous en attendant. Attention, cependant, de respecter les panneaux « ne pas toucher » à l'intention des visiteurs ! ajouta-t-elle en riant.

— Je ne me permettrais pas de m'asseoir dans une chaise d'époque, assura-t-il. Je resterai dans la cuisine, qu'en dites-vous ? J'imagine que c'est le plus sûr.

— Absolument. Je vous rejoins tout de suite.

Il la regarda grimper les marches quatre à quatre.

Matt avait eu de la chance. Il est vrai qu'il était digne de ce qu'il y avait de mieux dans tous les domaines.

Joe entra d'un pas nonchalant dans la cuisine et se servit un verre d'eau. Il y avait une simple chaise de bois près de la cheminée. On n'avait pas fait de feu, mais il s'y assit néanmoins, et contempla l'âtre obscur.

Il sourit soudainement, content d'être venu. Eileen Brideswell ne serait peut-être pas très contente, mais il ne pouvait pas travailler vingt-quatre heures sur vingt-quatre, et il n'avait songé pratiquement qu'à elle et à sa nièce disparue depuis qu'il s'était chargé de l'affaire. Peu à peu, la personnalité de Genevieve prenait forme dans son esprit. Il avait presque l'impression de l'avoir connue. Il devinait l'idéalisme qui l'avait guidée, la passion dont elle avait fait preuve dans son travail.

Il priait le ciel pour qu'elle ne soit pas morte. Pour qu'elle ait par exemple décidé, peut-être inconsciemment, de punir sa tante, dernier bastion d'une famille pesante, en s'offrant une escapade au Canada ou au Mexique.

Mais il n'y croyait pas vraiment. Elle n'avait utilisé aucune carte de crédit, rédigé aucun chèque. Et personne n'avait détourné son numéro de Sécurité sociale. La dernière personne à l'avoir vue vivante, avant qu'elle ne prenne place dans une berline noire, était Didi Dancer qui, à l'évidence, appréciait Genevieve et n'avait aucune raison de mentir.

Joe s'enfonça sur son siège en secouant la tête pour ramener ses pensées vers le présent. Il était heureux d'avoir enfin rencontré Leslie. Ça lui changeait les idées et ça lui donnait l'occasion de faire une pause. Sauf qu'elle arrivait avec, dans ses bagages, la tristesse qu'ils partageaient pour le disparu.

Il avait vraiment besoin de vacances. La perspective de Tahiti lui semblait de plus en plus séduisante.

Il se leva pour gagner l'office des domestiques, où l'explosion s'était produite.

Il regarda autour de lui les murs reconstruits, la peinture neuve, le mobilier. Il n'avait rien d'un expert et n'aurait su dire la différence entre un meuble d'époque et une bonne reproduction. Mais il était intéressant que l'explosion ait eu lieu dans cette pièce et que le reste de la demeure n'ait subi que peu de dégâts.

Comme un fait exprès.

Au moment de mourir, Matt travaillait sur plusieurs sujets : les chantiers de restauration de la ville basse, avec l'aide de Leslie, mais aussi les disparitions de prostituées.

Etait-ce Matt, le remarquable journaliste d'investigation, que l'explosion visait ? Parce qu'il commençait à s'approcher dangereusement de la vérité ? La disparition de femmes paumées représentait-elle un enjeu suffisant pour que quelqu'un soit prêt à tuer ?

Oui, bien sûr, s'il s'agissait de leur ravisseur et présumé assassin. Mais comment aurait-il eu accès à Hastings House ? Sans oublier que bien peu de gens savaient comment trafiquer une explosion de gaz pour qu'elle ait l'air d'un accident convaincant…

Joe sentit un curieux courant d'air, assez fort pour le faire frissonner. Il se frotta les bras pour se réchauffer.

— Matt, dit-il à voix haute, tout cela ne me plaît pas. Je te *jure* que je trouverai la vérité.

Il parlait dans le vide, songea-t-il aussitôt.

Mais il se sentait plus déterminé que jamais. Sans savoir au juste pourquoi, il se fichait complètement de l'avis des experts. Quelque chose sonnait faux dans le scénario de l'accident.

— Tu étais trop dévoué, trop bon, murmura-t-il. Quelqu'un ne l'a pas supporté.

Il n'y eut aucun murmure d'approbation. Rien.

— Hello !

Il fit brusquement volte-face. Il était rare qu'on le prenne par surprise : il devait être profondément plongé dans ses pensées.

Ou trop occupé à se parler à lui-même.

— J'étais sûre de vous trouver près de la cheminée, dit Leslie.

Il leva la main.

— Désolé ! Je parlais tout seul. Je ne vous ai pas entendue entrer.

— Je regardais votre expression… Vous ne croyez pas à la thèse de l'accident.

C'était une affirmation, pas une question.

— J'ai besoin d'une explication, dit-il.

— Je sais. Je ressens la même chose. Si nous y allions ?

Elle s'était parfumée. Une senteur légère, fugace. Ses cheveux longs jouaient librement sur ses épaules, brillant sous la lumière. Elle était un peu trop mince, mais même ainsi ses formes étaient séduisantes. Debout sur le seuil, le sourire aux lèvres, elle était belle comme une apparition. Joe sentit ses sens s'embraser et s'en fit aussitôt le reproche. C'était la femme de Matt. Il pouvait être son ami, rien d'autre.

— Qu'est-ce qui vous plairait ? demanda-t-il.

— Italien ?

— Ça me va. Je connais un très bon restaurant dans

Little Italy et je suis garé juste à côté. J'étais venu… explorer les alentours, et puis j'ai décidé de m'arrêter.

Le sourire de Leslie s'évanouit.

— Vous allez enquêter jusqu'à ce que vous trouviez la vérité, n'est-ce pas ?

— En fait, répondit-il, je viens d'être embauché pour enquêter sur la disparition d'une jeune femme.

— Oh ?

— Elle a disparu dans le quartier.

Leslie fronça les sourcils.

— L'une des prostituées ?

— Non. Venez, je vous raconterai ça pendant le dîner.

Elle sourit de nouveau.

— A moins que vous ne vous mettiez à fouiller dans mes souvenirs…

— C'est votre métier à vous, de fouiller ! lui rappela-t-il.

— Mais…

— J'ai enquêté sur l'explosion. J'ai cuisiné des amis, des relations, des inconnus, tous ceux qui étaient sur place ce jour-là. Excepté vous, ajouta-t-il avec un sourire de regret. Il n'en est pas sorti la moindre piste. La seule hypothèse crédible, c'est celle d'une fuite de gaz et d'une malencontreuse coïncidence.

Leslie pivota, fit quelques pas, puis s'immobilisa et se retourna en souriant.

— Je reste convaincue que vous allez continuer à chercher.

— Pour me faire l'avocat du diable, je dirais que non. Mais je suis le cousin de Matt. Je ne peux pas m'empêcher de m'interroger. Je refuse d'adhérer à une explication toute faite. Pour Matt, je dois essayer de comprendre.

Ce qui ne veut pas dire pour autant que je sache quoi que ce soit… Allons, venez. Ils font une merveilleuse escalope milanaise, dans ce restaurant. Ou du poulet, comme vous préférez.

— Ce sera du poulet. Je suis désolée, mais j'évite le veau.

— Ne me dites pas que vous êtes végétarienne !

— A moins que le poulet ne soit devenu une sorte de légume…

Il était tombé dans le piège et ça le fit rire. Curieusement, il se sentait parfaitement à l'aise avec elle. Elle était sympathique. Il comprenait pourquoi Matt l'avait aimée. Mais il devait se rappeler qu'ils avaient été fiancés, et se montrer prudent.

Joe ! Ce bon vieux Joe. Le meilleur cousin du monde, presque un frère. Il avait tellement essayé d'entrer en contact avec lui. Il voulait que Joe sache qu'il allait bien.

Sauf que ce n'était pas vrai. Et maintenant que Joe avait livré le fond de sa pensée, il savait pourquoi. Il n'avait pas été victime d'un tragique accident. On l'avait assassiné.

Pourquoi ? Qui avait pu tuer autant de gens, sans le moindre scrupule, juste pour l'atteindre, lui ?

Joe tirerait ça au clair. Ce bon vieux Joe.

Ce bon vieux Joe en chair et en os.

Et Leslie.

Leslie, qui l'avait confondu avec Joe. Est-ce qu'ils se ressemblaient vraiment à ce point ? Ou, plus précisément, est-ce qu'ils s'étaient autant ressemblés ? Peut-

être que oui. Les principaux intéressés voient rarement ce genre de chose.

Joe… et Leslie.

Ils allaient dîner ensemble. Joe était un brave type. Pas retors. Alors… il la laissait faire. Et puis, un simple dîner ne prêtait pas à conséquence, en tout cas pas dans l'immédiat.

En outre, ils auraient peut-être besoin de passer du temps ensemble pour découvrir la vérité qui leur avait échappé à tous.

Aux vivants comme aux morts.

Ils réussirent à obtenir une table en terrasse. La rue était fermée à la circulation et le temps, extraordinairement clément, comme une promesse de l'été à venir. Joe connaissait le propriétaire, Rudolfo, depuis des années, et ce dernier complimenta Leslie sans se montrer pesant. Ils commandèrent une bouteille de chianti et une assiette d'*antipasti* composée de fromage, de viande et de légumes marinés. Leslie s'aperçut alors qu'elle avait réellement faim.

— Maintenant, dit-elle, parlez-moi de votre enquête. S'agit-il de la jeune femme dont on a vu la photo dans le journal ?

— Oui. Genevieve O'Brien.

— Croyez-vous qu'elle soit encore…

— Encore en vie ? Je ne sais pas. Je suis convaincu qu'elle n'a pas joué les filles de l'air sans rien dire à personne. Les choses ont été faites dans l'ordre et la police a mené son enquête. J'ai vu leurs conclusions : elle n'a réapparu nulle part.

Leslie médita l'information.

— Elle est riche, n'est-ce pas ?

— Aucun de ses comptes n'a bougé.

— Ça donne le frisson. Et c'est triste, ajouta Leslie à voix plus basse, en prenant son verre pour boire une gorgée de vin. Je suis sûre que des tas de gens disparaissent et ne réapparaissent jamais. Songez à tous les endroits où l'on peut se débarrasser d'un corps : les marais, les déserts, les océans.

— Sans oublier New York !

— Oui. Les rivières, les terrassements, la ville souterraine…

Joe fronça les sourcils en se rendant compte qu'il n'avait pas envisagé la dernière possibilité. Il s'adossa et dévisagea la jeune femme.

— Brillante suggestion.

— Peut-être pas, dit-elle. Il se trouve simplement que je… Bref, je sais qu'il y a une ville sous la ville. Dans de nombreux quartiers, les rues ont été comblées de telle façon que la fenêtre d'une cave puisse se trouver au même niveau que l'ancienne rue. Il y a aussi d'anciennes fondations, de vieux tunnels… Toutes sortes d'endroits souterrains totalement inconnus. Qui plus est, même si la ville est essentiellement construite sur du granit, il y a des glissements de terrain. J'ai appris ça en cherchant des tombes. Dans beaucoup d'anciens cimetières, les cercueils ont tellement bougé qu'ils ne se trouvent plus sous les dalles correspondantes. On marche sur les tombes partout où l'on passe. Avec le temps, quand la terre est meuble, sous l'effet de la pluie, des constructions, des vibrations du métro… eh bien, les éléments en sous-sol changent de place.

— C'est plutôt sinistre.

Elle sourit en secouant la tête.

— Pas si vous travaillez dans ma branche.

On leur apporta les plats et ils évoquèrent un moment le quartier où ils se trouvaient, la façon dont Little Italy était peu à peu absorbée par Chinatown. Mais à New York, les changements étaient perpétuels. Chaque jour, de nouvelles populations venaient s'installer. Certains s'en réjouissaient, d'autres continuaient à détester les étrangers, même s'ils étaient eux-mêmes venus d'ailleurs, dix ans ou un siècle plus tôt.

— C'est une terre de pionniers, dit Joe, mais ça fait parfois peur aux gens. Ils préfèrent ignorer ce qui les dérange, ce qui trouble leur petit paradis. C'est l'un des problèmes, à propos des prostituées disparues. Les gens ne s'y intéressent pas. Beaucoup pensent que des femmes comme elles n'ont que ce qu'elles méritent.

— Jack l'Eventreur pourchassait les prostituées, et cet événement a provoqué l'un des plus grands scandales londoniens de l'époque victorienne, souligna-t-elle.

— Parce que les gens étaient horrifiés par la sanglante brutalité de ces crimes. Alors qu'ici, les femmes disparaissent, c'est tout. Il n'y a pas de cadavre, pas de détails atroces dans la presse à sensation… En outre, de nos jours, nous sommes habitués aux tueurs en série. Et n'oublions pas que rien, jusqu'à présent, ne prouve qu'il s'agisse de cela.

— La disparition de Genevieve O'Brien est-elle liée à celle des prostituées, d'après vous ? demanda Leslie.

— La dernière personne à l'avoir vue vivante, de toutes celles que j'ai rencontrées, est une fille des rues. Genevieve s'efforçait d'aider un grand nombre d'entre elles. D'ailleurs, je suis surpris que Robert ne vous ait pas encore demandé un coup de main. D'après lui, vous avez un véritable don pour… retrouver les gens.

Elle posa sa fourchette en poussant un soupir.

— Il vous l'a dit ?

— Non, je l'ai lu. Il y a un article sur vous dans le journal de ce soir.

— Oh, non ! s'écria Leslie en ouvrant grands les yeux.

— Si. On explique que vous avez fait une découverte importante dès que vous avez mis les pieds sur le site. Et le journaliste ajoute que vous avez permis de retrouver un sans-abri qui avait disparu, il y a deux ans.

— Bon sang ! marmonna-t-elle, l'air contrarié.

— Pourquoi ? Vous avez vraiment un don particulier ? demanda Joe d'une voix moqueuse.

Leslie n'était pas d'humeur à rire. Elle se sentait même franchement irritée.

— C'est juste une question de logique, fit-elle d'un ton bref. On m'avait parlé des habitudes de cet homme, de son passé. On l'a retrouvé dans un tunnel désaffecté du métro. Simple déduction.

Elle se montrait tout à coup presque hostile, mais il posa néanmoins la question qui le préoccupait :

— Même avant cet épisode, n'aviez-vous pas un talent particulier pour retrouver les tombes ?

— J'ai le sens de l'histoire. Vous prendrez du café ?

Son ton était abrupt. Joe se sentait intrigué, mais il saisit la perche tendue et changea de sujet. Quand Rudolfo vint leur demander s'ils avaient apprécié sa cuisine, Joe l'interrogea à son tour :

— Vous n'auriez pas besoin d'une nouvelle serveuse, par hasard ?

Rudolfo le regarda d'un air dubitatif, puis grommela :

— En fait, si.

— Puis-je vous envoyer quelqu'un ?

— La semaine prochaine. Lundi. Si elle fait l'affaire, je l'embauche. Mais il me faut une battante.

— Ce sera le cas. Sinon, je jure de venir faire la plonge pendant une semaine.

— J'ai tout ce qu'il faut pour la plonge, marmonna Rudolfo. Ça s'appelle une machine à laver la vaisselle.

— D'accord, dit Joe en souriant. Alors, je débarrasserai les tables et je chargerai la machine, qui doit être un monstre plein de vapeur. Que dites-vous de ça ?

Rudolfo tendit l'index vers lui.

— Je vous ferai trimer dur. Comme un nouvel arrivant dans le pays. Je ne vous passerai rien.

— C'est un deal ?

Rudolfo acquiesça et s'éloigna.

Leslie écarquilla les yeux.

— Vous allez lui envoyer une prostituée comme serveuse, n'est-ce pas ? Vous faites ça souvent ?

— La femme à laquelle je pense m'inspire confiance, répondit-il avec simplicité.

Leslie posa la main sur la sienne.

— Vous savez, même si on essaie, on ne peut pas toujours changer le monde.

Joe se sentit parcouru d'un frémissement qu'il réprima fermement.

— Disons que je fais ça pour Genevieve, répondit-il.

Elle hocha la tête, un petit sourire aux lèvres. Son regard lumineux croisa celui de Joe. Elle le comprenait.

Dieu qu'il serait facile de tomber amoureux de cette femme !

Comme c'était arrivé à Matt.

Il la raccompagna à Hastings House et marcha avec elle jusqu'à la porte d'entrée. A son grand étonnement, elle le devança et laissa le battant ouvert, lui permettant ainsi d'entrer à son tour. Lorsqu'ils furent dans le hall, elle se tourna vers lui :

— J'ai beaucoup de mal à croire que ce qui s'est passé n'a été qu'un accident, dit-elle.

Elle s'interrompit, puis reprit :

— Matt préparait une série d'articles sur ces disparitions de prostituées. Il voulait susciter une prise de conscience, éveiller la compassion des lecteurs. J'aimerais en savoir plus sur les conduites de gaz et sur la façon dont l'explosion a pu se produire.

— Il est hélas trop tard pour découvrir quoi que ce soit, fit-il.

— Pourquoi ?

— Pourquoi ? répéta-t-il en la dévisageant avec une grimace.

— Oui, pourquoi ?

— Vous n'avez rien remarqué, Leslie ? Tout a été refait dans cette maison, et le gaz a été banni au profit de l'électricité.

— Oh ! s'exclama-t-elle en rougissant. Non, je n'avais pas remarqué.

Il fronça brusquement les sourcils.

— Promettez-moi de ne confier vos soupçons à personne. D'accord ?

— Eh bien, j'en ai très peu parlé, mais…

— Je vous en supplie, ne dites rien !

— Vous êtes bien méfiant.

— N'oubliez pas que je gagne ma vie comme détective privé.

— Je pourrais vous aider.

— Ah bon ?

— J'ai… des intuitions, par moments. Je ne veux pas qu'on se moque de moi et je déteste qu'on me traite de voyante. Je n'en suis pas une. Simplement, il m'arrive de… deviner des choses. Vous me permettrez de vous aider ? Y compris pour cette jeune femme disparue ?

Joe sentit les battements de son cœur s'accélérer.

Si cela implique de passer du temps avec vous… j'accepte sans hésiter. Sans hésiter !

Non. Elle a été la fiancée de Matt.

Mais Matt est…

Mort.

— Entendu, nous en parlerons, dit-il.

Il tendit la main pour lui souhaiter une bonne nuit. Elle n'avait vraiment pas besoin que le cousin de Matt, auquel Matt avait fait confiance, se transforme en vil séducteur.

Certes, il n'était qu'un homme comme les autres…

Stop.

Pardonne-moi, Matt. Que Dieu me vienne en aide ! Je garderai toutes ces pensées pour moi.

— Nous en parlerons, répéta-t-il. Mais si vous voulez vraiment m'aider, il faut me promettre de faire très attention à vos paroles, comme d'ailleurs à vos actes.

— Croix de bois, croix de fer ! lança-t-elle avec un sourire ensorcelant.

— Très bien. Maintenant…

Il consulta sa montre, qui indiquait presque 11 heures, et ajouta :

— Je vais vous laisser dormir.

— Entendu. Merci. Comment puis-je vous contacter ?

Il lui donna sa carte.

— Appelez-moi quand vous voulez.

Elle sourit sans répondre.

— Pourquoi ce sourire ?

— C'est ce que les gens me disent tout le temps. Ils me prennent pour une fleur de serre, ils s'inquiètent à mon sujet, ils veulent prendre soin de moi… Bref, je vous appellerai, c'est promis.

— Bonne nuit, alors ! Fermez bien derrière vous.

— Certainement.

— N'oubliez pas l'alarme !

— Aucun risque. Une alarme si sophistiquée !

En sortant, Joe s'interdit de regarder en arrière.

Une fois à l'étage, après avoir rallumé la télévision et remis sa chemise de nuit, Leslie s'approcha de la fenêtre, s'attendant presque à voir un homme debout sous le réverbère.

Mais il n'y avait personne.

Elle sourit. Après avoir rencontré Joe, elle se sentait mieux, même si elle avait toujours du mal à croire qu'elle s'était évanouie sous l'effet de la surprise. Il est vrai que l'espace d'une minute… d'une seule minute… elle avait cru revoir Matt. En chair et en os.

Non. Matt n'existait que dans ses rêves.

Et si Joe avait raison ? Si l'explosion n'avait pas été due à un accident ? Elle-même avait bien songé à plusieurs reprises que c'était Matt que l'on visait.

Quant à Genevieve O'Brien… Pourrait-elle vraiment aider Joe à la retrouver ?

Cette perspective la stimulait, mais elle se rappela que les seules personnes qu'elle ait retrouvées jusque-là étaient toutes mortes.

Reprends tes esprits, se dit-elle. *D'autant que tu as encore beaucoup de travail à faire sur les fouilles.*

Un travail important, puisqu'elle voulait retrouver la tombe de la petite Mary et permettre à la mère et à l'enfant d'être enterrées ensemble.

Tout en caressant cette perspective, elle se mit au lit pour regarder les informations. Elle vit son visage apparaître à l'écran et elle écouta un journaliste évoquer, avec une sorte de fascination morbide, sa capacité à retrouver des cadavres. Une capacité antérieure à la mort de son fiancé et aux souffrances terribles qu'elle avait elle-même endurées lors de l'explosion de Hastings House.

Dieu merci, personne n'ajouta que c'était dans cette même maison qu'elle résidait désormais. A l'évidence, en la matière, la plus grande discrétion était de rigueur.

A la fin du reportage, elle changea de chaîne, tomba sur une rediffusion de *Gilligan's Island* et se plongea dans les aventures des sept proscrits jusqu'à ce que le sommeil la gagne enfin.

Elle éteignit la télévision et resta allongée dans le noir en se demandant si Matt viendrait de nouveau la visiter en rêve.

Elle passait son temps à rouvrir les yeux, sondant la pénombre, avide de le voir apparaître.

Il n'y avait rien.

Elle finit par s'endormir pour de bon.

Alors, il vint.

Elle comprit qu'elle dormait et qu'elle était en train de rêver. Mais ça n'avait pas d'importance : il était là, mince, musclé, vibrant, aussi réel que dans la vie. Il la toucha, la caressa. Elle *sentit* sa main sur sa peau nue, le frôlement de ses lèvres, ses baisers aussi intenses qu'autrefois.

Une pression tout le long de son dos…

Une chaleur moite sur ses seins…

Des gestes, des mouvements, des bras qui l'étreignaient…

— Je t'aime tant, Leslie ! chuchotait-il. Mon Dieu, Leslie…

Elle aurait voulu que ce désir, cet embrasement, cette passion, cette tendresse fugace, aussi, durent éternellement.

La grâce naturelle de Matt, leur intimité physique, étroite et torride, la comblaient de manière presque douloureuse. Elle savoura son corps tendu, le frémissement de son désir, la subite explosion de sa jouissance…

Puis elle se lova dans ses bras qui l'entouraient pour toujours.

Il poussa un soupir apaisé dont elle perçut le souffle léger près de son oreille. Elle sentait son corps pressé contre elle.

Elle bougea légèrement entre ses bras, comme elle l'avait fait si souvent auparavant. Quand ils vivaient ensemble, ils avaient des horaires très différents et, souvent, il venait la rejoindre quand elle dormait déjà. Alors, il l'éveillait doucement, érotiquement, pour lui faire l'amour.

Ensuite, ils se racontaient leur journée en chuchotant, enlacés, repus de plaisir. Elle trouva donc tout naturel de se mettre à parler, même si c'était seulement en rêve.

— J'ai rencontré Joe, aujourd'hui.

— Joe, hein ? C'est un brave type. Il a vécu une sale histoire.

— Ah bon ?

— Il était follement amoureux de sa petite amie, au collège.

— Et alors ?

— Elle est morte d'un cancer.

— Je… je suis désolée.

— Je pense qu'il continue d'évoquer son fantôme.

Son fantôme…

— C'est quelqu'un d'intéressant, reprit-elle.

— Oui. Très. Il faut l'écouter parler.

Il la prit par la nuque pour la serrer plus étroitement contre lui.

— Tu sais, pendant un moment, j'ai cru que c'était toi, dit-elle.

— Ah oui ? On se ressemble, je suppose.

Puis il chercha ses lèvres et ils refirent l'amour.

A son tour, elle murmura :

— Je t'aime tant, Matt. Tu me manques tellement. J'ai tellement besoin de toi…

Il s'écarta légèrement pour la dévisager.

— Il ne faut pas que tu aies besoin de moi, Leslie.

— J'aurai toujours besoin de toi.

— Non, souffla-t-il entre deux caresses. Tu me pardonneras. J'ai juste encore un peu de temps.

— Un peu de temps ?

Il répondit, mais pas avec des mots.

Quand elle s'éveilla, le rêve encore présent dans son esprit, elle était nue et le lit, totalement défait.

Elle jura doucement, profondément embarrassée bien qu'elle fût seule.

Elle parcourut la pièce du regard. Un léger cri lui échappa.

Matt était assis dans le fauteuil voltaire, près de la cheminée.

— Oui, je suis là, dit-il. Mais j'ai tort. Je ne devrais pas.

— Quoi ? balbutia-t-elle, tellement stupéfaite que les mots lui manquaient.

— Désolé. Laisse tomber. Il a raison, tu sais ?

— Quoi ?

— Ce n'était pas un accident.

— Matt, parle-moi. Dis-moi ce que tu sais !

— Je ne sais rien. C'est ça le problème.

Elle se leva, trébucha sur un pan du drap et, le temps qu'elle se dégage et ramène les yeux vers le fauteuil, il avait disparu, comme s'il n'avait jamais été là.

Comme si leur conversation n'avait été que la fin de leur rêve commun, mélancolique et désespéré.

7

Il y avait de la poussière partout, et Joe se dit qu'il aurait eu bien du mal s'il avait dû chercher des indices dans le réduit sombre et malodorant où il venait de pénétrer. Mais il était heureux d'être là, d'autant plus heureux que c'était Leslie qui l'avait appelé.

Il y avait encore plus de policiers que d'habitude aux alentours, et le site grouillait littéralement de reporters. Robert Adair s'était néanmoins frayé un chemin pour venir le chercher et le ramener jusqu'à l'étrange trou béant dans lequel ils étaient descendus. En dépit des projecteurs, Joe s'était d'abord senti totalement désorienté par cette pièce souterraine : dès qu'il avait réussi à se mettre debout, une épouvantable odeur avait envahi ses narines, une odeur qui, plus encore que la putréfaction, évoquait le renfermé et le moisi, la puanteur écœurante des lieux clos depuis une éternité.

— Vous voilà !

Il tressaillit en entendant Leslie qui se précipitait pour le serrer dans ses bras. La saleté séculaire qui la recouvrait des pieds à la tête la rendait presque méconnaissable, mais ses yeux brillaient.

— Vous avez découvert une pièce souterraine ?

Elle se mit à rire. A l'autre bout de la pièce, Joe vit

un groupe où se trouvaient le Pr Laymon, Brad Vernon et plusieurs autres. Tout en époussetant une paroi, ils échangeaient des commentaires excités, et il était clair qu'ils mesuraient bien mieux que lui l'importance de la découverte.

— C'est une crypte, expliqua Leslie.

— Une crypte ?

— Il y avait une église, ici. Construite en 1817 pour être exacte. Quelques années plus tard, elle a entièrement brûlé lors d'un incendie qui a détruit une bonne partie de la vieille ville de New York. D'autres édifices l'ont remplacée et ont été démolis les uns après les autres tout au long du siècle suivant. Et puis, à la fin des années 1930, on a érigé ce qu'on appelle maintenant un mini-gratte-ciel, celui-là même qui a été abattu au début du chantier. Et maintenant, nous venons de faire cette incroyable découverte. Regardez ! C'est ici qu'on enterrait les prêtres et les gens fortunés, pour ne pas les mélanger aux pauvres qui, eux, étaient enterrés à côté de l'église. Nous avons déjà trouvé des crucifix en or et d'autres objets de culte épiscopalien. Et même une réserve de livres anciens et de documents. N'est-ce pas extraordinaire ?

— Stupéfiant, répondit Joe. Et c'est votre...

Il se rendit compte qu'il baissait la voix pour ajouter :

— ... votre *instinct* qui vous a guidée ?

Elle eut un rire joyeux, enthousiaste.

— Non ! Je me suis appuyée contre ce que j'ai pris pour un remblai et je suis tombée au travers.

Joe discerna dans son regard un humour teinté de mélancolie.

Un cri du Pr Laymon leur fit tourner la tête.

— C'est incroyable ! Voici une cachette qui contient des sermons. Et là, une niche fermée… Attention aux ossements ! lança-t-il, tandis que des ouvriers se précipitaient.

— Félicitations ! dit Joe à Leslie. Et merci de m'avoir fait venir.

Il se rendit compte qu'elle lui tenait les mains comme elle l'aurait fait avec un vieil ami. Il est vrai qu'un lien particulier les reliait : ils avaient tous les deux aimé Matt.

Elle l'attira vers elle en se haussant sur la pointe des pieds pour chuchoter :

— Je voulais vous faire voir ce dont je vous ai parlé.

— Quoi donc ?

— La ville sous la ville.

— Et d'après vous, dit-il à voix basse, il y a peut-être un maniaque qui kidnappe les prostituées pour les tuer et qui cache les corps dans des cryptes souterraines ?

Il parlait d'un ton plus sceptique qu'il ne l'aurait souhaité, mais elle se contenta de le dévisager d'un air amusé.

— Peut-être pas dans des cryptes, mais dans d'autres lieux abandonnés, sous terre. Avez-vous une meilleure idée ?

— Non. Ça vaut la peine d'explorer le sous-sol.

Elle hocha la tête, souriant toujours.

— J'ai pratiquement fini pour aujourd'hui. Et vous, comment s'est passée votre journée ?

Il faillit tout lui raconter, puis renonça pour l'instant. En réalité, il n'avait fait que des vérifications. Il était retourné examiner l'appartement de Geneviève, il avait scruté le moindre morceau de papier qu'elle avait laissé traîner, il avait vérifié les dates de ses derniers rendez-vous avec son médecin, son dentiste. Il avait fait le tour des bars qu'elle fréquentait avec ses amis et, partout, il n'avait rencontré que des gens qui l'évoquaient avec nostalgie et affection. Il s'était assuré de nouveau qu'aucune de ses cartes de crédit n'avait été utilisée. Ensuite, il était retourné dans la rue où Didi officiait. Elle ne s'était rappelé aucun autre détail, et les prostituées qu'elle lui avait présentées n'avaient rien pu ajouter d'intéressant — toutefois, elles parlaient toutes de Genevieve avec admiration. Tout compte fait, la seule découverte importante datait de sa première rencontre avec Didi, qui avait vu Genevieve O'Brien monter dans une voiture noire.

La seule chose qui avait éclairé sa journée avait été de proposer à Didi l'emploi de serveuse.

— Vous pensez vraiment que votre ami m'embaucherait ? lui avait-elle demandé d'un air incrédule.

— Oui. Maquillez-vous plus discrètement, mettez des vêtements classiques… vous voyez le topo ?

— Vous prenez un risque.

— La vie n'est faite que de cela.

— Je vous dois d'essayer. J'irai. Je ne vous laisserai pas tomber. Sauf que, maintenant, je n'ai plus Genevieve pour m'aider à récupérer ma fille.

— Commencez par un travail légal, O.K. ?

— Entendu.

Elle l'avait serré dans ses bras.

En revanche, le moment le plus dur de la journée avait été sa rencontre avec Eileen Brideswell, à qui il avait fallu expliquer que, pour l'instant, la piste de Genevieve s'arrêtait à ce coin de rue et à cette berline noire. Rien d'autre.

*
* *

— Leslie ! cria Brad avec fougue. Viens donc voir ça !

Elle se tournait vers lui lorsque Brad aperçut Joe. Pendant une minute, le jeune archéologue resta figé. Son visage devint blême. Et il murmura : *Matt !*

— Non. Désolé. Je suis Joe Connolly, le cousin de Matt, déclara Joe en s'aventurant sur le sol inégal, la main tendue.

— Bon sang ! s'écria Brad, bouche bée, les yeux écarquillés.

Laymon fit volte-face et poussa à son tour un cri étouffé.

— Je suis Joseph Connolly, répéta Joe. Le cousin de Matt.

Est-ce qu'ils croyaient tous aux esprits ? Il est vrai qu'ils passaient leur vie à travailler sur le passé, au milieu des défunts.

— Vous êtes pratiquement son sosie, reprit Brad avec une petite grimace. Désolé.

— Ne vous excusez pas. C'est Leslie qui m'a fait venir.

— Super ! dit Brad. Sauf qu'elle ne nous a pas prévenus.

Joe ne répondit pas. Il semblait inutile de préciser qu'il venait juste de faire la connaissance de Leslie.

Cette dernière les rejoignit en déclarant :

— Je vais rentrer. Je vous laisse vous occuper de tout cela, messieurs.

Brad fronça les sourcils.

— Tu te rends sûrement compte de l'importance…

— Absolument. Et je sais que nous allons avoir du

travail pour plusieurs semaines, coupa-t-elle gaiement. Mais pour l'amour du ciel, Brad, débrouille-toi avec les journalistes, d'accord ?

— Tu peux me faire confiance.

— Venez, dit-elle à Joe en le prenant par le bras.

— Ravi d'avoir fait votre connaissance ! lança-t-il aux autres en se laissant entraîner.

Ils le dévisagèrent sans répondre.

Joe sortit du trou le premier et tendit la main à Leslie. Ils étaient tous les deux couverts de boue et il fut surpris, tandis qu'il la hissait, d'entendre des applaudissements éclater dans la rue.

Il vit Leslie pâlir sous la poussière qui lui maculait le visage.

— Ne vous inquiétez pas, dit-il. Nous allons filer.

Pendant qu'elle se redressait, il se tourna pour accueillir Ken Dryer, qu'il avait connu quand il était dans la police et qui venait dans leur direction.

En dépit de la saleté environnante, Dryer arborait un uniforme impeccable. Il représentait le porte-parole idéal : grand, brun, séduisant, avec une voix de crooner.

— Les reporters vous réclament à cor et à cri, dit-il à Leslie.

— Racontez-leur que je suis tombée dans un trou !

— D'accord, mais…

Il s'interrompit, regarda Joe.

— Salut, Joe ! Qu'est-ce que tu fais ici ?

— Leslie m'a demandé de venir.

— Et vous deux… Oh, je comprends ! Le lien, c'est Matt.

— Bien entendu ! fit Joe en haussant les épaules.

— Ken, aidez-moi à quitter le site, je vous en prie ! intervint Leslie.

Ken la fixa, puis haussa les épaules à son tour en souriant.

— En fait, contrairement à vous, nous avons tous un côté exhibitionniste, hein ? Brad et le professeur adorent communiquer avec la presse. Même Hank leur fait tout un cinéma, alors qu'il est sûrement consterné. Son chantier va être retardé d'un an, au moins... Mais cette fois, il touchera une compensation... Allez donc dans la caravane : je vais m'arranger pour qu'un officier vous fasse sortir par l'arrière.

— Merci, Ken, dit Leslie en prenant Joe par le bras.

Ils se dirigèrent vers la caravane sous les huées de la foule, bientôt dominée par la voix harmonieuse de Dryer, et des rires succédèrent aux protestations.

Quand ils furent à l'abri dans la caravane, Leslie proposa :

— Voulez-vous de l'eau ? Un soda ?

— De l'eau, ce sera parfait.

Elle venait tout juste de lui tendre une bouteille en plastique quand la porte s'ouvrit. Joe regarda l'homme qui entrait en se disant qu'un seul adjectif pouvait le décrire : visqueux.

— Hello, Leslie ! On me dit qu'il faut vous aider à fuir ! lança-t-il.

Sans savoir pourquoi, Joe le détesta dès qu'il eut entendu ces simples mots. L'homme s'exprimait comme s'il entrait dans ses attributions de protéger Leslie, et il adoptait un ton de propriétaire tout à fait déplaisant.

— Je suis Joseph Connolly, dit Joe en lui tendant la main.

Durant une brève seconde, l'autre parut terrifié et presque sur le point de s'évanouir.

— Bonjour… euh… désolé, je…

— Je ne suis pas un fantôme. Je suis le cousin de Matt et je commence à mesurer à quel point nous devions nous ressembler.

— Beaucoup ! fit Hank en regardant Leslie.

Il semblait n'avoir qu'une envie : s'interposer entre Leslie et Joe.

— Que pensez-vous de leur nouvelle découverte ? demanda Joe poliment.

— Extraordinaire. On dirait que la chance de Leslie ne l'a pas abandonnée.

— J'ai bien peur qu'il s'agisse surtout d'un hasard, dit la jeune femme. Je suis tombée à travers une paroi.

— Voilà qui va retarder le chantier pendant un bon moment, dit Joe d'un ton léger. Comment votre entreprise va-t-elle digérer ça ?

— Nous allons nous adapter, commémorer l'événement, répondit Hank avec un sourire qui avait l'air sincère. Chaque fois que les caméras tournent, elles montrent le logo de la compagnie.

— Il doit pourtant y avoir des millions de dollars en jeu…

— Des millions et des millions. Aucune importance. Avez-vous déjà essayé d'acheter un espace publicitaire pendant des championnats de football ?

— Pas vraiment.

— C'est très cher, comme toute bonne publicité.

Hank caressa la joue de Leslie d'une façon que Joe trouva un peu trop familière, mais il réussit à garder le silence. De quel droit serait-il intervenu, après tout ?

— En cas de contretemps, il faut contourner l'obstacle, ajouta Hank.

Leslie s'écarta légèrement avec un sourire que Joe trouva indubitablement contraint.

— Dans un sens, nous rendons un grand service à la ville, dit-elle.

— Et aussi à nos actionnaires, précisa Hank.

La porte de la caravane s'ouvrit.

— Voilà l'escorte policière ! lança gaiement une voix familière.

— Robert ! s'écria Leslie d'un ton ravi.

Robert Adair gravit les marches. Leslie lui serra affectueusement le bras, puis s'excusa :

— Je vous ai couvert de boue. Désolée !

— Aucune tache venant de vous ne me dérange, répliqua Robert. Tiens, salut, Joe ! Donc, tous les deux, vous avez…

— Nous nous sommes déjà salis, coupa Joe précipitamment.

Sans bien savoir pourquoi, il ne voulait pas que Hank Smith apprenne qu'ils venaient juste de faire connaissance. Mieux valait que tout le monde croie à une ancienne amitié entre lui et Leslie. Ça lui permettrait de mieux la protéger.

La protéger ? Mais de quoi ? D'où lui venait cette idée ? D'où tirait-il l'impression que Leslie pouvait être en danger ?

— Allons-y ! Il y a un passage à l'arrière par lequel je peux vous faire sortir, déclara Robert.

Ils le suivirent et, quelques minutes plus tard, ils émergèrent dans la rue, à l'autre bout du site.

—Vous avez tous les deux besoin d'un bon bain. Sinon, les gens vont vous arrêter dans la rue pour vous faire l'aumône.

— Vous croyez ? lança Leslie en riant. J'ai pourtant vu bien pire dans les rues de New York.

Robert la regarda puis leva les yeux au ciel.

— C'est ma foi vrai. Mais vous avez tout de même l'aspect de quelqu'un qui vient de sortir de la fange.

— D'accord. Bain au programme ! dit Leslie.

— Ensuite, dîner, ajouta Robert.

— Dîner ? répéta Joe.

— Leslie m'a promis de dîner avec moi, ce soir. Voulez-vous vous joindre à nous ? Vous pourrez me dire où vous en êtes dans votre enquête sur Genevieve O'Brien.

Joe haussa les épaules en regardant Leslie.

— Vous êtes d'accord ?

— D'accord, répondit-elle.

Cette fois, elle rentra à Hastings House quand l'activité battait son plein. Melissa, qui vendait des tickets, eut un sourire radieux en l'apercevant.

— Bonjour ! s'écria-t-elle.

— Bonjour. Comment ça se passe ?

— Très bien. Nous avons deux visites commentées en cours. Vous pourrez dire bonjour aux guides en montant dans votre chambre. N'oubliez pas de verrouiller votre porte. Nous essayons d'avoir les touristes à l'œil, mais il y a toujours un risque que l'un d'eux aille fureter dans les coins. Dites-moi… vous êtes… euh… vraiment toute sale !

— Je sais. Merci, dit Leslie.

Jeff, debout dans le hall au milieu d'un groupe, évoquait l'architecture coloniale. Il ouvrit de grands yeux en la voyant et, du coup, la dizaine de personnes qui l'entouraient la dévisagèrent à leur tour. Jeff la salua d'un signe de tête en expliquant :

— Voici l'une de nos archéologues, qui travaille sans relâche.

Leslie espérait être assez crasseuse pour qu'on ne puisse pas la reconnaître en dépit des photographies d'elle récemment parues dans les médias, et elle fit un rapide salut de la main avant de s'engager en hâte dans l'escalier. Sur le palier, elle croisa le second groupe, à qui l'on racontait l'histoire de la demeure à l'époque du Chemin de Fer souterrain.

Elle fit une pause. Elle connaissait bien sûr tout l'historique de Hastings House depuis longtemps, mais le fait d'entendre évoquer son rôle durant le Chemin de Fer souterrain lui semblait tout à coup très important.

Pourquoi ?

Elle se rendit compte qu'elle s'exposait aux regards dans un état de saleté consternant, et se précipita vers sa chambre. Elle ferma à clé derrière elle, comme Melissa l'y avait engagée, puis elle s'adossa un moment au battant de la porte, les yeux fixés sur le fauteuil à bascule, près de la cheminée. Mais il était vide.

Avait-elle réellement vu Matt, ce matin-là ? Est-ce qu'il hantait la demeure ? Ou bien l'avait-elle seulement imaginé, à force d'espérer sa présence, tout comme elle l'appelait dans ses rêves ? Etait-ce parce qu'elle avait entendu Joe, un homme bien vivant, lui, affirmer avec conviction qu'il s'était passé ici quelque chose de louche ?

— Matt ? chuchota-t-elle.

Il n'y eut pas de réponse. Elle prit une douche et se changea, optant impulsivement pour un fourreau de velours noir adapté au temps qui s'était rafraîchi. Lorsqu'elle sortit de sa chambre, les visites étaient terminées et les guides étaient partis.

Melissa était encore là, cependant, dans le petit bureau de l'étage, en train de compter les tickets et la recette du jour. Elle siffla d'admiration en voyant Leslie passer.

— Quelle robe superbe !

— Merci.

— Vous avez une réception mondaine ?

— Non. Juste un dîner entre amis.

— J'ai entendu parler de la crypte que vous avez découverte.

— Simplement en tombant dedans !

Melissa soupira, l'air rêveur.

— Vous pensez vraiment que je pourrai travailler avec vous comme volontaire ?

— Certainement. Je vais m'en occuper.

— Merci du fond du cœur, fit Melissa.

Puis, aussitôt, elle fronça les sourcils.

— Qu'y a-t-il ?

— Je crois que j'ai perdu une coupure de vingt dollars.

— Elle est forcément quelque part, dit Leslie.

— Oui, mais… Oh ! La voilà. J'aurais juré qu'elle n'y était pas il y a une minute, fit Melissa, les sourcils toujours froncés.

— Vous aviez peut-être posé quelque chose dessus.

Melissa eut un grand sourire.

— Ou alors les fantômes m'ont aidée à la retrouver. Qu'est-ce que vous en pensez ?

— Peut-être.

On frappa à la porte d'en bas.

— Bonsoir, Melissa. A demain matin, dit Leslie.

— A demain. Amusez-vous bien. Vous allez leur faire un effet du tonnerre.

Elle rougit et ajouta :

— Je veux dire, vous êtes superbe.

— Merci.

Joe attendait sur le seuil. Leslie l'accueillit en se forçant à sourire. Bien sûr, ce n'était pas Matt. C'étaient deux hommes différents, avec chacun sa personnalité. Mais ce soir, Joe lui rappelait tellement Matt tel qu'elle l'avait vu la veille...

D'autant qu'ils utilisaient le même après-rasage.

Joe avait belle apparence, avec ses cheveux blond foncé tout propres, encore humides, ses traits burinés et virils, sa veste en cuir. Il était musclé. Ses épaules étaient un peu plus larges que celles de Matt et il mesurait sans doute quelques centimètres de plus.

— Tout va bien ? demanda-t-il, l'air soucieux.

— Oui, bien sûr. Où est Robert ?

— Nous avons rendez-vous avec lui au bout de la rue. Ce soir, au menu, il y aura un bon vieux steack américain.

— Allons-y ! répondit Leslie en souriant.

En arrivant sur le trottoir, elle se surprit à tourner la tête pour regarder la maison, cette parfaite demeure coloniale totalement cernée, désormais, par le quartier moderne de Manhattan : un quartier vivant, animé, parfois un peu cruel, mais néanmoins un lieu où des gens naissaient, vivaient et mouraient. Ici, le passé et le présent s'entremêlaient. D'innombrables récits se tissaient dans toutes les rues. D'autres, tout aussi innombrables, avaient forgé l'histoire du sous-sol. Elle ferma les yeux. Les tours du World Trade Center s'étaient dressées à proximité. Elle revit l'épouvantable tragédie de leur destruction. L'atmosphère du quartier en restait imprégnée d'une certaine tristesse, même si, partout, la vie et les constructions avaient repris tandis que, un peu plus loin, des églises vieilles de plusieurs siècles étaient toujours debout. Le souvenir et l'oubli s'entrelaçaient pour former l'histoire.

C'était une ville étonnante, tout comme était étonnant le fait que Hastings House soit restée intacte dans un monde moderne où chaque décennie apportait de nouveaux changements.

Et maintenant, Hastings House recélait la clé, l'explication d'un meurtre.

Le meurtre de Matt.

— Que se passe-t-il ? demanda Joe.

— Rien ! répondit-elle vivement, en se forçant à sourire.

Mais ce n'était pas vrai. Des mondes entraient en collision. Des mystères, dans les rues, croisaient ceux du sous-sol.

Il essayait de suivre, sans y parvenir.

Ce matin, pourtant, elle l'avait vu. Quelques instants seulement, mais elle l'avait vu. Toutefois cela ne changeait rien… A terme, il faudrait qu'il fasse ses adieux.

Il avait du mal à s'y résoudre, alors qu'il venait juste de trouver le moyen d'apparaître, de lui dire bonjour. Et maintenant, grâce à Leslie, Joe entrait dans la maison. Joe, convaincu que quelque chose d'anormal s'était passé, convaincu qu'il fallait trouver la vérité. Ensuite…

Il l'avait aimée, vraiment aimée, et elle méritait de

mener une vie longue et heureuse. Alors, oui, il dirait adieu.

— En somme, votre mystérieux sixième sens a fonctionné une fois de plus, dit Robert en caressant négligemment, entre le pouce et l'index, une barbe naissante et grisonnante.

— Cela n'a rien à voir avec un quelconque sixième sens. J'ai fait une chute. Je le jure, je suis tombée, c'est tout, répondit Leslie.

Robert haussa les épaules, l'air incrédule.

— Savez-vous combien de temps Howard Carter a cherché la tombe de Toutankhamon, avant de la trouver ?

— Robert, j'ai eu de la chance, voilà tout ! En outre, ce n'est même pas vraiment une surprise, dans la mesure où les archives de la ville signalaient la présence d'une église à cet endroit.

— Pourquoi n'en venez-vous pas tout simplement au fait ? demanda Joe à Robert d'un ton amusé.

Il sirota sa bière en regardant Leslie. Ils avaient déjà passé commande de steacks, accompagnés de pommes de terre et de crudités pour tout le monde, et Leslie avait même pris une bière.

— Que j'en vienne au fait ? répéta Robert sans comprendre.

— Allons, Robert ! Vous mourez d'envie de demander son aide à Leslie.

— Mais non, pas du tout ! répondit Robert en s'empourprant.

— Menteur ! répliqua Joe en riant.

Robert devint écarlate.

— Bon, d'accord. C'est ce problème des prostituées disparues. Chaque fois, nous envoyons des inspecteurs poser des millions de questions qui ne trouvent jamais de réponse. Nous sommes dans le noir complet. Et, chaque fois, je me retrouve avec une masse de renseignements sans intérêt qui ne me servent à rien du tout la fois suivante. Or, si toutes ces affaires sont liées, comme je le pense, nous en sommes à douze femmes disparues. Simplement volatilisées.

Il regarda Joe, assis en face de lui, et ajouta :

— Y compris celle qui n'était pas prostituée : Genevieve O'Brien.

Leslie regarda Joe à son tour.

— Celle que vous cherchez, dit-elle.

— J'admets que je suis d'accord avec Robert, dit Joe. Au début, j'avais des doutes, mais plus je découvre à quel point Genevieve était impliquée auprès de ces femmes, plus le lien semble évident. Le meilleur indice dont je dispose, c'est la berline noire dans laquelle elle est montée la dernière fois qu'on l'a vue. Précisément dans la rue où la moitié de ces filles travaillaient.

— C'est étrange, murmura Leslie d'un ton hésitant. Et aucun corps n'a été retrouvé…

— Aucun. Aucune trace de sang. Aucun signe de lutte. Rien, fit Robert.

— Il y a beaucoup de moyens de faire disparaître un cadavre, fit remarquer Joe.

— Finalement, conclut Leslie, vous cherchez quelqu'un qui s'est débrouillé pour dissimuler complètement ses crimes. Il doit être très intelligent…

Elle se tourna vers Joe.

— D'après les profileurs, l'âge habituel des tueurs

en série se situe entre vingt-cinq et trente-cinq ans, n'est-ce pas ?

— Souvent, mais pas toujours, dit Joe.

Robert secoua la tête.

—Nous ne sommes pas plus avancés, marmonna-t-il.

Joe et Leslie échangèrent un regard penaud.

— Désolé, murmura Joe.

— Une berline noire... Quelqu'un de la classe moyenne ? reprit Robert. Un employé ? Peut-être même un type qui rentre chez lui pour retrouver sa femme et ses mômes après avoir enlevé ou tué quelqu'un. Ce n'est pas rare.

— C'est vrai, dit Joe. Mais ne parlons pas d'assassinats pendant le repas, d'accord ?

Ils s'attaquèrent à leurs steacks. Leslie évoqua avec enthousiasme son séjour en Virginie, et Joe les fit rire avec les détails les plus amusants de sa dernière enquête à Las Vegas. Au moment du café, cependant, Robert revint sur le sujet des disparitions.

— En fait, vous pensez tous les deux que les disparues sont mortes, n'est-ce pas ? Y compris, je suppose, celui qui n'était pas une femme, le dénommé Mimique, un transsexuel. Il aimait s'habiller en femme pour arpenter la rue avec les autres filles. J'imagine qu'il donnait bien le change.

— Je pense effectivement qu'elles sont mortes, répondit Leslie en soupirant. Vous avez sûrement envoyé des femmes policiers déguisées en prostituées déambuler dans ces rues-là...

— Oui, plusieurs nuits de suite. Dès que nous les retirons, le type le sait. C'est comme s'il pouvait les repérer à un kilomètre.

— Et puis, il y a Genevieve. Elle n'était pas prostituée

mais elle était proche des filles. D'après mon témoin, elle s'est approchée de la voiture noire parce qu'elle connaissait le chauffeur, dit Joe.

— Probablement quelqu'un d'honorablement connu, fit Leslie.

— Génial. Dans une ville de plusieurs millions d'habitants, je suis censé chercher un type respectable qui conduit une berline noire, fit Robert avec un soupir las.

Il regarda Joe en fronçant les sourcils :

— Vous aussi, maintenant que vous avez parlé avec Eileen Brideswell et enquêté sur la disparition de Genevieve, vous pensez que cette histoire est liée à mes prostituées disparues ?

— Oui, sans aucun doute, répondit Joe.

Le regard de Robert se fit pensif et se posa sur Leslie.

— Est-ce que vous accepteriez de venir avec moi dans les rues, une nuit, pour voir si… s'il vous vient une intuition, une quelconque vibration, quelque chose ?

— D'accord, répondit Leslie après un bref moment d'hésitation.

— Non ! coupa fermement Joe.

Ils le dévisagèrent. Leslie fronça les sourcils.

— Il vaut mieux qu'elle vienne avec moi, ajouta Joe. Vous êtes un bon flic, Robert, mais vous êtes flic. Moi, non.

— Vous êtes bien détective privé ! D'après vous, les prostituées préfèrent les détectives aux flics ? demanda Robert.

— Franchement, je pense que oui.

A son tour, Robert fit la grimace.

Leslie se pencha vers lui.

— Je vous aiderai le mieux possible, Robert, même si, en toute honnêteté, je doute de mon utilité.

Si seulement il savait de quelle façon elle faisait ses découvertes, il ne serait pas aussi désireux de la voir coopérer, se dit-elle.

— Cependant…, reprit-elle à voix haute.

— Cependant ? demanda Robert, intrigué.

— Nous aussi, nous avons besoin d'aide.

— Nous ?

Robert les dévisagea l'un après l'autre. Joe, qui n'avait pas la moindre idée de ce que voulait dire Leslie, pria le ciel pour que Robert ne s'en aperçoive pas.

— Ce n'était pas un accident, reprit-elle.

— De quoi diable parlez-vous ? demanda Robert.

Elle se dit qu'il mentait. Car il savait.

— De Hastings House, répondit-elle.

Il poussa un grognement.

— Vous vous doutez bien que j'ai absolument tout passé au crible !

— Et vous ne trouvez pas que cette explosion a quelque chose d'étrange ? demanda Leslie.

— Les accidents *sont* étranges. C'est pour ça que ce sont des accidents. Joe, vous avez étudié le dossier, fit Robert d'un ton irrité. Et tout laisse à penser…

— Peu importe ce que tout laisse à penser. Nous savons bien que ce qui semble évident n'est pas forcément la vérité, insista Leslie.

Robert grommela de nouveau.

— D'après vous, un fanatique aurait décidé de faire sauter la maison ? Pourquoi ? Parce qu'il déteste l'histoire ? Parce qu'il veut qu'on construise un gratte-ciel à la place ?

Leslie secoua la tête, l'air grave.

— Non. Si quelqu'un avait voulu faire sauter entièrement la maison, il l'aurait fait.

Robert regarda Joe.

— Vous avez enquêté là-dessus ?

— Matt était mon cousin, dit Joe d'une voix rauque. Ne me demandez pas d'accepter une hypothèse au seul prétexte que tout le monde la trouve évidente.

— Parfois, quand il fait jour, c'est juste parce que le soleil brille ! lança sèchement Robert.

— Et parfois, quand il fait nuit, c'est qu'il y a une éclipse, riposta Leslie sur le même ton.

— Elle a raison, fit Joe avec un haussement d'épaules.

— Vous aimiez Matt tous les deux et vous refusez d'accepter le fait qu'il soit mort dans un accident stupide. Je peux le comprendre. Mais le fait est qu'il est mort et qu'il y a *vraiment* eu un accident. Vous allez devoir apprendre à vivre avec.

— Matt n'est pas le seul à être mort cette nuit-là, dit Leslie.

— L'essentiel, intervint Joe, c'est qu'à mon avis ce n'était pas un accident. Et je ne peux pas m'empêcher de penser que c'est Matt qui était visé.

— Matt, visé ? fit Robert. Allons donc !

A la grande surprise de Joe, Leslie répliqua sans lui laisser le temps de réagir :

— Il l'était. Il se trouvait dans l'office de derrière et c'est l'office qui a sauté.

— Simplement parce que c'est là qu'il y a eu une fuite de gaz, expliqua Robert.

— Pourrais-je examiner de nouveau le dossier ? demanda Joe.

Robert écarta les mains.

— Entendu. Je vous le passerai.

— Ça ne suffit pas, déclara Leslie, l'air obstiné. Il faudra aussi nous aider si nous avons besoin d'informations supplémentaires.

— Vous êtes têtue comme une mule ! lui dit Robert.

— Une mule ? Pourquoi pas ? On m'a déjà traitée de chien policier déterreur de corps. Les deux se valent.

Robert se mit à rire.

— Est-ce moi qui vous ai traitée de chien policier ?

— Peut-être. Je ne me le rappelle pas. Restons-en à la mule, ça me va très bien.

— En tout cas, nous nous attaquons à des causes perdues, soupira Robert.

— Est-ce que ce ne sont pas les meilleures ? répliqua la jeune femme d'un ton taquin.

Il leva les yeux au ciel, mais il souriait.

Leslie brandit son verre de bière.

— A nous tous, et à la résolution de tous nos mystères !

Joe, sans savoir pourquoi, ressentait un certain malaise. Peut-être parce que Leslie semblait bien intrépide…

— A nous, et à la résolution de tous nos mystères ! répéta Robert.

Sa voix ne révélait aucun scepticisme, et aucun enthousiasme non plus.

— A nous ! fit simplement Joe.

Ils quittèrent le restaurant peu après. Joe avait laissé sa voiture près de Hastings House. Robert proposa de les y conduire, mais comme ils n'étaient pas loin et que la nuit était douce, ils préférèrent marcher.

Ils cheminèrent quelques instants dans un silence amical, puis Leslie se tourna vers Joe.

— Je suis comme vous, lui dit-elle en souriant. J'ai besoin de savoir.

— Peut-être que nous ne trouverons jamais rien ? Peut-être que c'était vraiment un accident ?

— Je n'y crois pas, dit-elle. Et vous non plus.

— Nous aimions tous les deux Matt, comme l'a souligné Robert.

— Je sais, mais…

Elle laissa sa phrase inachevée puis, au bout d'un moment, elle glissa son bras sous celui de Joe. Il en fut surpris et ravi. Elle comptait sur lui comme sur un ami, se dit-il.

Bon sang, Matt ! Je ne peux pas l'empêcher. Tu n'imagines pas la chance que tu as eue.

Il se promit solennellement d'être l'ami dont elle avait besoin sans se mettre à la harceler de ses assiduités. Elle avait déjà bien trop d'amoureux transis à ses basques. Elle était solide et capable de se défendre elle-même, mais il eut brusquement envie d'envoyer son poing dans la figure de Hank Smith.

Et toi, est-ce que tu vaux mieux ?

Il fallait se rendre à l'évidence. Elle était la séduction faite femme. Rien qu'en marchant, en parlant… en étant elle-même.

— Voilà la maison, dit-il d'une voix étouffée lorsqu'ils virent apparaître Hastings House au carrefour.

— La maison…, répéta-t-elle doucement, l'air soudain lointain.

En atteignant le seuil, il se dit qu'il n'aurait pas le courage d'entrer.

D'ailleurs, elle ne le lui proposa pas.

Depuis qu'ils étaient arrivés, elle semblait même différente, un peu changée.

— C'était un excellent dîner. Merci encore.

— Rien de tel que de discuter de tueurs en série pour vous ouvrir l'appétit, répondit-il.

Elle sourit tristement :

— Ils existent.

— Et l'un d'entre eux a tout l'air de travailler dans le coin. Soyez prudente. Vraiment prudente.

— Comptez sur moi… Eh bien, bonsoir, et encore merci.

— Bonsoir.

Elle l'étonna en répliquant brusquement :

— Et quand voulez-vous partir en excursion nocturne ?

— Dès que vous vous sentirez prête.

— Demain soir ?

— Si vous n'avez pas eu une journée trop fatigante.

— Elle ne le sera pas. Creuser m'amuse et, par bonheur, mes collègues aiment répondre à la presse.

Elle se souleva sur la pointe des pieds et l'embrassa sur la joue.

— Bonne nuit, reprit-il. Mettez l'alarme.

— Promis.

Elle rentra. Il tendit l'oreille et perçut le cliquetis des touches sur le clavier de l'alarme. Rassuré, il redescendit l'allée et se dirigea vers sa voiture, tête baissée, plongé dans ses pensées.

Tout à coup, il entendit le vrombissement d'un moteur.

Il leva les yeux à l'instant précis où une berline noire filait devant lui dans la rue déserte. Il eut juste le temps de voir les deux derniers chiffres de la plaque d'immatriculation.

63.

Il jeta un coup d'œil derrière lui.

D'où pouvait bien venir cette voiture ? Le coin favori des prostituées n'était pas loin, à quatre ou cinq carrefours de là.

Poussant un juron, il se précipita vers sa propre voiture.

Mais il était trop tard, il le savait. Lorsqu'il tourna le coin de Broadway, il ne vit rien d'autre qu'un véhicule tout terrain et trois taxis.

Il s'arrêta, saisi d'un besoin irrationnel de retourner voir comment allait Leslie. Dans son rétroviseur, Hastings House semblait l'observer, comme l'aurait fait un être vivant.

A l'étage, une lumière s'éteignit.

L'alarme était mise, se dit-il. Une alarme sophistiquée. Et la maison n'était pas loin du commissariat central. Leslie était en sécurité. En outre, il devait se rappeler qu'elle ne lui avait pas proposé d'entrer.

En dépit de tout cela, il se dirigea vers la demeure, conscient que son esprit n'était pas totalement concentré sur la disparition de Genevieve O'Brien comme, sans doute, il aurait dû l'être. En tout cas, il sentait qu'il suivait les bonnes pistes.

Etait-elle déjà morte ?

Impossible de le savoir avant d'avoir découvert où elle était partie, et pourquoi.

Seul dans la nuit, il jura à voix haute, ralentit et se gara de nouveau.

Juste en face de Hastings House.

Où il passa la nuit à somnoler dans sa voiture.

8

Cette nuit-là, Matt ne vint pas.

Leslie resta éveillée longtemps. Elle attendait, mourant d'envie de le voir apparaître en chair et en os.

Elle finit par s'endormir et quand elle se réveilla, très tôt, ce fut pour se rendre tristement à l'évidence : il n'y avait pas eu de Matt ni même de rêve de Matt, pendant la nuit. Elle se leva en passant la main dans ses cheveux en broussaille et regarda autour d'elle.

— Je t'en prie, chuchota-t-elle. Je sais que tu es là. S'il te plaît… laisse-moi te voir !

Seul le silence lui répondit.

En dépit de l'heure excessivement matinale, elle n'avait aucune envie de se recoucher. Elle prit une douche, enfila sa tenue de travail et descendit préparer du café. Alors qu'elle versait l'eau dans la cafetière, elle devina soudain quelque chose en périphérie de son champ de vision. Elle resta figée un bon moment avant de se rendre compte que la cafetière avait débordé et que l'eau lui coulait sur les mains. Elle ferma le robinet puis se tourna vers la cheminée.

Et là, elle vit une femme qui faisait le geste de tourner quelque chose dans un chaudron imaginaire, au-dessus d'un feu fantomatique.

Leslie l'observa sans faire de bruit. C'était une femme jeune, jolie, avec des cheveux blonds et soyeux ornés d'une coiffe.

— Ne partez pas, je vous en prie ! lui dit Leslie d'une voix douce.

La femme se pétrifia. Leslie se dit qu'elle risquait de s'évaporer d'une minute à l'autre.

— Je vous en prie ! répéta-t-elle, plus doucement encore. Qui êtes-vous ? Que faites-vous ici ?

La silhouette commença à se dissoudre, puis réapparut.

— J'ai été trahie, répondit-elle.

Ses yeux s'emplirent de larmes.

— Par quelqu'un en qui j'avais confiance. Quelqu'un que j'aimais, chuchota-t-elle.

Puis, brutalement, elle eut un spasme, se courba légèrement en arrière, puis bascula vers l'avant et se volatilisa.

Leslie inspira profondément et contempla pendant un très long moment l'endroit où la femme avait surgi. L'apparition ne revint pas, mais Leslie éprouvait un sentiment de jubilation : non seulement le spectre s'était manifesté, mais il lui avait parlé.

Elle retourna à ses occupations, revigorée, tout à fait réveillée. Quelques minutes plus tard, elle entendit du bruit dans le hall, et Melissa fit son entrée.

— Vous êtes bien matinale ! s'écria la jeune femme.

— Vous aussi ! répliqua Leslie.

Melissa hocha la tête.

— J'avais quelques comptes à finir. Je n'ai pas arrêté de penser à ce qui s'est passé hier soir. Je suis sûre que cette maison est hantée et qu'un fantôme a remis l'argent qui manquait sur la table pour que je le retrouve.

— Qui sait ? répondit distraitement Leslie.

Brusquement, elle fronça les sourcils et reprit :

— Depuis quand travaillez-vous ici, Melissa ?

— Eh bien, j'ai été embauchée juste avant l'inauguration. Mais ils ont dû fermer entre-temps parce que… vous savez quoi.

— Qu'avez-vous fait en attendant ?

— Greta — elle tient à ce qu'on l'appelle Greta — a dit qu'elle était désolée mais que la Fondation ne pouvait pas se permettre de nous payer pendant les travaux. Alors je lui ai dit que je prendrais un autre travail dans l'intervalle et que je reviendrais dès que ça rouvrirait. J'adore cette maison. Je n'aurais jamais laissé passer l'occasion d'y travailler. Et maintenant que je sais qu'elle est hantée…

— Ce n'est pas sûr.

Melissa tendit l'index dans sa direction.

— Vous savez bien que si.

— Moi ?

Melissa sourit de l'air entendu et magnanime de celui à qui l'on essaie de donner le change.

— Vous savez qu'elle est hantée parce que vous êtes *spéciale*.

Leslie se sentit soudain très mal à l'aise.

— Melissa, je…

— Si jamais vous voyez un fantôme, dites-le-moi s'il vous plaît ! implora Melissa.

— C'est promis. Si nous sommes ici toutes les deux et qu'un spectre se manifeste, je vous préviendrai. Et vous me préviendrez aussi, O.K. ?

— Il y en a eu un hier. C'est pour ça que j'ai pu équilibrer ma recette.

— En somme, nous avons un fantôme qui a un passé d'expert-comptable…

Melissa fit une moue vexée.

— Je vous taquinais, dit précipitamment Leslie. Qui sait si un fantôme ne vous a pas aidée, effectivement ? Dites donc, Melissa, si vous avez toujours envie de travailler sur le site, je peux faire en sorte que vous veniez samedi. Qu'en pensez-vous ?

Le visage de Melissa s'éclaira comme si elle connaissait la première extase de sa vie.

— Parfait, fit Leslie. Maintenant, je vais aller travailler.

— A cette heure-ci ?

— J'aime bien arriver la première. Avant la foule.

Melissa acquiesça d'un air sagace.

— Comme ça, vous sentez mieux les vibrations, hein ?

— Disons que je travaille mieux.

— J'ai apporté des beignets. Vous en voulez ?

— J'en prendrais bien un, merci. C'est une agréable surprise.

— Tout le plaisir est pour moi.

Leslie engloutit son beignet en deux bouchées, avala son café, remercia une dernière fois Melissa et fila.

Elle fut étonnée d'apercevoir la voiture de Joe garée dans la rue. Elle s'en approcha, les sourcils froncés. Joe leva les yeux en la voyant. Il était en train d'étudier un dossier, assis derrière le volant, et elle le prenait au dépourvu, mais il ne fit rien pour dissimuler ses papiers.

— Bonjour, dit-elle en prenant un ton interrogateur.

— Bonjour, répondit-il, l'air penaud.

— Que faites-vous ici ?

Il baissa les yeux, puis glissa sur son nez une paire de lunettes de soleil. Ainsi, son regard ne risquerait pas de trahir ses pensées.

— J'ai vu passer une berline noire par ici, hier soir. Alors, j'ai décidé de surveiller le coin.

Elle esquissa un sourire, vaguement irritée mais, en même temps, reconnaissante.

— Et vous avez passé toute la nuit ici ? Je devrais vous remercier. Mais à votre avis, vous qui êtes détective privé, combien de berlines noires y a-t-il à New York ?

— Un certain nombre, indubitablement. Je vous dépose ?

— Pour aller à deux rues d'ici ?

— Si vous préférez, je vous accompagne à pied.

— D'accord.

Il sortit de la voiture. Le soleil commençait tout juste à se lever sur l'extrémité sud de Manhattan. Le sommet des gratte-ciel baignés d'une délicate lueur rose se dressait vers le ciel. Les rues n'étaient pas encore envahies par la circulation et le vacarme. Les teintes pastel de l'aube tamisaient les laideurs de la ville, voilaient la crasse et la décrépitude.

Tout en marchant, Leslie jeta un coup d'œil vers Joe. Elle aurait aimé être proche de lui, se sentir protégée par sa haute taille, sa présence. Toucher ses cheveux, lui caresser les épaules…

Parce qu'il lui rappelait Matt, bien sûr. Ce qui était une très mauvaise raison. D'autant plus que Joe était lui-même un type bien.

— Au fait, je voudrais vous dire à quel point je suis désolée, murmura-t-elle.

— De quoi donc ?

— Je sais que vous avez perdu quelqu'un, vous aussi. Une jeune fille…

Il la dévisagea, eut un sourire mélancolique et haussa les épaules.

— C'était il y a longtemps.

— Est-ce qu'il vous arrive d'oublier ?

— On n'oublie jamais, mais la vie continue. On apprend à rire en évoquant les bons moments : un sourire, une façon de faire certaines choses… Bien sûr, on ressent de la culpabilité. Pourquoi suis-je vivant, alors qu'une personne qui méritait tellement de vivre est morte ? Mais j'ai fait la paix avec le passé.

Il se tut une minute, puis reprit :

— Vous y arriverez aussi, même si le processus est plus douloureux quand l'ordre normal des choses est bousculé. Par exemple, mes parents me manquent, mais ils ont bien profité de leur vie. Je suis convaincu que mon père s'est laissé mourir après avoir perdu ma mère, à cause de la solitude. Mais ils étaient âgés, leur heure était venue… Alors que quand quelqu'un meurt jeune, qu'on lui vole toutes les années de vie auxquelles il avait droit, on ressent forcément une profonde amertume. Mais à dire vrai, la vie est un don, qu'elle soit longue ou courte. Et il faut la savourer quand elle est là.

Elle lui sourit largement.

— Rassurez-vous, je suis heureuse d'être en vie.

— Dans ce cas, profitez pleinement de l'existence. Pas seulement pour vous, mais pour Matt. Réalisez vos rêves. Projetez-vous dans l'avenir.

Elle se mit à rire.

— Ce qui, dans mon cas, signifie creuser dans le passé.

— Absolument !

Il lui prit la main pour la serrer dans la sienne.

Un policier, au coin de la rue où se trouvait le site, les salua d'un aimable hochement de tête. Leslie remarqua qu'il y avait autour des fouilles beaucoup plus de policiers que les jours précédents. Elle s'immobilisa pour observer un moment les alentours. Il y avait tellement de constructions neuves, érigées sur d'innombrables vestiges, partout dans le sous-sol... Hastings House, par exemple, avait été l'une des haltes du Chemin de Fer souterrain... Elle sourit pour elle-même. Pourquoi ce détail lui revenait-il en permanence ? Peut-être parce que le terme « souterrain » ne signifiait pas toujours « sous la surface du sol », mais prenait aussi parfois le sens de « clandestin ».

Et New York était indubitablement une ville souterraine, dans tous les sens du terme.

— D'où vous vient cet air concentré ? lui demanda Joe.

— Pardon ?

— Vous êtes en train de regarder fixement *quelque chose.*

— Excusez-moi. Je contemplais juste le site de fouilles, les immeubles... J'admirais, voilà tout.

— New York... on ne peut que l'aimer.

— C'est mon cas. Regardez tous ces flics. On dirait que quelqu'un a décidé de renforcer la sécurité.

— N'oubliez pas que votre petit « accident » d'hier a permis de faire une trouvaille majeure !

Deux agents gardaient l'entrée du site. Leslie commença à chercher ses papiers dans son sac, mais le plus grand des deux lança avec un mouvement du menton :

— Inutile. Tout le monde vous connaît, mademoiselle MacIntyre. Entrez.

— Eh bien, je vais vous laisser, dit Joe.

— On se verra ce soir. Si vous ne dormez pas !

— Je serai parfaitement réveillé, promit-il.

Elle franchit la barrière de fil de fer barbelé qui protégeait temporairement l'entrée du chantier, et se dirigea vers l'entrée de la crypte en respectant avec soin les fils tendus partout.

Des veilleuses sécurisées pour ne pas prendre feu avaient été disposées à chaque extrémité de la pièce, mais elle les laissa éteintes et sortit sa lampe torche de son sac. Après l'avoir allumée, elle regarda autour d'elle.

Laymon avait déjà délimité son territoire. Dieu le bénisse ! De larges panneaux, appuyés contre deux des niches creusées dans le mur, ordonnaient : Ne pas toucher !

En revanche, il n'y avait aucun panneau devant la niche où Brad et Laymon avaient découvert un registre paroissial. Pourvu qu'il n'ait pas déjà été retiré pour être mis à l'abri… Leslie se sentait vaguement coupable, sachant que le moindre contact pouvait abîmer le papier ancien, mais elle se dit qu'elle dénicherait peut-être dans ce registre une référence à la femme dont elle avait retrouvé la tombe et à sa fillette, Mary. Car elle était bien décidée à retrouver les restes de l'enfant pour les réunir toutes les deux.

Avec un soin extrême, elle s'approcha de la niche et trouva le registre. Relié en cuir, protégé durant des années au sein d'une pièce hermétiquement fermée, il était en bien meilleur état qu'elle n'aurait osé l'espérer. D'ailleurs, se rappela-t-elle, certains livres — des parchemins, pour être exact — avaient survécu des milliers d'années.

Tout à coup, un courant d'air froid tourbillonna autour d'elle. Elle se crispa, jeta un coup d'œil par-dessus son épaule. En dépit de la pénombre, elle vit qu'elle était bel et bien seule. Pourtant…

— Hello ! dit-elle à voix basse.

Elle était sur le qui-vive. Il pouvait y avoir des fantômes dans la crypte, naturellement, dont certains avaient probablement subi une mort violente ou misérable avant d'être enterrés. Mais elle n'avait pas eu ce sentiment particulier qu'un être désincarné, provenant d'une autre époque, essayait d'entrer en contact avec elle. Non. Ce qu'elle avait senti, ce n'était pas le frisson qui, d'après certains, accompagne les apparitions, mais un vrai courant d'air. Comme si quelqu'un, ou quelque chose, avait pénétré dans la crypte à sa suite.

Elle haussa les épaules. Bizarre. Même à l'époque où elle voyait ses premiers fantômes, elle n'avait jamais ressenti ce genre de courant glacé. Elle avait eu peur, bien sûr, mais il s'agissait d'une peur naturelle devant l'inconnu. Jamais, comme maintenant, cette sensation de malaise, de danger.

— Ça suffit ! s'écria-t-elle à voix haute, en sondant la pénombre du regard.

La pièce n'était pas bien grande et, à l'évidence, elle s'y trouvait seule.

Les dents serrées, elle chassa l'étrange sensation et reporta son attention sur le registre de la paroisse où l'on avait annoté les dates des mariages, des naissances et, bien sûr, des décès.

Elle se garda bien de poser les doigts sur les pages. En revanche, elle le parcourut des yeux avec avidité. Le registre avait été tenu par un certain père Brown, d'une belle écriture claire, à peine ampoulée. Il contenait d'innombrables noms. Ceux des gens pauvres et non pas des riches notables. Certains avaient dû être des agitateurs, car la plupart des références dataient des années 1850, lorsque la guerre des gangs faisait rage à New York. Le *Times* de l'époque décrivait ces affrontements en expliquant que « les voyous tenaient la rue » et qu'on n'était plus en sécurité nulle part dans cette métropole livrée à elle-même. En mai 1849, à Astor Place, le peuple avait protesté en voyant apparaître dans le rôle de Macbeth un acteur anglais, l'aristocrate William Macready, au lieu de l'illustrissime acteur américain Edwin Forrest : le mouvement avait dégénéré et l'émeute avait fait de nombreux morts. Mais ce seul problème de distribution théâtrale pouvait-il expliquer de tels excès ? Ou bien fallait-il en voir la cause dans le fossé toujours plus grand qui se creusait entre les riches et les pauvres ? Pour beaucoup, au-delà de la controverse culturelle, c'étaient effectivement les conditions de vie misérables du plus grand nombre qui avaient entraîné les débordements et attisé les violences.

Ramenant son attention sur le registre, Leslie remarqua au passage que les dates de décès les plus anciennes dataient de mai 1849, et elle se demanda si certains des défunts inscrits là avaient été victimes des émeutes.

Elle entreprit ensuite, page après page, de chercher une fillette appelée Mary.

Elle en trouva dix et songea en soupirant qu'il lui faudrait trouver le nom de famille de la fillette avant de pouvoir poursuivre.

Tout à coup, elle commença à percevoir un bruit léger, comme un frottement étouffé. Elle s'était tellement concentrée sur le registre que, jusque-là, elle avait totalement oublié l'étrange malaise ressenti quelques minutes plus tôt.

Maintenant, elle avait vraiment l'impression que quelqu'un était caché dans l'ombre, derrière elle.

Elle se redressa en s'interdisant d'avoir peur.

Elle ferma le registre et se retourna, certaine d'avoir entendu un bruit. Mais elle avait beau fouiller des yeux les recoins les plus obscurs, elle ne voyait rien ni personne. Sans doute y avait-il eu un léger glissement de terrain, se dit-elle. Ou un courant d'air provenant du trou dans le mur par lequel elle était tombée au début. Il allait falloir consolider les lieux avant d'y travailler sérieusement ou d'y laisser entrer des gens.

Elle revint explorer la niche où elle avait trouvé le registre, dans l'espoir d'y découvrir de nouveaux trésors.

Et à cet instant, le dos tourné, elle sut. Elle *sut vraiment.*

Il y avait quelqu'un derrière elle.

Elle fit volte-face.

Trop tard.

Une douleur subite, aiguë comme une lame, lui transperça la nuque. Elle vacilla contre le mur et s'effondra.

En revenant à sa voiture, Joe regarda vers Hastings House, de l'autre côté de la rue, et vit que la porte était ouverte. La jeune femme chargée du guichet en sortait. Melissa… Melissa quelque chose. Il avait parlé avec elle lors de son enquête sur l'explosion.

Elle leva les yeux vers la maison, s'étira et sourit. Joe avait l'impression d'interrompre un moment très intime, tant le plaisir de la jeune femme à jouir de l'endroit était visible.

Il se dirigea néanmoins vers elle.

— Bonjour, Melissa.

Pendant un instant, elle le dévisagea comme si elle voyait un fantôme.

— Oh ! Bonjour. Nous nous sommes déjà rencontrés, je crois ? Vous êtes Joe Connolly, le détective privé. Vous ressemblez tellement à votre cousin ! Nous avons bavardé juste après l'explosion, n'est-ce pas ?

— C'est ça. Je suis aussi un ami de Leslie.

Inutile de préciser qu'il n'avait rencontré Leslie que quelques jours auparavant.

— Voulez-vous un café ?

— Volontiers.

Il la suivit à l'intérieur en se demandant pourquoi il avait l'impression que le simple fait de pénétrer dans la maison pourrait l'aider.

— Leslie est extraordinaire, dit Melissa en entrant dans la cuisine.

— C'est vrai.

— Un beignet ?

— Avec plaisir.

— Les beignets ont si mauvaise réputation, maintenant ! s'écria-t-elle.

— Une fois de temps en temps, ils font du bien au moral, répondit Joe.

Melissa regarda autour d'elle.

— J'aime tellement cette maison ! Oh, excusez-moi…

Rougissant de son enthousiasme, elle reprit :

— J'oubliais que votre cousin… Je suis désolée.

— Ce n'est pas la faute de la maison, Melissa.

Elle se pencha vers lui, le regard un peu perdu dans le vague.

— Peut-être que si.

— Pardon ?

— Peut-être que… je ne sais pas. Cette bâtisse me fait un effet… bizarre. Est-ce qu'une maison peut porter la poisse ? Ou… le mauvais œil ?

— Sûrement pas, répondit-il fermement en haussant les sourcils.

— Excusez-moi, balbutia-t-elle. D'ailleurs, ce ne sont pas de mauvaises vibrations que je ressens ici. C'est sans doute curieux, compte tenu de ce qui s'est passé, mais… je ressens de bonnes vibrations, au contraire. Cela dit, *si* l'endroit est hanté… par des fantômes de la Révolution ou de la guerre de Sécession… ou de la guerre des gangs irlandais…

Son regard se fit plus vague encore, comme si elle-même voyageait dans le temps.

Joe l'observa en sentant soudain un frisson courir le long de sa nuque. Bon sang ! Il mesurait un mètre quatre-vingt-sept et pesait quatre-vingt-dix kilos. Au cours de sa carrière, il avait déjà eu affaire à de vrais tueurs, et il n'avait vraiment pas peur du noir. Alors, pourquoi est-ce que ce petit bout de femme lui donnait la chair de poule ? Puis il comprit. Ça ne venait pas d'elle.

C'était la maison.

Et puis quoi encore ?

— Vous n'étiez pas à la réception, ce jour-là, n'est-ce pas ? demanda-t-il à Melissa.

— Moi ? Non. Je suis juste une petite main, ici.

— Vous êtes bien plus que cela, lui dit-il.

Il la vit rougir. De toute évidence, cette remarque la ravissait. Honnête, sincère, ni vilaine ni d'une beauté renversante, elle avait probablement bataillé dur pour se faire une place au soleil. Somme toute, elle méritait bien quelques compliments.

— Vous n'y étiez pas non plus, n'est-ce pas ?

— Non.

Tout en parlant, il sentit brusquement une étrange sensation de froid le parcourir tout entier. Il regarda autour de lui, mais ne vit rien.

Puis, sans raison, alors qu'il se tenait simplement debout, il perdit l'équilibre et vacilla.

Troublé, il fronça les sourcils et passa devant Melissa pour entrer dans l'office des domestiques où l'explosion s'était produite. La pièce était entièrement restaurée, mais il la traversa en diagonale et se planta devant la cheminée en se demandant à quel endroit exact Matt s'était tenu.

Une curieuse sensation d'oppression lui vrilla le crâne.

Leslie…

Il devait perdre les pédales. Il lui semblait avoir entendu quelqu'un appeler Leslie, alors qu'il n'y avait personne d'autre dans la pièce.

Il se sentit tiraillé entre le désir de rester sur place pour découvrir ce qui venait le hanter et l'envie irrationnelle de se précipiter jusqu'au site des fouilles pour voir si Leslie était en danger.

Il avait presque l'impression qu'on le poussait à la rejoindre, qu'un chuchotement insistant, dans sa tête, l'incitait à courir vers elle.

C'était ridicule. Elle était en train de travailler et ne risquait absolument rien.

— Que se passe-t-il ? demanda Melissa depuis le seuil, les yeux fixés sur lui.

— Rien. Rien du tout. Merci pour le beignet. A la prochaine fois.

Il fila comme l'éclair et se retrouva en train de tourner le coin, en direction des fouilles.

Elle battit des paupières. Une lueur éblouissante l'aveuglait. Elle crut un moment qu'elle regardait un monstre, puis se rendit compte que c'était un homme.

Le professeur Laymon, penché au-dessus d'elle, la regardait. La lumière de sa lanterne électrique se reflétait dans le verre de ses lunettes et, dans ce jeu mouvant d'ombre et de lumière, sa silhouette émaciée prenait une allure inquiétante.

— Elle va bien, dit quelqu'un, hors du champ de vision de Leslie. Elle va bien.

Un monstre ? Un homme ? En tout cas, *quelqu'un* l'avait frappée.

Soudain méfiante, elle garda le silence.

— Il faut appeler les urgences, au 911 ! déclara Brad d'un ton inquiet.

— Non, non ! lança-t-elle en agitant la main et en se redressant.

La tête lui tourna pendant une minute, mais sa vision s'adapta presque immédiatement à la pénombre. Elle regarda autour d'elle, les sourcils froncés. A l'évidence, elle n'était plus seule. Et elle ne se tenait plus près du mur mais elle était assise sur un tas de gravats, au milieu de la pièce.

— Je ne vois pas…, commença-t-elle.

— Tu as reçu un bon coup sur la tête, lui dit Brad.

— Un coup sur la tête ? répéta-t-elle.

— Venu du plafond, expliqua Laymon. Un morceau

de plâtre s'est détaché et t'est tombé dessus. Nous devons absolument prendre des mesures de sécurité dans cette crypte.

Il y eut soudain un remue-ménage à l'entrée, et Joe Connolly fit irruption, forçant le passage. Il se précipita vers Leslie, dans l'attitude d'un footballeur arrière prêt à foncer sur la défense de l'adversaire, et jeta un coup d'œil accusateur vers Brad et Laymon. Leslie suivit la direction de son regard noir, et vit aussi Robert Adair, un peu en retrait, l'air extrêmement mal à l'aise. Du coin de l'œil, elle aperçut à l'entrée une foule d'ouvriers et de policiers qui l'observaient. Ken Dryer se trouvait parmi eux. Même Hank Smith était là.

— Qu'est-ce qui s'est passé, bon sang ? demanda Joe d'un ton brusque.

— Juste un morceau de plafond qui a fini par se détacher après des siècles, expliqua Brad.

Fixant Joe, il se dit que ce dernier devait avoir une certaine influence sur Leslie, et ajouta :

— Elle devrait voir un médecin. Elle a une bosse magnifique sur le crâne.

— Je vais y veiller, promit Joe.

— Non ! protesta Leslie, les dents serrées, en se mettant debout.

Etait-ce vraiment un morceau de plafond qui l'avait heurtée ? Avait-elle imaginé ce froid glacial, cette sensation qu'il y avait quelqu'un d'autre dans la pièce ?

Mais, de toute façon, elle n'avait pas l'intention de contester leur explication. Pas avant d'en avoir une autre à proposer, suffisamment vraisemblable pour ne pas passer pour folle.

— Non, répéta-t-elle. J'insiste.

Elle entendait des voix anxieuses à l'extérieur, et se força à faire quelques pas.

— Je me sens très bien, reprit-elle.

— Tu n'en as pas l'air, dit Brad.

— Je suis en pleine forme !

— Mieux vaut s'en assurer, intervint Joe.

Il avait l'air sérieusement inquiet. D'ailleurs, que faisait-il là ? se demanda-t-elle. Il avait dû passer la nuit dans sa voiture pour garder l'œil sur elle et, indubitablement, il avait besoin de se doucher et de changer de vêtements. Sans oublier qu'il était censé enquêter sur une disparition.

— Il a raison, vous savez ? dit Robert Adair.

— Ça ne doit pas être trop grave, estima Laymon. Elle a l'air de tenir le coup.

Leslie regarda le professeur. Elle savait qu'il avait de l'affection pour elle, mais qu'il accordait plus d'importance à son travail qu'à n'importe quel être humain. Or, si elle était blessée au point d'avoir besoin d'un médecin, la ville risquait fort d'exiger la fermeture du site jusqu'à ce que des inspecteurs de sécurité l'aient contrôlé. Laymon aurait alors les mains liées. Certes, il fallait consolider le plafond, mais il exigerait de superviser lui-même les travaux. Il ne laisserait jamais quoi que ce soit contaminer ses précieuses découvertes.

— Le professeur a raison. Je me sens parfaitement bien, répéta-t-elle d'un ton ferme.

Robert secoua la tête. Laymon soupira, et Brad la regarda fixement.

Joe la prit par le bras pour la tourner vers lui.

— Parfaitement bien, hein ? C'est vous qui le dites. Nous allons retourner tranquillement à Hastings House pour mettre un peu de glace sur cette bosse. Peut-être même que nous ferons un petit saut chez le médecin, histoire qu'il vous examine vite fait.

Brad vint au secours de Joe.

— Leslie, quand nous t'avons retrouvée, tu étais évanouie.

Une silhouette se profila dans l'entrée, plongeant un instant la pièce dans l'obscurité, puis Leslie vit Ken Dryer s'avancer vers eux en prenant mille précautions pour ne pas se salir.

— Que s'est-il passé, Leslie ? Vous vous sentez bien ?

Toute cette attention, au lieu de la toucher, commençait à lui porter sur les nerfs. D'autant qu'une question lancinante lui trottait dans la tête : *Que s'était-il réellement passé* ? Est-ce qu'un morceau de plafond avait pu réellement lui tomber dessus, alors qu'elle se retournait pour regarder autour d'elle, et la projeter à plusieurs mètres ?

Pendant un moment, elle ressentit de nouveau l'étrange peur qui lui avait glacé la nuque lorsqu'elle était seule dans la crypte. Le fait d'avoir peur ne lui était pas coutumier. L'obscurité, en général, ne recelait à ses yeux aucun mystère, aucune horreur.

Après tout, non seulement elle voyait des fantômes, mais en plus elle bavardait avec eux.

— Je vous raccompagne, reprit Joe d'un ton bourru. Et je vous amène chez le médecin.

— Oui. Il faut que quelqu'un examine sa tête, renchérit Brad.

Leslie le regarda d'un air contrarié. Il avait l'air de penser que ça pouvait être plus grave qu'une simple bosse.

— Ecoutez, tous…, murmura-t-elle, embarrassée.

— Le site ne va pas s'envoler en votre absence, Leslie ! affirma Laymon avec une douceur inhabituelle.

Tout compte fait, il devait avoir un cœur, songea Leslie en souriant intèrieurement.

— Soit tu passes par l'arrière, soit tu devras affronter les journalistes à l'entrée, reprit Brad.

Il haussa les épaules et ajouta :

— Je ne sais pas comment ça se fait, mais une minute après l'accident, ils sont arrivés en masse.

— Je suis certain que Dryer peut se charger d'eux, fit Robert Adair.

Brad sourit à Leslie.

— Je vais lui prêter main-forte, dit-il d'un air résigné.

— Oui, vas-y ! acquiesça Leslie en lui rendant son sourire. Je reviendrai tout à l'heure.

— Pas question ! Tu prends ta journée, dit Laymon avec autorité, tandis que Brad patientait à l'entrée.

— Allons-y ! fit Joe avec fermeté.

Ils avaient peut-être raison, mais elle ne se sentait vraiment pas à l'article de la mort. Même si elle avait terriblement mal à la tête, deux cachets d'aspirine en viendraient à bout. En fait, elle était surtout furieuse de ne pas réussir à comprendre ce qui lui était réellement arrivé.

— Je vais faire venir mes propres ouvriers et les surveiller comme une araignée dans sa toile, lui dit Laymon.

— Allons-y, Leslie ! répéta Joe à voix basse.

Un court instant, elle fut tentée de lui rappeler qu'elle n'était pas une petite fille et que même s'il ressemblait à Matt, il *n'était pas* Matt. Leurs relations étaient loin d'être comparables. Cela dit, elle se rendait à ses arguments. Une radio ne serait pas superflue.

Alors qu'elle se dirigeait vers l'entrée, Robert lui posa la main sur l'épaule.

— Je prendrai de vos nouvelles, dit-il.

Quand elle émergea à l'extérieur, le groupe d'ouvriers recula comme un seul homme. Elle leur sourit avec un signe de la main.

— Je vais très bien, dit-elle d'un ton rassurant. Retournez travailler. Vous avez du pain sur la planche.

Entre Joe, qui lui tenait le bras, et Brad de l'autre côté, elle traversa le site en direction de la sortie. Tout à coup, elle se figea, contraignant Joe à s'arrêter, lui aussi.

— Attendez ! lança-t-elle.

— Que se passe-t-il ? demanda Joe.

Elle regarda autour d'elle.

— Qui m'a retrouvée, dans la crypte ? demanda-t-elle à voix basse.

Brad fronça les sourcils.

— Laymon et moi. Tu étais allongée sur le sol, inconsciente. Tu nous as fait une de ces frayeurs !

— Vous étiez ensemble ?

— Oui, pourquoi ? demanda Brad.

— Il n'y avait personne d'autre dans la crypte, à part moi, n'est-ce pas ?

— Non. Pourquoi ? répéta Brad, intrigué.

— Pour rien. Juste comme ça.

Elle eut un sourire forcé, prit congé de Brad qui allait rejoindre Dryer, et se remit en marche avec Joe.

Ils sortirent par l'arrière et, quelques minutes plus tard, arrivèrent en vue de Hastings House.

C'était une heure d'affluence et les trottoirs étaient noirs de monde. Curieusement, alors qu'aux abords du site elle ne pouvait pas faire un pas sans que quelqu'un l'arrête, ici, personne ne la remarquait, bien qu'elle fût échevelée et couverte de poussière. Des hommes et des femmes à l'air sérieux, presque morose, se hâtaient vers leurs bureaux du quartier financier. Un homme en particulier lui semblait si déprimé qu'elle faillit l'interpeller pour le réconforter.

Elle regarda Joe qui, lui aussi, avait l'air triste, et lui sourit.

— Dans un sens, ça tombe bien que vous n'ayez pas encore pris votre douche, dit-elle.

Il lui jeta un coup d'œil, visiblement surpris par son air mutin.

— Vous rappelez-vous ce qui vous est arrivé ? demanda-t-il.

Elle plissa le front.

— Un morceau de plafond s'est détaché. Cet endroit est resté sous terre pendant un siècle, vous savez ? Même les pyramides n'ont pas survécu sans dommage, et cette crypte est loin d'avoir été construite aussi solidement.

Sa tentative pour lui soutirer un sourire échoua complètement.

— Je me demande si vous faites bien de travailler sur ce chantier, dit-il.

— Que voulez-vous dire ? C'est mon job !

Il secoua la tête sans répondre.

— D'ailleurs, reprit-elle d'un air pensif en cherchant son regard, comment diable vous êtes-vous retrouvé sur les lieux ?

Il se borna à regarder droit devant lui, toujours silencieux.

— Joe ?

— Je ne sais pas, dit-il enfin, presque avec réticence.

— Comment ça, vous ne savez pas ?

— Je ne sais pas, c'est tout. J'ai simplement…

Il s'interrompit et secoua de nouveau la tête.

— J'ai juste eu l'impression qu'il fallait que je vous rejoigne, conclut-il.

— Vraiment ?

— Oui, vraiment. Un pressentiment ou un coup de chance, je ne saurais dire.

— En tout cas, c'était vraiment gentil de votre part, dit-elle.

— Gentil ?

Il la dévisagea comme si elle avait perdu l'esprit.

— Oui, gentil de vous inquiéter pour moi.

Il allongea le pas sans répondre.

— Eh, moins vite ! lança-t-elle. Je suis bonne marcheuse, mais vous m'obligez pratiquement à courir.

— Excusez-moi.

Quand ils arrivèrent à Hastings House, ce n'était pas encore l'heure d'ouverture, mais la porte était entrebâillée et Melissa en jaillit à l'instant où ils s'apprêtaient à grimper les marches.

— Leslie, comment vous sentez-vous ? s'écria-t-elle en se précipitant à sa rencontre.

— Mais très bien ! répondit la jeune femme en haussant les sourcils. Qu'est-ce que…

— Ils ont annoncé à la radio qu'il y avait eu un accident.

Melissa tourna vers Joe un regard intrigué et ajouta :

— Vous êtes allé directement là-bas ?

— Oui.

— Waou ! dit-elle en le fixant d'un air émerveillé.

— Alors, personne n'est blessé ? lança une voix.

Leslie se tourna vers l'entrée. Jeff Green, vêtu d'un costume d'époque, se tenait debout dans l'embrasure, l'air anxieux. Leslie ne put retenir un sourire. Il aurait pu incarner à la perfection un gentilhomme du XVIIIe siècle en train d'admirer son domaine. En cet instant, vu d'en bas, il lui rappelait plus Ichabod Crane, le héros du roman *Sleepy Hollow*, que Washington, tant il semblait grand et efflanqué.

— Tout va très bien, répondit-elle alors qu'il rejoignait à son tour le perron.

L'illusion historique parfaite qu'il donnait fut soudain gâchée quand il glissa la main dans la poche de son déguisement et en sortit un paquet de Marlboro. Il alluma une cigarette, le front plissé.

— Melissa et moi, nous regardions la télévision dans le bureau, et nous avons entendu le policier — Dryer — expliquer que tout s'était terminé sans dommage. Mais c'est ce que les flics disent toujours. Nous étions inquiets.

— C'est très gentil à vous. Je suis sale à faire peur et j'ai mal au crâne, mais c'est à peu près tout, déclara Leslie.

— A vrai dire..., commença Joe.

Elle lui marcha sur le pied. Il baissa les yeux vers elle en fronçant les sourcils. Elle lui lança un coup d'œil explicite et, comprenant le message, il répondit d'un sourire. Elle lui en était reconnaissante, mais commençait à se lasser de devoir répéter à tout le monde qu'elle se sentait très bien.

— Où est Tandy ? demanda-t-elle pour changer de sujet.

— Elle prend toujours son mercredi, sauf quand nous recevons des scolaires ou des groupes de touristes. Moi, je prends le jeudi. Et nous sommes tous les deux de congé le dimanche, expliqua Jeff.

— C'est le vendredi et le samedi que nous avons le plus de visiteurs, commenta Melissa. Et, à mon avis, nous devrions *aussi* ouvrir le dimanche.

— Le jour du sabbat ? protesta Jeff en prenant l'air offusqué — et convaincant — d'un homme du siècle passé.

Avec un grand sourire, il ajouta :

— Attention, je tiens à mon dimanche !

— Je pourrais m'en charger, dit Melissa. Ça rapporterait plein d'argent.

— Si ça ne vous dérange pas, je monte prendre une douche, intervint Leslie.

Elle regarda Joe qui, lui aussi, était sale et couvert de poussière de plâtre.

Il lui vint tout à coup à l'esprit que, sous cette étrange couche blanchâtre, il aurait pu passer pour le fantôme de son cousin.

— Je vous attends, dit-il.

— Vous pourriez rentrer chez vous prendre une douche.

— C'est vrai, mais je veux d'abord vous emmener chez un copain à moi, le Dr Granger.

— Un médecin ? Pourquoi ? demanda Melissa avec sollicitude.

— Joe vous expliquera, répondit Leslie.

Elle entra dans la maison et se précipita dans l'escalier. Une fois dans sa chambre, elle se débarrassa en hâte de ses vêtements souillés et se précipita sous la douche. Le jet chaud était si agréable qu'elle tourna le robinet à fond. Elle veillait toujours à ne pas gaspiller les ressources naturelles, mais en cet instant elle était très reconnaissante à la Fondation historique d'avoir fait installer une chaudière neuve d'excellente qualité. Elle resta debout un bon moment, ruisselante d'eau et de vapeur, puis se lava les cheveux en tâtant la bosse qui ornait le sommet de son crâne. Rien de bien grave, apparemment.

Elle finit par avoir l'impression étrange que l'eau et la vapeur l'enlaçaient, l'étreignaient presque avec tendresse.

Elle se figea. Etait-ce son imagination ? Ou alors…

— Matt ? chuchota-t-elle d'une voix rendue inaudible par le bruit de la douche.

Il n'y eut pas de réponse.

C'était juste une sensation.

Immobile sous l'eau jaillissant en cascade, dans un nuage de buée, respirant à peine, elle retint son souffle pour se concentrer. En fait, elle avait l'impression qu'on la maintenait avec douceur parce qu'elle venait de survivre à un grave danger et en était sortie sans encombre. Un peu comme un soldat revenu sain et sauf du champ de bataille, en dépit des périls traversés.

Un battement sonore, à la porte de la chambre, rompit le charme.

Elle se rendit compte que l'eau était devenue froide.

Elle la coupa en hâte, s'enveloppa dans un drap de bain et se précipita.

— Leslie ?

C'était Joe, et il semblait inquiet.

— Ça va ! Excusez-moi d'avoir tardé, dit-elle.

Elle l'entendit pousser un juron.

— J'ai failli enfoncer la porte ! J'ai cru que vous vous étiez évanouie sous la douche.

— Non. Je savourais juste ce moment de détente, dit-elle. Je suis désolée. J'arrive tout de suite, promis.

— Prenez votre temps. Je me faisais du souci, c'est tout.

Elle entendit le bruit de ses pas décroître dans le corridor.

Tremblant de tout son corps, elle s'assit au pied du lit.

— Matt ? demanda-t-elle à voix haute.

Rien. Il n'y avait aucun indice d'une présence, pas le moindre aperçu fugace de l'au-delà.

Elle devait perdre la tête… Non, pourtant. Elle savait bien que, parfois, quelque chose survivait après la mort. Que les fantômes existaient vraiment.

Mais ce fantôme-là en particulier ?

Est-ce qu'elle l'inventait, à force d'avoir désespérément envie de le voir ?

— Matt ? répéta-t-elle plus bas.

Toujours rien.

Absolument rien.

Elle s'habilla prestement, choisissant de bonnes sandales de marche et une robe de lainage noire, en prévision de ce que la soirée pouvait réserver.

Elle se sécha les cheveux et se maquilla.

Une fois prête, elle fit une nouvelle pause.

— Matt, je sens que tu es là. Et tu dois savoir que… Joe et moi sommes décidés à découvrir ce qui s'est passé exactement. Et puis, tu le sais, mais… je t'aime tellement, Matt !

Je t'aimais, corrigea-t-elle. Car Matt était… mort.

— Je te promets de découvrir la vérité.

Elle gagna la porte et, soudain, eut l'impression d'un frôlement en bas de son dos. Elle se retourna mais, une fois de plus, il n'y avait rien.

Elle s'engagea dans le corridor, entièrement seule.

9

La visite chez le médecin ne fut pour Leslie qu'une totale perte de temps. Elle répéta qu'elle n'avait rien et, apparemment, c'était vrai. Elle avait une bosse sur le crâne, certes, mais aucun traumatisme, et si, comme il fallait s'y attendre, le praticien s'inquiéta de son évanouissement, elle lui expliqua que cela avait duré à peine quelques secondes. Il répondit qu'elle pouvait, si elle le souhaitait, passer à l'hôpital pour des examens complémentaires.

Elle ne le souhaitait pas.

Quand ils sortirent du cabinet, Joe déclara que la meilleure option du moment était d'aller déjeuner.

— Vous avez faim ? demanda-t-il à Leslie.

— Oui, je crois.

— N'oubliez pas qu'une sensation de nausée peut être signe de quelque chose de plus grave.

— Les os du crâne sont les plus solides de tout le squelette, répliqua Leslie. Vous le saviez ?

— En tout cas, je sais que *vous*, vous avez la tête dure !

— Je parierais que le vôtre est en granit ! Bon, en tout cas, c'est une bonne idée d'aller déjeuner. Mais est-ce que je ne vous fais pas perdre votre temps ? Vous êtes censé sauver une jeune femme.

— Ou retrouver son corps, fit-il d'un ton morne.

— Vous ne pensez pas que Genevieve est encore vivante ?

— Je le souhaite. Mais d'ordinaire, dans les cas de ce genre…

— Je sais.

— Nous allons déjeuner ici, fit-il en poussant la porte d'un pub.

Elle le regarda.

— Vous êtes sûr ? Vous me consacrez beaucoup trop de temps.

— Avec vous, Leslie, personne ne perd son temps.

Il parlait d'un ton léger, mais elle le savait totalement sincère.

— Merci du compliment. Mais tout de même…

— Ne vous inquiétez pas. En ce moment même, je travaille.

— Ah bon ?

— Nous déjeunons chez O'Malley.

— Oui, et alors ?

— C'est le restaurant favori d'Eileen Brideswell. Rien de clinquant, des propriétaires irlandais… Un endroit fait pour la famille O'Brien. Je suis sûr que Genevieve y venait souvent, elle aussi. Je vais pouvoir poser des questions tout en déjeunant.

— Et vous pensez vraiment que ça vous sera utile ?

— Elle a disparu dans une berline noire conduite par quelqu'un qu'elle connaissait. Apparemment, c'était une voiture assez élégante. J'ai donc tout intérêt à savoir qui elle fréquentait, et cet endroit me paraît tout à fait approprié.

— Je vois.

La gérante, une jolie femme dotée d'un fort accent irlandais, s'approcha. Elle sourit en reconnaissant Joe, et les guida vers une alcôve confortable.

— Le plat du jour, c'est du bacon irlandais au chou, leur dit-elle. Et si je peux me permettre, nous faisons le meilleur potage aux pommes de terre de New York.

Avec un grand sourire, elle ajouta :

— Et peut-être même du Nouveau Monde.

Elle les quitta avec un clin d'œil.

— Une amie à vous ? demanda Leslie.

— Je viens de temps à autre, répondit Joe. Mais je pense surtout qu'elle m'a vu avec Eileen Brideswell et que ça fait toute la différence.

Leur serveuse s'approcha. Elle avait les cheveux noirs, les yeux verts, brillants, et elle aussi un accent irlandais prononcé. Elle s'appelait Bridget.

— Qu'aimeriez-vous manger ? demanda Joe à Leslie.

— Ma foi, du potage aux pommes de terre et du bacon au chou ! fit-elle, une lueur malicieuse dans le regard.

— La même chose pour moi, dit Joe.

— Je vous apporte le potage tout de suite, promit Bridget avec un sourire radieux.

— Depuis combien de temps travaillez-vous ici ? lui demanda Joe.

— Eh bien… depuis que je suis arrivée aux Etats-Unis, en fait. Il y a un peu plus de six mois.

Joe tira de la poche intérieure de sa veste une photo de Genevieve O'Brien.

— Connaissez-vous cette jeune femme ?

— Genevieve O'Brien ? dit Bridget, l'air soudain attristé. Oui, bien sûr.

Elle fixa Joe en haussant les sourcils.

— C'est vous qui la recherchez, n'est-ce pas ? A la demande de Mme Brideswell ?

Il acquiesça d'un hochement de tête et demanda :

— Est-ce qu'elle venait souvent ici ?

— Souvent, non. Mais elle travaillait tout près, vous voyez, alors il lui arrivait de venir déjeuner à l'occasion. C'était une jolie fille. Mon cœur se brise quand je pense à ce qui a pu lui arriver.

— Est-ce qu'elle venait seule ?

Bridget esquissa un sourire.

— Parfois, oui. A d'autres moments, elle amenait pour déjeuner des… des jeunes femmes. Elles étaient, comment dire, correctement vêtues, naturellement, mais je voyais bien tout de même qu'il s'agissait de… eh bien, de filles obligées de « gagner leur croûte », disons. Genevieve essayait d'améliorer la vie des gens.

Joe hocha la tête en remarquant l'attention que Leslie prêtait aux paroles de Bridget, comme si elle aussi sentait son cœur se serrer en évoquant la disparue qu'elle n'avait jamais rencontrée.

— Elle s'installait toujours à la place que vous occupez, dit Bridget.

— Vraiment ? fit Leslie.

— Oui. Elle prenait cette table, à condition qu'elle soit libre, bien sûr. Cela dit, Mme O'Malley…

Elle s'interrompit, désignant du doigt la gérante qui les avait accueillis.

— Elle s'arrangeait souvent pour garder la table, au cas où Mlle O'Brien viendrait. A l'époque, quand le vieux M. O'Malley, le beau-père de Madame — il est à la retraite, maintenant : c'est son fils qui a repris —, a ouvert le pub, la famille O'Brien l'a beaucoup soutenu, alors Mme O'Malley…

— Savez-vous si Genevieve avait un petit ami ?

— Je suis juste serveuse, murmura Bridget.

Joe sourit.

— Ça ne vous a pas empêchée de remarquer si l'une de ses relations semblait sérieuse. Est-ce qu'il arrivait à Genevieve de venir ici avec un homme ?

Bridget se concentra.

— Une fois ou deux, oui.

— Pour le déjeuner ? L'apéritif ? Le dîner ?

— Je l'ai vue une fois avec un type qui était sûrement son patron, et une autre… avec un collègue, je pense.

Elle eut un bref sourire.

— Celui-là était plutôt bel homme. Non pas que son patron ait été repoussant, mais c'était un vrai grognon… Je vais devoir vous demander de m'excuser, maintenant. J'ai du travail.

Elle les quitta avec un dernier sourire.

— A votre avis, est-ce qu'elle sortait avec quelqu'un qui s'est avéré… dangereux ? demanda Leslie.

De la tête, Joe fit signe que non, tout en sirotant le café que Bridget avait apporté en prenant les commandes.

— Non. Je veux dire, je crois qu'elle ne sortait avec personne, fit-il.

Il inclina la tête, l'air désabusé, et reprit :

— Je suis dans le métier depuis longtemps, vous savez. J'ai fait toutes les vérifications de routine. J'ai interrogé les vieux amis de Genevieve, anciens petits amis compris. Sa relation la plus durable remonte au collège. Un jour, le type est parti en Alaska pour devenir bûcheron et on ne l'a plus jamais revu. Je sais aussi que le père de Genevieve lui menait la vie dure. C'était le genre perfectionniste. A mon avis, il a passé sa vie à combattre le stéréotype qui veut que tous les Irlandais soient des feignants, en voulant prouver au contraire qu'ils sont bosseurs et intelligents, au point que Genevieve n'a pas eu d'enfance.

Leslie l'écoutait, les yeux écarquillés, en sirotant son café.

— Cela dit, elle aimait son père, poursuivit-il. Je suis sûr que même après leur dernière dispute, quand elle est partie, elle n'aurait jamais imaginé qu'il allait mourir avant qu'ils ne se soient réconciliés. Elle avait un grand sens de la famille et, d'ailleurs elle adorait aussi sa tante. Je suis convaincu qu'en fait, elle s'est plongée dans le travail en sacrifiant sa vie personnelle. Et si elle s'est autant dévouée pour les prostituées, c'est que les leçons de son père avaient porté. Elle devait trouver dans le fait d'aider ces femmes un moyen de réparer le passé.

Il croisa le regard de Leslie et poursuivit :

— Beaucoup d'immigrantes irlandaises, à l'époque, se retrouvaient si démunies qu'elles devaient se prostituer, et je pense que Genevieve avait l'impression de compenser un peu cette lourde histoire.

— Et à votre avis, est-ce qu'elle contacterait sa tante si elle en avait la possibilité ?

Il fit signe que oui.

On leur servit le potage. Joe l'avait déjà goûté auparavant, et il se sentit absurdement ravi lorsque Leslie déclara :

— C'est ma foi vrai ! Je n'en ai jamais mangé d'aussi bon.

— Vous n'étiez jamais venue ici ? demanda-t-il.

— Non, jamais. New York est une grande ville.

— Je sais. Simplement…

— Quoi ?
Il secoua la tête sans répondre.
— Que vouliez-vous dire ? insista-t-elle.
— Eh bien, quand nous étions jeunes, Matt adorait cet endroit.
— Ah ?
Elle haussa les épaules et reprit :
— A vrai dire, nous dînions souvent à Brooklyn.
— Moi aussi, je dîne souvent à Brooklyn.
— Et pour autant, nous ne nous sommes jamais croisés.
— Je ne suis pas venu très souvent à New York, ces dernières années.
Bridget apporta les plats, les yeux brillants.
— Il y a je ne sais combien de gens qui s'attendent à trouver des tranches de lard bien grasses sur leur assiette, dit-elle.
Elle soupira et ajouta, l'air incrédule :
— Je pose les assiettes et ils disent : « Tiens, mais le bacon, c'est comme du jambon, alors ? » Qu'est-ce qu'ils vont donc s'imaginer ?
Joe et Leslie rirent poliment, puis Joe demanda à Bridget :
— Si je vous apportais des photos, est-ce que vous reconnaîtriez les hommes avec lesquels vous avez vu Genevieve ?
— Je pense que oui. Probablement. Le deuxième… il était venu à l'heure de l'apéritif. C'est un moment où il y a du monde et où on ne voit pas grand-chose, et je ne pourrais rien affirmer, mais je peux essayer.
— Merci.
— Ravie de pouvoir vous aider, dit-elle.
Après son départ, Leslie demanda :

— Quelles photos avez-vous donc ?

— Pour l'instant, celle de son patron, et aussi de quelques-uns de ses amis.

— Somme toute, il y a vraiment une logique derrière votre comportement — et en particulier vos choix de restaurants —, fit Leslie en souriant.

Il était heureux de la voir manger avec appétit, et elle avait vraiment l'air en pleine forme.

— Avez-vous encore mal à la tête ? lui demanda-t-il.

— Seulement quand je touche ma tête sans faire attention.

Elle redevint grave et ajouta en le fixant :

— Je n'en reviens toujours pas que vous soyez arrivé juste au moment où ça venait d'arriver.

Il haussa les épaules.

— Peut-être qu'il y a des perceptions paranormales, après tout.

— Vous n'y croyez pas ?

— Pas vraiment. Pourquoi, vous pensez en être dotée ?

— Non. Mais il existe beaucoup d'études documentées à ce sujet. J'ai lu récemment un cas vraiment triste. Une mère s'est brusquement réveillée avec l'impression que sa fille, engagée dans l'armée au Moyen-Orient, était en danger. Elle a téléphoné partout, elle a essayé par tous les moyens de la contacter ou au moins de savoir où elle se trouvait. Et finalement, on a su que la fille avait été tuée juste au moment où sa mère s'était réveillée avec un sentiment d'angoisse.

—Mmm, murmura Joe.

— Il y a aussi des dizaines de cas avec de vrais

jumeaux. Parfois, l'un d'eux sait exactement à quel moment l'autre a besoin d'aide.

— Mmm, répéta Joe.

— Et donc, conclut Leslie avec un grand sourire, vous avez sûrement un don de perception extrasensorielle.

Joe brandit sa tasse dans sa direction en la dévisageant.

— En tout cas, Robert Adair est certain que vous, vous êtes un peu médium, fit-il.

— Ah bon ?

— Oui. C'est vrai ?

— Qui sait ? répondit-elle d'un ton léger. On y va ?

— Je vais demander l'addition.

Mais il n'y eut pas d'addition, car Mme O'Malley insista pour leur offrir le déjeuner. Joe laissa un pourboire somptueux pour Bridget, et ils sortirent.

— Je devrais retourner travailler, fit Leslie.

— On vous a dit de prendre votre journée. Que diriez-vous de m'accompagner chez moi un moment ? Je dois me changer, vérifier mes e-mails et, de toute façon, nous ne pouvons pas aller voir Didi Dancer ou les autres filles avant la nuit.

Leslie parut indécise un moment, puis elle haussa les épaules.

— O.K.

Pendant qu'ils roulaient, Joe s'aperçut qu'elle regardait pensivement par la vitre.

— Que voyez-vous de si intéressant ?

— La ville. La ville au-dessus du sol, la ville au-dessous.

Il fronça les sourcils et elle s'excusa d'un sourire.

— Pour une raison qui m'échappe, je ne peux pas m'empêcher d'y penser. Prenez la crypte que nous avons découverte, par exemple. Il y a eu tellement de constructions par-dessus, depuis le temps, que personne n'aurait jamais soupçonné son existence. Regardez la ville que vous voyez quand vous êtes en voiture, et puis prenez le métro : vous ne discernez plus rien du tout. Vous voyagez en sous-sol, comme une taupe.

— Très juste.

L'air toujours soucieux, il la dévisagea.

— Que s'est-il exactement passé ce matin, Leslie ?

Elle haussa les épaules. Elle ne le connaissait pas encore si bien que cela, et elle devait se rappeler en permanence qu'il n'était pas Matt.

— Un morceau de plafond m'est tombé dessus, dit-elle.

— Vous en êtes sûre ?

— On m'a montré l'endroit où il s'est détaché.

Joe vivait dans un vieil immeuble dont il occupait le rez-de-chaussée et le sous-sol. Quand il l'eut fait entrer, elle regarda attentivement autour d'elle, le sourire aux lèvres. Joe trouvait son appartement confortable. Un vaste canapé et plusieurs fauteuils occupaient le salon, face à un équipement stéréo installé dans un meuble de chêne ciré. Il y avait une cheminée ancienne et, sur le manteau, une collection d'épées et d'armes à feu qu'il avait constituée au fil des années. Il avait aussi une cuisine étonnamment grande, un agréable coin salle à manger, une chambre à coucher, un bureau, et même une petite pièce qui pouvait faire office de chambre d'amis. Au sous-sol, il avait installé sa table de billard et quelques chaises fatiguées.

— Alors ?

— Alors, quoi ?

— L'examen des lieux vous satisfait ?

Elle se mit à rire.

— Une vraie garçonnière, répondit-elle.

Elle ajouta avec un sourire amusé :

— Très masculine.

— Puis-je vous offrir quelque chose à boire, le temps que je vérifie ma messagerie et que je me change ?

— Non, merci. Je vais voir si je partage vos goûts musicaux, répondit-elle.

Il la quitta pour gagner son bureau. Il avait envoyé un certain nombre de questions à des gens susceptibles de détenir des informations sur Genevieve, et il se devait d'étudier les réponses, même s'il était prêt à parier, tant son pressentiment était fort, qu'il ne retrouverait Genevieve qu'après avoir déniché la berline noire et son chauffeur.

Pendant que son ordinateur démarrait, il jeta un coup d'œil sur le magazine populaire où l'on évoquait Genevieve. C'était le genre d'article qui commence par encenser une personne avant de la dénigrer méthodiquement. On y faisait allusion à une histoire dont il n'avait jamais trouvé d'écho ailleurs : un scandale que l'auteur faisait remonter à la naissance de Genevieve, en précisant que son père s'était toujours comporté avec elle de manière brutale et autocratique. C'était habilement tourné et l'on insinuait, sans le dire ouvertement, que Genevieve devait peut-être le jour à une liaison de sa mère avec un autre homme.

Joe se tassa sur son siège, l'air pensif. Même après avoir lu l'article plusieurs fois, il avait l'impression de laisser échapper quelque chose. Il entreprit de le lire une fois encore.

*
* *

L'appartement de Joe était chaleureux et accueillant, avec des meubles solides et bien cirés. Leslie en conclut qu'il aimait passer du temps chez lui sans pour autant se montrer maniaque. Sans doute avait-il quelqu'un pour faire le ménage, car il n'y avait pas de poussière.

Elle se pencha sur la collection de CD. Au même instant, elle sentit un mouvement derrière elle et pivota.

Un homme en uniforme militaire new-yorkais du XIXe siècle était assis sur le canapé. Sa tenue indiquait qu'il avait dû appartenir à une brigade irlandaise.

Il la fixait d'un air intense, concentré, en fronçant les sourcils.

— Vous pouvez me voir, dit-il au bout d'un moment.

— Oui.

— Vous pouvez me voir ! répéta-t-il d'un ton presque extatique.

— Oui, répéta-t-elle.

— Et vous n'avez pas peur ? Vous n'allez pas vous mettre à hurler ?

Elle sourit.

— Non. Vous n'avez pas l'intention de me faire du mal, n'est-ce pas ?

— Faire du mal à une femme ? riposta-t-il, l'air outragé.

— Excusez-moi. Je ne voulais pas vous vexer.

Il avait environ trente-cinq ans, un visage émacié, prématurément ridé, qui le faisait paraître plus vieux que son âge. Il avait les cheveux blond-roux, une petite moustache et une barbe bien taillée, des yeux noisette sous des sourcils en broussaille.

Il garda un moment son expression stupéfaite et ravie, puis se mit debout.

— Pardonnez-moi ! dit-il, l'air embarrassé.

Il se frotta le mollet et expliqua :

— J'ai reçu un éclat lors de la bataille de Shiloh. Asseyez-vous, je vous en prie.

Elle obéit, et il reprit sa place sur le canapé, sans la quitter des yeux.

— Toutes ces années… ces enfants qui sont nés, qui ont grandi, qui sont partis… et personne ne m'avait jamais vu.

Elle pesa ses mots avant de répondre. Elle se sentait de plus en plus à l'aise avec son don et, grâce à Nikki et à Adam Harrison, elle savait que chaque apparition était différente et se comportait avec les vivants d'une manière qui lui était propre. La plupart exprimaient un souhait ou un besoin.

— Pourquoi êtes-vous ici ?

— Je ne peux pas abandonner la musique, répondit-il.

— Pardon ?

Il ne parlait sûrement pas des CD de Joe.

— J'ai composé une marche, juste avant la guerre de Sécession. Et aussi une étude. Mais j'avais beaucoup d'autres projets dans mes cartons. Et je ne savais pas si j'allais revenir ou non… pas plus qu'aucun de nous.

Son front se plissa de nouveau.

— Vous êtes née dans le Sud, dit-il soudain.

— Oui. Mais j'habite New York depuis des années.

Elle n'avait plus d'accent, ou à peine. Comment pouvait-il savoir ?

Il la regardait maintenant avec méfiance.

— Je suis heureuse de pouvoir dire que nous formons une seule nation, désormais, reprit-elle.

Comment lui expliquer tout ce qui avait changé

depuis la guerre de Sécession ? Ou même, d'ailleurs, que certaines séquelles du conflit, encore aujourd'hui, n'étaient toujours pas cicatrisées ?

— Vraiment heureuse, insista-t-elle avec force. Je parle sincèrement. Et j'ajoute qu'en tant que nation unie, nous sommes plus forts.

— J'avais caché mes partitions, et quand je suis revenu… je mourais d'envie qu'on en publie d'autres. Seulement, j'étais toujours malade. Ma nièce s'est occupée de moi. Quand je suis mort, elle a rencontré un brave garçon. Il avait perdu une jambe à Gettysburg, mais il était toujours bel homme : un homme complet, même avec un membre en moins. Ça me faisait plaisir de les voir ici. De voir leurs enfants grandir.

Il s'interrompit dans ses souvenirs pour regarder de nouveau Leslie.

— Puis-je vous parler de ma musique ?

— Bien sûr ! dit-elle.

Joe reposa l'article en se disant qu'il le relirait plus tard. S'il s'y trouvait quelque chose qu'il n'arrivait pas à saisir, il réessaierait à tête reposée.

Il parcourut ses e-mails mais, comme il s'y attendait, il n'y trouva rien d'utile. Il passa dans la salle de bains qui reliait son bureau à sa chambre, se doucha rapidement, se rasa, se changea, puis revint dans le salon.

Leslie ne le vit pas tout de suite. Elle s'était assise sur une chaise et regardait le canapé d'un air animé. S'il n'avait pas été certain que le canapé était vide, il aurait juré qu'elle était plongée dans une conversation avec quelqu'un.

— Leslie ?

— Oh ! s'écria-t-elle en faisant volte-face.

— Vous vous sentez bien ?

— Très bien.

Intrigué, il insista.

— Y avait-il… quelqu'un ?

— Ne soyez pas ridicule. Je ne me permettrais pas de laisser quelqu'un entrer chez vous.

Il s'assit sur le canapé, juste en face d'elle, et lui prit les mains.

— Leslie…

— Je vais bien, fit-elle à voix basse.

Elle retira l'une de ses mains pour lui caresser la joue. Joe sentit les battements de son cœur s'accélérer. Il était tout près d'elle, de son parfum enivrant, de ses yeux ensorcelants. Le décolleté de sa robe de lainage le troublait…

Et elle était la femme de Matt.

Mais Matt était mort.

Et c'était lui qu'elle touchait.

Il lui saisit la main. Elle avait des mains délicates aux doigts longs et fins, des mains blanches et douces en dépit de ses journées passées à creuser la terre.

Il aurait été facile, si facile de l'attirer à lui, de l'étreindre. D'embrasser ses lèvres, de sentir sa langue douce comme la soie. De la toucher. De découvrir son corps nu. Il avait connu bien des femmes dans sa vie et, si Nancy avait vécu, il serait resté amoureux d'elle jusqu'au bout, se dit-il. Mais elle avait disparu. Après elle, il lui était arrivé de rencontrer une femme et de ne même pas avoir envie de connaître son nom, de se borner à le demander par simple décence. Il y avait eu aussi des années où il s'était tout de même mieux comporté, mais jamais, jusqu'à présent, jamais il n'avait désiré quelqu'un comme il désirait Leslie : de toutes ses forces charnelles. Il souhaitait connaître aussi bien son âme que son visage, ses pensées, ce qu'elle ressentait…

Il prit une inspiration. Elle était toute proche et se rapprochait encore. Elle lui caressait la joue…

Il enfouit la main dans sa chevelure tandis qu'ils se penchaient l'un vers l'autre, en équilibre au bord de leurs sièges. Il frôla ses lèvres des siennes. Elles étaient douces, dociles, avides. Son baiser l'enflammait. Elle savait embrasser, jouer des lèvres, des dents… de la langue. Chaud, moite, intime… c'était le genre de baiser qui enfiévre le sang, emplit l'esprit des visions de toutes les étapes à venir.

Et puis…

Ils s'écartèrent, reculèrent. Joe ne savait pas lequel des deux s'était rendu compte en premier qu'ils allaient trop vite.

Elle entreprit de s'excuser.

— Je… Je suis désolée. Je ne me sens pas prête…

— C'est moi qui vous dois des excuses. Je ressemble beaucoup à Matt, mais je suis Joe. Et je voudrais… mais pas avant que vous ne soyez prête.

Elle se leva brusquement et se dirigea vers le cabinet.

— Et si… si je n'étais jamais prête ? murmura-t-elle d'une voix désolée.

— Vous le serez, dit-il en se levant. Même si ce n'est pas avec moi.

Pourtant, bon sang, il voulait que ce soit avec lui !

Il était loin d'être aussi fair-play qu'il le prétendait, songea-t-il en se moquant de lui-même.

— Il faut… se laisser du temps, reprit-il.

dit-elle. Vous savez ce que c'est : on fait beaucoup de recherches préalables sur un site avant de le fouiller. Une bonne partie de Manhattan, comme d'ailleurs certains quartiers de Brooklyn, recèle des merveilles si on creuse assez profond.

— Et à l'occasion de recherches sur mon immeuble, vous avez découvert qu'il y avait des partitions dissimulées dans une cache, à l'intérieur du mur de brique de mon sous-sol, près de la cheminée…

— Voilà, fit-elle.

— Leslie, je…

— Allons boire quelque chose de fort avant nos pérégrinations. D'accord ?

Ils avaient besoin de sortir. Rester seuls ici s'avérait… douloureux.

— Entendu, dit-il.

Et, tout en verrouillant la porte derrière eux, il lança :

— Des recherches en bibliothèque, hein ?

— Examinez donc la cheminée du sous-sol, répondit-elle.

Hastings House. Sa prison.

Mais Leslie avait raison. Il l'avait vue… il l'avait presque touchée. Elle avait crié son nom et il avait fait des efforts désespérés pour répondre. Et puis elle était partie, et il avait compris qu'elle avait raison, mais il avait encore… tellement peur.

C'était ridicule.

Il n'était que le fantôme d'un homme. Pitoyable. Que faisait-il donc ici s'il ne pouvait intervenir sur rien, s'il ne pouvait pas se dresser contre le mal et l'injustice ?

Les rêves. C'était dans les rêves qu'elle avait une place pour lui. Des rêves emplis de chuchotements et de réminiscences, des rêves poignants, à la fois doux et surréalistes.

S'il ne parvenait pas à trouver suffisamment de ressources pour se faire voir, pour apparaître plus que quelques secondes ou pour sortir de la maison, pourquoi était-il capable — du moins en apparence — de tourner en rond de manière aussi interminable que désespérée ?

En paix. Repose en paix…

Il ne pouvait pas. S'il éprouvait le besoin de demeurer un peu plus, c'était parce qu'il avait peur. Peur pour elle. D'étranges avertissements parvenaient à son âme fantomatique. Confusément, il savait qu'elle était en danger, qu'il devait l'avertir, que le mal qui avait causé sa propre mort rôdait toujours, mais il n'avait pas le pouvoir de l'avertir. Qu'avait-il fait pour se retrouver dans cet enfer où il comprenait chaque jour plus douloureusement que la plus grande souffrance terrestre n'est pas celle de la vie et de la mort, mais celle de la séparation qui hante le cœur et l'âme ?

Il avait l'impression, en arpentant la maison, que tout le ramenait à cette pièce : l'office des domestiques, où il était mort.

La chambre des morts.

Il venait si souvent ici pour revivre ses derniers moments. Il entendait le bourdonnement des conversations, auquel il faisait semblant de prêter attention, et regardait par-dessus les têtes pour croiser le regard de Leslie. Cela avait été une réception magnifique, avec tous les noms qui comptaient dans le domaine de l'argent, du pouvoir et de la politique. Une soirée parfaite…

Et puis, l'air lui-même avait semblé exploser.

Mais elle n'avait rien eu. Leslie s'en était tirée.

Il se retrouva dans la cuisine.

C'était l'heure de la fermeture. Les touristes étaient partis. Jeff Green, lui, était encore là, occupé à retirer sa perruque tout en déambulant pour vérifier que Melissa était partie, elle aussi. Quand il s'en fut assuré, il alluma une cigarette et inspira profondément, toujours sur le qui-vive. Puis il tira un flacon de sa poche et but une longue gorgée.

Soudain, la cigarette lui échappa des mains. Jeff regarda avec ébahissement le flacon et la cigarette. Il regarda ensuite autour de lui, puis, saisi de panique, plongea pour ramasser sa cigarette. Il l'éteignit dans l'évier en jetant des coups d'œil furtifs, et prit ses jambes à son cou. Matt entendit la porte d'entrer claquer derrière lui.

Alors la jeune femme de l'époque coloniale qui tournait la cuiller de sa marmite, dans l'âtre, apparut. Elle lui sourit.

Il lui rendit son sourire.

— J'ai été trahie, dit-elle.

— Je sais, mais…

— Personne ne l'a su. On a dit que j'étais partie. Que j'avais tout laissé derrière moi… Mais ce n'était pas vrai. Il m'a tuée. Il m'a tiré une balle dans le dos. Et personne ne l'a su. Personne ne l'a su.

Son visage fut déformé par une grimace.

— Comment ont-ils pu me croire capable d'abandonner mon enfant ?

Elle le regarda avec désespoir.

— Il a muré mon corps.

— Quoi ?

— J'étais ici dans la cuisine, en train de préparer à manger. Vous comprenez, comme il était amoureux de quelqu'un d'autre, il se méfiait de moi. Ma dot avait fait de lui un homme riche, mais il ne m'avait jamais aimée. Il m'a tuée ici même, d'un seul coup. Et il a dit à tout le monde que je l'avais quitté, que j'étais partie avec un autre homme. Alors, sa maîtresse est venue vivre ici, mais elle n'a pas été heureuse non plus. Il m'avait trahie et il n'a pas tardé à la trahir, elle aussi. Très vite, elle est tombée malade de consomption. Elle en est morte, mais au moins elle lui a transmis sa maladie avant de mourir, et il est mort aussi en s'étranglant dans son propre sang. Seulement, c'était trop tard. Cela n'a rien changé à ce qu'il m'avait fait. J'ai tout vu, et pourtant…

— Pourtant, vous êtes encore ici.

— Oui… parce que je ne sais pas comment blanchir ma mémoire.

— Où a-t-il caché votre corps ?

— Dans le sous-sol. Sous l'office. Le majordome l'a aidé. Voilà pourquoi je dois rester.

Elle se détourna, et reprit sa tâche au-dessus de son chaudron. Puis elle commença à se dissoudre et, finalement, disparut.

Elle s'était volatilisée deux cents ans auparavant, tout comme se volatilisaient aujourd'hui ces prostituées que l'on ne retrouvait plus. Depuis toujours, les femmes disparaissaient. La vie ne changeait pas. Les hommes non plus. Le temps n'altérait en rien leur cruauté.

Et maintenant, le danger se rapprochait de Leslie. Il le savait. Etait-ce son obstination à publier des articles sur ces disparitions, à alerter l'opinion publique, qui avait causé sa propre mort ? Et était-ce parce que Joe cherchait une autre femme disparue, et que lui et Leslie étaient résolus à percer le mystère de l'explosion, qu'elle se retrouvait elle aussi en danger ?

Il y avait tellement de crimes qui pouvaient rester cachés, enterrés.

Il se sentit attiré vers la chambre des morts et s'y tint immobile, en se demandant pourquoi. Pourquoi il était mort ici.

Il songea à la trappe secrète qui, sous la natte recouvrant le parquet, conduisait au sous-sol et aux ossements qui y étaient emmurés.

Son impuissance le mit en rage. Il se demanda si c'était ça, l'enfer. Ne pas pouvoir agir, devoir se contenter d'observer… et avoir peur.

Il décida soudain que s'il ne pouvait rien faire pour s'aider lui-même, il pouvait en tout cas aider la femme de la cuisine. Car pour elle, au moins, il y avait un moyen.

Quant à Leslie…

Comme il l'avait aimée ! Mais il fallait qu'il la laisse partir, qu'il la laisse vivre. Peut-être, pour cela, avait-il besoin de réponses. Peut-être était-il coincé ici afin de pouvoir la protéger…

Mais comment ?

10

Autour d'elle régnaient le verre et l'acier chromé, et Leslie, bien qu'elle adorât les bâtiments anciens, était enchantée par cette atmosphère totalement contemporaine.

Elle ne s'étonna pas de retrouver Brad dans ce bar, ni d'ailleurs de le voir en compagnie de Ken Dryer — sans uniforme —, tous deux en train de bavarder au comptoir, entourés de jeunes femmes.

Joe, l'air amusé, la prit par le bras et chuchota :

— Vous êtes sûre d'avoir envie de rester ?

Elle sourit largement.

— Oui ! Ça fait du bien de se secouer de temps en temps. Sinon, on a tellement le nez dans le guidon qu'on ne voit plus ce qui nous entoure.

Ils se frayèrent un chemin jusqu'à l'extrémité du comptoir. Il restait un tabouret libre. Joe laissa Leslie s'y asseoir et se tint debout à côté d'elle.

— Qu'est-ce que vous prendrez ? Un soda ?

— Il n'y a pas de bonne bière pression, ici ?

— N'oubliez pas que vous avez pris un coup sur la tête, aujourd'hui.

— Le médecin a dit que tout allait bien.

— Pas exactement. Il a dit que vous aviez pris un coup sur la tête !

Elle aimait tellement son sourire. *Parce qu'il lui rappelait celui de Matt, bien sûr.*

Lui et Joe avaient le même genre d'attitude un peu détachée, comme s'ils avaient appris très tôt à ne pas se prendre au sérieux, tout en restant parfaitement capables de faire preuve d'une vraie rigueur. Ils se souciaient tous les deux du monde qui les entourait et témoignaient d'une force tranquille qui inspirait le respect. Mais il y avait entre eux une différence cruciale.

Matt était mort.

Et elle avait tort de le comparer à Joe en permanence.

— Qu'est-ce qu'il y a ? demanda-t-il.

— Comment ça ?

— Qu'est-ce qui vous fait sourire ?

Elle prit une profonde inspiration, résolue à se montrer honnête.

— C'est juste que… Vous me rappelez tellement Matt ! Excusez-moi

Il n'eut pas l'air offensé.

— Granny Rose, répondit-il gravement.

— Qui ?

— Rose, notre grand-mère. Elle mesurait un mètre cinquante-huit à la toise et pesait bien quarante kilos. C'était la plus teigneuse et la plus adorable des vieilles dames. Elle est arrivée en Amérique, elle a épousé mon grand-père, elle a fait des enfants. Elle avait un énorme respect pour l'Amérique, n'empêche qu'elle racontait sur le vieux pays des histoires pleines de nostalgie. C'était une catholique fervente, mais à sa manière. Elle détestait les gens qui allaient à l'église tous les dimanches et se conduisaient mal les autres jours. La vraie mesure d'un homme, disait-elle souvent, c'est la façon dont il se comporte avec autrui. Je dois préciser qu'elle déclarait aussi : « Inutile de me dire qu'il pleut quand tu me pisses sur la tête ! » Elle a eu beaucoup d'influence sur nous quand nous étions gamins. Comme nos parents travaillaient, nous avons passé beaucoup de temps avec elle pendant nos premières années, celles où se forge la personnalité.

— Matt l'avait évoquée plusieurs fois. J'aurais aimé la connaître.

Le barman s'approcha enfin et leur lança un regard condescendant. Joe jeta un coup d'œil à Leslie, leva les sourcils et demanda :

— Vous avez de la bière ?

Il les dévisagea comme s'ils faisaient preuve de mauvais goût, mais répondit en haussant les épaules qu'ils avaient une seule sorte de bière, en bouteille. C'était une nouvelle marque européenne. Joe haussa les épaules à son tour et en commanda deux. On les servit rapidement.

Joe but une gorgée en fixant Leslie. Elle soutint son regard.

— Est-ce que vous *pourriez* la rencontrer, si vous le souhaitiez ? demanda-t-il.

— Qui donc ?

— Ma grand-mère.

— Elle est morte.

— Je sais.

Elle n'eut pas l'occasion de répliquer, ni même de savoir si Joe la taquinait où s'il parlait sérieusement, car Brad venait de les apercevoir.

— Leslie ! cria-t-il en s'approchant.

Avec nettement moins d'enthousiasme, il ajouta :

— Hello, Joe !

— Hello, Brad, dit Leslie.

Joe se contenta d'un signe de tête aussi peu enthousiaste que l'accueil de Brad.

— Vous avez décidé de découvrir ce bar, c'est cool ! reprit Brad.

Il ajouta en fronçant les sourcils :

— As-tu vu un médecin, Leslie ? Ça va ? Est-il raisonnable de boire de l'alcool ?

— Je vais très bien. D'ailleurs, je me contente d'une bière. Merci de ta sollicitude. Je comprends pourquoi tu aimes ce bar, ajouta-t-elle en souriant en direction de l'essaim de femmes ravissantes au milieu desquelles Ken Dryer pérorait. Ça semble être un bon terrain de chasse. Toi et Ken, vous ne devriez pas repartir bredouilles. Vous êtes superbes tous les deux, ce soir.

Brad fit un clin d'œil à Joe.

— Elle a presque l'air sincère !

Il ajouta avec un grand sourire :

— Dryer a beaucoup travaillé sur le site et je me suis dit qu'il méritait une pause. Tu connais Laymon. Pour lui, le reste de l'humanité ne pense qu'à lui voler tout ce qu'il risque de dénicher. Il harcèle les flics en permanence. Il leur demande de réaffirmer régulièrement qu'il y a une forte présence policière sur le chantier.

— Je ne pense pas que nous trouvions beaucoup de trésors enfouis. Le quartier où nous travaillons était pauvre, répondit Leslie.

Elle ne pouvait s'empêcher d'observer Dryer du coin de l'œil. Il s'acquittait parfaitement de sa tâche, aucun doute… Soudain, son attention fut attirée par l'une des jeunes femmes : grande, rousse, vêtue d'une jupe très courte et arborant une étole de fourrure blanche. Leslie se sentit mal à l'aise. Une call-girl de haut vol ? Si oui, pourquoi flirtait-elle avec un officier de police ? Puis elle se reprit. C'était idiot de penser qu'une femme habillée de cette manière vendait nécessairement ses charmes. La moitié des New-Yorkaises s'habillaient comme ça tous les jours pour faire leurs courses. Celle-ci avait de l'allure, autant qu'elle en joue.

Joe posa un coude sur le bar et ramena la conversation au sujet précédent.

— Les pièces de collection sont très recherchées, par les temps qui courent. Y compris les objets usuels, qui n'avaient probablement pas beaucoup de valeur à l'époque mais qui, maintenant, sont des antiquités.

Brad esquissa une grimace.

— Je n'imagine pas pour autant que la racaille new-yorkaise puisse décider tout à coup de venir piller un site de fouilles archéologiques. Enfin, Laymon ne vit que pour son travail et il s'imagine probablement que tout le monde fait comme lui. Ça donne la chair de poule. Si jamais je commence à lui ressembler, donne-moi une gifle, Leslie !

— Ce me paraît peu probable, assura-t-elle.

Tout à coup, elle se renfrogna : l'éclair d'un flash venait de jaillir. Elle fit volte-face pour voir ce qui se passait.

— Dites donc ! protesta Brad.

— Désolé ! lança le photographe sans aucune sincérité.

Il était jeune — vingt-deux ans, peut-être —, avec une chevelure brune un peu en désordre, un visage rasé de frais et des yeux noisette. Il eut un sourire et s'apprêta à filer, mais il se retrouva nez à nez avec deux videurs particulièrement costauds.

— Dis donc, mon pote, on n'embête pas les clients, ici ! fit l'un d'eux avec fermeté.

— Mais le public a le droit de savoir, protesta le photographe.

— Dehors !

— Le public a le droit de savoir, répéta Joe.

A la surprise de Leslie, il s'éloigna à la suite des videurs et du photographe.

Brad la regarda d'un air médusé.

— Qu'est-ce qui lui prend ? A quoi ça rime ?

— Je suppose que nous sommes les non-célébrités les plus importantes de la soirée et qu'il travaille pour un tabloïd, dit Leslie.

— J'avais compris ça, dit Brad. Mais quelle mouche a piqué Joe ?

— Je n'en sais rien.

— Il ne va tout de même pas prendre l'appareil photo et piquer le film ? demanda Brad d'un air inquiet.

— J'en doute, dit Leslie.

Elle sourit, se rappelant que Brad ne se lassait pas de voir sa photo dans les journaux.

— Je devrais peut-être les rejoindre, reprit-il.

— A mon avis, ce n'est pas la peine. Tu sais ce que je pense ?

— Non, quoi ?

— Tu ferais mieux d'aller reprendre ta place au comptoir, sinon Ken va te piquer la fille que tu convoitais.

Brad ouvrit de grands yeux, puis se mit à rire.

— Je devrais te prendre comme femme de ma vie : ça m'éviterait de draguer dans les bars.

— A mon avis, Brad, *personne* ne sera la femme de ta vie, en tout cas pas avant un bon moment. En outre, tu n'as pas envie de gâcher un partenariat comme le nôtre, n'est-ce pas ?

— Qui sait, je suis peut-être prêt à me stabiliser, maintenant.

— Ben voyons !

Il rit, puis redevint sérieux et reprit :

— Toi, en revanche, fais attention à ne pas succomber en… en faisant de ce type une réincarnation de Matt. Il est sympa, je le reconnais. Dryer dit qu'il est très respecté et qu'il a des clients prêts à l'envoyer enquêter partout dans le monde. Simplement, ce n'est pas Matt, Leslie, et tu ne le transformeras pas en Matt. J'espère que tu ne t'imagines pas que… Je ne sais plus ce que je dis. J'ai de l'affection pour toi, c'est tout.

— Je te remercie. Moi aussi, j'ai de l'affection pour toi. Je ne risque rien, je t'assure. J'ajoute que tu n'es pas obligé de rester avec moi jusqu'à ce qu'il revienne. Je suis une grande fille. Je peux parfaitement attendre toute seule.

— Je refuse de te laisser tomber.

— Ne t'en fais pas.

— En outre, je veux savoir ce qu'il est parti faire.

— Aha ! Enfin la vérité.

— Il y a des tombeurs redoutables, ici. C'est pour ça que je préfère ne pas te laisser seule.

— Brad, je te rappelle que *tu es* l'un de ces tombeurs…

— Oui, mais pas pour toi.

— O.K. Comment s'est passé le travail ? Rien de nouveau ?

— Des ouvriers sont venus étayer les murs. Uniquement des types qui avaient reçu l'approbation de Laymon. Ce qui ne l'a pas empêché de passer la moitié de la journée sur leur dos.

Leslie se mit à rire. Elle avait peut-être bien fait de prendre sa journée, finalement. Elle regarda vers l'entrée en se demandant une fois de plus quelle mouche avait piqué Joe.

Les videurs ne tentèrent pas de prendre l'appareil du photographe, mais quand ils firent mine de le malmener, Joe intervint.

— Hé, les mecs… vous vous êtes débarrassés de lui, c'est bon. Laissez-le partir, maintenant.

Ils pivotèrent pour le dévisager.

— On essaie juste de vous protéger, vous et votre dame, dit l'un d'eux.

— Je vous en suis reconnaissant.

Le jeune homme lui jeta un coup d'œil tout en reculant.

— Est-ce que vous allez me prendre mon appareil ? demanda-t-il.

— Non, répondit Joe en secouant la tête.

— Je peux y aller ?

— Non. On va d'abord faire une petite promenade.

— Où ça ? Dans une allée sombre ?

— Non. Vous travaillez pour *Le public a le droit de savoir*, c'est ça ?

— Ouais, répondit le photographe sans se compromettre.

— Vous vous appelez Phil Brynner ?

Le jeune homme lui jeta un regard méfiant. Joe précisa :

— J'ai vu votre photo à côté d'un de vos articles.

— Mouais. Qu'est-ce que vous me voulez ?

— Juste vous poser quelques questions.

— A quel sujet ?

— Votre article sur Genevieve O'Brien.

— Oh !

Brynner ouvrit de grands yeux.

— Que… qui êtes-vous ? reprit-il.

— Je m'appelle Connolly.

— Vous êtes flic ?

— Non. Détective privé. J'aimerais juste vous demander ce que vous savez des rumeurs sur la filiation de Genevieve.

Le gamin avait l'air sceptique, mais il ne tentait plus de fuir et faisait face.

— Je ne l'ai jamais rencontrée, dit-il.

— Mais vous savez qu'elle a disparu, n'est-ce pas ?

Il hocha la tête, l'air déconfit.

— Oui. On ne peut pas me le reprocher.

— Que vouliez-vous insinuer exactement dans votre article ?

— Vous avez compris qu'il y avait une allusion, hein ? Ça vous a fait réfléchir.

— Je n'ai pas le temps de jouer aux devinettes, dit Joe.

Phil déglutit.

— J'avais parcouru une masse de documents. Même les commérages et tous ces trucs-là. J'ai travaillé vraiment dur sur le sujet, et c'était un bon article.

— Un chef-d'œuvre, fit Joe d'un ton las. Mais je voudrais comprendre. Il est impossible que Genevieve ait été la fille d'un autre homme. Vous avez vu le visage de sa tante paternelle ? Elles se ressemblent comme deux gouttes d'eau. Ce sont des O'Brien, sans doute possible.

Phil écarquilla les yeux, puis ricana.

— Vous y êtes, fit-il.

— Comment ?

— Eileen Brideswell n'est pas la tante de Genevieve.

Il eut un regard de triomphe et conclut :

— C'est sa mère.

Joe, stupéfait, sentit qu'il ouvrait de grands yeux.

— J'ai trouvé des dossiers de l'hôpital, reprit Phil. Je n'ai pas de preuve absolue, mais ça m'a permis de faire certaines suppositions. Eileen Brideswell n'était pas mariée, à l'époque. Ses fiançailles devaient avoir lieu peu après, et tout le monde en parlait. J'ai étudié aussi des millions de photos. Au début, la femme d'O'Brien, le frère d'Eileen, n'a pas du tout l'air d'être enceinte sur les photos, et puis tout à coup, on a l'impression qu'elle a un oreiller autour de la taille. Quand Genevieve est née, Eileen Brideswell était censée se trouver en Nouvelle-Angleterre, mais je n'y ai pas trouvé le moindre indice de son passage. Et brusquement, la voilà de retour à New York. Les O'Brien se montrent ravis de leur bébé et Eileen épouse tranquillement un homme très riche. Vous pouvez venir chez moi regardez tout ça, si vous voulez. J'habite Midtown.

Joe prit la carte de visite qu'il lui tendait et lui donna la sienne en échange.

— Ça n'a sûrement rien à voir avec le fait que... qu'elle a disparu, ajouta Phil.

Il voulait l'affirmer, mais ne put s'empêcher de prendre un ton interrogateur. Empli d'espoir.

— Qui sait ? dit Joe.

Le gamin médita, puis reprit :

— Ça vous ennuie si je fais paraître la photo ? Je n'écrirai aucune horreur sur vous et vos amis. Honnêtement. J'ai juste vu Mlle MacIntyre, et comme elle est passée à la télé il n'y a pas longtemps, j'ai pris une photo. Je me contenterai de dire qu'elle passait une soirée entre amis, dont un collègue et le... le frère de son fiancé décédé ?

— Cousin, dit sobrement Joe.

— Rien de plus méchant que ça, c'est juré, reprit Phil. Vous croyez que je travaillerais dans ce canard si je n'avais pas besoin d'acquérir une expérience ?

— O.K., publiez l'article. Mais vous avez intérêt à ce qu'il me plaise. Disons pour être précis qu'il vaut mieux pour vous ne rien dire de négatif sur Leslie MacIntyre, sur Brad, sur moi-même ou sur Matt. Je parle sérieusement.

— La liberté de la presse existe encore dans ce pays, marmonna Phil d'un air maussade.

Il s'empressa d'ajouter :

— Je plaisante. Excusez-moi. Mon but n'est pas de blesser les gens.

— Tant mieux.

— C'est juré. Mais il faut bien que j'écrive quelque chose d'un peu excitant de temps à autre. J'avais vu Genevieve O'Brien à la télé faire des grands discours sur le manque d'assistance aux laissés-pour-compte. Une femme superbe, du meilleur monde, passionnément dévouée à la cause des pauvres. Et puis, en fouillant dans son passé, j'ai...

— Etes-vous déjà allé outre-mer ? coupa Joe d'un ton irrité.

— Jamais plus loin que Staten Island.

Joe secoua la tête.

— Entendu, fit-il.

— Entendu ?

— Vous pouvez partir.

— Vous savez où me trouver.

— Comptez là-dessus.

Phil grimaça un sourire, serra son appareil contre son cœur et s'engagea dans la rue d'un pas nonchalant. Quelques secondes plus tard, il se mettait à courir.

Joe le regarda s'éloigner et revint dans le bar.

Finalement, Ken proposa d'aller dîner. Leslie s'en étonna car elle était convaincue qu'il partirait avec l'une des inconnues qu'il draguait plus ou moins.

— Les *vraies* femmes de ma vie restent cachées, lui avait-il affirmé avec un clin d'œil.

Elle n'était pas bien sûre de ce qu'il voulait dire par là mais, en tout cas, elle se félicitait de ne jamais avoir succombé à ses charmes. Elle n'avait rien à lui reprocher, mais elle n'aurait jamais supporté d'être le secret de qui que ce soit.

Elle s'était réjouie qu'ils passent une bonne partie du dîner à discuter des prochaines élections : pour une fois, on changeait de sujet. Puis Ken avait évoqué une nouvelle exposition de costumes au Metropolitan Museum of Art et elle l'avait écouté avec fascination, mourant d'envie de voir l'exposition. Finalement, ils avaient pris congé, en déclarant à voix haute qu'ils rentraient se coucher.

— Et maintenant, nous allons voir votre prostituée, c'est ça ? demanda Leslie en s'installant dans la voiture de Joe.

— Ce n'est pas *ma* prostituée, fit-il d'un ton léger, avec une moue.

— Excusez-moi. Je ne le disais pas dans ce sens.

— Je pense que vous la trouverez sympathique. Il y a quelque chose chez elle…

— Ne vous inquiétez pas. Je n'ai nulle intention de porter un jugement, fit Leslie.

Ils ralentirent.

— La voilà, dit Joe. Je vais me garer.

— Laissez-moi sortir d'abord, O.K. ? Je voudrais prendre le pouls de la rue.

Il lui jeta un regard grave.

— Ne vous attirez pas d'ennuis. J'arrive tout de suite.

— Quel genre d'ennuis pourrais-je avoir ? demanda-t-elle.

Il stoppa le long du trottoir et elle sortit d'un bond léger, regardant de part et d'autre de la rue. Ils étaient tout près de Hastings House. En fait, elle pouvait même voir la station de métro qu'elle aurait empruntée si elle en avait eu besoin.

Le nombre de femmes qui arpentaient les trottoirs l'étonna. Elle ne s'en serait jamais doutée. Le jour, c'était un quartier d'affaires où l'on ne trouvait que quelques hôtels, de catégorie moyenne, à prix « business ». Tout compte fait, conclut-elle, cet endroit était idéal pour commettre des méfaits en toute tranquillité…

Elle ne chercha pas Didi Dancer et se contenta de rester immobile, les yeux fermés, essayant de ressentir quelque chose, un signal.

— Tout va bien, mon chou ?

Elle ouvrit les yeux et vit une femme, grande, vêtue

d'une jupe très courte, qui s'était arrêtée pour lui parler. *Indéniablement en tenue de travail.*

— Ça va, je vous remercie.

— J'ai cru pendant une minute que vous alliez vous évanouir. Mais si vous vous sentez bien…

La femme s'interrompit, puis secoua la tête et reprit :

— Vous avez l'air innocente comme l'agneau. Vous n'êtes pas perdue ? Vous ne devriez pas traîner ici la nuit, vous savez ? Il n'y a pas beaucoup de criminalité dans la City, mais tout de même…

— Etes-vous Didi Dancer ? demanda Leslie.

La femme recula d'un pas, l'air soupçonneux.

Au même instant, Joe sortit de sa voiture et commença à marcher dans leur direction. Didi recula encore.

— Didi ! lança Joe.

Elle attendit sans répondre, gardant ses distances, les traits crispés.

Joe arriva à leur hauteur et lui rappela à voix basse :

— Je vous ai obtenu le rendez-vous pour le job, Didi.

Didi le regarda.

— Oui, la semaine prochaine. Je dois manger, d'ici là, murmura-t-elle.

D'un ton plus sec, elle reprit :

— C'est votre petite amie ? Vous cherchez une partie carrée, ou quoi ?

Leslie avait l'impression qu'elle jouait les dures sans vraiment parvenir à convaincre.

— J'essaie d'aider Joe à retrouver les femmes qui ont disparu, expliqua-t-elle.

— Disons que vous recherchez la riche héritière ! jeta Didi.

— Qu'est-ce qui vous arrive, Didi ? demanda Joe. Vous m'aviez dit que vous étiez prête à nous aider.

Didi laissa échapper un soupir, mais son regard se posa sur Leslie avec un reste de soupçon.

— Oui, mais il y a quelque chose chez votre amie..., murmura-t-elle.

— Pourriez-vous me montrer où était la berline noire quand Genevieve O'Brien y est montée ? S'il vous plaît ! ajouta Leslie.

— Juste là.

Didi pointa le doigt.

— Je m'en souviens à cause de la bouche à incendie. Quand le type s'est arrêté là, je me suis dit qu'il fallait vraiment être idiot pour se garer devant une bouche à incendie.

Leslie s'approcha de l'endroit. Didi et Joe la regardèrent faire sans bouger.

D'abord, elle ne sentit rien d'autre que la fraîcheur nocturne, et n'entendit que les bruits quotidiens de la ville.

Un chat miaula.

Un chien aboya.

Un pot d'échappement pétarada et un klaxon retentit.

Une voiture passa, la radio à fond, et une musique de rap fit vibrer le trottoir.

Qu'est-ce que je suis en train de faire ? se demanda-t-elle. *Alors que je n'ai aucune perception extrasensorielle ?*

Elle ferma néanmoins les yeux en visualisant dans sa tête le portrait de Genevieve O'Brien.

Les bruits du trafic nocturne s'atténuèrent. Elle imagina la rue telle qu'elle avait dû être ce soir-là. Elle vit Genevieve s'efforcer avec passion, avec feu, de convaincre Didi qu'elle devait changer de vie, se prendre en main. Et puis…

Elle entendit une voiture klaxonner.

Genevieve se retourna… et reconnut le conducteur.

Ce n'était pas un ami !

Cette certitude traversa Leslie de part en part. *Ce n'était pas un ami, mais quelqu'un qu'elle connaissait. Quelqu'un qui la contrariait en permanence, qui aggravait encore les défauts du système, qui se moquait totalement du travail qu'il y avait à faire.*

Genevieve était irritée quand elle s'approcha de la voiture.

Leslie pouvait presque entendre la voix de l'homme.

Montez, nous en discuterons. Je peux même vous raccompagner chez vous.

Et Genevieve était montée. Sans la moindre conscience du danger.

Danger qu'elle finit cependant par percevoir au bout de quelques minutes. Une main sur le volant, l'homme s'était tourné vers elle tandis qu'elle parlait du problème, et il avait brisé quelque chose de sa main libre, d'un coup sec. Elle avait froncé les sourcils sans comprendre, puis il lui avait appuyé la main sur la bouche, et une odeur douçâtre, écœurante, avait empli ses narines…

Non ! Elle se débattit, essaya de lutter, d'écarter sa main. Il continuait à rouler. Il y avait des gens autour. Si seulement elle pouvait hurler, le repousser, frapper la vitre…

Elle n'y parvint pas. Elle perdait conscience. Et elle comprit…

— Leslie !

Leslie entendit qu'on l'appelait et le charme fut rompu. La vision, les sensations s'évanouirent.

L'instant d'après, Joe l'entourait de ses bras, et elle comprit qu'elle avait failli s'effondrer sur le trottoir.

— Je me doutais bien que c'était plus grave qu'une simple bosse sur le crâne, dit-il. Je vous ramène.

— Non, non, je vous en prie ! protesta-t-elle en trouvant tant bien que mal la force de se remettre sur pied. Je n'ai absolument pas mal à la tête.

Que s'était-il donc passé ? Elle n'avait jamais rien expérimenté de semblable. Et elle trouvait bizarre de parler avec des fantômes ?

Didi la fixait comme si elle avait été une Martienne.

Leslie lui adressa un sourire qu'elle espérait rassurant.

— Excusez-moi !

— Vous êtes médium, ou quoi ?

— Non, balbutia Leslie.

Mais Didi, comme d'ailleurs Joe, la dévisageait toujours.

— A vrai dire… un peu, admit-elle maladroitement. Parfois, je… j'éprouve des pressentiments. Vous savez, comme quand on sent que quelqu'un est…

— … mort ? demanda sèchement Didi.

Leslie haussa les épaules.

— Je… j'espère que non. Genevieve connaissait l'homme qui l'a prise en voiture, fit-elle avec conviction à l'intention de Joe.

Didi renifla avec mépris.

— J'aurais pu vous le dire. C'était forcément un de ses amis.

— Non, voilà le problème. C'était quelqu'un qu'elle

connaissait, mais pas un ami. Quelqu'un avec qui elle avait l'occasion de travailler, de négocier. Elle était contrariée de le voir.

— Pourtant, elle est tout de suite montée avec lui, objecta Didi.

— Oui, parce qu'elle le connaissait bien, parce que, même si elle ne l'aimait pas, c'est quelqu'un que l'on respecte, en qui les gens ont confiance. Simplement, elle exigeait de lui quelque chose qu'il ne voulait pas faire.

— Ça arrive à tout le monde, murmura Didi.

— Seriez-vous capable de dire où ils sont allés ? demanda Joe.

Leslie réfléchit, puis secoua la tête.

— Non. Tout ce que je sais, c'est qu'ils ont roulé un moment avant qu'il ne la drogue. Car voilà ce qu'il a fait : il l'a droguée.

— Droguée ou tuée ? demanda Joe à voix basse.

Leslie plissa le front.

— Je…

— Quoi ? demanda Joe avec anxiété.

— Ecoutez, je ne suis pas médium. En fait, je…

Elle s'interrompit. Elle n'avait aucune intention d'expliquer que son vrai talent, c'était de pouvoir parler aux spectres.

— Qu'est-ce que vous alliez dire ? insista Joe.

Leslie fixa les yeux sur lui en exhalant un long soupir.

— Je… je ne pense pas qu'elle soit morte. Elle a été kidnappée, endormie… mais je ne pense pas qu'elle soit morte.

Joe la regarda pensivement. Il ne semblait pas mettre ses paroles en doute. Il demeurait juste songeur.

— Je veux dire que… je ne suis sûre de rien, reprit-elle.

Simplement, je… je ne sais pas. Je ne peux pas m'empêcher de penser que… que si elle était morte, je l'aurais senti. Je pense qu'elle est vivante.

Joe croisa les bras.

— Alors il faut absolument que nous la retrouvions. Et très vite.

11

— *Je suis avec toi. Tout va bien…*

Bien qu'elle eût très envie de rêver, Leslie eut du mal à trouver le sommeil, ce soir-là. Elle resta éveillée durant des heures, certaine d'avoir la solution à portée de main, tout en se rendant compte que c'était comme chercher une aiguille dans une botte de foin, avec en guise de botte de foin toute la ville de New York et ses millions d'habitants et, dans le rôle de l'aiguille, une jeune femme égarée.

Elle avait donc gardé les yeux ouverts tard dans la nuit, avec la télévision pour seule compagnie. Joe s'était montré très réticent à la laisser seule, en dépit du système d'alarme. Et bien qu'elle eût fermement insisté pour qu'il rentre chez lui, elle se doutait qu'il dormait de nouveau dans sa voiture. Elle aurait dû au moins lui proposer de s'installer dans l'une des autres chambres, mais elle n'avait pu s'y résoudre.

Elle n'avait pas peur des rêves, au contraire : elle les espérait, et si elle voulait être seule, c'était pour que Matt puisse la contacter car la présence d'une tierce personne risquait de le tenir à distance.

Et quand elle s'endormit enfin, il était là.

D'abord, la tendresse.

La sensation qu'elle n'était pas seule, que la tragédie n'avait pas enterré le passé, que ce qui aurait dû durer toujours ne lui avait pas été arraché. Le soulagement d'être allongée sur un lit doux, après une dure journée, serrée dans des bras aimants, avec la présence d'un être aimé et chéri à ses côtés. Et puis… le frôlement de ses lèvres sur les siennes, le poids de son corps sur le sien. Les baisers d'abord légers, érotiques, puis enflammés par la passion. Les draps repoussés, jetés par terre. Le glissement de sa chemise de nuit sur sa peau tandis qu'on la lui retirait. Un souffle qui la frôlait tandis qu'il parcourait son corps du creux des seins jusqu'au ventre, puis entre les cuisses.

— *Je savais que tu viendrais*, dit-elle.

Et sa réponse, sobre.

Je t'aime tant…

Dans ses rêves, elle le caressait, se laissait enflammer par ses lèvres et sa langue dont la moiteur chaude parcourait intimement tout son corps. Elle plongeait son regard dans ses yeux bleus comme l'azur. Elle voyait son sourire, la fossette de sa joue. Elle caressait sa mâchoire solide, carrée, comme si c'était son inlassable détermination à défendre la justice qui en avait tracé les contours au lieu d'une simple loterie génétique.

Elle se redressa et, des deux mains, attira son visage pour ramener ses lèvres vers les siennes. Ce fut elle qui exigea un baiser passionné, féroce, elle qui voulut rendre chaque caresse, chaque contact, embrasser comme elle était embrasée, exciter, enivrer.

Elle effleura sa poitrine et descendit jusqu'à son ventre durci. Fiévreusement, elle fit courir ses lèvres sur le même chemin, puis l'écarta pour se placer face à lui et, plongeant son regard dans le sien, avec un léger sourire, baissa la tête, laissant ses cheveux lui frôler la peau, et reprit ses caresses et ses baisers, de plus en plus bas. Il eut finalement un cri rauque, et elle se sentit elle-même vibrer pour lui, pour son corps, son âme, pour tout son être, d'un désir avide, presque incontrôlable, d'un besoin inassouvi, volcanique. Elle frissonnait des pieds à la tête et, sous le fugace torrent de pures sensations qui secouait leurs corps, sentait flotter une tendresse subtile, un tourbillon d'émotions qui transcendait ce qu'il y avait de simplement humain et physique dans leur échange sexuel pour en faire quelque chose d'autre, d'infiniment plus vaste.

Elle se retrouva au-dessous de lui, le souffle court, le cœur battant la chamade, et eut l'impression quand il la pénétra qu'elle perdait presque conscience de son propre corps. Tout en bougeant, il faisait pleuvoir une pluie de baisers sur ses seins, ses épaules, ses lèvres. Finalement, tandis que leurs deux corps se scellaient l'un à l'autre, sa jouissance explosa, l'emporta. Elle resserra son étreinte, l'emprisonnant en elle, jouissant par tous les pores de sa présence. Puis, avec un sentiment d'émerveillement, elle se sentit redescendre sur terre, frissonnante, sevrée de passion. Sa peau était brûlante, baignée d'une fine couche de sueur. Elle le sentait à côté d'elle, moite, les cheveux luisants, mêlés aux siens sur l'oreiller, et elle savoura l'incroyable sensation d'être aussi aimée, aussi heureuse.

Dans ses rêves.

Car elle savait qu'elle rêvait, même si elle ne voulait pas laisser le rêve s'enfuir. Elle noua ses doigts aux siens tout en se lovant contre lui, puis elle sentit qu'il lui posait la main sur le ventre.

Leur intimité était si familière ! Ils reposaient, immobiles, comme ils l'avaient fait si souvent quand il rentrait tard et venait la rejoindre sous la couette. D'abord, ils faisaient l'amour, puis ils échangeaient paresseusement sur leur journée ou sur leurs projets d'avenir.

— *J'ai peur pour toi,* chuchota-t-il.

— *Peur pour moi ? Voyons, Matt, tu étais journaliste. Tu sais bien ce que c'est que de voir l'injustice et se sentir obligé d'y remédier, tu sais qu'il faut que je découvre la vérité sur ce qui s'est passé ici.*

Il écouta avec attention et pesa soigneusement sa réponse avant de la lui chuchoter à l'oreille, contre la masse soyeuse de ses cheveux.

— *Oui, je sais. Mais je ne peux pas m'empêcher d'avoir peur pour toi.*

Il se tut un moment, presque comme s'il lui était douloureux de poursuivre.

— *Je ne peux pas être à tes côtés. Fais confiance à Joe.*

Elle entreprit d'expliquer que comme elle était constamment entourée de gens, y compris des policiers, elle ne pouvait pas courir le moindre danger. Puis elle se tut en se rappelant l'accident survenu sur le site. Au fil de la journée, elle avait fini par se convaincre qu'un morceau de plafond lui était réellement tombé dessus. Mais était-ce la vérité ? Au moment où elle se concentrait sur la niche creusée dans le mur et qui contenait le registre de la paroisse, elle avait bel et bien entendu… senti… quelque chose. Alors même, elle en était certaine, personne n'était entré dans la crypte derrière elle, tout comme elle était sûre que personne ne s'y trouvait quand elle y était entrée. Par conséquent…

— *J'ai senti ça ce matin, cette peur à ton sujet. Mais je n'ai rien pu faire. Heureusement, Joe était là. Ça m'a soulagé. Ne fais confiance à personne d'autre, tu m'entends ? Seulement à Joe.*

— *D'accord*, fit-elle doucement. *Mais pourquoi ?*

— La cave du sous-sol.

Leslie s'éveilla en sursaut, convaincue que quelqu'un avait parlé à voix haute. Elle se redressa, serrant les draps contre sa poitrine. Ses cheveux étaient humides et tout emmêlés. A un moment donné, pendant la nuit, elle avait retiré précipitamment sa chemise de nuit, et le lit était totalement défait.

Elle gémit et tâta son crâne, mais la bosse avait presque disparu.

— La cave ? répéta-t-elle à voix haute.

Si elle espérait une réponse, elle n'en eut aucune.

Elle se leva, prit une douche, revêtit un T-shirt avec un pantalon kaki muni de plusieurs poches — trois sur chaque jambe —, et se précipita au rez-de-chaussée. Il était encore très tôt, et elle avait la maison pour elle toute seule. Elle mit la cafetière en marche, puis entra dans l'office des domestiques.

Elle souleva la natte, dévoilant la trappe qui menait au sous-sol. Elle y était déjà descendue, naturellement, bien avant la fatale soirée de la réception, car ils avaient espéré y faire des trouvailles : la cave était restée à peu près intacte depuis l'époque de sa construction. L'endroit n'avait cependant révélé aucun trésor caché, contrairement à tant de caves ou de greniers anciens. Au fil des années, les propriétaires successifs de la demeure avaient emporté leurs affaires.

Un trou noir et béant s'ouvrait maintenant devant elle, comme un abîme.

Elle laissa la trappe ouverte et retourna dans la cuisine. Le café était prêt. Elle s'en versa une tasse et la but tout en fouillant dans les tiroirs, certaine de trouver quelque part une lampe torche. Puis elle se figea.

L'apparition de la cheminée était de retour, tournant la main au-dessus de son chaudron fantomatique. Au bout d'un moment, elle s'arrêta, se retourna et regarda Leslie droit dans les yeux.

— Il veut que vous m'aidiez, dit-elle, trahissant une gratitude si poignante qu'un sentiment d'empathie envahit Leslie avec une telle force qu'elle faillit laisser tomber sa tasse.

— J'aimerais beaucoup vous aider. Qui êtes-vous ?

— Elizabeth Martin. S'il vous plaît… Je n'ai jamais abandonné mon enfant.

Leslie la regarda en se rendant compte qu'elle pouvait voir à travers elle.

— Ils sont… tous morts, vous savez ?

La femme s'agita.

— Il faut qu'ils sachent la vérité. Je n'ai pas abandonné mon bébé.

— Elizabeth Martin, répéta Leslie. Bien. Je ferai de mon mieux.

Le fantôme sourit et répondit :

— Dans la cave.

Cette fois, Leslie laissa vraiment tomber sa tasse. Elle se fracassa sur le sol à l'instant où le spectre d'Elizabeth Martin disparaissait.

— Elle a perdu les pédales, mais ce n'est pas moi qui vais l'arrêter. Jamais de la vie ! lança Melissa.

Joe la regarda, interloqué. A son coup de sonnette, Melissa avait ouvert la porte avec brusquerie et prononcé dès qu'elle l'avait vu les mots qu'il venait d'entendre.

— Je vous demande pardon ? dit-il.

— Je parle de Leslie. Elle est descendue dans la cave avec une pioche !

— Lui avez-vous demandé pourquoi ?

— Oui, bien sûr.

— Et alors ?

— Elle dit qu'il y a un squelette dans le mur.

Les sourcils froncés, Joe se précipita à l'intérieur, traversa le couloir et fonça vers l'arrière. Quand il entra dans l'office des domestiques, il frissonna, comprenant en un éclair qu'il se trouvait dans *la chambre des morts*. Puis il se demanda d'où cette pensée lui venait.

La natte qui recouvrait le sol avait été repoussée, et la trappe menant au sous-sol était ouverte. La lueur d'une lampe de chantier se reflétait sur les marches de bois épais récemment installées par-dessus l'escalier d'origine en brique, branlant et dangereux.

Il descendit à la hâte.

Comme dans toutes les pièces de la maison, il y avait une cheminée. Debout à gauche de l'âtre, Leslie en avait apparemment fini avec la pioche et, à mains nues, elle dégageait les briques. Elle lui fit un peu peur, avec son beau visage concentré à l'extrême, ses mouvements presque frénétiques.

— Leslie ?

— Hello, Joe ! Venez m'aider.

— Qu'est-ce que vous faites là, Leslie ?

— Je... euh, j'ai retrouvé de vieilles archives. Je pense que quelqu'un a été emmuré ici. Aidez-moi à dégager son squelette.

Il s'approcha. L'une des briques résistait. Armé d'un couteau suisse qu'il avait tiré de sa poche, il gratta le mortier pour la dégager. Leslie recula d'un pas en prenant une profonde inspiration.

— Vous êtes sûre de vouloir faire ça ? lui demanda Joe.

— Certaine.

— Cette maison est la propriété de la Fondation historique, Leslie.

— Si quelqu'un se plaint, je paierai les réparations. Allez, je vous en prie !

La brique tomba dans la main de Joe. Il recula, stupéfait : même dans le clair-obscur, et en dépit d'une poussière et d'une crasse séculaires, il distinguait nettement des ossements.

Merde !

Il faillit jurer à voix haute.

Leslie n'avait pas l'air surpris le moins du monde.

— Eh bien… parfait. Nous n'avons pas besoin de continuer. Je suppose qu'ils sont toujours en train d'étayer la crypte. Laymon y sera, mais Brad pourrait venir m'aider… Sauf qu'il faut que j'aille moi aussi voir la crypte, murmura-t-elle, songeuse. Non… St. Paul a été construite en 1776, ce qui veut dire que la crypte ne pouvait pas être terminée… Mmm. Je dois trouver d'autres documents. A la bibliothèque, peut-être…

Elle lui sourit soudain et ajouta :

— A propos, avez-vous sondé le mur de votre sous-sol ?

— Suis-je censé y trouver des ossements ?

— Non. Vous devez trouver des partitions de musique, je vous l'ai dit.

— Et il y a toutes les chances que j'en trouve vraiment, murmura-t-il.

— Je ferais mieux d'aller consulter les archives,

reprit Leslie d'un ton soudain résolu. Déposez-moi à la bibliothèque centrale. Je vais commencer par là.

— Entendu, fit-il.

Puis, sans pouvoir s'en empêcher, il bâilla.

Leslie fronça les sourcils.

— Vous n'êtes pas rentré chez vous hier soir, n'est-ce pas ? Je parie que vous vous êtes borné à emporter une chemise propre dans la voiture.

Puis, souriant de nouveau, elle ajouta :

— Vous ne pourrez pas éternellement vous faire du souci pour moi, vous savez ?

— D'une façon ou d'une autre, je m'en fais. C'est tout.

Elle se dirigea vers l'escalier, puis fit volte-face, fouillant la cave du regard. Les dimensions correspondaient exactement à celles de l'office des domestiques. *La chambre des morts*. Juste au-dessus.

— Qu'est-ce qu'il y a ? demanda-t-il.

— Rien n'est symétrique, ici, vous avez remarqué ?

— Est-ce si étonnant ? La maison date de plusieurs centaines d'années.

Elle étudiait toujours les murs. Subitement, elle frissonna et se frictionna les bras.

— Le métro passe tout près d'ici, non ? demanda-t-elle.

— Oui, je crois, répondit Joe en haussant les épaules. Mais sans doute beaucoup plus loin en profondeur.

— Exact. Cela dit, il y a toutes sortes de puits de mines et de galeries.

— Voulez-vous que je vous déniche un vieux plan de métro ? demanda-t-il d'un air moqueur.

— Ce serait très utile, répondit-elle sérieusement.

Bon, je dois vraiment aller travailler. Quels sont vos projets pour la journée ?

— Je vais retracer les derniers mouvements connus de chacune des prostituées disparues et voir si j'en tire la moindre connexion avec Genevieve O'Brien, dit-il.

— Vaste programme. Vous pensez tout de même me trouver ces plans de métro ?

— Si vous les voulez, vous les aurez, dit-il.

— Pouvez-vous me déposer à la bibliothèque ?

— Bien sûr. Mais vous avez peut-être intérêt à prendre une douche et à vous changer d'abord. Vous être nettement plus poussiéreuse que ne le veut la mode.

Elle baissa les yeux vers sa tenue et se mit à rire.

— O.K. Je me dépêche.

Elle remonta l'escalier en chantonnant.

Melissa et Tandy — chargée ce jour-là des visites guidées — furent mises dans le secret de la découverte, mais on leur fit jurer de garder le silence. En attendant Leslie, Joe entra dans la grande salle à manger où Tandy fournissait des explications à un groupe d'étudiants de l'université Columbia.

— Il faut imaginer un environnement totalement différent, expliqua-t-elle. Aux tous débuts, l'histoire de New York commence ici, dans la ville basse. Times Square n'était encore qu'une contrée lointaine et sauvage où régnaient des tribus algonquines. New York avait d'abord été occupée par les Hollandais : la Compagnie des Indes hollandaises y avait établi un comptoir de la fourrure dès 1625. Peter Stuyvesant, le dernier gouverneur colonial batave, était un tyran. Il fermait les tavernes à 9 heures du soir, vous imaginez ? Quand les Anglais sont arrivés, en 1664, ils ont chassé les Hollandais sans effusion de sang et ont rebaptisé la ville —qui s'appelait jusque-là La Nouvelle-Amsterdam — New York, d'après James, duc d'York, le frère de Charles II. Nous nous trouvons tout près de la zone des gangs, le quartier pauvre de Five Points, situé dans le sixième district et délimité, en gros, par Broadway, Canal Street, le Bowery et Park Row. Les maladies, les décès précoces étaient le fléau de ces zones délaissées, plus densément peuplées. Les gens jetaient leurs ordures et leurs déchets dans les mares et les cours d'eau. Et, rapidement, la pauvreté entraînait la violence, puis la révolte.

« Cette ville est l'un des lieux où la liberté a pris son essor : on y a livré des batailles, il y a eu des émeutes. Quand vous ressortirez dans la rue, tout à l'heure, vous aurez sous les yeux la ville d'aujourd'hui, grouillante de vie et terrain d'enjeux considérables. Mais j'espère qu'en quittant Hastings House vous aurez acquis une meilleure compréhension de cette autre ville qui s'étend en dessous et de tous les méfaits que le temps y a enfouis.

La ville d'en dessous.

Les méfaits enfouis.

Ces mots hantaient Joe. Combien de gens disparaissaient, s'évanouissaient tout à coup comme s'ils n'avaient jamais existé ? Les rivières, capricieuses, ramenaient parfois des corps qui revenaient ballotter à la surface, libérés des poids ou autres lests dont on les avait entravés. Et New York n'était pas l'endroit idéal où creuser des trous qui resteraient inaperçus.

Restait la ville d'en dessous.

Mais par où commencer ?

***

Leslie se réjouissait que son travail lui donne accès à des secteurs réservés de la bibliothèque, interdits à la plupart des autres lecteurs. C'était une chance aussi que les archives concernant Hastings House soient si bien classées.

Elle dépouilla une masse de documents sur les diverses fonctions remplies par la demeure au fil du temps. Hastings House avait abrité, entre autres, une école et des bureaux. On en avait tellement modifié la façade, on avait fait tellement de changements au fil des années que son aspect d'origine avait failli être complètement oublié. Seule la menace d'une démolition, dix ans plus tôt, avait permis de lui rendre son authenticité. Les ajouts, les décorations tardives et autres transformations, minutieusement repérés, avaient été retirés, et ce joyau historique rendu à sa splendeur d'antan.

Finalement, elle en arriva aux premières époques. La maison avait été construite à la fin du XVIIIe siècle par un capitaine de marine qui, à sa mort, l'avait léguée à sa nièce, Elizabeth.

Leslie sentit les battements de son cœur s'accélérer. Elle était loin d'imaginer que ce serait aussi facile.

Elizabeth avait épousé un marchand, Jacob Martin. Martin s'était remarié en 1803. Le registre paroissial précisait qu'Elizabeth, alors âgée de vingt et un ans, était présumée morte. Mais on trouvait aussi l'annotation d'un prêtre qui avait refusé d'assurer le remariage de M. Martin. « Jacob a prétendu que son épouse les avait abandonnés, lui et leur fillette, pour Gordon Black, un marin qui se montrait souvent au port mais n'est jamais réapparu depuis. Dans sa hâte à convoler de nouveau, il a convaincu les Anciens qu'Elizabeth avait dû périr durant son voyage, sinon elle serait revenue chercher leur enfant, la jeune Sarah. Je crains fort que pour être aussi certain de la mort de sa femme, cet homme n'en ait été le témoin. Il apparaît cependant que Jacob est un pilier de notre chère paroisse et que c'est elle, Elizabeth, que les notables qui nous entourent vilipendent, qu'elle soit vivante ou morte. »

— Pauvre Elizabeth ! murmura Leslie en secouant tristement la tête.

Elle s'immobilisa un instant, sentant soudain son cœur devenir incroyablement lourd. *Matt, étais-tu avec moi ? As-tu essayé de me prévenir ? Je peux voir Elizabeth, lui parler. Pourquoi ne puis-je pas te voir* toi, *te parler ?*

— D'accord, murmura-t-elle un ton plus haut. Tu as voulu que j'aide Elizabeth et je te jure que je ferai de mon mieux. Mais, s'il te plaît… laisse-moi t'aider aussi. Et m'aider moi-même.

Elle se tut. Il n'y avait personne d'autre qu'elle et elle parlait dans le vide… Mieux valait se remettre au travail.

Elle avait déjà examiné ces archives, mais c'était pour rechercher les traces de porcelaine de Delft, d'argenterie… de trésors cachés.

De nouveau, elle se figea. Elle se trouvait dans une section réservée et elle était seule dans la pièce. Pourtant, elle avait l'impression qu'on l'observait. Un frisson désagréable lui chatouilla la nuque. Elle leva les yeux. C'était très proche de ce qu'elle avait ressenti l'autre jour dans la crypte. *Et pas du tout comme si une apparition l'épiait.*

Les fantômes, en général, étaient de pâles essences. Ils ne voulaient blesser personne ; ils cherchaient de l'aide. Parfois, ils se montraient amers ou ils aimaient jouer des tours. Mais ni Adam Harrison ni Nikki Blackhawk, de leur propre aveu, n'avaient jamais rencontré de fantôme réellement méchant, excepté à l'encontre de celui ou celle qui les avait réduits à l'état de spectre.

Elle grommela entre ses dents et posa la tête sur la table, sur ses bras repliés. Elle imaginait ce que donnerait sa conversation avec un thérapeute :

« Est-ce que je suis parano ? Je ne crois pas. Je n'ai pas peur du noir et encore moins des fantômes. Au contraire : certains de mes compagnons favoris sont des fantômes. En fait, il se peut que je n'aie plus jamais de relation amoureuse, du fait de ce spectre particulier qui vient me voir la nuit… Mais le problème, c'est que j'ai l'impression d'être épiée. Pas par un fantôme, mais par… le mal. »

Elle releva la tête, consciente d'avoir bien trop de travail pour laisser libre cours à son imagination.

Elle composa le numéro de Brad.

— Leslie ? Où es-tu ?

— A la bibliothèque. Est-ce que les ingénieurs travaillent encore sur le site ?

— Ouais. Ils pensent avoir fini vers 3 heures.

— Peux-tu me retrouver à Hastings House ? J'ai quelque chose d'intéressant à te faire voir.

— Quand ? Il me faut un peu de temps.

— A 4 heures ?

— O.K. Qu'as-tu donc trouvé ?

— Je te montrerai.

Joe résolut d'agir méthodiquement. Il appela l'ancien bureau de Genevieve et, après quelques minutes d'exaspération, finit par maîtriser le serveur vocal et par tomber sur Alice. Dieu la bénisse. Elle avait photocopié les dossiers, et ils convinrent de se retrouver au rez-de-chaussée de l'immeuble.

Il prit les dossiers, lui déposa une grosse bise sur la joue en lui promettant le meilleur dîner qui puisse se trouver à New York. Rougissante et ravie, elle répondit que ce n'était pas nécessaire mais que ça lui plairait beaucoup.

Il rentra en hâte chez lui. Chaque moment comptait, il en avait pleinement conscience. Malgré tout, il devait prendre une douche, se raser, se changer et s'organiser.

Cependant, la douche attendrait quelques minutes.

Il descendit au sous-sol et décrocha précipitamment une pioche. Il aurait pu faire ça plus proprement, bien sûr, mais il n'avait pas le temps.

Pourquoi les gens emmuraient-ils leurs trésors — ou leurs crimes cachés — dans les murs des cheminées ?

D'abord, il ne trouva rien. Génial : il avait détruit la moitié de la pièce pour un caprice. Mais, alors qu'il donnait ce qu'il pensait être son dernier coup de pioche, il rencontra du vide.

Là, derrière les briques, se trouvait une petite étagère et, sur l'étagère, une boîte à tabac de l'époque de la guerre de Sécession.

La boîte contenait des partitions de musique, écrites à la main.

Il contempla la boîte et son contenu pendant plusieurs minutes, d'abord incrédule, puis mal à l'aise. Puis il regarda autour de lui. *Allons bon ! Est-ce qu'il se mettait à croire aux fantômes ?*

Ou bien n'était-ce que le fruit d'un raisonnement et de recherches en bibliothèque, comme l'affirmait Leslie ?

— J'apporterai ça à un éditeur de musique, fit-il à voix haute.

Puis il se sentit embarrassé. Il parlait tout seul chez lui. Pire : il parlait à quelqu'un qui n'était pas là. Quelqu'un qui était mort depuis plus de cent ans.

Mais il ajouta, toujours à voix haute :

— Je le ferai. Je le promets.

Il prit la boîte et remonta à l'étage, toujours étreint par un sentiment d'urgence, par cette conviction que, désormais, il n'y avait plus une minute à perdre. Il s'empara des photocopies extraites des dossiers de Robert Adair et entreprit de les comparer avec celles qu'Alice lui avait données. Et il retrouva le même nom des deux côtés.

Heidi Arundsen.

Une femme avec laquelle Genevieve avait travaillé.

Les flics l'avaient interrogée à propos de la disparition d'une fille, un mois environ avant celle de Genevieve O'Brien.

Alors qu'il allait sortir, un coup de téléphone le retint.

C'était Didi Dancer.

— Joe ? demanda-t-elle d'une voix mal assurée.

— Oh, Didi ! Comment allez-vous ?

— Très bien. Je pense avoir trouvé quelqu'un qui peut vous aider.

— Ah bon ?

— Il y a un café Starbucks dans ma rue. Voulez-vous nous y retrouver ? Vous savez où c'est.

— J'arrive tout de suite.

Tout en conduisant, il tria ses idées, tout comme il avait trié ses documents. Premier point : il était maintenant convaincu que Genevieve O'Brien avait été enlevée par la —ou les — personnes responsables des disparitions de prostituées. La dernière fois qu'on l'avait vue, elle montait dans une berline noire.

Peut-être était-elle encore en vie quelque part.

Sans doute dans les sous-sols de la ville.

Le lieu des méfaits enfouis.

Deuxième point : l'explosion de Hastings House n'avait pas été un accident. D'accord, ce n'était pas prouvé, mais c'était une supposition tellement convaincante qu'il n'hésitait pas à la traiter comme un fait.

Troisième point : Matt, qui était mort dans l'explosion, avait écrit un certain nombre d'articles sur les disparitions.

Hypothèse : les trois points étaient liés. La mort de Matt, les prostituées disparues, Genevieve O'Brien.

Les battements de son cœur s'accélérèrent. Est-ce que Matt avait su quelque chose ? Avait-il enregistré un élément sans se douter de son importance ? Cela avait-il désarçonné le tueur au point qu'il conçoive et réalise un plan parfait, un crime déguisé en accident ?

Il prit son portable. L'assistant de Robert Adair lui donna un numéro et, quelques secondes plus tard, il parlait avec Greta Peterson.

Elle était surprise de l'entendre et il se força à bavarder quelques minutes en expliquant que oui, il était très occupé mais qu'il allait très bien, que oui, il avait vu Leslie et qu'ils avaient beaucoup de choses en commun, effectivement…

Elle fut plus surprise encore quand il lui demanda la liste de tous les gens qui avaient assisté à la réception, y compris les salariés des traiteurs, l'officier de police et l'agent de sécurité. Il lui demanda également la liste de tous les artisans susceptibles d'avoir fait récemment des travaux à Hastings House.

— Je suis sûre d'avoir donné ces noms à la police, fit-elle.

Elle s'interrompit, puis reprit avec tristesse :

— C'était un accident, Joe. Vous avez déjà enquêté vous-même. L'affaire est close.

On vient de la rouvrir, pensa Joe. Mais il se borna à répondre :

— Vous êtes un ange, Greta, mais je ne peux pas abandonner, pas tout de suite. Vous me préparerez les listes ?

— Comment pourrais-je refuser ?

— Merci. Vous voulez bien les transmettre par mail à Hastings House ce soir ?

— Entendu, dit-elle en soupirant. Si cela doit vous permettre de digérer une fois pour toutes ce qui s'est passé, examinez tout ce que vous voudrez.

En raccrochant, il eut l'étrange impression de ne pas être seul. C'était si violent qu'il jeta un coup d'œil sur le siège du passager. Il n'y avait personne. *Bien sûr que non, idiot ! Si quelqu'un était monté dans ta voiture, tu t'en serais aperçu.*

Il inspecta néanmoins le siège arrière dans le rétroviseur, se sentant encore plus bête.

Puis, tout à coup, il entendit chuchoter. Une vague vibration dans son oreille, d'abord indistincte. Sans doute un bruit apporté par la brise, se dit-il. La vitre était ouverte. Ça devait être le son d'une radio toute proche, ou les bribes d'une conversation sur un trottoir encombré de Manhattan.

Quoi que ce soit, cependant, ça résonnait dans son esprit comme un prénom.

Leslie…

L'étrange écho trahissait une insistance qui l'irrita. Il avait en général deux mots d'ordre : le bon sens et la raison. Même si, depuis qu'il connaissait Leslie, il devait admettre qu'elle voyait souvent plus clair que lui, que ce qu'elle devinait s'avérait souvent réel…

— Et merde ! fit-il à voix haute.

Puis, en dépit de ses propres plans, il prit le chemin de la bibliothèque.

Leslie quitta la bibliothèque un rouleau de photocopies à la main. Elle avait d'abord pensé prendre un taxi, mais à midi la circulation était hallucinante. D'ailleurs, elle aimait bien le métro, songea-t-elle en se dirigeant vers la station la plus proche.

Elle dévala les marches tout en sortant sa carte d'abonnement. L'entrée ne sentait que très légèrement l'urine. Un homme, de toute évidence handicapé, se tenait contre un mur avec une pancarte, et elle s'arrêta pour jeter un dollar dans sa casquette. Puis, avant qu'elle atteigne le portillon, ce fut une vieille femme maigre avec un chien tout aussi maigre. Elle fit une nouvelle pause pour donner un autre dollar.

Comme elle avait ouvert sa bourse à ces deux-là, elle s'arrêta encore pour donner un troisième dollar à un jeune d'une vingtaine d'années qui jouait de la flûte.

Alors qu'elle laissait tomber l'argent dans la mallette de la flûte, elle eut de nouveau une drôle d'impression : le sentiment qu'on l'observait. Allons, elle était dans le métro, bon sang ! C'était plein de gens. N'importe qui pouvait être en train de la regarder.

Elle s'immobilisa. Quelque chose la turlupinait : une

curieuse conviction, une intuition qu'elle n'arrivait pas à formuler. Ce pressentiment l'assaillit plus fortement encore quand elle atteignit le quai. Elle était dans le métro. Sous terre. C'était peut-être ça. Au fil des années, en creusant de nouvelles lignes, les ouvriers avaient découvert toutes sortes de reliques. Et comme il y avait aussi des tunnels inutilisés…

Bon. Le tueur enterrait probablement ses victimes. Waou ! Grande découverte. Mais où ?

Une ville immense. Un sous-sol immense.

Elle tressaillit. Le bizarre sentiment d'être guettée l'étreignait de nouveau.

Certes, quelqu'un l'observait : le type au regard vitreux qui se tenait dans un coin. Il ne devait pas voir grand-chose, cela dit.

L'impression était sans doute passagère.

Mais ce n'était pas si simple. C'était… perturbant. Elle regarda autour d'elle. De la douzaine de personnes qui l'entouraient, aucune n'avait l'air de la regarder fixement.

C'étaient des New-Yorkais pressés, toujours en mouvement.

Oh, Matt, je suis en train de devenir complètement parano ! Si seulement…

Si seulement tu me parlais !

Mais Matt était mort.

Il ne vivait que dans ses rêves.

Avec un sursaut irrité, elle se remit en marche pour descendre l'escalier.

A New York, les gens se déplacent vite. Elle se glissa dans la foule en dévisageant ceux qu'elle dépassait. Il y avait des touristes, leur guide en main, qui ouvraient de grands yeux. Des hommes et des femmes d'affaires, apprêtés dans leur tenue de travail. Des punks, avec des bonnets de ski, et des étudiants plongés dans leurs livres, oublieux du monde qui les entourait, ne souhaitant d'autre compagnie que celle de leur iPod.

Quand elle arriva sur le quai, une rame venait de partir. Elle attendit la suivante en se perdant dans ses pensées.

Elle était heureuse de ce qu'elle avait découvert et espérait de tout son cœur pouvoir aider Elizabeth Martin à recouvrer la paix. Pauvre Elizabeth ! Elle avait tellement besoin qu'on la venge. Mais il s'était passé tant d'années… Qui donc pouvait encore s'en soucier ? Ce n'était pas comme si elle avait pu aller trouver les proches de la jeune femme pour leur dire la vérité ou apaiser leur tristesse. Cela dit, Joe avait rencontré un journaliste, l'autre jour. Elle-même connaissait d'ailleurs des dizaines de journalistes. Elle pourrait convaincre l'un d'eux d'écrire un article. Et s'assurer qu'Elizabeth bénéficie d'un enterrement digne de ce nom.

Elle remarqua un groupe qui descendait les marches et qui se déploya sur le quai en gesticulant et en se bousculant derrière elle. Elle vacilla mais garda sa place derrière la ligne de sécurité.

Au même instant, la peur l'envahit de nouveau.

Sa nuque devint glacée.

Elle ressentait quelque chose d'anormal.

Comme si elle était un gibier surveillé par un prédateur.

Elle commença à se retourner.

Un coup brutal la frappa dans le dos.

Une seconde plus tard, elle plongeait tête la première sur les rails.

En entendant le crissement aigu de la rame qui fonçait vers elle.

12

Joe n'arrivait pas à trouver une place pour se garer. Il aurait dû s'y attendre : on était à New York.

Mais le pressentiment du danger était si vif qu'il se glissa dans le premier espace vide de la Cinquième Avenue. Sa voiture allait partir pour la fourrière, mais il s'en fichait. Il escalada quatre à quatre les marches de la bibliothèque, passa entre les magnifiques lions sculptés et entra dans le bâtiment. Après une seconde de réflexion, il fila vers la section des recherches, où une jolie jeune femme lui expliqua qu'il venait juste de rater Leslie MacIntyre. Elle avait fait ses photocopies puis elle était repartie.

— Comme il est impossible de trouver un taxi à cette heure-ci, elle a probablement pris le métro. Elle a dit qu'elle rentrait à Hastings House.

Joe la remercia en hâte. Il n'avait pas croisé Leslie dans la rue, ce qui voulait dire qu'il avait déjà perdu de précieuses minutes. Peut-être était-elle déjà dans une rame, en direction de Manhattan.

Une voix intérieure persistait en lui : *Elle va très bien. Elle était à la bibliothèque. Tu te conduis comme un malade. Elle est en train de rentrer chez elle.*

En même temps, une autre pensée le harcelait sans répit.

Les méfaits enfouis.

Leslie n'était pas en train de regagner une crypte, un trou noir creusé sous terre. Enfin, pas vraiment. Elle se trouvait dans le métro de New York que des milliers de personnes empruntent tout au long de la journée.

Et pourtant…

Il vit l'entrée de la station et dévala l'escalier en guettant du regard les panneaux indiquant les rames au départ vers le district financier. Il bondit par-dessus le portillon tout en continuant à se traiter de fou. La police allait prendre sa voiture, et si le contrôleur qui hurlait derrière lui parvenait à ses fins, on allait l'arrêter par-dessus le marché. Super.

Il se faufila dans la foule qui encombrait l'escalier et, alors qu'il approchait du quai, la peur l'étreignit.

Des cris lui parvenaient d'en bas. Il accéléra, bousculant les gens, dégringolant deux marches à la fois.

Ecarte-toi !

En quelques secondes, Leslie eut conscience d'une foule de choses. Les vibrations du sol, au-dessous d'elle. Les bleus qui apparaissaient sur sa peau. La façon étrange dont elle gisait. Sa terreur d'être électrocutée. Les piaillements et les trottinements des rats du métro…

Et cette voix :

Ecarte-toi !

Mais elle ne pouvait pas bouger. Elle était abasourdie, le souffle coupé. Elle avait mal partout.

Ecarte-toi !

Soudain, des bras se tendirent vers elle et la soulevèrent.

Matt… ? Oui, c'était Matt !

Elle cligna des yeux et se redressa à la vitesse de l'éclair. Les bras étaient toujours là, bien réels, solides, puissants, et ils la hissaient, la hissaient encore, puis…

Elle se retrouva allongée sur le quai. Elle entendit le sifflement de la rame et sentit un violent courant d'air. Le métro passa si près que l'air lui ébouriffa les cheveux et lui balaya le visage.

Elle prit conscience d'autres bruits. Des gens s'approchaient. Des voix indignées s'élevaient.

— Doux Jésus, vous avez vu ? Elle a failli être écrasée comme un insecte !

— Heureusement, quelqu'un l'en a sortie !

— Qui est responsable ? Je serais incapable de le dire.

Elle resta allongée, haletante, et leva les yeux. Joe. Joe était là, accroupi près d'elle. Elle essaya de sourire. Il tourna la tête vers deux policiers qui couraient sur le quai en criant aux gens de reculer, de lui laisser de l'air.

— Les urgences arrivent, dit l'un des policiers en se baissant à côté de Joe.

Leslie tenta de se redresser sur les coudes, quêtant du regard l'aide de Joe. Elle se demandait comment diable il se trouvait là.

— Ça va, dit-elle. J'ai plus de chance qu'un gagnant du loto, mais ça va.

— Restez assise sans bouger, dit Joe.

Il avait une expression étrange.

— Vous n'avez rien de cassé ? Vous avez mal quelque part ?

Elle n'eut pas le temps de lui répondre. Au même

instant, la foule se fendit et deux jeunes urgentistes, un homme et une femme, les rejoignirent.

Joe et le policier reculèrent pendant qu'ils questionnaient Leslie avec douceur. Elle expliqua du mieux qu'elle put qu'elle se sentait bien, qu'elle n'avait que des hématomes et qu'elle avait eu le souffle coupé. Ils s'assurèrent en quelques secondes que son dos n'avait pas souffert et qu'on pouvait la déplacer.

Tout autour, le cœur de la ville continuait de battre.

— Que s'est-il passé ? demanda le second policier quand il fut clair qu'il n'y avait pas de problème médical grave.

— Je ne sais pas. Il y avait énormément de monde sur le quai, dit Leslie.

Il avait l'air extrêmement soucieux.

— Est-ce qu'on vous a poussée ?

— Eh bien oui, bien sûr, on m'a poussée. Mais…

— Donc, vous n'avez pas… sauté ?

— Bien sûr que non ! répliqua Leslie, indignée.

— Avez-vous vu quelqu'un qui semblait vouloir vous agresser ? Des membres d'un gang ? Une personne au comportement anormal ?

Elle le regarda d'un air ébahi.

— Je ne viens pas ici régulièrement. Je n'ai vu aucun gang. Je pense que le quai était simplement très encombré et, quand je suis arrivée, les gens devenaient nerveux et pressés de monter dans la rame. Vous savez…

— Restez calme, Leslie, dit Joe.

Puis, pendant que les urgentistes continuaient à l'observer avec gravité, l'officier interrogea Joe, qui exhiba ses papiers d'identité et expliqua qu'il savait que Leslie était à la bibliothèque et qu'il était venu la chercher dans le métro. Ce n'était pas un hasard s'il se trouvait sur le quai.

Tout cela était un cauchemar.

En dépit de ses protestations, on installa Leslie dans une ambulance pour la conduire à l'hôpital où un médecin s'assurerait officiellement de la nature de ses blessures. Et, bien que Joe soit monté avec elle dans l'ambulance, le policier vint aussi, pour prendre la déclaration de la victime.

Joe et lui laissèrent tous les deux Leslie aux soins du médecin de garde qui ordonna de faire une radio, lui posa toute une série de questions sur ses symptômes et l'examina minutieusement. Elle dut lui expliquer que la petite bosse qu'elle avait sur le crâne provenait d'un précédent accident. Cela parut le préoccuper. Est-ce qu'il la prenait pour une suicidaire ?

Quand Robert Adair arriva, accompagné de Ken Dryer, Leslie était prête à mordre. Elle n'avait qu'une envie, être seule, pour tenter de se remémorer les fatales secondes de ce nouvel accident, de se les décrire avec précision, pour comprendre ce qui s'était passé.

La voix…

Etait-ce Joe qui avait parlé ? Etait-il à côté d'elle, sur les rails ?

Elle ne savait pas. Tout ce dont elle se souvenait, c'était que Joe l'avait attrapée et hissée sur le quai.

— On peut dire que vous créez l'événement ! dit Ken Dryer en revenant dans la pièce quand elle se fut rhabillée et que le médecin fut passé au malade suivant.

Robert, juste derrière lui, avait l'air tout à la fois irrité et anxieux.

— Vous êtes sûre que ça va ?

— Non. J'ai un bleu sur la cuisse et ça fait mal. Est-ce

dramatique ? Non. Mais je n'ai qu'une envie, c'est de sortir d'ici. Je vous en supplie !

— Que s'est-il passé ? demanda Ken.

— Il y avait foule dans le métro. Les gens poussaient et se bousculaient. J'aurais dû faire plus attention. J'aurais dû rester en arrière. C'est un accident.

Alors même qu'elle prononçait le mot, elle comprit qu'il sonnait creux.

Un accident ?

Comme l'explosion de Hastings House avait été un « accident ».

Ou la chute d'un bout de plafond dans la crypte…

Ecarte-toi !

Qui donc lui avait chuchoté ces mots ? Est-ce que Matt, d'une façon ou d'une autre, s'était trouvé à ses côtés lorsqu'elle courait un danger mortel, ou bien avait-elle vu le visage de Joe dans la foule et imaginé que son défunt fiancé était sorti de la tombe pour venir l'aider ?

Joe s'approcha du lit d'hôpital où elle était allongée.

— Vous devriez rester ici, dit-il.

— Pourquoi ?

— Parce que j'ai du travail, répondit-il à regret.

Elle contempla ses traits tirés, beaux malgré la fatigue, et résista à l'envie de lui caresser le visage.

— Comment vous êtes-vous retrouvé sur les lieux ? lui demanda-t-elle, intriguée.

— J'ai eu peur pour vous.

— Pourquoi donc ?

— Je ne sais pas. Mais le médecin voudrait que vous restiez ici cette nuit, en observation, et je pense qu'il a raison.

Elle soutint son regard. Et lui mentit :

— O.K. D'accord.

Il eut un haussement de sourcils sceptique.

— C'est sûr ?

— Certain.

— Bon, dit-il.

— Mes papiers ! s'écria-t-elle en se redressant brusquement.

— Quels papiers ?

— Les photocopies que j'ai faites à la bibliothèque.

— Je vais voir si les urgentistes les ont trouvés, dit Robert.

Elle comprit qu'il essayait de la ménager. Ils la prenaient tous soit pour une folle, soit pour une ingrate. Alors qu'elle venait d'échapper de justesse à une mort atroce, elle ne s'inquiétait que de ses papiers.

Cela dit…

C'était important. D'une certaine manière, tout était important. Et les « accidents » ne cesseraient de se produire que quand elle aurait compris pourquoi tout comptait.

— Merci, Robert ! lança-t-elle tandis qu'il quittait la pièce.

— Vous êtes sûre que ça va, jeune fille ? demanda Ken Dryer en lui pressant la main. J'ai beau savoir que je suis payé pour ça, je trouve qu'on commence à me voir beaucoup aux informations, et c'est largement à cause de vous.

— Dieu merci, vous êtes télégénique, répliqua-t-elle. En tout cas, je me sens très bien.

Il partit. Joe s'attardait, mais avant qu'il ait pu dire quoi que ce soit, Robert était de retour.

— Un honorable citoyen a apparemment ramassé votre

sac et un tas de papiers. Les infirmières se chargeront de vous rendre tout ça.

Son regard se posa sur elle, passa sur Joe, puis revint à elle.

— Vous savez, je… j'avais l'intention de venir vous voir, moi aussi. Je me disais que vous pourriez peut-être nous aider, pour les prostituées disparues. Mais maintenant, je… je pense que vous devriez quitter la ville.

— Quitter la ville ? Mais je suis au milieu d'un chantier ! protesta Leslie.

Robert secoua la tête :

— Tout cela ne me plaît pas.

— Je n'ai aucune intention de partir, dit-elle d'un ton ferme. Voyons, Robert, c'est ridicule ! Cette histoire aurait pu arriver à n'importe qui d'autre. Le métro est un vrai zoo, voilà tout.

Il la fixa, secoua de nouveau la tête, se dirigea vers la porte, puis se retourna.

— Faites attention, dit-il gravement.

Il jeta vers Joe un coup d'œil qui semblait accusateur, puis s'en alla.

Leslie remarqua que Joe le regardait s'éloigner d'un air pensif.

— Qu'est-ce qu'il y a ? lui demanda-t-elle.

— Je ne sais pas.

Il revint se pencher sur elle en prenant appui sur les bras, de part et d'autre du matelas.

— J'ai besoin de comprendre. J'ai besoin de vérifier beaucoup de choses. Vous me promettez de rester ici ce soir, hein ?

— C'est juré. Dès qu'ils m'auront trouvé une chambre, je ferai un bon petit somme. Ensuite, une jolie aide-soignante m'apportera à déjeuner. Ce sera extra.

— Il y a intérêt ! jeta-t-il.

Puis, enfin, il la quitta.

A la stupéfaction de Joe, Didi l'attendait toujours au café Starbucks, accompagnée d'une autre femme.

— Joe ! lança-t-elle quand il entra, tout en se mettant debout, le sourire aux lèvres.

— Vous avez attendu tout ce temps ! fit-il.

— Je savais que vous viendriez.

— Et vous êtes accompagnée de… ? demanda-t-il poliment.

L'autre jeune femme était une petite blonde aux yeux bleus, l'air un peu crispé.

— Je peux vous offrir un café ? proposa-t-il pour essayer de la mettre à l'aise.

— Heidi voudrait fumer une cigarette, expliqua Didi.

Joe fixa la jeune femme du regard.

— Vous êtes Heidi Arundsen ?

Elle hocha nerveusement la tête. Sa petite taille et son ossature fine lui donnaient l'air très jeune, mais on sentait chez elle une tension, un stress qui trahissaient son âge.

— Installez-vous, reprit Joe. Il y a des tables dehors. Je vais me chercher un café. Puis-je vous rapporter quelque chose, mesdames ?

Il s'attendait à ce qu'on lui réponde « juste un café », voire un crème avec du sucre. Mais Heidi demanda un double café au lait écrémé avec une dose de sirop de vanille, sans sucre, et Didi, un moka serré, sans crème fouettée, et une part de gâteau au café.

Il se mit dans la queue, énervé de devoir attendre,

mais il ne voulait surtout pas risquer que Heidi, qui avait peut-être des révélations à lui faire, ne prenne peur et change d'avis. Il se força donc à patienter et veilla à ne pas se tromper dans la commande. Quand il rejoignit les deux femmes avec le plateau, il s'assit nonchalamment, demanda s'il n'avait rien oublié, puis attendit.

— Heidi a vu la voiture, elle aussi, déclara Didi.

— La berline de couleur sombre ? questionna-t-il.

Heidi regarda Didi, comme pour se rassurer, puis ramena son attention vers Joe.

— Pour être exacte, elle était noire, dit-elle. Avec des vitres teintées. Comme pour Betty Olsen.

Joe resta interloqué une seconde, puis se rappela avoir vu ce nom dans la liste des prostituées disparues. Betty Olsen s'était volatilisée environ un mois avant Genevieve O'Brien. Genevieve n'avait pas de dossier sur elle, mais Heidi avait été interrogée juste après la disparition de Betty.

— C'était une amie à vous ?

— Elle habitait dans mon immeuble. J'étais sortie avec elle et on bavardait dans la rue, vous voyez ? Et puis elle est montée dans la berline. C'est la dernière fois que je l'ai vue. Et cette voiture était noire, répéta-t-elle. J'en suis certaine.

— Vous ne vous rappelez pas la marque, le modèle ?

Heidi secoua la tête.

— C'était une voiture au top.

— Au top… vous voulez dire toute propre, bien entretenue ?

— Oui.

— Un peu comme une voiture officielle ?

— Peut-être, répondit-elle d'une voix incertaine. J'ai

vu des centaines de voitures comme ça dans la rue. Ce que je peux vous dire, c'est que ça m'a fait penser à une ou deux choses. D'abord, que ce type avait probablement de l'argent. Ensuite, que Betty devait le connaître, parce qu'elle n'est pas restée debout devant la vitre pour négocier. Elle est montée tout de suite.

Joe se cala sur sa chaise, perplexe. Qui donc pouvait circuler dans une berline noire et connaître suffisamment bien à la fois Genevieve O'Brien et une prostituée pour qu'elles montent sans hésiter dans son véhicule ?

— J'aurais aimé pouvoir vous en dire plus, fit Heidi.

— Parlez-moi de Betty, s'il vous plaît.

Elle secoua de nouveau la tête, l'air attristé.

— Eh bien, d'abord, elle ne s'appelait pas Betty. Elle est entrée dans le pays clandestinement. Elle ne pouvait pas prendre un travail normal parce que… elle n'a pas de numéro de Sécurité sociale et elle ne paie pas d'impôts.

Heidi renifla et poursuivit :

— Elle est venue habiter dans mon immeuble parce que le propriétaire ne pose pas de questions. La moitié des locataires donnent des surnoms aux rats avec lesquels ils cohabitent, et ils font semblant de les prendre pour des animaux de compagnie. Une fois, Genevieve avait indiqué à Betty un moyen d'avoir des papiers en règle pour pouvoir rester dans le pays.

Heidi s'interrompit et regarda de nouveau Didi.

— C'est moi qui ai prévenu la police, reprit-elle. Je les ai appelés depuis une cabine, dans la rue. Mais ils voulaient que je remplisse tout un tas de formulaires et… En tout cas, ils n'ont rien fait. J'ai convaincu Maria Rodriguez, qui habite aussi l'immeuble, d'y aller pour signaler la disparition. Elle a même pris un jour de congé pour ça. Didi et moi, on l'a remplacée, d'ailleurs. Elle est femme de ménage.

Elle hésita de nouveau, une expression étrange sur le visage.

— Est-ce que vous pensez que Didi et moi, on devrait faire des ménages ? Que n'importe quoi d'autre vaudrait mieux que ce que nous faisons ? Maria a une cicatrice qui lui donne des complexes. Sinon, elle aussi, elle racolerait. Ne vous faites pas d'illusions. Il y a plein de femmes qui en ont assez des ménages et qui n'hésiteraient pas une seconde à faire le trottoir.

— Je ne suis pas venu pour vous juger, Heidi, croyez-moi. Je vous suis reconnaissant de tout ce que vous pourrez me dire.

Heidi s'enfonça sur sa chaise, l'air un peu moins amical.

— Ouais, parce que c'est une fille riche qui a disparu, cette fois.

— On m'a engagé parce qu'une héritière a disparu, c'est vrai. Mais j'espère bien faire en sorte que plus aucune femme ne disparaisse, riche *ou* pauvre.

— N'oubliez pas Mimique, intervint Didi.

Heidi agita la main.

— Quand il s'habillait, Mimique était l'une des plus jolies femmes que j'aie jamais vues. Je parie qu'on l'a embarqué par erreur.

Elle fixa sur Joe un regard intense.

— Elles sont toutes mortes, hein ? Elles sont mortes. Et vous savez quoi ? J'ai dit aux flics que Betty avait disparu dans une berline sombre, une *belle* berline, mais eux, ils pensent qu'elle a disparu *après*. Même s'ils n'ont jamais trouvé personne qui l'ait revue après moi.

Pourquoi est-ce que les gens ne veulent jamais croire que les riches aussi peuvent être des pervers ? Ces cons cherchent un clochard, un dealer… un zonard.

— Heidi, les flics ne sont pas des imbéciles, croyez-moi. Ils ont mis des femmes policiers dans la rue pendant un moment, non ?

Heidi soupira, puis acquiesça.

— Ouais, c'est vrai. Mais je n'ai jamais vu cette voiture s'approcher d'elles. Alors que… Hé !

Elle se redressa brusquement, le fixant avec de grands yeux.

— Mais je vous connais ! reprit-elle.

— Ah bon ?

— Vous êtes mort ! fit-elle, bouche bée. J'ai vu votre photo dans le journal.

— Vous avez vu la photo de mon cousin. On le voyait beaucoup dans les journaux. Il était chroniqueur. Il a été tué l'an dernier dans l'explosion de Hastings House.

— Hastings House ? murmura Heidi.

— Vous savez quelque chose à propos de Hastings House ?

Elle haussa les épaules, l'air désolé.

— Non… Mais je me rappelle que Betty disait que Genevieve aurait bien aimé aller à cette réception, celle qui s'est terminée par une explosion. Elle avait dit à Betty que c'était une copine de sa tante, une femme prétentieuse, qui organisait ça, mais qu'elle n'allait sûrement pas mendier une invitation. Elle allait très souvent se promener dans le coin pour passer devant, cela dit.

Face à ces paroles stupéfiantes, Joe resta coi. Il ne savait pas encore où ces nouvelles révélations allaient le mener, mais il y avait là un lien. Un lien ténu.

Un « lien » qui ne mènerait peut-être nulle part.

Des tas de gens déambulaient près des bâtiments historiques. Certains passaient devant tous les jours pour aller travailler, d'un pas pressé, sans les remarquer. D'autres, en revanche, aimaient l'idée de marcher près de lieux chargés d'histoire, de signification.

— Je vois, dit-il enfin.

Mais que voyait-il donc ?

— Il y a autre chose, Heidi ? demanda Didi.

— Je ne crois pas..., fit Heidi.

Puis son visage s'illumina soudain.

— J'ai gardé les affaires de Betty. Ce salaud de propriétaire les avait juste jetées dans le couloir, alors je les ai prises. Juste au cas où elle reviendrait, vous comprenez ? Vous voulez les voir ?

— J'aimerais beaucoup, oui.

— Attention, je vous ai prévenu : on habite un hôtel pourri.

— Je verrai si je peux tuer quelques cafards. Conduisez-moi.

Leslie resta à l'hôpital... pendant deux heures. Puis elle signa son bon de sortie, ramassa ses affaires et s'aperçut qu'elle avait une douzaine de messages sur son portable. L'un d'eux venait de Brad et elle se hâta de le rappeler dès qu'elle fut dans la rue, résolue à prendre un taxi et à éviter le métro, en tout cas ce jour-là.

Il répondit aussitôt et se lança dans une longue diatribe. Que lui était-il arrivé ? Pourquoi ne l'avait-elle pas fait appeler ? Est-ce qu'elle allait bien ? Il était furieux d'avoir appris l'incident par les informations. Comment avait-elle pu lui faire ça ?

— Tu prends les choses trop au tragique, Brad.

— Ah bon ? Est-ce que tu te rappelles m'avoir appelé pour me demander de te retrouver cet après-midi, par hasard ?

— Et je te le demande encore. Retrouvons-nous à Hastings House.

— Ne sois pas stupide. Tu as failli mourir, aujourd'hui.

— Mais je ne suis pas morte, et je me sens en pleine forme. Je suis sur le chemin de Hastings House. Tu viens m'y rejoindre ?

— O.K. J'arriverai avant toi.

Effectivement, quand le taxi la déposa, il bavardait avec Melissa sur le porche.

Ils se précipitèrent tous les deux pour l'aider à sortir du taxi. Il lui fallut vingt minutes, et toute l'énergie qui lui restait, pour convaincre Melissa qu'elle n'avait rien. Puis elle emmena Brad dans la cave et lui montra le mur, les ossements, les archives qu'elle avait photocopiées à la bibliothèque, et lui expliqua ce qu'elle attendait de lui.

Il ouvrit de grands yeux, presque comme si elle l'effrayait.

— Merde ! Tout ça finit par donner le frisson.

— J'ai étudié l'histoire de cette maison, Brad. Je suis sûre que ça marchera.

Il secoua la tête.

— Tu veux que je prétende être entré tranquillement dans Hastings House et m'être attaqué au mur de la cave avec une pioche parce que j'étais certain d'y trouver des ossements ?

Elle recula d'un pas pour l'observer, les sourcils froncés. *En fait, oui, c'était exactement ce qu'elle voulait.*

— Mmm..., fit-elle.

— Tu tombes juste chaque fois, et ça finit par me donner la chair de poule, dit-il.

— S'il te plaît, Brad !

Il croisa les bras.

— Et que dit Superman de tout ça ?

— Superman ?

— Joe.

— Ne sois pas idiot, fit-elle.

— Désolé. Je présume que je suis jaloux.

— C'est un très bon ami.

— Moi aussi.

— Je sais, Brad.

— Excuse-moi. Dis-moi ce qu'il en pense. Je veux dire, est-ce qu'il commence à être impressionné, lui aussi ?

— Que veux-tu dire ?

— Je ne peux pas continuer à prétendre que j'ai participé à toutes tes découvertes, surtout quand quelqu'un d'autre connaît la vérité.

Elle se mit à rire.

— A mon avis, ça ne te dérange pas. Tu as juste peur de te faire prendre.

— C'est un peu ça, admit-il en riant à son tour. O.K., c'est peut-être lamentable, mais j'aime occuper le devant de la scène. Sauf que là, je n'ai rien fait pour.

— Ça m'est égal qu'on ne sache pas que c'est moi. Je veux juste que… les choses soient réglées. Ecoute, je sais qui était cette femme. Son mari l'a assassinée et a raconté à tout le monde qu'elle s'était enfuie. Il faut que nous rétablissions la vérité.

Brad resta muet un moment, les yeux baissés.

— D'accord. Tu as trouvé les archives et tu me les as fait lire. Nous avons suivi le même raisonnement et eu le même pressentiment. Nous prouverons l'identité de cette femme en annonçant la découverte des ossements, et puis nous lui organiserons un bel enterrement avec... tout ce qu'il faut. Même si je ne vois pas quelle différence ça fait, après tout ce temps.

— Ça en fait une, affirma Leslie.

— O.K., dit-il en soupirant. Demain, nous ferons une annonce et nous enlèverons les ossements. Et je trouverai un journaliste, un prêtre... Doit-il être épiscopalien ? Est-ce qu'on le sait ?

— On fera comme si. A l'époque, New York était principalement épiscopalienne.

Il secoua la tête.

— La crypte que tu as trouvée est entièrement étayée, maintenant. Laymon ne va plus se sentir d'apprendre cette nouvelle trouvaille. Et tu seras encore plus célèbre qu'avant. Elle a un don de double vue, elle a survécu à un éboulement *et* à un accident dans le métro... Ça va faire jaser.

— Arrête, Brad !

— Je n'y suis pour rien, Leslie. C'est exactement ce que les gens vont dire.

Elle poussa un léger soupir.

— Contente-toi de m'aider, d'accord ?

— Je ferai de mon mieux. A propos, si tu améliores encore tes dons de voyance, tu pourras bientôt nous sortir les numéros gagnants du loto.

— J'ai découvert des ossements, Brad. Pas un trésor.

— Justement, essaie de changer ça, tu veux ?

Il prit l'air exaspéré, puis l'attira à lui et l'embrassa sur le front.

— Ecoute, Leslie... merde, je t'aime bien, mais tu deviens de plus en plus... *bizarre.*

— Merci du compliment.

— Ne le prends pas mal. Ce n'était pas une critique.

— C'est ça ! Je donne la chair de poule aux gens, mais à part ça, je suis sympa.

Il eut un grand sourire.

— Disons que tu es bizarrement sympa. Bon, en tout cas, je vais m'y coller. Lancer le branle-bas de combat.

— Je te remercie.

Elle marqua un temps d'arrêt, puis reprit :

— Brad, quand tu m'as retrouvée sur le site, inconsciente…

— Oui ?

— Est-ce que Laymon est arrivé exactement en même temps que toi ?

— Oui, pourquoi ?

— Pour rien, fit-elle en secouant la tête.

Brad fronça les sourcils.

— Est-ce que tu vas me demander où j'étais aujourd'hui ?

Elle le dévisagea, l'air stupéfait.

— Parce que je n'étais pas dans le métro, reprit-il sèchement.

— Oh, Brad ! Je suis désolée. Je ne voulais pas dire… En fait, je me demandais si vous n'aviez pas vu quelqu'un d'autre, murmura-t-elle.

— Non. Il n'y a qu'une seule issue pour entrer ou sortir de la crypte. Personne n'avait l'air louche et le chantier fourmille de gardes, Leslie. Tu le sais aussi bien que moi.

— Excuse-moi.

— J'aimerais mieux mourir que te faire du mal, Leslie. Et je suis lâche, ajouta-t-il d'un air piteux.

Elle s'avança et l'embrassa sur la joue.

— Encore merci.

— Bon, je ferais mieux d'y aller. Je suis censé retrouver Laymon pour dîner.

— Où allez-vous ?

— Chez Anthony's, juste en bas de la rue. Laymon déteste s'éloigner du quartier. Tu le connais. Il est obsédé par l'idée que quelqu'un veut toucher à sa découverte.

— Et il pense pouvoir surprendre un maraudeur depuis le restaurant ? demanda-t-elle, amusée.

Brad haussa les épaules.

— Non, mais il reviendrait rapidement sur le site en cas de problème.

— Tu penses que je devrais venir avec vous ?

— Si tu veux. Sinon, je peux lui dire que tu souffres encore de ton accident dans le métro.

— Non. Je vais me dépêcher de prendre une douche. Appelle donc Joe pour l'inviter aussi !

— Joe ? Bon. O.K.

— N'oublie pas qu'il nous aide.

Brad prit une profonde inspiration.

— Il nous aide ? Ou bien il te rappelle Matt à chaque instant ?

— Ce sont deux personnes très différentes et j'en ai parfaitement conscience, Brad.

— Est-ce que tu en es sûre ? insista-t-il doucement.

— Joe nous aide, je le répète.

— Joe est convaincu que l'explosion a été provoquée, fit Brad d'un ton las.

— C'est peut-être vrai.

— A qui cela aurait-il bien pu profiter ?

Leslie se demanda si elle risquait quoi que ce soit en jouant cartes sur table avec lui alors qu'ils se trouvaient tous les deux seuls dans une cave. Puis aussitôt, elle se dit que ces craintes étaient ridicules. Melissa savait où ils étaient et, après tout, elle-même travaillait avec Brad depuis des années.

— Quelqu'un a peut-être voulu tuer Matt, dit-elle.

— Au risque de blesser une foule de gens ?

— Certaines personnes se contrefichent de ce qui peut arriver aux autres, dès l'instant qu'ils ont un but précis.

— Mais pourquoi tuer Matt ?

— Parce que son avis était écouté et reconnu.

Brad baissa la tête un moment, puis fit un pas en avant. Stupéfaite, elle le vit perdre l'équilibre et, pour un peu, il se serait affalé sur elle. Elle fit un bond et il poussa un juron.

— D'où vient cette fichue caisse ? demanda-t-il, furieux.

Elle s'approcha, l'aida à se redresser, lui donna un rapide baiser sur la joue et recula.

— Remontons ! fit-elle.

Elle se précipita vers l'escalier, soudain saisie de peur à l'idée qu'il ne l'attrape pour la tirer en arrière.

Il ne le fit pas mais la suivit tout en lui demandant :

— Tu viens dîner, alors ?

— Je pense que oui. Si je change d'avis, je t'appellerai sur ton portable.

— Pas depuis la cave, j'espère ! fit-il en pointant l'index vers le bas des marches. Je serais étonné que ça passe.

— Je n'ai pas l'intention de redescendre, dit-elle. Veux-tu me rendre un service ? Il faudrait dire à Melissa que je monte prendre une douche et qu'elle ne s'inquiète pas pour moi. Qu'elle ferme simplement à clé en partant, d'accord ?

— Entendu, dit-il en la dévisageant. Tu as besoin de vacances, Leslie.

— Nous venons juste de commencer à travailler.

— Tu as tout de même besoin de vacances.

Elle sourit.

— Tu ne voudrais pas rater l'occasion de devenir célèbre, n'est-ce pas ? Dans le bon ou le mauvais sens, d'ailleurs.

Elle se mit à rire et conclut :

— Allez, file ! Je te retrouve plus tard.

Elle attendit qu'il s'éloigne, l'écouta parler à Melissa sur le seuil puis, quand elle fut sûre qu'il était parti, elle redescendit dans la cave, saisie d'une impulsion absolument irrésistible.

D'où venait donc la caisse qui avait fait trébucher Brad ?

— Matt ? chuchota-t-elle.

Elle secoua la tête. N'y avait-il pas une *atmosphère* étrange dans la pièce ?

Après tout, elle y avait découvert la dépouille d'une femme assassinée. Rien de plus naturel si la cave paraissait… hantée. En regardant autour d'elle, cependant, elle vit divers objets qui avaient servi à la rénovation de la demeure : des rouleaux de papier peint, des pots de peinture, des spatules, des boîtes de clous, des outils. On n'avait pas l'impression d'être dans un tombeau, même si cela en avait été un pour la malheureuse femme emmurée. Mais, en dépit de tout cela, quelque chose d'autre la retenait sur place. Tout à coup, elle se dit qu'elle ferait mieux d'appeler Joe pour le prévenir qu'elle avait quitté l'hôpital, au cas où il viendrait l'y trouver, et lui transmettre l'invitation à dîner. Elle prit son portable dans sa poche tout en faisant le tour de la pièce.

Elle avait exactement les mêmes dimensions que l'office des domestiques, juste au-dessus. Elle savait qu'il y avait une autre cave juste sous le principal corps de bâtiment et que celle-ci n'avait servi qu'à stocker de la nourriture et du matériel de cuisine.

En prenant la cheminée comme point de départ, elle longea les murs de brique, oubliant qu'elle tenait son portable à la main. Elle tenta de s'orienter : en creusant un tunnel imaginaire vers le nord, puis un peu vers l'est, elle tombait sur le chantier. La crypte qu'elle y avait trouvée était plus en profondeur que cette cave, cependant. En continuant plus avant vers l'est, elle arrivait sous l'hôtel de ville.

Intriguée, elle déplia les archives de la construction du métro qu'elle avait photocopiées en même temps que celles de la maison. A la fin du XIXe siècle, un métro aérien traversait le bas-Manhattan. Au tout début du XXe, on avait commencé à creuser les lignes souterraines. La première reliait l'hôtel de ville à la 145e Rue. Dès 1910, plusieurs lignes avaient été construites. Sur une carte postérieure, elle vit que bon nombre des premières galeries avaient été abandonnées. La carte indiquait aussi les puits de mine, presque tous abandonnés, qu'utilisaient les ouvriers.

D'accord, le sous-sol de Manhattan était un vrai gruyère. Que fallait-il en conclure ?

Elle interrompit le cours de ses pensées en se demandant si elle imaginait le brusque courant d'air qu'elle venait de sentir. Elle regarda autour d'elle.

— Matt ? dit-elle à voix basse, pleine d'espoir.

— Je sais… Oh, Matt, je sais qu'il y a quelque chose de toi ici. Je le sais, souffla-t-elle.

Elle avait l'impression de sentir un contact. Une caresse, douce et tendre, contre sa joue. Puis un chuchotement.

Va-t'en… Je t'en prie, va-t'en !

— Je ne peux pas.

Il le faut.

— Laisse-moi te voir, te toucher. Je sais que tu es ici.

Elle attendit.

Rien.

— Dois-je quitter la cave ? demanda-t-elle à voix haute.

Pars !

La voix se faisait pressante.

— Partir ? De la cave ? De la maison ? De New York ? demanda-t-elle, toujours à voix haute.

Elle perçut de nouveau, comme en réponse, un déplacement d'air.

A moins que son imagination ne lui joue un tour cruel ?

— Matt… je t'ai vu, dans le métro. Je sais que Joe était là aussi et qu'il m'a rattrapée. Mais au début… c'était ton visage. Ta voix.

Pars. Pars !

— D'accord.

Elle commença à rouler ses cartes, et ce fut à cet instant qu'elle entendit sangloter.

13

L'immeuble était vraiment un trou à rats. Joe se demanda s'il existait un service municipal qui s'occupait de ce genre de chose. Oui, probablement. Ça vaudrait la peine de les alerter.

L'espace, à New York, était une denrée rare, d'accord. Mais il y avait des lois pour protéger les locataires de ce type de taudis insalubre. Evidemment, lesdits locataires étaient en général clandestins, ou gagnaient leur vie de manière douteuse. Il y avait peu de chance qu'on les écoute s'ils portaient plainte. Si même ils osaient porter plainte, d'ailleurs !

Malgré le cadre, Heidi Arundsen était une bonne hôtesse. Elle avait un studio avec une minuscule cuisine, séparée par un bar, et s'était aménagé une petite chambre en isolant un coin avec un paravent. Elle maintenait les lieux parfaitement propres, même si elle ne pouvait rien contre les traces d'humidité sur le plafond et les murs, la peinture écaillée et l'état déplorable de l'installation électrique.

— Excusez-moi de vous recevoir ici, dit-elle quand ils entrèrent. Je suis vraiment confuse.

— C'est charmant, en dépit des circonstances, lui dit Joe.

— Eh bien… merci. Puis-je vous offrir quelque chose ? Je garde tout au frigo. Ça empêche les cafards de squatter la nourriture.

— Non, merci, ça va très bien.

Didi les avait rejoints et traversait la pièce en expliquant :

— Voici les boîtes qui contiennent les affaires de Betty. Les flics ont cherché un agenda mais ils n'en ont pas trouvé.

— Il n'y a pas grand-chose, mais j'avais tout gardé au cas où, dit Heidi.

Ses derniers mots résonnèrent étrangement. *Au cas où…* A vrai dire, aucun d'eux ne croyait que Betty allait revenir un jour.

— Ça ne vous ennuie pas que je fouille ? demanda Joe.

— Allez-y, fit Heidi. Je vais faire du café.

Joe entendit les deux femmes allumer la petite télévision de la cuisine et chuchoter entre elles tandis qu'il examinait le contenu des boîtes. Il ne savait pas ce qu'il cherchait. La première contenait des vêtements, lavés, bien pliés, qui dégageaient une agréable odeur d'adoucissant. Betty devait être petite et mince : ses jupes auraient pu servir de mouchoir à Joe.

Il ouvrit la deuxième boîte et y trouva des photos. Betty, jeune, innocente, pleine d'espoir, berçait un bébé, un sourire radieux aux lèvres. Puis un couple, sans doute ses parents. Plusieurs photos de femmes, dont Betty, en train de jouer au ballon dans Central Park. Il y avait aussi la photo d'un magnifique lévrier, sur laquelle Betty avait écrit : *Un de ces jours !* Et puis d'autres clichés d'elle avec ses amies, devant leur vieil immeuble branlant, ou au zoo.

Puis Joe tomba sur une image qui retint son attention. On y voyait Betty et Genevieve O'Brien, et il y avait un homme avec elles. Il tournait le dos à l'objectif, mais sa pose était pleine d'assurance, et il portait un costume fort bien coupé.

— Heidi ? appela Joe.

— Oui ? fit-elle en se précipitant, suivie de près par Didi.

— Qui est-ce ?

— C'est Betty. Et Genevieve. Je croyais que vous aviez été engagé pour la retrouver ?

— Non, je parle de l'homme. Qui est cet homme avec elles ?

— Je… je ne sais pas.

— Didi ?

— Aucune idée, répondit Didi. Hé !

Elle venait de pousser un cri, le regard rivé sur l'écran de télévision :

— Hé, Joe ! On voit votre amie aux infos.

Joe reposa vivement la boîte et les rejoignit dans la cuisine. Le maire en personne, devant les caméras, expliquait gravement aux gens qu'il fallait être prudent dans le métro. Ken Dryer, à côté de lui, expliqua que Leslie MacIntyre, l'archéologue dont on avait récemment parlé au journal télévisé, était tombée sur les rails et avait été hissée sur le quai juste avant l'arrivée d'une rame. On l'avait conduite à l'hôpital mais elle était indemne. On montra quelques images de Leslie, allongée sur un brancard, couverte de poussière et un peu défaite, en train de sourire à Joe qui marchait à côté.

La présentatrice reprit la parole et précisa que, outre sa carrière d'archéologue, Leslie MacIntyre prêtait de temps à autre main-forte à la police.

« Cette jeune femme doit avoir un instinct particulier, souligna son collègue en hochant la tête. Vous pensez que les fantômes sortent des murs pour lui donner un coup de main ?

— Nous devrions la faire venir sur le plateau, répondit la présentatrice en pivotant pour faire face à une autre caméra. Maintenant, les dernières nouvelles du Moyen-Orient… »

— Est-ce que Leslie MacIntyre est médium ? demanda Heidi.

— Peut-être que c'est *elle* qui devrait examiner les affaires de Betty ? suggéra Didi.

Joe avait déjà composé le numéro de l'hôpital sur son portable, et il arpentait la pièce de long en large tandis qu'on le promenait d'un service à un autre.

Finalement, une infirmière lui signala que Mlle MacIntyre avait quitté l'hôpital quelques heures après avoir été admise aux urgences.

— Bon sang ! lança Joe.

Il se tourna vers les deux femmes.

— Il faut que j'y aille. Ecoutez…

Il aurait pu étrangler Leslie. Maintenant, il avait peur de la laisser seule, ne serait-ce qu'une minute, alors qu'il avait vraiment besoin de travailler sur la disparition de Genevieve.

— Que diriez-vous si je vous engageais toutes les deux ? reprit-il.

Elles échangèrent un regard surpris.

— Je pensais que vous…, commença Didi.

Il l'interrompit.

— Non ! Ce n'est pas ça. Je propose de vous engager comme collaboratrices.

— Collaboratrices ? murmura Didi.

— Est-ce qu'il veut, euh… un truc à trois ? demanda Heidi.

— Je vous propose de *travailler* pour moi, précisa Joe.

Il prit la photo qui représentait Betty, Genevieve et le mystérieux inconnu.

— Il faudrait apporter cette photo à un type qui s'appelle Harry Barton, dans Soho. Si je vous donne son adresse, vous pouvez y aller à ma place ? Vous lui direz que j'ai besoin qu'il agrandisse la tête de l'homme le plus possible. Je vous paierai la course, bien entendu.

— J'aime mieux ça, marmonna Heidi. Excusez-moi, mais… je n'aurais pas aimé m'apercevoir que vous étiez un pervers. On a encore des rêves, vous savez ?

— Et puis, vous n'avez pas besoin de nous payer, affirma Didi.

— J'y tiens. Vous travaillez pour gagner votre vie et je vais vous faire perdre du temps. En outre, *moi*, je suis payé pour enquêter, d'accord ?

Elles échangèrent un nouveau regard.

— C'est l'argent d'une femme riche, ajouta-t-il. Autant que vous en profitiez aussi.

— D'accord. Donnez-nous l'adresse. Et si vous avez besoin de quoi que ce soit d'autre…, fit Didi, une nuance d'espoir dans la voix.

— En fait, oui. Je veux que vous soyez toutes les deux dans la rue, ce soir.

— C'est un véritable éducateur, hein ? commenta Heidi à l'intention de Didi.

— Je ne vous envoie pas faire le trottoir. Je veux que vous gardiez l'œil ouvert toute la nuit.

— Pour guetter une berline noire ? demanda Didi.

— Exactement. Bon, voilà l'adresse… je vous contacterai un peu plus tard.

Il dévala les six étages en répétant qu'il fallait vraiment faire quelque chose pour cet immeuble. Il espérait pouvoir tirer les bonnes sonnettes.

Si Matt avait été vivant, il aurait pris la plume et il aurait tellement scandalisé les lecteurs que le propriétaire de l'hôtel aurait échappé de peu à l'huile bouillante.

Mais Matt n'était plus là.

En arrivant dans la rue, Joe s'arrêta. C'était étrange. Ce matin, il avait eu l'impression qu'on l'incitait à rejoindre Leslie. Et maintenant…

Non. Rien. Où diable avait-elle pu passer ? Elle était rentrée à Hastings House, probablement. Il l'aurait parié !

Les sanglots s'étaient tus.

Leslie fit plusieurs fois le tour de la cave, mais elle n'entendit plus rien. Contrariée, elle s'assit sur la caisse qui avait fait trébucher Brad. Puis, tout à coup, les pleurs se firent de nouveau entendre.

Elle bondit sur ses pieds pour tenter de comprendre d'où ils provenaient. Au début, en s'approchant de la cheminée, elle eut l'impression d'en être tout près. Mais quand elle se plaça juste devant l'âtre, ils parurent cette fois venir de l'autre bout de la pièce… Elle longea les murs de nouveau, faisant courir sa main sur la paroi.

Les pleurs s'éteignirent de nouveau et elle revint s'asseoir sur la caisse. Bon, d'accord, elle entendait un fantôme pleurer. Pourtant, elle avait sorti du mur les ossements d'une femme… Ne faisait-elle pas tout ce qu'elle pouvait ?

— Vous savez, dit-elle à voix haute, si vous pouviez tout simplement apparaître, ça m'aiderait beaucoup.

Elle recommença à arpenter la pièce, tâtant les briques, cherchant au hasard.

Elle ne pouvait s'empêcher de penser qu'il y avait là plus qu'une simple cave. Elle songea au Chemin de Fer souterrain. Ici, il aurait vraiment mérité son nom. Il y avait tellement de tunnels ! Des galeries en sous-sol, des chambres cachées… Une ville sous la ville.

— Leslie !

Elle se figea et s'écarta du mur, stupéfaite.

La voix provenait d'en haut, de l'office des domestiques.

— Leslie ?

Quelqu'un descendait l'escalier. Instinctivement, elle recula et fit face aux marches et à l'homme qui s'approchait.

— Leslie ?

C'était Hank Smith.

— Hello ! lança-t-il. Que faites-vous donc ici ? J'ai vu la trappe ouverte et je suis venu voir. Brad m'a dit que vous deviez prendre une douche et le retrouver pour dîner.

Il s'avança vers elle, l'air soucieux.

— Vous nous faites faire un sang d'encre, vous savez ? J'ai peine à croire que vous ne vous soyez pas fait réellement mal en tombant.

— Et pourtant, je n'ai que quelques écorchures. J'ai eu de la chance, dit-elle.

Elle se rendit compte qu'il avait refermé la trappe. Avec le seul éclairage de la lumière artificielle, il faisait maintenant presque obscur, et les recoins s'emplirent d'ombres.

Hank était comme d'habitude habillé avec élégance, mais dans un style décontracté : chemise de coton blanc, jean beige, Dockers. Ses cheveux étaient propres et luisants. Il émanait de lui une subtile odeur d'after-shave.

— Et vous… que faites-vous ici ? demanda-t-elle.

— Je suis venu vérifier que tout allait bien, naturellement.

— C'est gentil à vous. Merci.

Il regarda autour de lui et frissonna.

— Quel endroit sombre et sinistre, hein ?

Elle eut un rire un peu forcé. La demeure semblait entièrement plongée dans le silence et elle se sentait… désemparée de se retrouver seule avec lui dans les entrailles du sous-sol.

Je me sentais plus tranquille en écoutant pleurer les fantômes, songea-t-elle.

— Moi, je n'y vois rien de sinistre, répondit-elle en adoptant un ton léger.

Semblait-elle trop enjouée ? Devinait-il que, tout à coup, elle avait peur de se retrouver dans cette cave avec lui ?

Il regarda derrière elle, s'approcha du mur et se retourna pour lui faire face.

— Vous avez trouvé d'autres ossements ? demanda-t-il, l'air incrédule.

— C'est Brad qui les a découverts, en fait.

La cave était trop petite pour qu'elle puisse mettre suffisamment de distance entre eux. Pourquoi diable avait-elle soudain peur de lui ? Parce qu'ils étaient seuls ? Après tout, elle avait eu peur aussi avec Brad, surtout quand il avait trébuché et qu'elle avait cru pendant un instant qu'il s'apprêtait à l'agresser.

N'est-il pas normal d'avoir peur ? murmura une petite

voix dans sa tête. *Quand j'étais dans la crypte, le plafond est tombé. Dans le métro, quelqu'un m'a poussée sur les rails. Rien que des « accidents », bien sûr. Comme l'explosion « accidentelle » qui s'est produite ici même, à Hastings House.*

Hank la dévisageait avec un profond scepticisme.

Il eut un mouvement d'épaules.

— Comment avez-vous fait pour dénicher des os ici ? Comment avez-vous fait, bon sang ? Et ne me dites pas que c'était Brad et pas vous : ce sont des fadaises.

— Vous savez ce que c'est. Quand quelque chose ne colle pas, on se sent obligé d'aller vérifier.

— Et… à qui sont ces ossements ?

— Ce sont ceux d'une maîtresse de maison de l'époque coloniale. On a dit qu'elle avait quitté son mari et son enfant, et cela avait fait scandale à l'époque. Sauf que les femmes abandonnent rarement leurs gamins.

— Ah ouais ? fit-il d'un ton un peu las, presque blasé. Regardez donc l'histoire récente. On trouve même des femmes qui *tuent* leurs bébés.

— Certes, mais reconnaissez que ce n'est pas courant.

— C'est ça : les femmes sont meilleures que les hommes ! lança-t-il d'un ton railleur.

Etait-il vraiment amer, ou bien voulait-il seulement la taquiner ?

— Dans ce cas précis, l'hypothèse m'a paru invraisemblable, reprit-elle.

— Et comment avez-vous su à quel endroit exactement il fallait creuser ?

— Brad et moi en avons discuté. Nous avons réfléchi à la date, aux lieux… Une cave représente l'endroit idéal, et, vu la façon dont la cheminée est construite, il est plus facile d'y retirer des briques que dans un mur plein.

— Admettons, dit Hank. Laymon est déjà venu ?

— Non.

— Mais Brad, oui ?

— Bien sûr, puisque je viens de vous dire…

— Ouais, c'est ça. C'est Brad qui a fait la trouvaille.

— Il savait qu'il fallait chercher ici. Il sait que je passe mon temps à fouiller la demeure, répondit-elle.

— Ah oui ?

Hank eut un sourire qu'elle trouva déplaisant. A cause de l'obscurité, peut-être ? Ou à cause de la panique irrationnelle qui, désormais, s'emparait d'elle dès qu'elle se retrouvait enfermée dans un espace clos avec quelqu'un de plus grand qu'elle ?

Elle ouvrit la bouche pour répliquer, mais n'en eut pas le temps.

Alors que Hank se tenait debout près d'une pile de caisses, l'une d'elles glissa brusquement et tomba juste à côté de lui.

Il sursauta comme un lièvre. Une clé anglaise jaillit hors de la caisse et le heurta au genou. Il poussa un hurlement de surprise et de douleur.

— Mais c'est dangereux, ici ! cria-t-il.

— Exact. Nous ferions mieux de remonter.

Au moment où elle disait cela, la trappe, au-dessus de leurs têtes, s'ouvrit d'un coup.

— Leslie ?

C'était Joe, l'air furibond.

— Joe ! s'écria la jeune femme, soulagée.

— Espèce de petite menteuse ! Vous m'aviez dit que vous resteriez à l'hôpital !

Tout en la réprimandant, il descendit les marches et s'arrêta brusquement en voyant Hank Smith.

— Hank ? J'ignorais que vous vous piquiez d'archéologie, fit-il d'un ton sarcastique.

— Je suis venu voir comment allait Leslie. Comme vous, j'imagine, répondit Hank.

Joe ne répondit pas. A son expression, on devinait qu'il aurait bien aimé envoyer valser Hank à l'autre bout de la pièce. Leslie lui posa un bras sur l'épaule.

— J'y suis restée quelques heures. Je vous demande pardon de ne pas vous avoir appelé. J'avais vraiment l'intention de le faire en sortant, mais je me sentais en pleine forme, et comme j'avais donné rendez-vous à Brad, je voulais être là.

— En somme, vous vouliez montrer à Brad la découverte que vous avez faite avec lui ? demanda Hank d'un ton poli.

— Non. Nous devions nous mettre d'accord sur certains points.

— Il y a un problème, Hank ? demanda Joe.

— Ça commence vraiment à sentir le renfermé, ici, l'interrompit précipitamment Leslie. Je remonte. A propos, Joe, nous avons rendez-vous avec Laymon et Brad pour dîner. Ça ne vous ennuie pas de patienter, le temps que je prenne une douche ?

Tout en posant la question, elle entreprit de gravir les marches. Joe grimpa derrière elle, les sourcils froncés, l'air pensif. Lorsque Hank fut remonté à son tour, Leslie referma rapidement la trappe et replaça le tapis de lirette par-dessus.

— Je vous suis reconnaissante d'être passé, Hank, mais comme vous le constatez, je vais très bien. Nous nous verrons sur le site ces jours-ci, je suppose.

— Certainement. Prenez soin de vous.

— Je vous raccompagne, dit Joe.

— Je connais le chemin.

— Je veux mettre l'alarme en marche, précisa Joe.

Ils se rendirent dans le hall, suivis de Leslie. Après avoir refermé la porte d'entrée, Joe se tourna vers elle.

— C'était un mensonge, vous savez ? dit-il. Je ne connais pas le code de l'alarme.

Elle sourit, passa devant lui et mit elle-même l'alarme en route. Puis elle tira un stylo de sa poche, remonta la manche de chemise de Joe et lui griffonna le code sur le bras.

— Maintenant, vous le connaissez !

Il médita un moment, puis demanda :

— Qui d'autre connaît ce code ?

— Tous les gros bonnets qui gravitent autour de la Fondation historique, je suppose. Plus Melissa, Jeff et Tandy.

— Ça fait beaucoup de monde.

— Oui, mais…

— On le confie à un ami, qui le dit à quelqu'un d'autre…

— C'est inutile, Joe. Je ne quitterai pas cette maison.

Il la prit par les épaules et plongea les yeux dans les siens.

— Venez chez moi, à Brooklyn. Je ne vous toucherai pas, sauf si vous me le demandez. Vous le savez.

— Joe, vous êtes…

Elle s'interrompit et se mit à rire.

— Vous débordez de testostérone. Sans compter que vous êtes courtois, plein de sollicitude… et diablement séduisant. Je me félicite de vous avoir à mes côtés.

Mais… quelque chose me retient ici. Un mystère que je dois résoudre.

— C'est pour ça que vous avez quitté l'hôpital sans même me téléphoner ? Dire que je vous ai retrouvée dans une cave obscure avec un crétin auquel on ne peut faire aucune confiance…

— Je suis désolée. Ce n'est pas moi qui l'ai fait venir.

— C'est bien ce que je voulais dire.

— J'ai besoin d'une douche. Et, euh… ça ne vous ennuie pas de venir dîner avec Brad, Laymon et moi ?

— Non. Ce qui m'ennuie, c'est de ne pas savoir très exactement où vous êtes.

— Vous n'avez pas à vous sentir responsable de moi à cause de… à cause de Matt, Joe.

— Je pense à Matt en permanence, répondit-il calmement. Mais pour être honnête, si je me sens responsable de vous, c'est parce que vous me fichez la trouille. Vous passez votre temps à avoir des accidents.

— Des accidents, murmura-t-elle, ou bien…

— Ou bien quelqu'un a *vraiment* assassiné Matt. Et ce quelqu'un se dit peut-être que vous vous approchez dangereusement de la vérité.

Elle tressaillit en sentant un frisson glacé, menaçant comme une lame, lui glisser le long du dos, et fit une courte prière pour parvenir à ne rien laisser paraître de son trouble.

Après un moment d'hésitation, elle répondit :

— Joe… est-ce que vous croyez vraiment qu'il y a un lien entre Hastings House, Matt, les prostituées… et Genevieve O'Brien ?

— Eh bien, j'ai appris aujourd'hui que Genevieve aurait voulu être invitée à la réception. Cela veut-il dire quelque chose ? Peut-être pas. La moitié de la ville aurait bien aimé être invitée, non pas pour l'intérêt historique, mais à cause de la couverture médiatique et du côté jet-set. Mais ce que je sais, c'est que Matt écrivait des articles sur les prostituées et que Genevieve essayait de les aider. Alors… ce lien mène-t-il quelque part ? Probablement. Sauf que je ne peux me raccrocher à rien de mieux qu'une berline noire. Sans oublier, ajouta-t-il d'une voix douce, en cherchant son regard, votre conviction que Genevieve est toujours vivante.

Un court instant, elle fut tentée de se serrer contre lui, de sentir autour d'elle la protection chaude et bien réelle de ses bras. C'était un homme merveilleux. Ce n'était pas Matt, d'accord, mais si elle l'avait rencontré dans la rue, au cours d'un déjeuner, ou chez des amis… elle aurait été attirée par lui. A condition…

A condition qu'il n'y ait jamais eu Matt.

Elle hocha la tête.

— Je monte prendre une douche. Je reviens tout de suite.

Il hocha la tête à son tour.

— Je serai dans la chambre des morts.

— Quoi ?

— Excusez-moi. Je voulais dire : dans l'office des domestiques.

Leslie grimpa rapidement l'escalier. Une fois dans sa chambre, elle s'adossa à la porte en fermant les yeux.

— Matt, chuchota-t-elle. Je sais que tu es là. Je sais que… que tu veilles sur moi. Si seulement… Oh, Matt…

Elle n'avait pas pleuré depuis longtemps mais, maintenant, ses yeux s'emplissaient de larmes.

Et puis…

Elle sentit quelque chose lui frôler le visage. Une caresse fugitive, à peine effleurée, qui sécha ses larmes. Elle rouvrit les yeux.

Mais elle était seule.

Le dîner fut ennuyeux.

Le Pr Laymon mit à peine deux secondes à s'assurer que Leslie allait réellement mieux. Cet homme-là n'avait qu'une seule passion : son travail.

Ensuite, il passa une bonne demi-heure à raconter tout ce qu'ils avaient fait dans « la crypte de Leslie », comme il l'appelait. Puis il passa à la découverte de la cave, et la discussion tourna à l'aigre car Leslie se montra intraitable : ces ossements ne seraient en aucun cas exhibés. Elle allait contacter un ami de Matt, à la rédaction de son journal, pour veiller à ce que l'histoire soit racontée correctement, et demander ensuite à un pasteur épiscopalien d'organiser pour cette femme des funérailles décentes.

Quand elle le voulait, c'était une véritable tigresse. Joe la contempla avec admiration tandis qu'elle finissait par l'emporter sur Laymon, qui se résolut à accepter son projet.

En échange, elle promit de reprendre son travail dans la crypte dès le lendemain.

Ce soir-là, Joe se dit que, finalement, il trouvait Brad assez sympathique. Comme lui, l'archéologue se montra prêt à appuyer Leslie pour obtenir que la femme retrouvée dans la cave de Hastings House ait un enterrement digne de ce nom. En outre, la désinvolture de Laymon quant à l'état de santé de Leslie l'irritait.

Laymon sembla ne prendre conscience de la présence de Joe qu'au dessert.

— Vous écrivez dans les journaux ? lui demanda-t-il.

— Non. C'est Matt qui était journaliste, dit Joe.

— Et vous, vous avez été flic ?

— Pendant quelques années.

Joe ne s'expliqua pas davantage. Il n'en avait jamais ressenti le besoin et n'avait pas l'intention de commencer maintenant.

Il fut d'autant plus étonné d'entendre Brad le faire à sa place.

— Joe a un diplôme en criminologie de l'université Columbia. Tous les services de police du pays l'appellent à la rescousse quand ils butent sur une enquête.

— Ah bon ? fit Laymon en regardant soudain Joe avec respect.

Joe écarta les mains.

— Il est parfois utile pour eux d'avoir un regard extérieur, dit-il.

— Ne vous laissez pas abuser, intervint Brad. Joe a résolu récemment une grosse affaire de trafic de cocaïne à Las Vegas. Les directeurs de casinos ne comprenaient pas comment les dealers arrivaient à écouler leur marchandise malgré les systèmes de sécurité. En fait, ils la mettaient dans des tasses de café.

— Merci, dit Joe à l'adresse de Brad. Mais ne soyez pas trop impressionnés. Pour être franc, c'est le scénario d'un programme télévisé qui m'a donné cette idée. Les dealers avaient probablement vu la même émission que moi, voilà tout.

Laymon regarda fixement Leslie.

— Eh bien, j'imagine que quand on a une inspiration, on se soucie peu de savoir d'où elle vient, non ?

On leur servit des petits biscuits italiens, avec un espresso serré pour Laymon, un capuccino pour Leslie et les deux simples cafés commandés par Brad et Joe.

— Je crois comprendre que, d'après vous, l'explosion de Hastings House n'a pas été un accident, reprit Laymon en jetant sur Joe un regard étonnamment aigu.

— N'oubliez pas que Matt était mon cousin. On ne peut pas me reprocher de m'interroger sur ce qui s'est passé, répliqua Joe d'un ton neutre.

— Comment savez-vous que Joe continue à enquêter sur la maison ? demanda Leslie.

— A vrai dire, euh… Brad et Ken vont souvent boire des verres ensemble, et Ken est au courant de ce que vous mijotez, marmonna Laymon, visiblement contrarié qu'on lui demande de s'expliquer.

— Le terme de « mijoter » n'est pas vraiment adéquat, fit remarquer Joe.

— Où en êtes-vous de vos recherches sur cette jeune femme disparue ? reprit Laymon.

— Je progresse un peu chaque jour, ce qui est bon signe.

— Cela a-t-il encore de l'importance ? fit Laymon.

— Que voulez-vous dire ?

— Il y a longtemps qu'elle s'est volatilisée. Elle est sûrement morte à l'heure qu'il est.

— D'une manière ou d'une autre, je la trouverai, fit Joe.

Sans qu'il sache pourquoi, la tension montait autour de la table.

— Tu peux me passer un biscuit, Brad, s'il te plaît ? demanda Leslie d'un ton léger.

Elle s'efforçait de détendre l'atmosphère. Joe salua mentalement son intervention. Il aurait dû garder son calme avec Hank Smith, l'après-midi même. Il ne pouvait pas prendre le risque de se retrouver persona non grata aux endroits où Leslie pouvait se trouver, sur les fouilles ou ailleurs.

— Triste histoire, murmura Laymon. Sa tante — Eileen Brideswell — est l'un des principaux mécènes de la Fondation historique.

— Je suppose qu'elle aide beaucoup d'organismes de bienfaisance, dit Leslie.

Laymon acquiesça et s'installa plus confortablement sur sa chaise en croisant les bras.

— C'est une curieuse femme, Eileen. Elle aime encore fréquenter les petits pubs miteux de sa jeunesse. Mais je vais vous dire une chose. Le grand-père de Genevieve O'Brien était extrêmement rigide. Il n'aurait pas approuvé ses choix. Il ne voyait aucun intérêt à aider un clochard ou une prostituée. Il faisait des donations, mais il choisissait soigneusement les bénéficiaires. Il trouvait oiseux de gaspiller de l'argent pour des gens qui n'étaient pas prêts à s'aider eux-mêmes. Si cette vieille tête de mule n'était pas mort et enterréedepuis un bail, j'aurais été prêt à parier qu'il avait lui-même emmuré sa propre nièce quelque part.

— Mais il est mort. Et depuis longtemps, d'après vous, dit Joe.

Laymon haussa les épaules.

— C'est drôle, je voyais Genevieve de temps à autre. Elle aimait bien venir regarder Hastings House.

— Elle s'intéressait à l'histoire ? demanda Brad.

— Je suppose, oui. Mais c'était bizarre. Elle en faisait le tour à pied, sans relâche. Comme si… comme si elle ne regardait pas la maison elle-même, mais quelque chose d'autre.

— Pourquoi n'est-elle pas venue à la réception ? demanda Joe. Je veux dire… vous la connaissiez, vous saviez qu'elle s'intéressait aux lieux… Vous auriez pu lui envoyer une invitation.

— Je n'y ai pas pensé, répondit Laymon avec un haussement d'épaules. Elle n'avait qu'à demander à sa tante, si elle y tenait.

Sauf qu'elle ne l'avait pas fait, par fierté, songea Joe.

— Vous ne pensez tout de même pas que Genevieve O'Brien a fait tout sauter sous le coup de la contrariété ? demanda Brad.

— Non, répondit Joe.

— Alors elle devait savoir sur la maison quelque chose qui l'intriguait, dit pensivement Leslie.

— Peut-être ne s'agissait-il que de soupçons ? suggéra Joe.

— Vous ne trouvez pas tout ça un peu tiré par les cheveux ? intervint Laymon. L'explosion date déjà d'il y a un an.

Il regarda Joe, puis ajouta :

— Et Genevieve a disparu depuis… combien ? Environ deux mois ?

— A peu près, acquiesça Joe.

— Alors on peut être certain que personne n'a essayé de la faire sauter, elle, dit gaiement Laymon, puisqu'elle s'est volatilisée plusieurs mois plus tard.

Il se rendit compte que tout le monde le dévisageait.

— Excusez-moi, mais après tout, vous défendez tous les trois la théorie d'un accident pur et simple. Il y a un maniaque qui kidnappe des filles, et c'est par hasard que Genevieve a été mêlée à l'histoire. Un jour, on retrouvera les corps, et peut-être aussi le tueur. Ou peut-être pas, d'ailleurs. C'est triste, mais c'est comme ça.

Joe secoua la tête, les yeux toujours rivés sur Laymon.

— C'est *peut-être* comme ça dans certains cas, mais pas cette fois. Croyez-moi. Je mettrai la main sur ce type.

Le dîner était terminé. Laymon proposa de régler l'addition et Joe le laissa faire. Il le remercia pour l'invitation tout en reculant la chaise de Leslie.

— Je vous raccompagne, lui dit-il.

Il se retint de jeter sur les deux autres un regard impérieux, et se contenta d'ajouter :

— En outre, je monterai la garde. Toute la nuit.

Leslie se sentait coupable. Horriblement coupable.

Joe allait de nouveau passer la nuit dans sa voiture. Elle le savait.

Mais elle ne parvenait tout simplement pas à lui offrir l'hospitalité. C'était trop tôt.

Elle essaya de le convaincre de rentrer chez lui et il lui promit qu'il le ferait le lendemain matin, quand Hastings House serait plein de monde et que les ossements du sous-sol auraient été soigneusement enlevés. Et à condition, lui fit-il promettre comme un pacte, qu'elle ne reste jamais seule avec qui que ce soit.

S'il regrettait qu'elle ne lui propose pas de rester dormir, il n'en laissa rien paraître. Elle n'y arrivait pas, même si elle était sensible à son contact, à son parfum, au son de sa voix.

Elle avait d'abord… des choses à résoudre. Il était trop tôt pour qu'elle s'avoue à elle-même ce qu'elle ressentait à son égard, et elle lui était reconnaissante de ne pas tenter de lui forcer la main.

Avant de regagner sa voiture, cependant, il lui demanda de chercher la liste que Greta avait promis de lui faire porter. Elle la trouva sur le plan de travail de la cuisine et la lui donna. Il lui recommanda non seulement de mettre l'alarme, mais aussi de verrouiller la porte de sa chambre.

Elle pouvait au moins faire ça pour lui. Une fois à l'étage, elle ferma sa porte à clé et se mit au lit.

Comme d'habitude, elle resta éveillée, espérant que quelque chose se passe. Elle mourait d'envie de voir Matt…

Comme elle voyait tellement d'autres fantômes.

Mais il n'apparut pas.

Pas avant qu'elle ne rêve.

Cette nuit-là, il resta allongé à côté d'elle à la contempler. Dans son rêve, elle ouvrit les yeux et le vit. Il avait l'air grave. Seule une ombre de sourire jouait sur ses lèvres. Il lui caressa la joue et mêla ses doigts aux siens.

— Tu étais là, dans le métro, lui dit-elle. Tu m'as sauvée.

— C'est Joe qui t'a hissée sur le quai.

— Mais tu m'as donné la force dont j'avais besoin pour me soulever, pour me sauver moi-même. Et vous étiez tous les deux déchaînés, ce soir, dans la cave.

Matt lui posa un baiser sur le bout des doigts.

— Je fais des efforts… Je suppose que ça prend du temps mais qu'ensuite… peut-être que l'âme a une sorte de vie propre. Je ne parviens à faire surgir quelque chose de réel en moi que quand cela te concerne, quand j'ai peur pour toi. Je veux que tu quittes cette maison, Leslie.

— Je vais le faire. Bientôt.

Le sourire de Matt s'élargit.

— Joe a raison. Tu es *vraiment* une petite menteuse.

— Matt… je ne pourrai pas vivre sans connaître la vérité.

— J'espère surtout que tu pourras vivre avec, murmura-t-il.

Puis il secoua la tête et son expression s'assombrit.

— Leslie… Je t'aime. Il faut que tu vives ta vie.

— Mais j'ai mes rêves. *Nous* avons nos rêves.

— J'ai eu ma chance, Leslie. Personne ne sait vraiment pourquoi on l'a ou non. Personne… enfin, sauf peut-être moi, maintenant.

— Que veux-tu dire ?

— Je sais que je suis ici pour toi, dit-il.

— Pauvre Brad ! répondit-elle d'un ton amusé. C'est toi qui l'as fait trébucher, n'est-ce pas ?

— Ils me font tous peur.

— Pourquoi ?

Il ne répondit pas. Elle se dit qu'elle l'avait perdu, sauf qu'elle sentait toujours ses bras autour d'elle.

— Disons que c'est à *moi* qu'ils en voulaient en préparant l'explosion, et qu'ils ne se souciaient pas le moins du monde de faire mourir trois autres personnes, dit-il enfin.

Sa voix trahissait sa colère que d'autres aient pu mourir à cause de lui.

— Disons, répéta-t-il, que cela avait à voir avec mes articles sur les prostituées. Ce qui impliquerait que le tueur, le kidnappeur, quel qu'il soit…

— Sais-tu si les filles sont mortes ?

— Non, mais… s'il y a derrière tout ça une volonté très intelligente, de toute évidence celle d'un malade, un pervers, mais un pervers malin… alors, à mon avis, ce malade était ici ce soir-là.

— Il y avait tellement de gens, Matt !

— Je doute que le tueur soit une star de Broadway, murmura-t-il.

— Eh bien, c'est peu probable, mais…

— Qui trouve-t-on encore dans les parages de manière régulière ? Qui connaît bien les lieux ? David Laymon, Brad Vernon…

— Brad se trouvait en Virginie, jusqu'à ces temps derniers, rappela-t-elle.

— Est-ce si loin ? riposta-t-il. Quatre ou cinq heures en voiture, et encore moins en avion.

— Je ne peux pas croire…

— Sauf que cet après-midi, tu as eu peur de lui, non ? De toute façon, je ne dis pas que c'est Brad. Il y a aussi Greta, mais elle préférerait mourir plutôt que d'abîmer cette maison et, quoi qu'il en soit, la personne qui kidnappe les prostituées n'est pas une femme.

— Qu'en sais-tu ?

— Quelqu'un l'aurait dit, quelqu'un aurait remarqué quelque chose. Et les autres filles auraient fait plus attention si l'on avait soupçonné une femme. D'autant que le quartier fourmillait de flics, à commencer par notre ami Robert Adair et par celui qu'on trouve toujours devant les caméras : Ken Dryer. Sans oublier Hank Smith.

Il n'aimait vraiment pas Hank Smith, se dit-elle en se pelotonnant dans ses bras.

— Avais-tu rencontré Genevieve O'Brien ? demanda-t-elle d'une voix ensommeillée.

— Oui.

— Est-elle comme on le dit ? Passionnée, altruiste, généreuse ?

— Je l'ai croisée au journal, une fois. Elle était interviewée par l'un de nos reporters pour les pages locales, et elle s'emportait contre les marchands de sommeil. Elle était jolie, vive, charmante… et passionnée, c'est vrai. Elle se souciait vraiment des autres. Tu crois qu'elle est vivante, n'est-ce pas ?

— Oui.

— C'est possible, murmura-t-il.

Elle perçut dans sa voix une terrible frustration. *Si seulement je pouvais changer les choses,* comprit-elle derrière ses mots. *Si seulement je pouvais sauver la vie de quelqu'un, alors tout cela aurait un sens.*

Elle se tourna et l'enlaça fiévreusement.

— Je t'aime tant !

Il resta silencieux.

— Ne pars pas ! supplia-t-elle.

Puis elle se tut. Elle ne voulait pas se réveiller, interrompre cette vision surgie pendant la nuit.

Dans son rêve, elle s'abandonna et, dans un demi-sommeil, elle le sentit de nouveau. Elle se blottit dans ses bras. Dieu, que ce rêve était intense ! Elle percevait sa chaleur, sa peau moite de transpiration ; elle devinait sous ses paumes la puissance de ses muscles, la fermeté de son corps et de son érection, le frôlement de sa langue sur elle, brûlante comme une lave. Il allait, venait… elle jouissait de percevoir son être, son essence, autour d'elle, en elle. De sentir sa bouche sur ses seins et, plus intimement, entre ses cuisses. D'éprouver le besoin haletant, palpitant, de se fondre l'un dans l'autre, les frémissements exaltés du désir, montant, croissant… jusqu'à l'explosion de la jouissance dans un étrange mélange de tendresse et de violence, et tout cela si réel...

Elle perçut sa main sur ses cheveux, sa joue contre la sienne.

— Leslie, j'ai peur pour toi. Je m'évertue à pénétrer dans ce monde et, parfois, j'en trouve la force. Mais ensuite, je suis épuisé et tu te retrouves seule. Et alors, j'ai si peur pour toi...

— Tout va bien, assura-t-elle en se nichant contre lui avant de s'endormir.

Puis elle s'éveilla brusquement, certaine d'avoir entendu l'écho de sanglots lui parvenir du sous-sol, depuis la cave qui s'étendait sous la chambre des morts.

14

Seul dans sa voiture garée juste assez loin pour qu'on ne la remarque pas, Joe relut la liste. Il regrettait de ne pas avoir assisté à la réception, et essayait de visualiser mentalement la scène.

Ce faisant, il en revenait chaque fois à la même idée, qui le glaçait de frayeur.

Pour Leslie.

Un accident dans la crypte, un accident dans le métro… et un accident dans cette maison ?

Cela faisait trop de coïncidences.

Si, donc, les deux premiers accidents n'en étaient pas, et que tout était relié, il lui fallait passer en revue tous les gens impliqués et comparer les noms de la liste avec ceux de la réception. Le Pr Laymon ? Absurde. Il ne s'intéressait qu'à son travail. Tout de même, dès le lendemain, il faudrait vérifier que Laymon n'avait pas quitté le site de la journée.

Brad ? Mais pourquoi ?

Par jalousie ?

Robert Adair avait orienté Joe sur l'affaire, ce qui semblait l'exclure. Hank Smith ? Joe le détestait, mais il n'avait aucune raison de le soupçonner.

Ni, d'ailleurs, aucune raison de ne pas le soupçonner.

Etait-ce Genevieve, le lien entre tout cela ?

Ou bien Leslie elle-même ? Et si, en fait, c'était Leslie que quelqu'un avait voulu tuer, et pas Matt ?

Cela ne tenait pas debout. Pourtant, l'hypothèse le tourmentait.

Et Ken Dryer ? On le trouvait sur le chantier bien plus souvent qu'il n'était nécessaire à un porte-parole de la police, même si Laymon multipliait des requêtes auxquelles tout le monde se pliait, du seul fait que les femmes qui le soutenaient et soutenaient la Fondation historique étaient parmi les plus fortunées de l'Etat.

Hank Smith. Ken Dryer. Brad Vernon. Laymon. Robert Adair. Ils avaient tous assisté à la réception et, maintenant, ils évoluaient tous dans le même milieu.

Joe posa la liste en tressaillant, car des lumières venaient de s'allumer dans la maison. Il resta immobile un moment, puis éteignit le plafonnier de sa voiture et sortit du véhicule. Ce faisant, il remarqua quelque chose qui lui avait échappé jusque-là.

Un homme.

Il se confondait avec un réverbère ; il était presque invisible. Mais maintenant, une fois le plafonnier éteint…

Ce type était là depuis un moment, en train de surveiller la maison.

Il devait se croire totalement caché. Peut-être avait-il vu lui aussi les lumières s'allumer et avait-il alors changé de position, attirant l'attention de Joe.

Joe fonça vers le réverbère, mais l'homme l'entendit arriver et prit ses jambes à son cou pour filer comme l'éclair. Joe courait vite, mais l'autre avait une longueur d'avance. Joe le pourchassa jusqu'en bas de la rue, tourna derrière lui au carrefour en direction du chantier des fouilles et le perdit. Un policier de garde arpentait le trottoir devant l'entrée : Joe le héla.

— Hé !

— Oui ? fit le policier en regardant calmement Joe se précipiter vers lui.

— Je viens de poursuivre un type dans cette direction. Vous ne l'avez pas vu ? Vous n'avez vu personne passer en courant ?

Le policier le regarda de la tête au pied.

— Je n'ai vu personne courir. Qui êtes-vous ? Comment se fait-il que vous pourchassiez quelqu'un à cette heure-ci ?

Joe lui montra ses papiers.

— Ah, c'est vous ?

— Oui. Je suis le cousin de Matt Connolly.

— Oh ! fit le policier, l'air troublé. J'ai vu votre photo dans le journal, à propos de cette arnaque, à Vegas. Beau boulot.

— Merci. Vous êtes sûr de n'avoir rien vu ?

— Je vous jure, monsieur Connolly, que personne n'est passé par ici.

— O.K., merci. Ouvrez l'œil si quelque chose vous paraît suspect, d'accord ?

— C'est pour ça qu'on me paie.

Joe se borna à hocher la tête. Il avait perdu la trace de l'inconnu, tout simplement, et il était furieux contre lui-même. Il se sentait aussi de plus en plus inquiet. Il s'était éloigné de la maison. Et de Leslie.

Il pivota et reprit le chemin de Hastings House en se mettant à courir comme un fou dès qu'il fut hors de vue du policier. Tout en fonçant, il se félicita de l'heureuse coïncidence qui avait poussé Leslie à lui donner le code de l'alarme justement ce jour-là.

Dès qu'il eut atteint la porte, il le composa en hâte, terrifié à l'idée de ce qu'il risquait de trouver de l'autre côté.

A tous les coups, la plupart des gens l'auraient jugée complètement folle. Elle se trouvait dans une maison censée être hantée, toute seule, au beau milieu de la nuit, et elle n'était même pas capable de rester en sécurité dans sa chambre.

Non : il fallait qu'elle descendre à la cave, où se trouvaient encore des ossements enterrés dans un mur.

Totalement réveillée, vêtue d'un peignoir et de pantoufles, elle prit une lampe-tempête sur la table de la cuisine et entra dans l'office des domestiques. Elle écarta le tapis de lirette, puis ouvrit la trappe.

Pendant un instant, elle hésita. L'escalier semblait plonger vers un abîme insondable et plein d'éternelles ténèbres.

Pourtant, elle était sûre d'entendre des sanglots, des sanglots désespérés qui lui transperçaient le cœur.

Tenant la lampe à bout de bras, elle s'engagea dans l'escalier. Au fur et à mesure qu'elle descendait, une lueur diffuse envahit la cave.

Elle vit les ossements d'Elizabeth dans le mur, mais ça ne l'effraya pas le moins du monde. Elle savait au fond d'elle-même qu'elle faisait tout son possible pour la défunte.

En fait, elle n'avait pas peur des fantômes.

Elle avait peur des vivants.

Arrivée en bas des marches, elle se planta au milieu

de la pièce. Le silence dura un très long moment, puis elle entendit de nouveau le bruit. Des pleurs. Hélas, en dépit de tous ses efforts, elle ne parvenait pas à situer leur origine. Ils s'évanouirent sans qu'elle y soit parvenue.

Et puis, à son immense surprise, elle entendit autre chose. Des pas, puis deux claquements. Une porte qu'on ouvrait et qu'on refermait ?

Ensuite…

Le silence de nouveau.

Elle attendit en retenant son souffle.

Dans la lueur blafarde, les yeux vides du crâne d'Elizabeth la regardaient.

Puis elle perçut des pas au-dessus d'elle et se pétrifia.

— Leslie ?

Elle poussa un soupir de soulagement. C'était Joe.

— Je suis en bas ! cria-t-elle.

— Vous êtes redescendue dans la cave ?

En un éclair, il l'avait rejointe.

— Joe, qu'est-ce que vous faites ici ? demanda-t-elle, tremblante.

— J'ai vu les lumières s'allumer.

Elle sourit.

— Mon Dieu ! Je suis désolée. Je n'avais pas l'intention de vous effrayer.

— Qu'est-ce que vous faites dans la cave *à cette heure-ci* ?

— J'ai entendu pleurer.

— Pleurer ?

Elle ouvrit la bouche mais se tut, soudain à court de mots. Elle ne voulait pas qu'il sache qu'elle était convaincue d'avoir entendu les sanglots désespérés d'un fantôme. Certes, il commençait à lui faire confiance, mais…

— J'ai cru entendre quelque chose.

— Et alors vous êtes descendue ici toute seule ?

Il parlait durement mais il avait l'air de trembler un peu, lui aussi.

— Je suis désolée.

— Que vais-je faire de vous ? dit-il d'un air découragé.

Il s'avança, la prit par les épaules et l'attira contre lui.

— Que vais-je faire de vous ? répéta-t-il.

— Je ne cours aucun risque, Joe. On ne peut pas entrer dans la cave autrement que par l'intérieur.

Il ne dit rien.

— Joe ? fit-elle en s'écartant un peu.

Il baissa les yeux vers elle.

— Quelqu'un, à l'instant, était en train de surveiller la maison, dit-il enfin.

Elle leva vers lui un regard anxieux.

— Je l'ai poursuivi, mais il s'est enfui.

— Qui était-ce ?

— Si je le savais, il aurait déjà tous les flics de la ville à ses trousses.

Elle ne put s'empêcher de sourire.

— Je doute fort qu'on puisse faire arrêter quelqu'un juste parce qu'il regarde une maison, Joe.

— Sortons d'ici, d'accord ?

Elle hocha la tête et se dirigea vers l'escalier. Il la suivit. Il était inutile d'essayer de le convaincre de rester dans la cave avec elle. Quoi qu'elle ait pu entendre, cela avait cessé, en tout cas pour le moment.

Elle n'avait pas non plus envie de rester dans l'office des domestiques, et elle se dirigea d'un pas vif vers la cuisine, suivie de près par Joe.

— Quelle heure est-il, d'ailleurs ? demanda-t-elle. Excusez-moi encore, Joe. Vous êtes obligé de dormir dans votre voiture, et en plus je vous dérange. Vous devez penser que j'ai décidé de vous persécuter.

— Ce n'est pas un problème.

— Si, tout de même, murmura-t-elle. Il est 5 heures… C'est très tôt, non ?

Oui, c'était tôt, et elle se sentait épuisée.

— Il y a une autre chambre à l'étage, Joe, qui sert aux collaborateurs de la Fondation et n'est pas ouverte au public. Elle est prête. Pourquoi ne pas prendre quelques heures de sommeil ? J'en ferai autant.

Il leva un sourcil.

— C'est promis ?

— Oui.

Elle sourit.

— Je jure de ne pas me sauver.

Après un silence, il répondit :

— Entendu. D'autant que demain sera sûrement une longue journée. Aujourd'hui, plutôt. Enfin, peu importe.

Il la suivit à l'étage où elle lui montra du doigt la porte de la chambre. Il hocha la tête, le sourire aux lèvres.

— Bonne nuit. Enfermez-vous.

— Mais vous êtes là, maintenant !

— Justement ! répliqua-t-il d'un ton taquin. Sérieusement, fermez toujours à clé quand vous allez vous coucher, O.K. ? Je vous le demande.

— D'accord, dit-elle. Bonne nuit.

— Bonne nuit.

Ils regagnèrent leurs chambres respectives. Leslie mit très longtemps à s'endormir. Et hélas, elle ne rêva pas. Lorsqu'elle s'éveilla, quelques heures plus tard, ce fut seulement parce que le soleil matinal inondait la pièce et qu'elle entendait s'activer au rez-de-chaussée.

Elle bondit au bas du lit. Drapée dans son peignoir, pieds nus, elle sortit sur le palier et se pencha. A l'étage au-dessous, elle vit Melissa avec le Pr Laymon, Brad et plusieurs étudiants qui portaient des caisses de bois.

— Bonjour, belle endormie ! lança gaiement Brad.

— J'arrive tout de suite.

— Bonjour, dit Melissa à son tour.

Elle lui fit un clin d'œil et monta en hâte les premières marches tandis que les autres continuaient à transporter du matériel à l'arrière de la demeure.

— Il est parti, chuchota-t-elle.

— Qui ?

Melissa fit un nouveau clin d'œil.

— Ne vous inquiétez pas. Je garderai le secret. J'ai regardé si sa voiture était toujours là mais il est parti.

— Oh ! Vous parlez de Joe ?

— Oui, bien sûr.

— Il a dormi dans l'autre chambre, Melissa.

— Oui, oui. Ne craignez rien. Mes lèvres sont scellées, je le jure.

Elle mima le geste de tirer une fermeture Eclair sur sa bouche.

Leslie leva les yeux au ciel et revint dans sa chambre pour se doucher et s'habiller.

Lorsqu'elle ressortit pour gagner le rez-de-chaussée, une vraie surprise l'attendait. Un court instant, elle se demanda qui pouvaient être l'homme aux cheveux blancs et la mince jeune femme blonde qui parlaient au Pr Laymon. Puis, à mi-chemin de l'escalier, elle les reconnut.

— Adam ! Nikki ! s'écria-t-elle d'un ton ravi.

Nikki fit volte-face et un sourire se dessina aussitôt sur ses traits délicats. Adam fixa sur Leslie le regard calme et paternel qu'il avait toujours.

Leslie ne savait lequel embrasser en premier.

— Je n'arrive pas à croire que vous êtes ici. Pourquoi êtes-vous venus ? demanda-t-elle en les étreignant chacun deux fois, pour faire bonne mesure.

— Je vois que vous êtes tous les trois de très vieux amis, jeta le Pr Laymon d'un ton sec. J'étais en train de leur parler des ossements découverts dans le sous-sol.

Il consulta ostensiblement sa montre.

— Tu travailles, aujourd'hui, n'est-ce pas, Leslie ?

— Bien sûr ! répondit-elle.

Son regard passa d'Adam à Nikki.

— Vous ne vous contentez pas de passer, j'espère ? Où est Brent ? demanda-t-elle à Nikki.

— Il n'a pas pu venir. Il est à Los Angeles, en ce moment. Comme Adam m'a dit qu'il devait faire un saut à New York, j'ai décidé de l'accompagner, répondit Nikki. Je dois retrouver Brent demain, mais je suis libre ce soir.

— Je pars pour Londres demain matin, mais je suis libre ce soir, moi aussi, compléta Adam.

— Génial !

— Comme tu n'as pas téléphoné, je suppose que tout se passe bien, dit Nikki.

— Bien ? Leslie est extraordinaire, déclara Laymon. Elle a trouvé une crypte que nous aurions pu mettre des mois à dénicher. J'ai rongé mon frein en attendant de pouvoir l'examiner, car un morceau de plafond s'est détaché presque immédiatement. Heureusement, les ouvriers ont tout étayé, depuis. Mais on peut faire confiance à Leslie : elle a déjà trouvé d'autres ossements ici.

— Toutes les découvertes sont importantes, dit Nikki.

— A vrai dire, dans ce cas précis, je fais tout mon possible pour que cette dame ait un enterrement épiscopalien digne de ce nom, dit Leslie.

— Avez-vous déjà entamé des démarches en ce sens ? demanda Adam.

— Non, mais je suis sûre que nous n'aurons pas de problème.

— L'un de mes vieux amis est dans les ordres, dit Adam. Je peux lui demander de simplifier les procédures, car j'imagine que vous souhaitez l'enterrer à New York ?

Leslie sourit à Adam. C'était un véritable faiseur de miracles.

— Hé, ça pourrait nous être utile dans d'autres cas ! fit Brad en s'approchant pour prendre part à la conversation.

Tandis qu'on faisait les présentations, Brad regarda les nouveaux venus d'un air bizarre.

— Je vous ai déjà vu, dit-il à Adam. Vous étiez à l'hôpital, l'an dernier, quand Leslie…

— C'est exact. Ravi de faire enfin votre connaissance, dit Adam en lui serrant la main.

— Pourquoi ne feriez-vous pas une visite guidée de la maison, ce matin ? Ensuite, vous pourrez déjeuner et je serai de retour en fin d'après-midi, suggéra Leslie à Adam et Nikki.

— J'adore les visites guidées, dit Nikki.

— Surtout celles des lieux hantés de La Nouvelle-Orléans, précisa Leslie.

— Je croyais qu'elle travaillait pour M. Harrison, dit Brad.

— Je fais des recherches. Adam anime un réseau de chercheurs dans tout le pays, expliqua Nikki.

Brad avait toujours l'air soupçonneux, et Leslie se dit qu'il déployait à son égard des instincts de propriétaire. Une demi-heure plus tôt, il aurait affirmé connaître tous ses amis. Il était pris en défaut, et elle le soupçonnait d'être vexé.

Son intuition devait s'avérer exacte. En bas, dans la cave, les caisses étaient prêtes, les boîtes à outils grandes ouvertes, et le travail allait pouvoir commencer sur les vestiges, qui trahissaient les tristes effets du temps. Après avoir fait à Leslie un petit discours sur la façon dont il fallait filmer leur enlèvement, Laymon avait finalement accepté — par respect pour ses sentiments — qu'on ne filme la cave qu'après les avoir retirés. Leslie le remercia et il s'en alla reprendre le travail qu'il jugeait vraiment important : l'exploration de la crypte. Leslie et Brad entreprirent d'emballer les ossements, une tâche délicate. La façon dont ils avaient souffert se voyait. Il ne restait que quelques mèches de cheveux collées au crâne et des fragments de tissu extrêmement noircis.

— Fait-on des prélèvements pour analyse ? demanda Brad.

— Non. Je préfère qu'elle ait un vrai enterrement, Brad. Je t'en prie !

— Je te signale que quelqu'un de plus puissant que nous pourrait s'y opposer.

— Je pense que personne ne le fera.

— A cause de ton ami ?

— Que veux-tu dire, Brad ?

— Qui est ce type ?

— Un vieil ami.

Elle jouait à peine sur les mots.

— A le voir, on comprend tout de suite que c'est un type qui parle doucement mais qui a le bras long.

Leslie haussa les épaules.

— Il possède une entreprise et il lui arrive de travailler pour le gouvernement.

Brad se mit à rire.

— Il n'a pas l'air d'un assassin, pourtant !

— C'est parce qu'il n'en est pas un.

— Alors, que fait-il pour le gouvernement ?

— Des recherches.

— Quel type de recherches ?

— Historiques, bien sûr. Passe-moi ce pinceau, s'il te plaît.

— Tu éludes mes questions.

— Je te dis la stricte vérité, jura-t-elle.

Il tint le pinceau en l'air une longue minute, en la regardant d'un air méfiant, avant de le lui passer.

Ils travaillèrent en silence quelques instants, puis Brad poussa un cri étouffé.

— Qu'est-ce qu'il y a ?

— Là ! Par terre !

Il se pencha pour mieux regarder.

— J'imagine que tu ne t'opposeras pas à ce qu'on analyse ça ?

— Qu'est-ce que c'est ? demanda-t-elle.

— Le coup de feu qui a tué cette femme, souffla-t-il.

Quand Joe arriva sur les fouilles, il apprit avec soulagement que Laymon et Brad étaient déjà partis à Hastings House pour superviser l'enlèvement des ossements trouvés dans la cheminée de la cave. Il n'avait envie de les voir ni l'un ni l'autre.

L'un des ouvriers lui indiqua le policier chargé de garder l'entrée, le jour précédent. Le policier se rappelait avoir vu ce jour-là aussi bien Laymon, tôt le matin, que Brad, en fin d'après-midi.

Joe interrogea ensuite des étudiants qui, eux aussi, la veille, avaient vu Laymon en début de journée et Brad plus tard.

— Et Hank Smith ? Est-ce qu'il est passé ? demanda Joe à un couple marié d'une trentaine d'années.

Ils s'étaient connus au début de leurs études, sur un chantier de fouilles et, depuis, ils passaient leur vie à creuser dans la boue.

— Vous voulez parler de Calvin Klein ? fit le mari en ricanant. Le type aux costumes ?

— C'est ça.

— Il traîne souvent par ici, dit sa femme. Il joue les badauds, puis il rentre dans sa caravane, il en ressort, il se promène... Dieu seul sait ce qu'il fait.

— Mais il était là, hier ? insista Joe.

Ils se regardèrent en réfléchissant.

— Je suis tellement occupé par les fouilles que..., fit le mari en écartant les mains pour s'excuser.

— Non, déclara fermement la jeune femme. Je ne l'ai pas vu, j'en suis sûre. En fait, je regarde tous les jours s'il est là.

— Wendy ! s'écria son mari, l'air surpris.

— A cause de ses vêtements, Cal. J'adore deviner quelle tenue il va porter.

— Y avait-il des flics sur le site, hier ? demanda Joe.

Ils le regardèrent avec de grands yeux, puis Cal s'éclaircit la gorge.

— Regardez donc autour de vous. Il y a toujours des centaines de flics, ici.

— Je pensais à Robert Adair. Un type un peu âgé, corpulent mais tout en muscles. Et aussi au beau gosse qui parle avec la presse.

— As-tu vu l'un ou l'autre ? demanda Wendy à Cal.

— Je ne crois pas, répondit Cal.

— Je ne suis pas sûre à propos du vieux, mais je suis certaine de ne pas avoir aperçu le beau gosse, reprit Wendy.

— Vraiment certaine ?

— Je l'aurais remarqué.

— Ah bon, alors ce n'est pas seulement à cause des costumes ! lança Cal d'un ton acide.

Joe les abandonna à leur chamaillerie affectueuse et s'éloigna, tournant en tous sens dans sa tête les pièces du puzzle.

Leslie tenait à surveiller la façon dont on manipulait les ossements d'Elizabeth, mais elle comptait aussi passer un moment avec Adam et Nikki. Heureusement, dans l'immédiat, il n'y avait plus rien d'autre à faire pour Elizabeth. Ses restes avaient été soigneusement emballés dans des caisses et, avec Brad, elle avait mis de côté un peu de tissu et de terre battue en vue de les analyser. Le lendemain matin, ils devraient se rendre à la morgue et, une fois que les ossements auraient été officiellement datés, Elizabeth pourrait enfin prendre place en terre consacrée.

Leslie fit tout son possible pour ne pas être impolie avec Brad, dont elle devinait qu'il espérait une invitation à se joindre à elle et ses amis. Elle le serra rapidement dans ses bras.

— Je te laisse finir avec les outils, ça ne t'ennuie pas ? Je tiens à passer le plus de temps possible avec Adam et Nikki, qui doivent repartir tous les deux demain.

— D'accord. Vous allez faire la tournée des bars ?

— Non. Nous sommes du genre calme.

— Nikki est une bien jolie fille, pour le genre calme.

— Elle est mariée et heureuse.

— Flûte ! Je te taquine, précisa-t-il quand il la vit ouvrir de grands yeux.

Il soupira et ajouta :

— Vas-y. Amuse-toi bien. Je vais tout ranger.

Elle fonça vers l'escalier en réalisant qu'elle n'avait noté aucun phénomène étrange ou mystérieux dans la cave, ce jour-là. Cela voulait-il dire qu'elle avait tout bonnement laissé courir son imagination ? Se pouvait-il qu'elle ait inventé pour moitié ce que tout le monde appelait son « talent » ? A moins que les activités prenantes de la journée ne lui aient tellement occupé l'esprit que, pour une fois, elle n'avait pas eu le temps de s'appesantir sur le passé ?

Elle entendit au passage les explications de deux guides en plein travail : Tandy était dans le petit salon et Jeff s'était déjà déplacé vers la salle à manger. Elle passa rapidement la tête dans chaque pièce pour voir si Adam et Nikki s'y trouvaient, mais ils n'étaient pas là. Elle monta à l'étage et gagna sa chambre. Tout en se préparant à prendre une douche, elle se rappela qu'elle n'avait pas parlé à Joe de toute la journée. Elle hésita.

Elle avait désespérément envie de bavarder seule à seule avec Nikki, pour lui demander pourquoi elle ne parvenait pas à communiquer avec Matt quand elle était réveillée. Mais elle voulait aussi appeler Joe. Non seulement parce qu'il faisait preuve d'une grande sollicitude à son égard, mais aussi parce qu'elle ressentait vis-à-vis de lui une grande affinité. Qu'il soit ou non le cousin de Matt, elle avait l'impression de le connaître, d'être proche de lui depuis des années, et pas seulement depuis quelques jours.

Elle lui téléphona, mais il ne répondit pas. Elle lui laissa un message rapide expliquant que des amis à elle étaient arrivés à l'improviste et qu'elle allait passer la soirée avec eux, mais qu'elle aimerait qu'il la rappelle dès qu'il le pourrait. Elle composa ensuite le numéro de Nikki, qui décrocha.

— Nous sommes à l'Hôtel de Ville, mais nous allons rentrer, dit Nikki. A propos, Adam a vu son ami, le père Behan. Tout est arrangé pour l'enterrement.

— Parfait, merci. A tout à l'heure.

Elle bondit sous la douche, puis s'immobilisa. La maison semblait… vide. Il devait bien y avoir cinquante personnes au rez-de-chaussée, mais elle avait l'impression… que la maison était silencieuse. Qu'elle se taisait, patientait, observait…

— Matt ? chuchota-t-elle.

Il ne la quitterait pas. Il lui ferait confiance. S'il le pouvait, il la rejoindrait. Mais à cet instant, elle ne sentait pas sa présence.

Dieu merci, elle allait pouvoir raconter une bonne partie de tout ce qui lui arrivait à des interlocuteurs qui n'en tireraient pas aussitôt la conclusion que le contrecoup de son deuil lui donnait des hallucinations.

Cette perspective la rasséréna tandis qu'elle revêtait des talons hauts, une robe dos nu en maille, et jetait sur ses épaules un châle brodé. Alors qu'elle s'apprêtait à transférer le strict nécessaire de son sac à main dans une pochette, elle vit qu'elle avait un message sur son portable.

C'était Joe. Il voulait qu'elle l'appelle pour lui dire où elle se trouvait, et précisait qu'il les rejoindrait dans le courant de la soirée. Elle le rappellerait plus tard.

Quand elle descendit, les visites étaient terminées, Melissa se préparait à partir, et Adam et Nikki attendaient dans le hall.

Melissa, comme Brad un peu plus tôt, semblait espérer qu'on l'inviterait. En temps ordinaire, Leslie lui aurait proposé de se joindre à eux au moins pour un apéritif, mais pas ce soir. Elle avait trop besoin de s'épancher avec ses amis.

— J'irai chercher des beignets demain matin, dit-elle à Melissa en croisant son regard plein d'espoir.

— O.K… super. Je viendrai très tôt, comme d'habitude. Est-ce que je vous reverrai ? demanda Melissa à Adam et Nikki, en s'efforçant de cacher sa déception.

— Je n'ai pas besoin d'être à l'aéroport avant 10 ou 11 heures, dit Adam en souriant. Je suis certain que nous nous verrons demain matin. Bonne soirée !

Finalement, Melissa disparut, l'alarme fut mise en route et Leslie se tourna vers ses amis.

— Comme je suis contente de vous voir, tous les deux ! s'écria-t-elle.

— Penses-tu avoir fait une erreur en revenant à New York ? lui demanda doucement Nikki.

— Non… non, je ne dirais sûrement pas ça, mais…

— Est-ce que Matt est ici ? demanda Adam.

— Oui et non.

— Pourquoi n'allons-nous pas dîner ? Tu pourras tout nous raconter, suggéra Nikki.

— Il y a un très bon pub tout près d'ici : O'Malley's. Il existait déjà avant que je vienne à New York pour la première fois, dit Adam.

— Cela me va très bien. Je… j'ai beaucoup de choses à vous dire, fit Leslie.

— Nous avons toute la nuit devant nous, affirma Nikki.

— Je ne sais même pas par où commencer ! répondit Leslie.

— Commence par ton retour ici, fit Adam. Nous pouvons parler tout en marchant.

En revenant à sa voiture, Joe se rendit compte avec un peu d'inquiétude qu'il n'avait aucun message sur son portable. Il s'était dit qu'il avait probablement raté l'appel de Leslie pendant le moment où il était dans la crypte, mais il semblait bien qu'en fait elle ne l'ait pas rappelé du tout.

Le fait qu'il soit un ami de Leslie lui permettait d'avoir librement accès au site. Il allait en profiter pour vérifier lui-même les travaux effectués dans la crypte, histoire de s'assurer qu'il n'y aurait plus aucun « accident » à cet endroit. Il se demanda ce que Laymon aurait pensé en entendant les collaborateurs du chantier prendre Leslie pour la véritable responsable des fouilles, et il se dit que le professeur n'apprécierait sans doute pas non plus d'apprendre que Joe venait fouiner de son côté.

Il eut beau rester debout un long moment en regardant autour de lui, la crypte ne livra aucun secret. Au bout d'un moment, il se retrouva de nouveau en train de parler à voix haute à son cousin défunt.

— Que se passe-t-il ici, Matt ? Qu'est-ce que je peux bien être en train de chercher ?

— *Bon sang, Joe, tu ne crois pas que j'en ferais encore plus si je le pouvais ? Pour moi aussi, tout ça est un mystère. C'est en rapport avec ce qui se passe sous terre, je sais au moins ça. Je veux dire que la pièce où je suis mort se trouve juste au-dessus de la cave et que, dans cette cave, il y a des ossements... Veille bien sur Leslie, Joe !*

Est-ce qu'il venait de penser tout cela, en prenant ses désirs pour des réalités ? Allez, Matt, donne-moi ta bénédiction ! Elle était l'amour de ta vie et elle est encore amoureuse de toi, mais au moins j'ai la chance de pouvoir être près d'elle. Et j'espère vraiment que je sers à quelque chose.

Après quelques instants, il se dit qu'il avait passé suffisamment de temps à entretenir une conversation imaginaire avec son cousin mort, dans un trou à demi enterré, et il sortit pour regagner sa voiture. Puis il regarda sa montre, se dit que la circulation allait être épouvantable, poussa un juron et se décida à prendre le métro.

En attendant sur le quai, il se plongea de nouveau dans ses pensées. Pour la journée de la veille, il ne pouvait retracer aucune allée et venue des hommes qui, à ses yeux, étaient devenus des suspects. Supposer que l'un d'entre eux soit un tueur d'une habileté diabolique dépassait l'imagination. Pourtant, il était convaincu que la disparition des prostituées, celle de l'héritière et l'explosion étaient trois événements étroitement liés et que tout ce qu'il avait à faire, c'était nouer les fils dans le bon ordre. Il monta dans la rame et, tout en agrippant la barre, passa en revue les possibilités. D'abord, les flics : Ken Dryer et Robert Adair. Il connaissait ce dernier depuis toujours et c'était lui qui l'avait mis en relation avec Eileen Brideswell. Robert était un bon flic, un limier à l'ancienne. Dryer, lui, faisait la roue comme un paon. Il était tout de même excellent dans son boulot, un boulot qui l'amenait à sillonner la ville entière. Et puis les autres : Hank Smith, le promoteur. Il devait s'y connaître en caves. Laymon : arrivait-il parfois à ce type de penser à autre chose qu'à son travail ? Joe se rappela l'adage : rien n'est pire que l'eau qui dort. Laymon s'impliquait tellement dans sa tâche pendant la journée qu'il explosait peut-être comme une Cocotte-Minute dès qu'il n'était plus en train de creuser… Ensuite, Brad. Brad et Laymon travaillaient en Virginie au moment où plusieurs des disparitions s'étaient produites. Mais la Virginie n'était pas si loin de New York.

Le métro bringuebala, les lumières s'éteignant puis se rallumant par éclipses. Ils roulaient très loin sous terre. On ne pouvait qu'aimer Manhattan : ce que le quartier ne fournissait pas en surface — des transports rapides —, il le donnait en sous-sol. Les tunnels, sombres, humides, déserts, semblaient s'étirer à l'infini.

S'agissait-il d'un accident, quand Leslie avait été précipitée sur les rails ? En un sens, il était surprenant que ce genre de chose ne se produise pas plus souvent. Il passait là tellement de monde : de véritables houles humaines. Si c'était intentionnel, il fallait en principe que quelqu'un l'ait suivie. Or, aucun des suspects, de ce point de vue, n'était blanchi : aucun ne s'était trouvé sur le chantier à ce moment-là.

En somme, il y avait toutes les chances pour que Leslie, maintenant, soit devenue une cible.

Et si elle avait été la cible dès le début, au lieu de Matt ?

Mais pourquoi ?

Parce qu'elle possédait un talent surnaturel pour retrouver des ossements humains.

Joe descendit à sa station et se fraya un chemin dans la foule jusqu'au magasin de photo de Christopher Street. La vitrine était sobre, avec juste quelques appareils sur des étagères. C'était une boutique étroite, qui semblait à première vue minuscule, mais qui s'étendait en fait très loin à l'arrière. Les flics et les détectives privés avaient sans arrêt recours à Harry, qui avait un don stupéfiant avec les photos, quelle que soit leur origine.

— Hello ! fit Harry en le voyant entrer.

Il venait d'aider une vieille dame à développer les clichés de son chat et, tandis qu'elle poussait des ho ! et des ha !, Harry en profita pour la laisser.

— Comment vas-tu, Joe ?

Ils se serrèrent la main. Harry rappelait à Joe un personnage du Muppet Show : il avait une masse de cheveux blancs qui se hérissaient dans tous les sens, des lunettes immenses, et il était incroyablement grand et maigre. En outre, il ne quittait jamais sa blouse blanche.

— As-tu trouvé quelque chose ? demanda Joe.

— Peut-être. Les choses auraient été plus faciles avec une pellicule digitale, mais j'ai fait quelques manips. Suis-moi derrière, je vais te montrer ce que ça donne.

Il conduisit Joe dans un étroit couloir reliant la boutique aux réserves et autres pièces. Ils entrèrent dans un bureau, sur la gauche.

— Je t'ai fait quelques tirages, expliqua-t-il en s'asseyant devant son ordinateur. Mais j'ai pensé que tu aimerais voir ça sur écran.

— Merci.

Harry appuya sur un bouton et la photo jaillit. On y voyait Genevieve, avec ses grands et beaux yeux, un bras passé autour des épaules de Betty.

L'homme était sur le côté. Est-ce qu'il les accompagnait ? Ou s'était-il trouvé dans le champ par hasard ?

Aucune manipulation n'aurait pu changer le fait qu'il n'avait pas fait face à l'objectif. Mais en découvrant cette partie du cliché agrandie, Joe vit nettement le profil de l'homme. Il le contempla une bonne minute, certain qu'il aurait dû savoir de qui il s'agissait, mais sans parvenir à l'identifier.

Puis il jura à voix basse.

— Ça t'aide ? demanda Harry.

— Oui, et pas qu'un peu ! répondit Joe, le cœur battant. Quel salaud !

15

Malgré son besoin de se confier à ses amis, Leslie n'osait pas mentionner certains détails devant Adam. Elle se borna donc à leur expliquer que Matt la rejoignait dans ses rêves, alors même qu'il n'avait noué aucun autre contact avec elle. Elle évoqua aussi les « accidents » et tenta de situer Joe, en précisant qu'il ressemblait terriblement à Matt… mais qu'il était en même temps très différent de lui.

Le plus difficile à expliquer fut l'incident survenu sur le quai du métro. Elle aurait juré y avoir vu Matt en train de l'inciter à se lever, et pourtant, c'était Joe qui l'avait relevée.

— Des accidents…, murmura Adam.

— Tu devrais peut-être quitter Hastings House, suggéra Nikki.

— Je n'ai pas peur des fantômes.

Nikki sourit.

— Nous avons eu toutes les deux l'occasion de nous apercevoir que les vivants sont plus dangereux, c'est vrai.

Leslie acquiesça : Nikki exprimait exactement sa pensée.

— Et puis, reprit-elle, il y a ces prostituées qui ont

disparu, ainsi qu'une jeune assistante sociale qui connaissait certaines d'entre elles. Plus une forte probabilité que l'explosion qui a tué Matt n'ait pas été accidentelle.

— Une autre bonne raison pour que tu partes, dit Adam.

— Une bonne raison pour moi de rester, surtout !

— Pourquoi ? demanda Nikki.

— Parce que c'est peut-être dans un but précis, pour servir à quelque chose, que je me suis retrouvée ici. Il y a des fantômes dans la maison. J'ai vu Elizabeth, je lui ai parlé, et c'est Matt qui m'a dit qu'elle avait besoin d'aide.

— Il y a aussi un soldat de la guerre de Sécession dans l'entrée, dit Nikki.

— Tu l'as vu ? demanda Leslie.

— Brièvement. Il m'a l'air d'un parfait gentleman.

— Vraiment ? J'aimerais beaucoup le rencontrer, fit Leslie.

Nikki sourit.

— Je baigne là-dedans depuis un peu plus longtemps que toi. La première fois que j'ai compris que j'étais en train de voir un spectre… j'ai failli mourir de peur.

— Moi-même, je me suis crue folle, murmura Leslie. Sauf que… eh bien, je pense que j'étais avec Matt, à ce moment-là. Et que j'ai failli rester en arrière avec lui.

— C'est à ce moment-là que tu as vraiment admis que tu voyais ce que les autres ne peuvent pas voir, dit Adam avec douceur.

Il ajouta avec regret :

— Que même *moi* je ne peux pas voir.

Nikki posa la main sur le bras de Leslie.

— Est-ce que tu dois vraiment rester seule dans cette maison ? lui demanda-t-elle.

— Je n'en sortirais pas pour tout l'or du monde, répliqua Leslie. En outre, la nuit dernière, Joe a dormi dans l'une des chambres disponibles. Normalement, ce n'était que pour une nuit, mais je peux lui demander de rester à partir de maintenant. D'ailleurs… vous devriez l'imiter tous les deux, ce soir. Je vous en prie ! Peut-être que… vous verrez quelque chose qui m'échappe. Je suppose que vous avez réservé une chambre d'hôtel, mais…

Adam balaya l'argument.

— Nous pouvons très bien annuler.

— Il y a une autre chose pour laquelle j'aurais besoin de votre aide, demain, si vous avez le temps avant de prendre l'avion, poursuivit Leslie.

Elle entreprit de décrire la petite fille qu'elle avait vue sur le chantier de fouilles.

— Elle s'appelle Mary, mais je ne connais pas son nom de famille, et il y a de nombreuses Mary dans le registre paroissial. Je ne l'ai pas revue, mais je sens qu'il est urgent que je les réunisse, sa mère et elle.

— Je ferai de mon mieux, dit Nikki. Je regrette que Brent ne soit pas là.

— Toi et Leslie pouvez très bien arranger ça, affirma Adam d'un ton rassurant.

Leslie ouvrit la bouche pour répondre, puis se rendit compte qu'elle fixait depuis un moment une femme assise seule dans une alcôve, à l'autre bout de la salle. Apparemment, les serveuses la connaissaient. Chaque fois qu'elles s'arrêtaient pour lui resservir du café, elles bavardaient avec elle.

— Est-ce que tu as vu quelqu'un que tu connais ? Etais-tu déjà venue ici ? demanda Nikki.

— Non. Ou plutôt, si. Je suis venue une fois avec Joe.

Nikki et Adam regardèrent discrètement la femme que Leslie observait.

— C'est Eileen Brideswell, dit Adam.

— Mais oui, bien sûr ! murmura Leslie en se demandant pourquoi elle ne l'avait pas reconnue plus tôt.

Non seulement elle l'avait déjà vue, mais elle l'avait même rencontrée : Eileen Brideswell était présente à la réception de Hastings House, le jour de l'explosion.

Elle avait l'air incroyablement triste. Elle s'efforçait bien de sourire aux serveuses qui venaient lui parler, mais dès qu'elles avaient le dos tourné, son sourire s'évanouissait.

— Tu la connais ? demanda Nikki à Adam.

— Je l'ai croisée de temps à autre au fil des années. D'ailleurs, si vous voulez bien m'excuser…

Il se leva pour aller rejoindre Eileen dont le visage s'éclaira lorsqu'elle l'aperçut. Il s'assit en face d'elle et ils se mirent à discuter.

Leslie regarda Nikki.

— J'ai l'impression de devenir folle, Nikki ! lança-t-elle.

— Nous avons tous ce sentiment, assura Nikki.

— Ce n'est pas parce que je vois des fantômes. C'est parce que…

Leslie hésita, puis reprit :

— J'aime Adam comme un père, mais je ne pourrais pas parler de ça devant lui. Matt ne se contente pas de me parler dans mes rêves, Nikki. C'est comme si nous étions ensemble de nouveau. J'ai une vie sexuelle débridée… avec un fantôme !

Nikki remua sa cuiller dans son irish-coffee, puis leva les yeux vers Leslie.

— Nous voyons des fantômes, certes, fit-elle à voix

basse. Mais en savons-nous plus sur eux pour autant ? Non. Josh, le fils d'Adam… il est mort à dix-huit ans, tu sais ? Il est aussitôt apparu à son meilleur ami, qui a prévenu Adam. Et même si Adam ne peut pas le voir, Josh voyage souvent avec lui, et parle avec beaucoup de gens. Je pense que le fait d'être un fantôme n'est pas si différent que d'être vivant, en fait. Si nous sommes composés d'énergie, alors cette énergie demeure, même lorsqu'on devient un fantôme, et ça ressemble à une nouvelle vie. Certaines personnes passent peut-être directement dans l'au-delà, sans transition. Mais d'autres restent près de nous pendant des mois, des années, voire des siècles, parce qu'elles sont convaincues qu'elles le doivent pour une raison ou pour une autre, qu'elles ont un rôle à jouer ici-bas. Prends un homme comme Matt. D'après ce que tu m'as décrit, c'était quelqu'un qui croyait à ce qu'il pouvait voir et toucher. De ce fait, à mon avis, il a du mal à comprendre les nouvelles règles du jeu, pour ainsi dire. Il a peut-être compris comment entrer dans tes rêves mais il ne parvient pas à… disons, à se matérialiser, faute d'un terme plus adéquat.

— Et alors, quand je le vois en rêve, ce n'est pas forcément parce que c'est ce que je désire le plus au monde ? demanda Leslie.

— J'aimerais avoir toutes les réponses, mais ce n'est pas le cas, dit Nikki en souriant. Et je peux fort bien me tromper. Comme je te l'ai dit, aucun de nous ne sait vraiment ce qui se passe, et nous sommes surpris en permanence. Mais pense à tous les cas de perception paranormale dont tu as entendu parler : une mère qui sait que son enfant est en danger, une épouse qui comprend subitement que son mari vient de se faire tuer… Si ça se trouve, vivants ou morts, nous avons tous la capacité de nous connecter avec cette énergie, d'une manière ou d'une autre. Simplement, nous devons apprendre à nous en servir. Il arrive peut-être que certaines personnes restent en vie alors qu'elles auraient dû mourir et, en sens inverse, que certaines meurent alors qu'elles auraient dû rester vivantes, mais dans tous les cas il reste une voie de communication. Toi et moi connaissons d'autres personnes capables de voir des fantômes, mais réfléchis : nous sommes à New York, où habitent des millions de gens. Combien d'entre eux, à ton avis, peuvent voir des fantômes ? Sûrement un certain nombre. Et puis, chaque fantôme se manifeste d'une manière différente. L'une de mes amies a perdu son père quand elle était très jeune et cela a failli la détruire. Et puis un jour, elle a rêvé de lui : il lui répétait qu'il allait très bien, qu'il fallait qu'elle soit heureuse, qu'elle continue de vivre. Après ça, elle a toujours ressenti une souffrance mais elle s'est… adaptée, disons. Qui sait si ce n'est pas vraiment un fantôme qu'elle a vu, si son père n'a pas réussi à trouver le moyen de lui rendre l'existence supportable ?

— C'est une pensée réconfortante, murmura Leslie. Je regrette seulement de ne pas savoir quoi faire de cette donnée.

— Je ne suis pas sûre de comprendre ce que tu veux dire, mais je ne crois pas que tu puisses *faire* quoi que ce soit, en tout cas pas émotionnellement, avant de… eh bien, avant que le problème qui se pose, quel qu'il soit, n'ait été résolu. Je pense qu'Adam va annuler son voyage pour rester près de toi. Il se fait du souci.

— Mais je vais bien !

— Et cet incident dans la crypte ? Ta chute dans le métro ? Tu crois vraiment qu'il s'agissait d'accidents ?

— Désormais, je serai très prudente, promit Leslie. Et je vais demander à Joe de rester à Hastings House.

Elle se tut un instant, puis reprit :

— Je pense avoir mis le doigt sur quelque chose, Nikki. Je n'arrête pas de penser à des tunnels.

— As-tu trouvé un tunnel précis ? Ou envisagé une hypothèse ?

— Non, pas encore.

Nikki la dévisagea.

— Adam et moi sommes convaincus que tu cours un danger, Leslie.

— Je suis entourée de gens toute la journée, et Joe est presque toujours là, même la nuit. Quoique pas exactement près de moi, bien sûr.

Nikki baissa la tête puis la releva, le regard malicieux.

— Regarde les choses en face. Si tu es réticente à laisser Joe séjourner ici, alors que tu l'aimes bien, c'est parce que tu as peur que dans ces conditions Matt ne se montre pas.

— Peut-être, convint Leslie.

Nikki lui pressa la main.

— Matt t'aimait et te faisait confiance, tout comme il aimait son cousin et lui faisait confiance. Je suis prête à parier qu'il serait bien plus tranquille s'il te savait protégée.

Tout à coup, le portable de Leslie sonna. Sauvée par le gong ! se dit-elle avec une ironie désabusée. Elle s'excusa et répondit, car c'était le numéro de Joe qui s'affichait.

— Où êtes-vous ? demanda-t-il.

— Chez O'Malley's.

— Avec qui ? insista-t-il d'une voix tendue.

— Avec Adam et Nikki. Pourquoi ? Que se passe-t-il ?

— J'arrive tout de suite ! répliqua-t-il simplement avant de raccrocher.

Leslie referma le clapet de son portable à l'instant où Adam regagnait leur alcôve, accompagné d'Eileen Brideswell.

— Bonjour, fit Eileen d'une voix timide.

— Bonjour, madame Brideswell, comment allez-vous ? répondit Leslie.

La question était oiseuse : à l'évidence, Eileen Brideswell n'allait pas bien du tout. Mais on ne pouvait que se montrer courtois.

— Je pense que vous avez déjà rencontré Leslie MacIntyre, dit Adam.

— Bien sûr, répondit Eileen en souriant.

— Et voici ma collègue, Nikki Blackhawk, poursuivit Adam.

— Enchantée, fit Nikki avec un sourire chaleureux.

— Merci de m'avoir invitée à me joindre à vous, reprit Eileen.

Ses mots étaient sincères. Etant donné son statut social, elle aurait pu dîner avec les représentants les plus en vue de la ville, mais Leslie comprenait sa réaction : Eileen n'avait aucune envie d'affronter des connaissances riches et puissantes et de se forcer à discuter des derniers potins de la journée en souriant et en hochant la tête. Elle préférait rester seule avec ses pensées. Se joindre à Leslie et ses amis, c'était différent.

— Je pense que nous avons un ami commun, dit-elle en se glissant sur un siège, en face de Leslie.

— Joe ? Je sais qu'il travaille pour vous, dit Leslie.

Eileen acquiesça.

— Je suis certaine qu'il *va* découvrir ce qui est arrivé à Genevieve, continua Leslie en tendant le bras pour poser une main réconfortante sur celle d'Eileen.

Ce qui se passa ensuite la prit totalement par surprise.

Sa vision sembla tout à coup se brouiller et se noyer non pas dans le noir, mais dans un flot de lumière. Et elle vit, non pas l'âme cachée d'Eileen, ou son passé, mais Genevieve elle-même.

La jeune femme était debout dans un lieu obscur, enfoui, humide et froid.

Comme une tombe.

Mais elle n'était pas morte.

Ses cheveux étaient tirés, noués sur la nuque. Elle était maigre et avait l'air hagard, mais elle bougeait. Ses mains s'activaient pour déplacer quelque chose, hors du champ de vision. Elle travaillait, travaillait inlassablement...

Puis, cédant à l'épuisement, elle tomba à genoux en sanglotant.

Leslie retira sa main et la vision s'évanouit.

— Vous vous sentez bien, chère amie ? demanda Eileen Brideswell. On dirait que vous avez vu un spectre.

Leslie eut un sourire forcé. Elle avait vu non pas un spectre, mais une femme vivante. *Genevieve.*

Elle ne pouvait pas le dire : Eileen l'aurait prise pour une folle. Pire encore, cela lui aurait donné de faux espoirs.

— Ça va. Excusez-moi.

— Vous devriez peut-être voir un médecin, reprit Eileen. J'ai entendu dire que vous aviez eu un accident, sur le lieu des fouilles, puis un autre dans le métro.

— Je vais très bien, je vous assure, affirma Leslie. Mais je vous remercie de votre sollicitude.

Elle vit la porte du pub s'ouvrir et Joe entrer. Il fouilla la pièce du regard, à sa recherche. La lumière jouait dans ses cheveux qui étaient clairs mais pas aussi blonds que ceux de Matt. Oui, ils étaient plus foncés. Ses yeux avaient une nuance vif-argent, à mi-chemin entre le bleu et le vert. Ceux de Matt étaient d'un ton beaucoup plus vif, un peu comme la couleur du ciel…

A quoi diable pensait-elle ?

Joe s'approcha de leur table en remarquant sans surprise apparente qu'Eileen leur tenait compagnie. Leslie le présenta rapidement à Nikki et Adam, qui se levèrent pour lui serrer la main. Joe, elle le savait, resterait méfiant vis-à-vis d'eux tant qu'ils n'auraient pas fait plus ample connaissance.

— Bonjour, madame Brideswell, dit-il.

— Joe ! Je suis contente de vous voir.

Elle essayait de paraître naturelle, mais sa voix trahissait son anxiété.

Joe avait l'air sombre. Leslie se doutait qu'il aurait bien aimé pouvoir annoncer du nouveau à Eileen, même si cette dernière ne risquait pas d'évoquer l'affaire ou de lui demander s'il progressait tant qu'ils n'étaient pas seuls. Eileen se borna à pencher la tête d'un air interrogateur, en un geste imperceptible mais chargé d'espoir.

— Je pense que nous avançons, fit doucement Joe.

— Vraiment ? Pourriez-vous venir me voir demain matin pour me raconter ça ? demanda-t-elle.

Il hésita.

— Nikki et moi-même restons avec Leslie, ce soir. Et nous l'accompagnerons sur le chantier demain matin, expliqua Adam.

— Dans ce cas, c'est entendu, répondit Joe à Eileen. 9 heures, ça vous va ?

— Très bien. Retrouvons-nous ici, répondit Eileen avec un sourire. Ce pub est le seul endroit qui me réconforte. En outre, c'est le seul qui soit ouvert à l'heure du petit déjeuner. C'est une bonne idée, d'ailleurs, avec tous ces gens qui travaillent dans le quartier.

Joe se faufila pour s'asseoir à côté de Leslie. Elle devina qu'il était extrêmement crispé.

— Que se passe-t-il ? lui demanda-t-elle.

Il secoua la tête en grimaçant un sourire.

— Plus tard, chuchota-t-il.

Puis il poursuivit à voix haute :

— Je suis ravi de rencontrer des amis de Leslie. Etes-vous aussi archéologues ?

— Non, je suis historien, répondit Adam.

— Je dirige une société qui organise des visites des lieux hantés de La Nouvelle-Orléans, dit Nikki.

— Les lieux hantés ? Intéressant, fit Joe. Comment la ville se remet-elle des inondations ? J'ai entendu dire que beaucoup de gens n'étaient pas encore revenus.

Leslie comprit que Joe avait résolu de parler de tout *sauf* de ce qui se passait. Eileen Brideswell le regardait fixement, un léger pli entre les sourcils, mais visiblement soulagée qu'il n'aborde pas le sujet qui la minait.

Joe feignit la nonchalance tout au long du repas, mais il resta néanmoins tendu et surveilla la porte en permanence.

— Est-ce que nous attendons quelqu'un d'autre ? demanda-t-il à Leslie à un moment donné.

Elle secoua négativement la tête.

— Vos collègues sont ailleurs ?

— Brad et moi avons fini de nettoyer la cave, et je ne

sais pas où ils sont allés ensuite. En fait, j'étais pressée de partir, car Nikki et Adam sont seulement de passage.

Elle lui adressa un sourire radieux.

— Au moins, ce soir, vous pourrez rentrer chez vous et vous reposer un peu. Je ne serai pas seule.

Il accepta sans pour autant paraître spécialement ravi, puis il demanda à Adam s'il venait, lui aussi, de La Nouvelle-Orléans.

— Adam possède une société, en Virginie, qui s'appelle les Enquêtes Harrison, intervint Eileen.

Leslie dut se forcer pour ne pas paraître trop surprise. Est-ce qu'Eileen savait ce qu'Adam faisait exactement ?

— Je vois. Des enquêtes historiques ? demanda Joe.

Leslie dissimula un sourire. Elle finissait par connaître Joe. D'ici le lendemain matin, il saurait tout sur Adam, Nikki et les Enquêtes Harrison.

La soirée s'acheva enfin. Ils patientèrent sur le trottoir avec Eileen pendant qu'elle attendait son chauffeur, après quoi ils prirent à pied le chemin de Hastings House. Leslie resta un peu en arrière et glissa son bras sous celui de Joe.

— Que se passe-t-il donc ? lui demanda-t-elle.

Il baissa les yeux vers elle.

— Racontez-moi en détail ce que vous avez fait en Virginie.

— Quoi ?

— En Virginie. Quand vous y avez travaillé. Après être sortie de l'hôpital, vous avez quitté New York pour aller travailler en Virginie. Est-ce que Laymon et Brad vous ont accompagnée dès le début ?

— Oui. C'était un projet de Laymon. Il a proposé à

Brad d'y participer et Brad m'a sollicitée. Où voulez-vous en venir, Joe ?

— C'était un travail prenant ?

— Assez, oui. Il y avait beaucoup à faire car il s'agissait de fouilles importantes, sur un vaste cimetière, près d'une ancienne église. Nous avons trouvé toutes sortes de choses. Des armes de la guerre de Sécession, des cartouches, des cantines… et aussi des objets de l'époque de la Révolution. Nous progressions lentement : il y avait beaucoup de couches de terrain à passer au tamis. Ce qui est aussi le cas ici, mais…

— Avez-vous pris des jours de congé ?

— Bien sûr ! Personne ne travaille jamais sans relâche.

— Est-ce que vous preniez vos week-ends ?

— Cela dépendait de l'avancée des travaux. Joe, je vous en prie, dites-moi où vous voulez en venir !

Ils étaient arrivés à Hastings House. Adam et Nikki les attendaient poliment sur le trottoir.

— Vous pouvez parler devant eux, dit Leslie. Croyez-moi, Adam a eu des contrats pour le gouvernement dont l'ampleur dépasse largement notre problème.

Joe la regarda fixement pendant une minute, puis fouilla dans la poche de sa veste et déplia une grande photographie en couleurs.

Elle le dévisagea, les sourcils froncés, puis regarda la photo. Elle reconnut aussitôt Genevieve O'Brien, et les battements de son cœur s'accélérèrent. Elle n'avait rien dit à Eileen ni à qui que ce soit d'autre de la vision qui l'avait envahie lorsqu'elle avait touché sa main, mais maintenant… En voyant le visage de Genevieve, elle se sentit en profonde communion avec elle.

Elle est vivante et elle souffre, mais elle se bat. Elle ne renoncera jamais, à aucun prix.

— C'est Genevieve, dit-elle. Mais je ne sais pas qui est l'autre femme.

— C'est une prostituée : l'une de celles qui ont disparu.

— Et qui est l'homme ?

— Regardez bien, Leslie.

Elle ne put arguer que la lumière était insuffisante, car ils se trouvaient juste sous un réverbère. Elle examina la photo, puis retint un cri et releva vers Joe des yeux agrandis.

— C'est Brad !

— Oui.

— Je suis sûre qu'il y a une explication.

— J'ai bien l'intention qu'il me la donne, dit fermement Joe.

Leslie secoua la tête, mal à l'aise, se rendant soudain compte qu'Adam et Nikki s'étaient approchés et regardaient eux aussi la photo.

— C'est la nièce d'Eileen, dit Leslie.

— Oui, Genevieve, répondit Adam.

— Et elle est avec votre associé, ajouta Nikki qui, apparemment, avait reconnu Brad plus rapidement que Leslie elle-même.

— Il y a sûrement une explication. Je veux dire : on ne peut pas partir du principe que quelqu'un est coupable juste parce qu'il figure sur une photo, poursuivit Nikki.

— Cela me suffit pour demander à la police de le convoquer afin de l'interroger, répondit Joe.

— Joe, ne faites pas ça ! lança Leslie. Parlez d'abord à Brad, je vous en supplie ! Il est ridicule de conclure qu'il a kidnappé des femmes juste parce qu'il est sur une photo, et encore plus ridicule d'imaginer qu'il ait pu faire sauter Hastings House ou essayé de nuire à Matt ou à moi-même. Brad n'est pas comme ça, Joe. C'est un brave type. Honnêtement.

Joe n'avait pas l'air convaincu. Adam et Nikki gardaient le silence.

Leslie posa la main sur le bras de Joe.

— Je vous en prie, agissez prudemment ! Ne... je ne veux pas qu'il y ait de problème tant que les fouilles ne sont pas terminées.

— Les fouilles, parlons-en ! riposta Joe, l'air écœuré. N'est-il pas curieux qu'un morceau de plafond soit tombé juste au moment où vous étiez dans la crypte ? Est-ce que Brad était dans les parages quand c'est arrivé ?

— Non. Je l'ai expliqué à tout le monde. J'étais seule dans la crypte à ce moment-là, dit Leslie.

— A ce moment-là, oui, répliqua Joe. Mais *après* la chute du plafond ? Qui était là ?

Leslie le regarda en plissant les yeux. Elle réfléchit pour rassembler ses souvenirs.

— Il y avait beaucoup de monde, y compris vous, répondit-elle d'un air entendu.

— Je suis arrivé après. Il a fallu que je me batte contre la foule pour arriver jusqu'à vous. Qui était avec vous à l'instant précis où vous avez repris connaissance ?

— Laymon, Dryer, Adair... et Brad, dit-elle avec lassitude.

Elle ajouta précipitamment :

— Mais ça ne veut rien dire. Il y avait aussi des dizaines d'ouvriers, d'étudiants, des gens de la société immobilière... et j'en oublie.

Joe soutint son regard.

— D'accord. Je n'alerterai pas la police avant de m'être moi-même entretenu avec Brad.

Il se tourna vers Adam et poursuivit :

— J'imagine que vous avez tout un réseau, en Virginie, dans la zone où Leslie, Laymon et Brad travaillaient. Pensez-vous que certains de vos contacts pourraient retracer les allées et venues de Brad durant ces fouilles-là ?

— Oui, je dois pouvoir arranger ça, répondit Adam, un sourire étrange sur les lèvres.

Si la question de Joe l'avait surpris, il n'en laissa rien paraître et demeura imperturbable. Leslie devina qu'Adam trouvait ironique que Joe l'ait jaugé aussi rapidement et que, en même temps, il se félicitait d'avoir passé le test haut la main.

— Donc, pour l'instant, vous n'allez ni dénoncer Brad ni lui faire violence, mais simplement lui parler, d'accord ? fit Leslie.

— D'accord, répondit Joe.

— Pourtant, vous seriez tenté, non ?

— Effectivement.

— Que diriez-vous de ramener Adam et Nikki en voiture à leur hôtel, pour qu'ils puissent rendre leur clé et revenir ici avec moi ?

— Et vous ? Que ferez-vous pendant que je jouerai les chauffeurs ?

— Je peux tout bonnement attendre ici, à Hastings House.

— Il n'est pas question que je vous laisse seule.

— Dans ce cas, je viens avec vous, dit-elle en souriant.

Ce fut un agréable trajet en voiture. Vitres baissées, ils filèrent sur la Sixième Avenue en savourant l'air frais et la beauté de la ville la nuit. Joe s'arrêta juste devant l'hôtel et, faute de parking, donna un pourboire royal à un jeune homme pour qu'il fasse plusieurs fois le tour du quartier avec la voiture avant de revenir.

Comme Adam aimait les bâtiments anciens, lui et Nikki étaient descendus à l'Algonquin. En attendant qu'ils aient fait leurs bagages et réglé la note, Joe et Leslie s'installèrent dans un salon confortable.

Joe sourit d'un air nostalgique.

— Alors, est-ce que vous voyez Dorothy Parker ou des gens de sa bande quelque part ? demanda-t-il d'un ton enjoué.

— Regardez donc là-bas.

— Qui est-ce ?

— Lori Newman, la nouvelle coqueluche de Broadway, dit Leslie en souriant, elle aussi.

Puis elle redevint sérieuse.

— Joe, je sais que c'est étrange, mais je suis absolument convaincue que Genevieve O'Brien est en vie.

— Moi aussi. Et c'est pour cette raison que je suis fou de rage : je ne suis pas certain qu'elle puisse survivre beaucoup plus longtemps. Voilà pourquoi il faut que je la retrouve rapidement, avant que…

Sa voix mourut tandis qu'il imaginait les conséquences de son éventuel échec.

— Ce n'est pas Brad. Croyez-moi, dit Leslie. Il n'est pas assez intelligent pour monter un plan pareil.

Joe ne put s'empêcher de sourire.

Leslie fit une pause, puis reprit :

— J'ai vu Genevieve, Joe. Ce soir.

— De quoi parlez-vous ?

— C'était bizarre. Quand j'ai touché la main d'Eileen, pendant le dîner…

Elle s'interrompit en tressaillant avant de poursuivre :

— Je l'ai vue. On pourrait parler d'une vision, j'imagine. Elle était vivante. Elle essayait désespérément de faire quelque chose… de s'échapper, peut-être. Et puis, elle s'est arrêtée. Elle n'avait plus la force de continuer.

Joe ouvrit de grands yeux.

— Vous avez eu… une vision ?

Elle secoua la tête.

— Je ne sais pas exactement ce que c'était. Sauf qu'en touchant la main d'Eileen, c'était presque comme si je pouvais aller au-delà et toucher Genevieve.

— Si seulement vous pouviez ! murmura Joe, pensif.

— Est-ce que je peux garder la photo ? demanda Leslie. Je suis sûre que vous avez d'autres tirages.

— Pas de problème, fit-il en hochant la tête.

Adam et Nikki réapparurent et ils sortirent sur le trottoir.

— Vous croyez que ce gamin va vous rendre votre voiture ? demanda Nikki à Joe d'un ton taquin.

— Je l'espère bien !

Le jeune homme, qui travaillait en fait pour l'hôtel, réapparut moins de deux minutes plus tard. Il y avait peu de circulation et ils regagnèrent rapidement Hastings House.

Malgré la présence rassurante d'Adam et de Nikki, Joe parcourut toute la maison de haut en bas, puis il entra dans l'office des domestiques et descendit à la cave.

Adam et Nikki étaient déjà montés s'installer. Leslie attendit Joe dans l'office, tout en regardant autour d'elle. C'était incroyable : si elle ne s'était pas trouvée elle-même au beau milieu des flammes et des débris, quand la pièce avait explosé, elle n'aurait jamais pu deviner qu'un tel accident s'était produit.

Joe remonta de la cave.

— C'est vide ?

— Apparemment, oui, répondit-il à voix basse.

Les mains sur les hanches, il lui tourna le dos pour examiner pensivement la trappe. Debout derrière lui, Leslie glissa les bras autour de sa taille et posa la tête contre son dos.

— Merci, Joe.

— A votre service, madame, murmura-t-il.

Il se retourna. Ses yeux cherchèrent les siens et il lui souleva le menton entre le pouce et l'index. Puis il pencha la tête.

Il s'apprêtait à l'embrasser, se dit-elle. Elle ne savait pas ce qu'elle allait ressentir, comment elle allait réagir…

Mais il se borna à lui déposer un léger baiser sur le front.

— Leslie, pour l'amour du ciel, soyez prudente, je vous en supplie !

Il s'écarta, les yeux toujours rivés aux siens.

— Moi, je n'ai pas de visions, mais j'ai des pressentiments, ajouta-t-il. Et en ce moment, je me sens particulièrement nerveux.

— Je ferai attention, je vous le jure. Et puis, n'oubliez pas qu'Adam et Nikki sont là, cette nuit.

Finalement, après un dernier baiser sur le front, il s'en alla. Elle mit alors l'alarme et se dirigea vers l'étage.

Adam occupait la chambre où Joe avait dormi la veille. Nikki, qui partageait la chambre de Leslie, avait déjà revêtu une ample chemise de nuit en coton et, assise sur l'énorme lit, elle jouait avec la télécommande.

— Tu es une vraie célébrité, commenta-t-elle. Je viens encore de te voir aux informations.

Leslie poussa un gémissement.

— J'imagine qu'ils ont révélé que nous avions retrouvé des ossements ici, dans la cave ?

Nikki hocha la tête.

— Il y a eu un plan de toi et Matt en grande tenue, prêts pour une quelconque réception, et puis l'histoire de la cave. Ce n'est pas de très bon goût, je trouve.

— Extra.

Leslie disparut dans la salle de bains et quand elle revint, quelques minutes plus tard, elle se glissa sous les couvertures sans pouvoir s'empêcher de penser : *Matt ne viendra pas ce soir. Je le sais.*

— Tout va bien ? demanda Nikki.

— Très bien. Je suis ravie de vous avoir ici.

— Ce n'est que pour une nuit, répondit Nikki en souriant. Et puis…

— Et puis ?

— Joe est vivant.

— Est-ce que tu as senti ou perçu Matt d'une façon ou d'une autre ? demanda Leslie avec désespoir.

— Non, je suis désolée. J'ai de vagues visions d'autres personnes… mais pas de Matt.

Nikki sourit de nouveau et ajouta :

— Rappelle-toi ce que je t'ai dit. Entrer dans tes rêves, c'est peut-être pour Matt la seule façon de te contacter. Et il se peut qu'il veuille que tu continues sans lui.

— Tout le monde me dit ça.

— Parce que c'est vrai. Il le faut.

— Mais je continue. J'aime mon travail. Et quand je peux faire quelque chose pour qu'éclate la vérité, comme à propos d'Elizabeth, c'est merveilleux.

Nikki hocha la tête et bâilla.

— Le monde est mystérieux. Ça, c'est sûr, fit-elle en bâillant de nouveau.

Leslie éteignit la lampe de chevet.

— Ça ne t'ennuie pas si je regarde la télévision ? demanda-t-elle à Nikki.

— Pas de problème.

Mais en dépit de la télévision, au bout d'un moment, les yeux de Leslie se fermèrent.

Elle s'endormit.

Quelqu'un était dehors et observait la maison.

Matt se dit qu'il aurait dû être capable de sortir. Il était de plus en plus convaincu qu'il finirait par y arriver. Quand il avait compris avec une certitude absolue que Leslie courait un danger mortel, la simple force du désespoir l'avait propulsé vers elle. Oui, il était dans le métro. Oui, elle avait vu son visage. Elle l'avait senti alors qu'il l'aidait à se soulever pour regagner le quai.

Joe était là aussi. Joe et ses bras puissants, pleins de vie. Les seuls bras, sans doute, auxquels Matt pouvait confier Leslie sans aucune crainte. Il ne supportait plus de la savoir seule avec qui que ce soit d'autre.

Bientôt, il pourrait entrer et sortir comme il le voudrait. Il pourrait aller jusqu'au réverbère.

Et voir enfin le visage du guetteur.

Mais ce soir…

Ce soir, il était là, dans la chambre, en train de regarder ces deux femmes endormies, détendues, si belles. Deux blondes au visage d'ange. Il effleura les cheveux de Leslie avec une vague de nostalgie et de tendresse, puis alla s'asseoir par terre, le dos contre le mur, pour surveiller.

Il resterait là toute la nuit.

Leslie s'éveilla en sursaut.

Elle ne savait pas ce qui l'avait alertée. Les sourcils froncés, elle vit que Nikki dormait toujours paisiblement à côté d'elle.

Sans doute quelque chose à la télévision, songea-t-elle.

Elle attrapa la télécommande, poussa sur le bouton « off », puis se rallongea avec un sourire mélancolique.

— Matt ? Tu es là ? chuchota-t-elle d'une voix à peine audible.

Il n'y eut pas de réponse. Elle crut voir le rideau bouger, et sentit comme un léger courant d'air. Parce qu'elle était lasse, peut-être, et tellement pleine d'espoir, elle eut l'impression que ce léger souffle l'enveloppait d'amour. De tendresse.

Puis elle se redressa brusquement pour s'asseoir de nouveau.

Ce qu'elle venait d'entendre ne provenait pas de la télévision, désormais éteinte.

Elle percevait nettement le bruit : des sanglots.

On pleurait à fendre l'âme.

Des sanglots…

Comme ceux qu'elle avait entendus plus tôt, lorsqu'elle avait eu une vision de Genevieve O'Brien.

16

La journée avait été rude. Joe savait pertinemment que Leslie ne lui avait pas tout dit sur ses amis, Adam et Nikki, tout comme il se doutait qu'elle gardait pour elle une grande partie de ce qu'elle éprouvait. Mais, au moins, elle lui faisait confiance, et c'était déjà beaucoup. Pour sa part, même s'il mourait d'envie de la prendre dans ses bras, il parvenait encore à garder ses distances. Il le fallait.

Dès qu'il fut rentré chez lui, il se connecta sur internet. Le site officiel des Enquêtes Harrison était sobre et donnait peu d'informations, mais il trouva sur d'autres sites plusieurs articles. Il les lut tous, balançant entre l'étonnement, l'amusement et l'irritation face aux allusions au paranormal et à la description de plusieurs cas étranges qui avaient requis l'intervention du gouvernement et avaient été confiés aux Enquêtes Harrison. Joe passa un coup de fil à un shérif avec lequel il avait eu l'occasion de travailler dans une ville située à l'ouest de Richmond, pour le sonder à mots couverts. L'appel s'avéra infiniment plus fructueux qu'il ne l'avait espéré. Ce contact avait pour ami un autre shérif, dénommé Stone, qui était marié à l'une des associées de Harrison et ne jurait que par lui.

Au moins, Leslie était en sécurité, se dit Joe. Il pouvait s'accorder une bonne nuit de sommeil.

Mais il ne le fit pas.

Il descendit d'abord faire le tour de sa cave en se promettant de faire quelque chose pour les partitions qu'il y avait trouvées.

Puis il remonta et ressortit un tirage de la photo qui représentait Betty, Genevieve et Brad, pour l'examiner de nouveau. Au départ, quand il l'avait vue, sa première réaction avait été de foncer sur Brad pour le mettre en pièces. Mais Leslie avait raison : il n'existait pas de preuves. En tout cas, pas de preuves suffisantes. Il avait besoin d'éléments supplémentaires avant d'épingler Brad. C'est-à-dire avant de prévenir les flics qu'ils devaient l'arrêter.

Il n'arrivait pas à se calmer. Il prit une douche chaude, s'allongea pour regarder la télévision, essaya de lire. En vain. Il ne parvenait pas à fixer son attention.

Impossible de dormir.

Il finit par se relever. Après tout, il avait déjà passé plusieurs nuits sans sommeil. Il pouvait peut-être continuer. Il s'habilla en se disant que, même s'il était tard, Didi et Heidi devaient être encore dans la rue.

En train de guetter une berline noire.

Alors qu'il s'apprêtait à sortir, il s'immobilisa. Une photo de Matt trônait sur la table de l'entrée. Elle avait été prise au Moyen-Orient, où Matt était parti en reportage sur la condition enfantine, en compagnie de Marines. Il était revenu avec une série d'articles glaçants, qui fendaient le cœur et contraignaient à la réflexion. Matt n'avait jamais reculé devant le danger.

« Bon sang, Joe, si on envoie nos soldats là-bas, je

peux bien y aller aussi ! Je considère ça comme un honneur. »

On lui avait craché dessus, il avait essuyé des coups de feu et failli — son anecdote favorite — se faire écraser par un chameau devenu fou. Mais, pour lui, ses articles comptaient avant tout. Et, comme il l'avait dit alors, il avait eu la chance de revenir sain et sauf. Tous ses compatriotes ne pouvaient pas en dire autant.

Joe prit la photo sur laquelle une nuée d'enfants entouraient Matt, et la contempla longuement, comme s'il regardait Matt dans les yeux.

— Pourquoi a-t-il fallu que tu ne sois pas un imbécile ? dit-il à voix haute.

Au bout d'un moment, il reposa la photo et ouvrit sa porte. Ce faisant, il réalisa qu'il ferait mieux, dans l'immédiat, d'oublier cette histoire de berline et de conseiller à Didi et Heidi d'abandonner leur quête dans les rues. L'entretien de Didi n'allait pas tarder. Il espérait que ce nouveau job allait lui permettre de changer de vie.

Restait Heidi. Est-ce que Genevieve O'Brien aurait réussi à lui faire changer de vie si elle n'avait pas disparu ?

Leslie était convaincue que Genevieve était vivante.

Mais pour combien de temps ?

Assise dans son lit, Leslie tendit l'oreille, immobile. Le bruit avait disparu.

Elle attendit, certaine qu'il émanait de la cave et espérant l'entendre de nouveau. Elle jeta un coup d'œil sur Nikki, toujours endormie, puis hésita, car elle avait promis à Joe de fermer à clé la porte de la chambre et de ne pas sortir.

Cela dit, elle n'était pas seule dans la maison. Il y avait Nikki, et aussi Adam, endormi dans l'autre chambre, un peu plus loin.

Elle sortit du lit avec précaution, trouva son peignoir et ses pantoufles et gagna la porte à pas de loup pour éviter de réveiller Nikki, car elle avait le pressentiment que la maison ne lui « parlerait » que si elle était seule.

Elle devait ressembler elle-même à un fantôme, se dit-elle en se faufilant dans l'escalier pour descendre dans le hall. Là, elle regarda dans la rue, s'attendant presque à voir une silhouette appuyée contre le réverbère ou à découvrir la voiture de Joe garée en face.

Mais la rue était déserte.

Elle resta quelques secondes parfaitement immobile dans le clair-obscur des veilleuses. Il lui sembla entendre le bruit de nouveau, et elle fronça les sourcils : cette fois, il était différent.

Etouffé, plus faible, presque un écho.

Elle parcourut le couloir qui menait dans la cuisine, entra dans l'office et, après un instant d'hésitation, souleva la trappe. Comme toujours pendant la nuit, l'ouverture évoquait un gouffre obscur.

Elle alla chercher une lampe-tempête et descendit les marches avec précaution.

Les caisses qu'ils avaient emballées dans la journée étaient toujours là, mais Brad avait soigneusement rangé les outils. La cheminée, vide et froide, offrait avec les briques cassées posées sur le côté un spectacle déprimant.

Elle attendit sans bouger jusqu'à ce que le bruit se fasse entendre de nouveau.

Elle se déplaça alors vers le mur situé à droite de la

cheminée, orienté au nord-est, en direction des fouilles et des vieilles lignes de métro.

Alors qu'elle collait son oreille au mur, immobile, elle eut soudain conscience d'un mouvement dans la cave. Une présence. Elle se retourna.

Elizabeth se tenait debout au milieu de la pièce et, curieusement, elle ne s'intéressait pas à la caisse qui contenait ses ossements. Elle observait Leslie avec un sourire triste.

— Bonjour !

Le sourire de la femme s'élargit.

— Merci, dit-elle.

Leslie secoua la tête.

— Je n'y serais pas parvenue sans votre aide.

Elle se tut un moment, puis précisa :

— Sans l'aide de Matt.

L'apparition resta immobile une minute, puis reprit :

— Il vous aime beaucoup.

— Je... Matt ? balbutia Leslie, le cœur battant.

Mais Elizabeth ne répondit pas. L'étrange écho de sanglots lointains se faisait entendre de nouveau, toujours étouffé, comme une résonance du passé.

— Elle aussi, elle a besoin de vous, dit Elizabeth.

— Qui a besoin de moi ? Pouvez-vous m'aider ?

Elizabeth leva la main, l'air hésitant. Puis elle tendit le doigt vers le mur. Leslie eut l'impression qu'un poinçon glacé la transperçait.

— Est-elle enterrée ici ?

Elizabeth semblait troublée.

— Elle pleure, dit-elle.

— Si je pouvais la trouver, arriver jusqu'à elle... Pouvez-vous m'aider ?

— Je veux bien essayer… ce n'est pas mon époque. Je ne sais pas…

Elizabeth esquissa un geste, puis s'interrompit et fronça brusquement les sourcils, l'air effrayé.

— Partez ! cria-t-elle avant de s'évanouir d'un seul coup.

Alors, Leslie entendit aussi ce que le fantôme venait d'entendre.

Un bruit qui n'avait rien d'un écho du passé. Un bruit bien réel.

Des pas. Des pas discrets, furtifs, quelque part à l'étage.

— Hello !

Joe venait de trouver Didi qui fumait une cigarette, appuyée contre une vitrine.

Le visage de la jeune femme s'éclaira d'un sourire et elle s'approcha de la voiture.

— Est-ce qu'il vous arrive de dormir ? demanda-t-elle.

Il haussa les épaules.

— Ecoutez… Je vous ai demandé d'ouvrir l'œil pour repérer la berline, mais je me suis trompé.

— En tout cas, je ne l'ai pas vue, affirma Didi en étouffant un bâillement.

— Où est Heidi ?

— Juste au coin. Elle se sentait nerveuse et elle est partie se promener un peu.

— Allez la chercher. Allez la chercher et rentrez toutes les deux vous coucher.

— Hé, Joe, vous êtes un brave type, mais vous ne pouvez pas résoudre la misère du monde à vous tout seul !

— Ecoutez, il se peut que le type sache que nous recherchons la berline noire.

— Et alors ?

— Eh bien, si c'est le cas, il utilisera une autre voiture.

— Oh !

Le visage de Didi s'assombrit lorsqu'elle comprit l'avantage que cela donnait à l'inconnu.

— Allez chercher Heidi, d'accord ?

— O.K., Joe.

Il tira la photo de sa poche.

— Une dernière faveur, Didi. Est-ce que vous connaissez ce type ?

— C'est Brad, fit simplement Didi.

— Est-ce que vous le connaissez bien ?

— Ça dépend ce qu'on entend par « bien ».

— Dans tous les sens du terme.

— O.K. Je le connais dans tous les sens du terme. Est-ce que je le connais bien pour autant ? Non. Mais il nous traite correctement. Il ne se conduit pas comme un salaud. Parfois, il nous donne des places de cinéma. Il ne vient pas souvent, cela dit, juste de temps à autre.

— Depuis quand vous fréquente-t-il ?

— Depuis des années.

Joe sentait croître sa nervosité.

— Ecoutez, Didi, s'il vient maintenant, juste pour cette fois, ne montez pas dans sa voiture, d'accord ?

— Je ne suis jamais montée en voiture avec lui.

— Ah bon ?

— Non. Mon studio n'est pas aussi miteux que celui de Heidi.

— Peu importe. Pour le moment, ne restez pas seule avec lui. C'est compris ?

— Entendu, Joe. Comme vous voudrez.

Elle secoua la tête avec un sourire de regret.

— Vous savez quoi ? Vous êtes le premier type depuis des années qui me *coûte* de l'argent.

— Didi…

— Ne vous en faites pas. Je serai prudente. Je tiens à passer cet entretien pour un job, vous savez ? Je vais aller chercher Heidi et puis j'irai me coucher. Toute seule.

— C'est parfait.

Il la regarda disparaître au coin de la rue avant de redémarrer. Il n'avait pas l'intention d'aller loin. Il comptait se garer et parcourir tout le quartier à pied.

Matt savait que Leslie était descendue dans la cave parce qu'il l'y avait suivie. Il avait fait des efforts désespérés pour la toucher. Il l'aurait volontiers secouée comme un prunier. Elle était censée rester à l'abri, enfermée dans sa chambre.

Et puis…

Il avait entendu des pas.

Il était remonté précipitamment au rez-de-chaussée. L'office des domestiques était vide : les pas provenaient d'ailleurs dans la maison. Matt remonta le couloir.

L'intrus venait de pénétrer dans la demeure et se tenait debout dans le hall. Il mesurait environ un mètre quatre-vingts, portait une veste sombre et des lunettes de ski. A l'évidence, il faisait tout pour ne pas être vu ou, en tout cas, ne pas être reconnu.

Il était dans les lieux. Et il n'y avait eu ni sirène, ni verre brisé, ni porte fracassée. Il avait réussi à entrer en dépit de l'alarme.

Maintenant, il se tenait immobile, tendant l'oreille dans la vieille demeure silencieuse.

Il s'engagea enfin dans le couloir, en direction de l'office des domestiques… et de la cave qui s'étendait au-dessous, où Leslie allait se faire prendre au piège.

Matt se précipita à sa poursuite, prêt à le plaquer comme, dans le passé, il avait plaqué ses adversaires pendant les matchs de football. Il n'y avait aucun doute qu'il passerait droit au travers, sans causer le moindre choc, mais…

L'autre homme se figea, vacilla, puis tendit le bras, révélant qu'il tenait un cran d'arrêt dont la lame luisait, aiguisée, mortelle.

De manière stupéfiante, il avait ressenti l'attaque de Matt.

Matt recula, rassembla toutes ses forces et fonça de nouveau.

Il y eut un nouvel impact et, une fois de plus, l'homme agita son couteau dans le vide.

Tout à coup, le hululement d'une sirène retentit dans la rue. L'intrus sembla pris de panique. Il fit volte-face, fila en trébuchant vers l'entrée, puis s'immobilisa. Matt se prépara à rassembler toutes les forces qui lui restaient pour repasser à l'attaque.

L'inconnu tapota rapidement les touches de l'alarme, résolvant un mystère et en posant un autre. Puis il franchit la porte. Matt tenta de le suivre. Il voulait à tout prix rattraper l'agresseur, lui arracher son masque, savoir enfin qui l'avait tué, qui essayait de tuer Leslie.

Il se heurta à la porte et tenta vainement de passer au travers. Un cri de fureur et de désespoir lui échappa.

*
* *

Leslie ne pouvait pas prendre le risque de se laisser piéger dans la cave par l'inconnu. Elle remonta précipitamment dans l'office des domestiques et fit une pause, tendant l'oreille. La maison était redevenue silencieuse. Elle attendit un peu, puis referma sans bruit la trappe et hésita, se demandant s'il valait mieux rester là ou prendre le risque de tout retraverser pour regagner sa chambre.

L'intrus était peut-être encore là, parfaitement immobile, en train d'épier sans bruit, exactement comme elle.

Tout à coup, elle entendit des pas féminins glisser sur les marches, puis la voix de Nikki.

— Leslie ?

— Attention ! cria Leslie. Méfie-toi, Nikki !

Elle traversa précipitamment la cuisine et fonça dans le couloir en direction de l'entrée, résolue à éviter tout danger à son amie. Mais quand elle la rejoignit, devant la porte de la maison, l'alarme clignotait et il n'y avait aucun signe que quelqu'un soit entré.

Stupéfaite, elle se figea en regardant frénétiquement autour d'elle.

— Leslie ? questionna de nouveau Nikki en actionnant l'interrupteur.

— Que se passe-t-il, en bas ? cria Adam d'un ton autoritaire.

Il était déjà à mi-chemin de l'escalier et il tenait un pistolet à la main.

— J'aurais juré qu'il y avait quelqu'un dans la maison, dit-elle.

— Alors, mieux vaut tout inspecter, répondit-il.

Nikki fronça les sourcils.

— Que faisais-tu debout ? demanda-t-elle à Leslie.

— Je... je cherchais un fantôme, avoua Leslie. Ou

quelque chose, en tout cas. Je n'arrête pas d'entendre des sanglots.

— Raison de plus pour regarder partout, dit Adam.

Avant qu'ils ne s'y mettent, ils entendirent une voiture piler brusquement dans la rue.

— C'est Joe ! s'écria Leslie, étonnée, en regardant par la fenêtre.

Elle le vit sortir de sa voiture et fixer la maison d'un air anxieux. Elle comprit qu'il la voyait.

Elle gagna la porte, tapa le code de l'alarme et ouvrit à toute volée. Elle frissonnait mais elle était soulagée de sentir sa présence. Sans tenter de dissimuler sa panique, elle demanda :

— Est-ce que je ne vous avais pas dit d'aller vous coucher ?

— Qu'est-ce que vous fabriquez ? lança-t-il nerveusement, ignorant sa remarque.

Elle esquissa un geste vague.

— Il y avait des bruits…

Il entra, et regarda tour à tour Nikki, puis Adam, qui parvenait à conserver un air digne en dépit de son peignoir en éponge et de ses pantoufles usagées. Peut-être était-ce parce qu'il tenait une arme, se dit Leslie, au bord de l'hystérie. Le regard de Joe revint se poser sur elle mais, avant qu'il ait eu le temps de dire quoi que ce soit, Adam intervint :

— Ne vous inquiétez pas. J'ai un permis de port d'arme et je sais ce que je fais.

Joe soutint son regard.

— Je n'en doute pas une minute. Mais vous… vous avez pensé que quelqu'un était entré ?

De toute évidence, cette idée le préoccupait.

— J'ai dû me tromper, dit Leslie.

— A mon avis, ça ne fera pas de mal de vérifier chaque pièce, dit Adam.

Il se montrait étonnamment enjoué pour quelqu'un qu'on avait brutalement tiré du sommeil.

— Nous nous chargeons du rez-de-chaussée, dit Joe en prenant Leslie par la main.

— Alors, nous vérifierons l'étage, dit Adam avec un signe de tête à l'intention de Nikki. Etes-vous armé ?

— Je le suis toujours, répondit doucement Joe.

Sous le regard choqué de Leslie, il haussa les épaules.

— Je passe ma vie à chercher des malfaiteurs, vous vous rappelez ? lui dit-il.

Adam et Nikki remontèrent l'escalier, laissant Joe et Leslie seuls dans le hall.

— Bon, qu'est-ce qui se passe ? demanda Joe en plongeant son regard dans le sien.

— Rien. Je suis sûre d'avoir tout imaginé, répondit-elle. Je veux dire… c'est une vieille maison. Il y a des craquements partout. Et puis…

— Oui ?

Tout en la conduisant dans le couloir, il ouvrait les portes et allumait les lumières, chassant les ombres des recoins.

— Je pense qu'il y a un puits de mine ou un tunnel, tout près d'ici.

Il s'arrêta pour la dévisager.

— Vraiment ?

— Vous ne me prenez pas pour une folle ?

Il hésita avant de répondre, et elle eut l'impression qu'il lui cachait quelque chose.

— J'ai poursuivi quelqu'un dans la rue, l'autre jour, répondit-il. Il s'est volatilisé. Je ne serais donc pas surpris qu'il ait déniché quelque part un terrier. Mais qu'est-ce qui vous fait penser ça ?

— J'ai entendu... des bruits. Et je pense qu'ils proviennent de l'autre côté du mur de la cave.

— Il faut aller voir, alors, déclara Joe avec gravité.

Ils explorèrent d'abord tout le rez-de-chaussée puis, dans l'office des domestiques, Joe s'arrêta et regarda Leslie d'un air interrogateur. Elle baissa la tête, incapable de croiser son regard. Il souleva la trappe, et un flot de lumière en jaillit : elle avait oublié d'éteindre la lampe-tempête.

Sans rien dire, Joe s'engagea dans l'escalier. D'un geste de la main, il lui fit signe de rester où elle était jusqu'à ce qu'il ait examiné toute la cave.

— Vous pouvez descendre ! dit-il enfin.

Elle le rejoignit et le trouva en train d'observer la cheminée et le mur adjacent. Il s'en approcha, tapota les briques, essaya de les pousser.

— Que faites-vous donc ? demanda-t-elle enfin.

— Je ne sais pas.

Il la regarda.

— Je me disais qu'il y avait peut-être ici un verrou secret, un passage caché, une autre pièce derrière celle-ci. Un peu comme la ville sous la ville, ajouta-t-il avec un sourire.

— Oh !

Elle s'approcha et ils contemplèrent le mur. Les joints étaient presque aussi noircis que les briques. Elle frappa à son tour ici et là, sans pouvoir discerner le moindre indice d'un espace creux de l'autre côté.

— Vous m'aviez demandé des plans, murmura Joe.

— Ne vous en faites pas. J'en ai trouvé moi-même à la bibliothèque, répondit-elle.

— Et alors ?

— Eh bien, la première ligne de métro allait vers le nord, de l'Hôtel de Ville jusqu'à la 145e Rue.

Joe hocha la tête.

— Ça mérite réflexion. En tout cas… la maison est vide. Je suppose que je devrais rentrer.

Vide, pas vraiment, aurait-elle pu répondre. Seulement pour ce qui était des intrus en chair et en os…

— Adam dort dans la chambre où vous étiez l'autre jour, et Nikki avec moi. Mais ne restez pas dans votre voiture, je vous en supplie ! Prenez la grande chambre du haut : le matelas est tout neuf.

— D'accord. D'autant qu'il y aura beaucoup à faire demain matin.

— C'est vrai, vous avez rendez-vous avec Eileen !

Après une pause, elle ajouta :

— Et vous allez aussi parler avec Brad, n'est-ce pas ?

Joe poussa un long soupir.

— Leslie… Brad est un client des prostituées depuis très longtemps. Des années.

Elle pâlit, tout en refusant de croire que Brad puisse être un kidnappeur, voire un meurtrier.

— Il y a beaucoup d'hommes qui fréquentent les prostituées, dit-elle.

— Je ne fais pas partie de la brigade des mœurs ! répliqua-t-il avec un haussement d'épaules.

— Joe, si vous devez vous battre avec Brad…

— Je n'en ai pas la moindre intention. Je vais juste lui apprendre ce que j'ai découvert et voir comment il réagit. Mais si jamais je m'aperçois qu'il est impliqué dans la mort de Matt ou dans les *accidents* qui vous sont arrivés…

Il n'avait pas besoin de poursuivre : la menace était claire.

— Je vous assure que Brad serait incapable de me faire du mal. Pour commencer, c'est grâce à moi qu'il occupe en permanence le devant de la scène.

— Allons nous coucher, d'accord ?

Elle acquiesça et s'engagea devant lui dans l'escalier de la cave. Ils retrouvèrent Adam et Nikki dans le hall.

— Rien à signaler ? demanda Joe.

— Rien à signaler, fit Adam.

— Excusez-moi encore. J'ai entendu la maison craquer, dit Leslie.

— Pour moi, rien de tel qu'une bonne visite d'une demeure historique en plein milieu de la nuit ! lança Nikki avec un sourire désinvolte.

— Parfait. Alors, tous au lit ? suggéra Adam.

Ils s'engagèrent dans l'escalier, en file indienne. A la surprise de Leslie, Joe, qui fermait le ban, fit une pause sur la dernière marche pour regarder par-dessus la rambarde.

— Qu'est-ce qu'il y a ? demanda-t-elle.

— Cette maison, murmura-t-il. Juste cette maison.

Une fois arrivés sur le palier, ils se séparèrent.

— J'ai promis à Melissa que j'achèterais des beignets, demain matin, dit Leslie. C'est-à-dire ce matin.

— Nous nous lèverons tôt, de toute façon, promit Nikki.

— Votre lit est là : vous n'avez qu'à enjamber les cordes qui empêchent les touristes d'entrer, dit Leslie à Joe en tendant le doigt.

— Super ! Aujourd'hui, j'ai le droit de passer la frontière, répondit-il.

Il l'embrassa sur le front et souhaita une bonne nuit

à Adam et Nikki. Adam leva le pouce en direction de Leslie, puis il entra dans sa chambre.

Nikki se tourna vers Leslie et lui dit :

— Cette fois, verrouillons aussi la porte de la chambre, d'accord ?

Leslie hocha la tête.

— Je suis désolée d'avoir fait peur à tout le monde, dit-elle tandis qu'elles se dirigeaient vers leur chambre. Mais je suis sûre d'avoir entendu quelque chose. Je peux jurer qu'il y a quelqu'un en train de pleurer, en bas. C'est tellement bizarre : par moments, le bruit a l'air totalement réel, comme s'il se produisait dans le présent, et d'autres fois on dirait l'écho d'une chose survenue il y a très longtemps.

— En définitive, c'est un bruit réel ou fantomatique ? demanda Nikki tout en refermant sur elles la porte de la chambre et en tournant la clé.

— C'est tout le problème. Je ne sais pas.

Leslie se faufila dans le lit et se retourna pour faire face à Nikki.

— Je suis prête à jurer qu'il y a un puits de mine, une autre cave, un tunnel, quelque chose en tout cas, tout près d'ici. J'ai des plans du métro, mais… Enfin, nous commencerons à chercher demain.

Nikki, qui s'était couchée à son tour, se souleva sur un coude.

— Au moins, Joe te croit, dit-elle.

— Je ne lui ai jamais dit que je voyais des fantômes.

— Mais il sait que tu as un sixième sens, et il y croit… Bon, maintenant, essayons de dormir un peu. L'heure des beignets n'est pas loin.

Elle se tourna sur le côté et Leslie devina qu'elle s'endormait presque instantanément.

Mais elle-même resta éveillée. Elle percevait une autre présence dans la pièce. Elle était sûre que…

C'était Matt.

Elle sentit sa chaleur et s'endormit enfin, heureuse de se retrouver dans ses bras.

La matinée se déroula étonnamment bien. Lorsque Leslie et Nikki descendirent au rez-de-chaussée, Adam et Joe étaient partis acheter des beignets après avoir branché la cafetière. Quand Melissa arriva, elle fut enchantée de trouver de la compagnie. Puis Tandy et Jeff surgirent à leur tour. Adam et Nikki s'extasièrent sur leurs costumes avant que Nikki n'entreprenne d'échanger des anecdotes avec eux : mythes et légendes de La Nouvelle-Orléans contre ceux de New York.

Puis vint l'heure de se rendre sur le lieu des fouilles. Ils longèrent la palissade, saluèrent les gardes, et on les fit entrer. Plusieurs étudiants vinrent les accueillir, et Leslie remarqua qu'ils semblaient connaître Joe aussi bien qu'elle-même.

Quand ils arrivèrent à la crypte, elle eut la désagréable surprise d'y trouver Brad et le Pr Laymon. Elle redoutait la rencontre entre Joe et Brad, mais quels qu'aient pu être les soupçons de Joe, il les cachait bien, et Brad, à l'évidence, ne se douta de rien. Fidèle à sa parole, Joe ne provoqua aucun scandale.

— J'aimerais beaucoup vous parler, un peu plus tard, Brad, dit-il simplement.

— Entendu.

— On pourrait prendre un verre après le travail ?

— D'accord.

— Parfait. Chez O'Malley's ?

— Très bonne adresse, dit Brad avec une assez bonne imitation d'accent irlandais.

— Vous restez ici ? demanda Joe à Adam, un peu plus tard.

— Ce matin, oui, répondit Adam. Et plus longtemps si vous le jugez nécessaire.

— J'ai rendez-vous avec Eileen Brideswell, mais je reviendrai après, fit Joe en serrant la main de Laymon.

Puis il embrassa Nikki sur la joue.

— Je suppose qu'à mon retour vous serez déjà à l'aéroport. En tout cas, je suis heureux de vous connaître.

— Moi aussi, assura Nikki.

Quand Joe fut parti, Leslie se dit que Laymon ne devait pas être enchanté qu'elle ait amené Adam et Nikki, deux « civils », sur le site, mais il n'avait fait aucun commentaire. Il avait même décidé que, puisqu'on lui imposait des personnes supplémentaires, il allait les mettre au travail. Nikki entreprit de noter la liste de leurs découvertes, et l'on tendit un pinceau à Adam en lui recommandant de dépoussiérer avec soin les inscriptions des pierres tombales scellées dans les murs de la crypte et que Leslie et Brad avaient déjà commencé à examiner.

Finalement, Laymon dut sortir pour aller discuter avec un représentant de la ville. Brad l'accompagna, soucieux d'exploiter la moindre occasion de parader devant la presse.

Pendant leur absence, Leslie montra à Nikki et Adam le registre où figuraient les naissances et les décès.

— Vous voyez ? Mary… Mary… quelques Kathleen… et encore des Mary, dit-elle.

Ils étaient tous les trois debout face au mur. Tout à coup, Nikki se redressa brusquement et fit volte-face.

Leslie l'imita tandis qu'Adam, parfaitement immobile, se bornait à observer ses deux compagnes.

Mary était de retour. Elle les regardait d'un air solennel.

— Mary ? fit doucement Nikki en avançant de quelques pas.

Le petit spectre recula. A sa grande surprise, Leslie sentit une main se glisser dans la sienne. Mary, comme l'aurait fait n'importe quel enfant, était venue se blottir contre elle.

— Il n'y a rien à craindre, dit gentiment Leslie en serrant la petite main nichée en confiance dans la sienne. Nikki est mon amie.

— Et je suis vraiment ravie de te rencontrer, dit Nikki. Nous pensons que Leslie a retrouvé ta mère, et nous voulons tout faire pour vous réunir, mais… Quel est ton nom de famille, Mary ?

— Mary.

— Non, je veux dire… Tu vois, je m'appelle Nikki Blackhawk, et Leslie s'appelle Leslie MacIntyre. Et toi, quel est ton autre nom ?

La petite fille chuchota quelque chose.

— Comment ? demanda Nikki.

Leslie se laissa tomber à genoux en priant le ciel que rien ne vienne l'interrompre en ce moment crucial.

— Sherman. Mary Sherman, dit enfin la petite fille.

Leslie se remit debout.

— Mademoiselle Mary Sherman, ne t'inquiète pas. Je te promets que je vais prendre soin de toi et de ta mère. Tout ce qu'il me reste à faire, c'est trouver exactement où tu es. Et ce n'est pas loin, n'est-ce pas ? C'est même tout près ?

— Oui, je crois, dit Mary.

Leslie sourit à Nikki, puis à Adam qui les observait toutes les deux en silence.

— Nous devons chercher une tombe d'enfant appartenant à Mary Sherman. Mettons-nous au travail, dit Leslie.

Ils commencèrent à fouiller la crypte. Nikki étudiait le registre tandis que Leslie et Adam examinaient les caveaux du sol et lisaient les inscriptions encastrées dans les murs.

— Bingo ! fit doucement Adam au bout d'un moment.

Leslie se précipita vers lui. Il venait d'épousseter une pierre, sur l'un des murs. Elle déchiffra avec soin l'anglais ancien. Derrière la pierre se trouvaient six petits cercueils. Les enfants enterrés là étaient tous morts de fièvre.

Le dernier nom était celui de Mary Sherman. Leslie regarda autour d'elle, mais la fillette avait disparu.

Ils avaient découvert les cercueils, mais Leslie continua à observer les murs en frappant ici et là.

— Leslie ? demanda Nikki d'un ton inquiet.

— Il doit y avoir un passage par ici, dit Leslie. C'est l'endroit précis où je suis censée avoir été heurtée par un morceau de plafond.

— D'accord.

Elles se mirent à chercher ensemble, en vain. Il n'y avait aucune porte dissimulée. En tout cas, aucune qu'elles puissent encore déceler en dépit des siècles écoulés.

Nikki passa un bras autour des épaules de Leslie.

— Au moins, nous avons trouvé Mary, dit-elle.

Leslie poussa un soupir. C'était vrai. Maintenant, il ne lui restait plus qu'à convaincre Laymon qu'il fallait déterrer les ossements de la crypte et les réunir à ceux de la femme qu'ils avaient découverts dans l'ancien cimetière, pour enterrer ensemble, avec soin, la mère et la fille.

— Mary ? appela-t-elle doucement. Mary, j'ai besoin de ton aide. Y a-t-il une autre issue à cette crypte ? Je t'en prie, Mary ! J'ai besoin de le savoir.

Pendant un instant, la fillette resta invisible, puis elle apparut brusquement, mais au même instant, il y eut au-dessus un bruyant remue-ménage. Laymon revenait.

Mary s'évapora, mais juste avant qu'elle ne disparaisse, Leslie eut l'impression de lire sur son visage une profonde terreur.

A cause de l'interruption de Laymon ? Ou bien à cause de Brad, qui se trouvait juste derrière lui ?

17

— C'est votre fille, n'est-ce pas, Eileen ?

Eileen Brideswell soutint le regard de Joe pendant une longue minute, sans que ses traits trahissent la moindre expression. Puis elle baissa la tête. Il vit alors les larmes qu'elle n'avait pas pu retenir.

— Je suis désolé, murmura-t-il. Je ne voulais pas vous bouleverser.

Eileen releva la tête en s'essuyant rapidement les yeux.

— Vous ne comprenez pas. Quand je suis tombée enceinte... Nous faisons partie du meilleur monde. Je ne pouvais pas épouser son père. C'était un immigrant. Un maçon. En fait, ajouta-t-elle, l'air de nouveau triste, il est mort d'un accident de chantier avant même de soupçonner l'existence de Genevieve. Et à l'époque... j'ai eu peur que le stigmate de sa naissance ne la poursuivre toute sa vie. Mon frère et sa femme avaient tellement envie d'avoir un enfant... Mes parents ont fait pression sur moi... J'ai dû renoncer à elle et laisser Donald l'élever. Comme ça, au moins, j'étais sa tante. J'étais censée faire un beau mariage et c'est ce qui s'est passé, effectivement. Je ne vous demande pas de comprendre.

Je… je n'ai pas à me justifier auprès de vous. Votre travail est de retrouver Genevieve.

Joe avait appris avec l'expérience que les gens sur la défensive pouvaient se montrer coléreux et hostiles. Pourtant, il voulait — il avait besoin — d'entendre la vérité. De ses lèvres à elle.

— Je ne vous juge pas, Eileen. En aucune manière. Simplement, pour la retrouver, j'ai besoin de connaître la vérité. Je pense que vous avez raison : Genevieve n'aurait pas disparu sans vous donner de ses nouvelles. Je pense en outre qu'elle est vivante.

Eileen le contemplait avec des yeux agrandis, noyés de douleur. Il posa une main sur la sienne.

— Je crois que nous sommes près du but.

Il sortit de sa mallette une enveloppe de papier kraft dont il tira plusieurs photographies, mais pas celle qui représentait Betty, Genevieve et Brad.

— Je voudrais que vous me disiez si vous connaissez bien chacun de ces hommes, et quel lien, d'après vous, Genevieve pouvait avoir avec eux.

Elle le regarda et tressaillit quand il lui montra la première photo.

— Eh bien, là, c'est Robert Adair. Je le connais très bien. Et Genevieve le connaissait aussi. Vous ne suggérez pas que…

— Je ne suggère rien pour l'instant.

Il montra une deuxième photo.

Elle le dévisagea.

— C'est Ken Dryer. Tout le monde en ville le connaît. Il vient parler à la télévision dès qu'il se passe quelque chose et que la police a besoin de prévenir les New-Yorkais.

Elle s'adossa et ajouta :

— Il fait bien son boulot. Il sait ramener le calme. Ce n'est pas un ami personnel, mais je l'ai déjà rencontré, et je pense que Genevieve a dû le croiser, elle aussi. Il était intervenu à l'inauguration d'un dispensaire de jour qu'elle avait créé et auquel elle tenait beaucoup.

— Celle-ci ? poursuivit Joe en tendant la photo suivante.

Eileen le regarda en hochant la tête.

— Le Pr Laymon. Je le connais, bien sûr. Greta est une amie proche et je participe aux actions de la Fondation historique depuis le début. Vous le savez très bien.

— Et Genevieve ?

— Je… je ne sais pas. Elle était fascinée par Hastings House. Comme je vous l'ai dit, j'ai compris trop tard qu'elle aurait voulu être invitée à la réception. Si seulement j'avais su… Quoique… en un sens, c'est peut-être une bonne chose qu'elle n'y soit pas allée. Sinon, elle aurait pu… évidemment, il aurait peut-être mieux valu que…

Joe lui donna un moment pour reprendre ses esprits, puis il lui montra un autre cliché.

— C'est Hank Smith, dit-elle. Oui, je le connais, et Genevieve aussi. Elle voulait que l'entreprise de Hank se mette à construire des logements sociaux plutôt que des gratte-ciel de luxe. Genevieve voulait changer le monde.

En dernier, Joe lui montra la photo de Brad. Eileen leva les yeux vers lui.

— C'est Brad Vernon. Genevieve le fréquentait, bien entendu.

— Bien entendu ?

— Elle l'avait rencontré quand il travaillait à Hastings House.

— Ah bon ?

— Il voulait sortir avec elle. Elle le trouvait mignon et drôle, mais bien trop immature. Ils étaient quand même restés plus ou moins amis.

Eileen secoua la tête.

— Je ne comprends pas où vous voulez en venir. Il y a un maniaque en circulation qui assassine des femmes, on ne sait pas si ma nièce est morte ou vivante, et vous venez me montrer des photos de citoyens au-dessus de tout soupçon.

Elle était furieuse, et ça ne le surprenait pas.

— Connaissez-vous quelqu'un qui ait lu l'article de cette feuille de chou ? Ou qui ait pu apprendre que Genevieve est votre fille biologique ?

— Comment diable voulez-vous que je sache qui a lu ce truc-là ? Et quelle importance, qu'on lise ou non ce torchon ?

— On aurait pu utiliser l'article pour inciter Genevieve à monter dans la voiture. Sous prétexte de lui en parler, par exemple. Car je suis sûr d'une chose, Eileen, c'est que la dernière fois qu'on a vu Genevieve, elle grimpait dans une berline noire, exactement comme les filles qui ont disparu avant elle.

Eileen devint blême.

— Mais alors, qu'est-ce qui vous fait penser qu'elle est encore en vie ?

— Le fait qu'aucune autre fille n'ait été enlevée de la même manière, depuis.

Il consulta sa montre : Adam allait partir pour l'aéroport d'un moment à l'autre, et il ne savait pas combien de temps Nikki comptait rester. Il tenta de se dire que Leslie ne pouvait courir aucun danger, en plein jour et sur un chantier noir de monde, puis il se rappela ce qui s'était passé dans la crypte peu de temps auparavant, preuve qu'on ne pouvait être sûr de rien.

— Je vous tiendrai au courant, Eileen, promit-il. Et si jamais vous voyez quelque chose qui puisse m'être utile, prévenez-moi. Je vous en prie.

— Une berline noire, avez-vous dit ? Une belle voiture ?

— Oui. Pourquoi ?

— On voit des berlines noires tous les jours et à tous les coins de rue, dans le quartier financier, répondit-elle d'un air découragé.

— C'est vrai. Bon, je vous recontacterai.

Joe fut de retour sur le site à 11 heures tapantes. Il trouva Adam et Nikki en train d'attendre, debout devant les cordes qui isolaient la crypte.

— Il y a un problème ? leur demanda-t-il.

— Une petite querelle, répondit Nikki, une étincelle dans le regard, mais je pense que Leslie a le dessus. D'une façon ou d'une autre, elle a mis Brad dans son camp.

— Et vous êtes restés pour compter les points ? En dépit de votre avion ? demanda Joe à Adam.

— Nous avons changé nos billets, répondit Adam.

— Oh !

Joe était à la fois soulagé et vaguement dépité. Est-ce que Leslie lui demanderait encore de dormir à Hastings House, si Adam et Nikki y séjournaient ?

— Je peux me permettre de retarder mon départ de quelques jours, ajouta Adam.

— Et moi, j'ai un mari très compréhensif, renchérit Nikki.

Ils avaient tous les deux l'air enjoué, mais Joe devina

que s'ils restaient, c'était parce qu'ils se faisaient du souci.

— C'est super, dit-il enfin, presque sincèrement réjoui de leur présence, car il avait du pain sur la planche et qu'il n'avait pas rendez-vous avec Brad avant le soir.

— Vous allez rester sur le chantier, alors ? reprit-il.

— Nous ne quitterons pas Leslie d'une semelle, affirma Nikki.

Joe hocha la tête.

— Tant mieux. Sur quoi porte la querelle ?

— Leslie veut qu'on enterre ensemble les ossements d'une femme et ceux d'une fillette. La mère et la fille.

— Et Laymon n'est pas d'accord ?

— En général, Laymon veut qu'on sorte les ossements trouvés pour les examiner et les cataloguer, mais cette fois, il refuse qu'on touche aux cercueils encastrés dans les murs de la crypte.

Un moment plus tard, Leslie émergea, l'air triomphant. Brad la suivait de près. Sans remarquer tout de suite l'arrivée de Joe, elle se tourna et adressa à Brad un immense sourire, en lui serrant le bras.

— Merci ! lui dit-elle.

— Je t'en prie. En échange, prenons la journée pour nettoyer, classer et faire plaisir à ce vieil ogre de Laymon

— D'accord. Je vais savourer la journée, jusque dans ses moments les plus fastidieux, promit-elle. A propos, si jamais tu vas faire un tour du côté de la caravane, je parie que tu y trouveras Hank Smith. Raconte-lui ce que nous sommes en train de faire. Ce sera une excellente publicité pour Tyson, Smith et Tryon.

— Pourquoi n'y a-t-il pas de caméras au moment où

on en a besoin ? lança Brad en faisait mine de se lisser les cheveux.

Leslie éclata de rire, puis elle aperçut Joe. Elle releva le menton, le mettant clairement au défi d'accuser Brad de quoi que ce soit, puis le rejoignit là où il attendait avec Adam et Nikki.

— On dirait que vous avez une autre histoire à succès, dit-il.

— Je suis contente. Je pense que nous faisons quelque chose de juste, répondit-elle.

— Tant mieux. Et Adam et Nikki restent encore quelques jours, n'est-ce pas ?

Leslie fronça les sourcils en entendant cela, et regarda ses amis.

— Je m'en voudrais de vous retenir, tous les deux, dit-elle.

— Si cela nous posait des problèmes, nous ne le ferions pas, répondit Nikki.

— Eh bien, je vous laisse. J'ai des recherches à faire, dit Joe.

Retenu par la présence des autres, il ne toucha pas Leslie, alors qu'il en mourait d'envie.

— Je veux jeter un coup d'œil sur des plans, des archives…, ajouta-t-il.

— Je comprends. Et vous voyez Brad ce soir pour prendre un verre ? demanda Leslie.

— Oui. On peut dîner ensemble, après ?

— Vous avez mon numéro de portable, répondit-elle en le guettant du regard, visiblement inquiète de la conversation à venir entre Brad et lui.

— Vous pouvez m'appeler aussi si vous avez besoin de moi. A n'importe quel moment, répondit-il.

Son regard passa de Leslie à Nikki, puis à Adam, et

revint à Leslie qui souriait de nouveau. Il savait qu'elle appréciait sa sollicitude, et il se dit aussi qu'elle aimait sincèrement sa compagnie.

Avec un salut de la main, il s'en alla.

Il comptait aller consulter les registres de l'Hôtel de Ville, mais au lieu de s'y rendre directement, et malgré la circulation, il se mit à tourner dans le quartier pour dresser mentalement une cartographie qui incluait les rues où travaillaient les prostituées, l'emplacement des fouilles, Hastings House et le métro. Il y avait dans le coin de nombreux chantiers immobiliers. Au moindre carrefour se dressaient des grues, des échafaudages et des palissades provisoires. Finalement, il dépassa l'hôtel où il s'était entretenu avec Heidi Arundsen et Didi, et prit la route de l'Hôtel de Ville.

Leslie était enchantée des résultats de la matinée, surtout parce que Laymon avait accepté l'aide assidue de Nikki et Adam sans protester outre mesure après s'être rendu compte qu'ils étaient capables de manipulations délicates et qu'Adam était expert dans l'art de déchiffrer les inscriptions. D'autant plus, avait ajouté le professeur avec un sourire, qu'ils faisaient tout ça gratuitement.

Ils ne quittèrent pas le site à l'heure du déjeuner, et s'assirent à l'ombre pour manger des sandwichs. Quand 5 heures sonnèrent, ils étaient exténués.

— C'est une journée fructueuse, murmura Leslie en s'étirant.

— La première depuis plusieurs jours ! grommela Laymon.

Leslie lança un sourire de connivence à Nikki et

Adam qui faisaient une toilette sommaire. Brad, lui, semblait pressé de retrouver Joe.

— Eh bien… amuse-toi ! lui dit Leslie, résistant à la tentation de l'informer que Joe le soupçonnait d'être un tueur en série.

Quand elle regagna Hastings House avec Nikki et Adam, le musée avait fermé ses portes et le personnel était déjà parti. Adam les quitta en expliquant qu'il souhaitait se reposer avant le dîner. Leslie et Nikki prirent une douche pour se débarrasser de la saleté accumulée dans la crypte, puis Leslie proposa :

— Aimerais-tu faire une promenade ?

— Certainement. Je suis prête à tout ce que tu jugeras utile.

Quelques minutes plus tard, elles sortaient de la maison.

— Qu'y a-t-il ? demanda Leslie en voyant Nikki se rembrunir brusquement.

— Rien.

— Dis-moi !

— Je… j'ai peut-être vu Matt, répondit Nikki à voix basse.

Leslie fronça les sourcils et l'agrippa par le bras.

— Où ? Quand ? Pourquoi ne l'ai-je pas vu ?

Elle serrait trop fort le bras de son amie, mais elle n'en prit conscience qu'au moment où Nikki se dégageait doucement.

— Je… je pratique ça depuis plus longtemps que toi, j'imagine. Et je ne suis sûre de rien. C'était une image si pâle !

— Que faisait-il ?

— Il avait l'air de… de garder la porte d'entrée, répondit Nikki. Et…

— Et quoi ?

— Il a tendu le bras vers toi au moment où nous sortions.

Leslie la regarda avec de grands yeux, puis remonta en courant les marches du porche. Elle ouvrit la porte, désactiva l'alarme in extremis, et se précipita dans le hall.

— Matt ?

Nikki attendait dehors, juste derrière elle.

— Matt, s'il te plaît ! supplia Leslie en avançant dans le hall.

Tout à coup, elle eut l'impression de sentir quelque chose. Un frôlement sur sa joue, sur ses cheveux. Elle s'immobilisa et attendit, incapable de partir.

Nikki rentra à son tour et ferma la porte derrière elle.

— Est-ce que tu l'as revu ? chuchota Leslie.

— Non. Je suis désolée.

Leslie ne pouvait pas le voir mais elle sentait sa présence. Elle en était sûre.

Puis, toujours debout dans le hall, elle entendit pleurer de nouveau. Elle fit volte-face vers Nikki.

— Tu entends ça ?

Nikki fronça les sourcils.

— Non… je ne suis pas sûre.

Leslie ne voyait toujours pas Matt mais, à cet instant, elle l'entendit.

— *Ne tiens pas compte de ces pleurs, je t'en prie ! C'est… c'est dangereux pour toi. Je trouverai une solution, je le promets, mais il faut que tu partes. Mon Dieu, Leslie…*

Les fantômes étaient censés se manifester par un

courant d'air froid, mais Leslie ne ressentait que de la chaleur : celle de l'amour de Matt. Elle secoua la tête.

— Je ne peux pas rester sans rien faire, dit-elle à voix haute. Je ne peux pas, Matt !

Elle se dirigea vers l'arrière de la maison, traversa la cuisine et entra dans l'office des domestiques où elle souleva la trappe.

— Leslie, qu'est-ce que tu fais ? demanda Nikki derrière elle.

— J'écoute.

L'écho des pleurs semblait flotter dans l'air, lointain, spectral.

— Est-ce que nous descendons ? reprit Nikki.

Leslie pivota pour lui faire face.

— Tu n'entends toujours rien ?

Nikki soutint son regard en soupirant.

— Si. Maintenant, j'entends quelque chose, comme une mélopée. Mais ce n'est pas réel.

— Cette fois, si, dit Leslie avant d'ajouter d'un air décidé : Viens ! Allons faire cette promenade.

Elle referma la trappe et revint vers le hall. Nikki la suivit avec un regard interrogateur.

Leslie la laissa sortir en premier et se retourna sur le seuil pour contempler l'intérieur de la maison.

— Ne me quitte pas ! souffla-t-elle. Matt… ne me quitte pas !

Elle mit l'alarme en route, puis verrouilla la porte derrière elle.

— J'aimerais faire le tour du pâté de maisons, si ça ne t'ennuie pas.

— Je te suis, dit Leslie.

Elles se mirent en route.

*
* *

Il fallait se rendre à l'évidence : dans toute enquête, on doit sacrifier de longues heures à des démarches extrêmement fastidieuses. Cela avait été le cas de Joe, ce jour-là.

Quand approcha l'heure de son rendez-vous avec Brad, il avait découvert plusieurs nouveaux indices. En premier lieu, il savait maintenant que Genevieve avait bien connu Hank Smith.

Ensuite, l'immeuble dans lequel habitaient Heidi Arundsen et Betty appartenait à plusieurs personnes. Certes, il était géré par un alcoolique connu des services de police, un certain Sylvester Swanson, mais ce Swanson était salarié d'une société — Jigger Land Corporation — qui avait été rachetée, deux ans auparavant, par un géant de l'immobilier : Tyson, Smith and Tryon.

Joe avait passé en revue tous les dossiers concernant cet immeuble avant de passer à ceux des immatriculations. Laymon avait un utilitaire blanc de marque Ford. Brad, une Mustang classique, remise à neuf. Hank possédait une Mercedes, une Rolls et une Jaguar. Ken Dryer se déplaçait dans une Infiniti beige, et Robert Adair avait une Buick vieille de dix ans. Aucun d'eux ne possédait de berline noire.

Mais, comme l'avait souligné Eileen Brideswell, il y avait des centaines de ces berlines garées chaque jour dans le quartier financier. Joe savait que bon nombre d'officiers de police, du fait de leur statut, avaient accès à des véhicules de fonction dont beaucoup étaient des berlines noires. Et Hank devait pouvoir prendre toutes les voitures qu'il voulait dans la flotte de son entreprise.

Tout cela tendait à suggérer que Brad n'était pas le premier suspect de la liste.

Conscient de ce fait qui modérait un peu ses soupçons, Joe put accueillir Brad avec courtoisie. Quelques minutes plus tard, ils avaient pris place dans une alcôve et avaient chacun une Guinness devant eux. Joe avait pris soin de s'asseoir face à la porte pour voir qui entrait ou sortait.

— Bon. Pourquoi suis-je ici ? demanda Brad à brûle-pourpoint.

Parfait ! se dit Joe. On ne va pas tourner autour du pot.

— Vous étiez ami avec Genevieve O'Brien, répondit-il d'un ton neutre.

L'affirmation n'eut pas l'air de prendre Brad au dépourvu.

— Oui, je la connaissais.

— Vous êtes sorti avec elle ?

Brad se mit à rire.

— Non. Elle m'a opposé une fin de non-recevoir. Enfin, pas vraiment en ces termes, car elle s'est montrée charmante, mais elle a tout de même dit non. En expliquant qu'elle était trop occupée pour se permettre une passade avec un type qui aimait bien trop les passades, justement. J'ai essayé vainement de la convaincre que dans ce cas, j'étais l'homme qu'il lui fallait, car je n'aurais pas pris beaucoup de son temps.

— D'autant que vous habitiez alors en Virginie, souligna Joe.

Brad agita la main.

— A l'époque, non. C'était il y a longtemps : deux ou trois ans.

— Est-ce que vous l'avez revue ensuite ?

— Bien sûr ! De temps à autre. Il m'arrivait de… la croiser.

Joe posa sur la table la photo retouchée qui montrait Betty, Genevieve et Brad.

— C'est vous ?

— Ça me ressemble, en tout cas.

— Savez-vous que l'autre fille, sur ce cliché, est l'une des prostituées qui ont disparu ?

— Non !

Brad semblait stupéfait.

— Vous est-il arrivé de… disons, de faire appel à ses services ?

Brad étudia la photo, l'air songeur.

— Non… je l'ai fait avec une ou deux filles, mais pas avec elle.

Il releva les yeux et ajouta :

— Hé, inutile de me juger ! Avec les prostituées, au moins, c'est clair et net : on paie et voilà. Ecoutez, ma carrière signifie tout pour moi. Je n'ai pas l'intention d'entamer une relation sérieuse pour l'instant. J'aurais pu tomber amoureux de Leslie, sans doute, mais elle était déjà amoureuse de Matt quand je l'ai rencontrée, et elle l'est toujours. Ne vous faites pas d'illusions !

— Vous avez un lien avec au moins une des filles qui ont disparu, vous étiez en relation avec Genevieve… ça suffit à faire de vous un suspect.

— Quoi ? Le seul fait d'aller voir des putes ?

— Combien de fois êtes-vous revenu à New York, quand vous étiez en Virginie ? demanda Joe.

— Un week-end de temps à autre, c'est tout.

— Ce serait intéressant de savoir lesquels.

Brad regarda Joe, les mâchoires serrées. Puis il secoua la tête.

— Vous voulez voir mon agenda ? Je vais vous le montrer.

— Voulez-vous que je vous innocente ? Que j'arrête de vous harceler, oui ou non ? riposta Joe.

— Oui, j'aimerais vraiment être blanchi. J'aurais peut-être dû vous donner ces renseignements plus tôt, mais bon sang, vous n'avez jamais expliqué clairement que dans une ville de plusieurs millions d'habitants, dont un bon nombre d'allumés complets, c'est justement dans l'entourage de Leslie que vous alliez chercher un meurtrier. Un meurtrier ou un kidnappeur, peu importe, fit Brad, irrité. Tiens, vous voulez que je vous cite quelqu'un avec qui Genevieve avait vraiment eu des mots ? Avec Hank Smith !

— A propos de quoi ?

— Je l'ignore. Ce que je sais, c'est qu'un soir où j'étais sorti faire un tour — avec l'intention de trouver une fille, si vous voulez tout savoir —, je les ai aperçus tous les deux dans un café. Je voulais les saluer, mais ils ne m'ont pas vu. Ils étaient trop pris par leur dispute.

Quand il vit Eileen Brideswell entrer, Joe se félicita d'avoir pris un siège face à la porte. Elle était accompagnée de Robert Adair.

— Voulez-vous des ailes ? demanda Joe.

— Quoi ?

— Des ailes de poulet. Ici, ils disent simplement : des ailes. Je meurs de faim.

— Bon, d'accord. Demandons des ailes.

— A moins que vous n'ayez rien d'autre à dire et que vous préfériez me voir décamper.

— Je ne suis pas contre le poulet, répondit Brad en sirotant sa Guinness.

Joe fit signe à la serveuse et passa la commande.

Jusque-là, ni Robert ni Eileen ne les avaient remarqués, lui et Brad.

— Alors, qu'est-ce qu'il y a entre vous et Leslie ? demanda Brad, interrompant le fil des pensées de Joe.

— Pardon ?

Brad se cala sur son siège.

— Vous n'êtes pas l'un de ses vieux amis, en fait. Vous avez beau être le cousin de Matt, vous n'avez rencontré Leslie que récemment, n'est-ce pas ?

Joe contempla fixement Brad.

— Je vais vous dire une chose, Brad. Je me ferais tuer pour elle. Et je pourrais aussi tuer pour elle.

Brad resta figé un moment avant de répondre :

— Vous voyez, c'est une chose que vous ne comprenez pas à mon propos. Je ne me ferais tuer pour personne. Leslie le sait, et elle ne me déteste pas pour autant. Tout le monde ne peut pas être aussi noble que Matt et vous. Comment s'y prend-elle avec les morts, à votre avis ? Ça arrange bien mes affaires, et ça m'attire toutes sortes d'hommages que je ne mérite pas. Est-ce que vous savez quel est son truc ?

— C'est une excellente chercheuse.

— Allons donc ! Elle a toujours eu du talent, mais depuis l'explosion… Vous savez, on l'avait donnée plus ou moins pour morte, ce jour-là. Ils l'avaient mise à côté des cadavres, et puis l'un des urgentistes a senti quelque chose… son pouls battait. Ils ont failli la perdre et ils l'ont rattrapée de justesse. A votre avis, est-ce qu'elle a rencontré des gens dans l'au-delà ? Est-ce qu'elle en a profité pour les ramener ?

Joe se pencha en avant.

— Peut-être a-t-elle un flair particulier pour les morts.

Et peut-être aussi en a-t-elle un pour les vivants qui provoquent des morts.

— Je vous le répète : vous devriez interroger Hank Smith. Vous ne me croyez pas ? Demandez donc à votre pote, le sergent Adair, ce qu'il en pense. Il sait tout là-dessus. Genevieve s'était plainte de Hank auprès de lui. J'ignore totalement quel était le problème. Sans doute était-ce en rapport avec l'entreprise immobilière. En tout cas, elle voulait l'aide de Robert pour faire arrêter Hank.

Brad était de plus en plus remonté. Et Joe, fort des informations qu'il avait récemment glanées, savait exactement pourquoi Genevieve avait pu entrer en conflit avec Hank Smith, comme d'ailleurs avec l'ensemble de Tyson, Smith et Tryon. Il n'aimait pas beaucoup Hank Smith. Il se dit qu'il aurait plaisir, le cas échéant, à prouver sa culpabilité, et qu'en outre ça l'arrangerait bien.

On leur apporta les ailes de poulet.

— Vous ne voyez pas Leslie, ce soir ? demanda Brad.

— Si, plus tard. Je séjourne à Hastings House.

Brad eut un sourire narquois.

— Ça aide de ressembler à l'homme qu'elle aimait, non ?

— Pour être franc, ça ne vous concerne pas.

Brad se mit à rire.

— O.K. J'imagine que vous ne couchez pas avec elle. Vous êtes trop chevaleresque pour ça, hein ? Ou alors, vous lui prêtez une épaule virile et rassurante, en attendant votre heure… Car vous essaierez forcément de placer vos pions, comme n'importe quel mâle. Pas la peine de me regarder de cette façon. Comme elle ne tombera jamais amoureuse de moi, je vous souhaite bonne chance.

Il secoua la tête, prit une aile de poulet et la trempa dans une sauce épicée avant d'ajouter :

— Je ne suis pas aussi salaud que vous l'imaginez. J'aime beaucoup Leslie. C'est une amie : l'une de mes meilleures amies. Et j'avais aussi un vrai béguin pour Genevieve. Je la respectais suffisamment pour ne *pas* lui cogner sur la tête quand elle m'a renvoyé dans mes buts.

Il mâcha pendant une minute et conclut :

— Quand j'ai appris qu'elle avait disparu, j'en étais malade. Est-ce que vous la connaissiez ?

— Non.

— Elle était belle. Extrêmement belle. Avec de grands yeux, des cheveux auburn, soyeux, qui lui tombaient sur les épaules… Et une voix… Mais le plus frappant, c'est que c'était une battante. Quand elle trouvait une cause juste…

— Vous parlez d'elle à l'imparfait.

— Vous croyez vraiment qu'elle est encore vivante ? demanda Brad.

Joe se rendit compte qu'il y avait un accent de sincérité dans sa voix. Ce n'était pas parce que Brad la tenait pour morte qu'il parlait d'elle au passé : c'était parce qu'il avait peur d'envisager le pire.

— Peut-être, répondit-il. Personne n'a encore prouvé le contraire, et donc…

— Personne n'a prouvé non plus que les filles disparues étaient mortes, souligna Brad. Mais c'est sûrement le cas.

A cet instant, le portable de Joe vibra.

Il remarqua que celui de Robert Adair s'était mis à sonner exactement en même temps.

— Et si je me trompais ? murmura Leslie.

— Et si tu avais raison ? rétorqua Nikki.

Elles avaient fait le tour du pâté de maisons à deux reprises et, chaque fois, Leslie avait ralenti en atteignant une certaine section du trottoir. D'après ses calculs, en effet, si elle avait vraiment entendu pleurer quand elle se trouvait dans la cave, cela devait provenir à peu près de cette zone-là.

Elles se trouvaient devant un chantier. D'un côté, un treillis métallique entourait un immeuble en travaux, à l'angle de la rue. Un autre immeuble s'élevait en face et, entre les deux, une palissade d'environ trois mètres de long bloquait l'espace qui les séparait.

Leslie essaya de calculer les distances. Hastings House se trouvait de l'autre côté du pâté de maisons, mais sa cave, sous l'office des domestiques, devait jouxter directement celle de l'immeuble en travaux.

L'heure des cocktails battait son plein : il y avait des gens partout. Un peu plus bas, Leslie le savait, des flics allaient monter la garde toute la nuit autour des fouilles.

— Nous pouvons nous glisser derrière ces planches, dit-elle.

— C'est imprudent. Pourquoi ne pas appeler la police ?

— Et s'ils me disent de me mêler de ce qui me regarde ?

— Appelle un flic que tu connais ! Appelle Joe.

Leslie réfléchit un instant.

— Il est avec Brad, en ce moment. On pourrait se faufiler derrière et regarder ce qu'il y a au bout de l'allée… Allons, viens ! Juste pour jeter un coup d'œil. Ensuite, on appellera quelqu'un.

Nikki regarda autour d'elle. La rue était noire de monde.

— Je suppose que c'est sans risques. Mais on n'y voit rien, là-derrière.

Leslie sourit largement.

— Tu oublies ma profession : j'ai *toujours* une torche avec moi.

Elle fouilla dans son sac et en tira une lampe petite mais puissante.

— O.K. Seulement un coup d'œil, alors !

— Tu as entendu pleurer, rappela fermement Leslie.

— Oui, avoua Nikki. Mais je crois aussi que nous devrions alerter la police.

Leslie lui sourit de nouveau et passa sous la palissade. Nikki jura, vérifia de nouveau les alentours, puis la suivit prestement.

Au bout de quelques mètres, elles tombèrent sur ce qui ressemblait à une ancienne entrée de mine.

— Regarde ! dit Leslie.

On avait simplement bouché l'ouverture en clouant des planches par-dessus.

— Je pense que c'est une ancienne entrée du métro, déclara pensivement Leslie. Utilisée sans doute vers 1915. Tu vois, on distingue ici le reste d'un carreau de céramique…

— C'est possible, acquiesça Nikki.

Leslie commença à tirer sur l'une des planches qui obstruait l'entrée. A sa grande surprise, la planche céda sur-le-champ, si facilement qu'elle faillit perdre l'équilibre.

— Quelqu'un a déjà déplacé cette planche, dit-elle.

— Leslie, on ferait mieux d'appeler la police ! supplia Nikki.

— Attends… je veux juste vérifier.

Elle dirigea sa lampe torche vers l'ouverture.

— Il y a des marches ! s'écria-t-elle d'un ton excité. C'est bien une entrée de métro abandonnée !

— Parfait. Partons, maintenant.

— Laisse-moi jeter un coup d'œil ! implora Leslie.

Elle s'agenouilla, prit appui de la main gauche sur l'une des planches encore en place, et se pencha en avant pour mieux voir. La planche s'effondra : Leslie poussa un cri inarticulé et bascula la tête la première.

— Leslie ! hurla Nikki en se précipitant pour la rattraper.

C'était trop tard. Leslie tomba dans l'escalier en roulant sur elle-même avant de heurter quelque chose qui, presque tout en bas, arrêta sa chute.

— Leslie ! hurla de nouveau Nikki.

— Je n'ai rien ! cria Leslie. Je suis en bas des marches.

Toujours assise, elle éclaira de sa lampe une barrière de planches érigée pour empêcher les intrus de s'aventurer sur les rails abandonnés. Des herbes folles poussaient ici et là et l'endroit, à un moment donné, avait servi de dépotoir d'ordures et de bouteilles vides.

Elle examina les planches. Elles étaient anciennes et avaient sûrement été clouées des décennies auparavant. Les boutiques, les maisons, la rue elle-même avaient dû changer d'aspect plusieurs fois depuis qu'on avait condamné cette entrée. Au-delà de la barrière, elle le savait, s'étendait l'obscurité d'un vieux tunnel inutilisé et dangereux. Elle ferma les yeux une minute pour essayer de visualiser les plans du métro qu'elle avait photocopiés à la bibliothèque. Le tunnel était exactement là où elle s'attendait à le trouver : très proche de la cave de Hastings House, sous l'office des domestiques.

Elle commença à se redresser, puis se rappela qu'elle avait senti quelque chose, en bas des marches. Quelque chose qui avait amorti sa chute.

Intriguée, elle dirigea sa lampe vers le bas.

On aurait dit un tas de vieux vêtements.

Tout à coup, elle prit conscience d'une puanteur déplaisante.

Une odeur de putréfaction…

Elle se pencha, la lampe toujours braquée vers le tas de vêtements.

Et elle se rendit compte alors qu'elle contemplait le cadavre d'une femme.

18

Quand Joe arriva sur les lieux, la nausée lui nouait l'estomac.

La rue était envahie par les voitures de police, par celle du coroner et par une douzaine d'enquêteurs. Joe était venu avec Robert Adair, qui avait immédiatement pris l'affaire en main, et il n'avait même pas réussi à voir Leslie, tant il y avait d'agitation.

Puis il l'aperçut.

Elle se tenait debout près d'une des voitures de police, Nikki à ses côtés. Elle n'avait l'air ni blessée ni même sonnée : en fait, elle paraissait incroyablement calme.

Il la rejoignit immédiatement et lui saisit les deux bras en cherchant son regard.

— Maintenant, jeta-t-il avec un coup d'œil réprobateur en direction de Nikki, vous allez m'expliquer comment vous vous êtes retrouvée au fond d'une entrée de métro abandonnée.

Elle soutint son regard, ouvrit la bouche pour parler, puis fit une pause, comme pour préparer sa réponse.

— Je suis juste… tombée dessus. Comme les planches bougeaient, j'ai jeté un coup d'œil.

— Ben voyons ! marmonna Joe. Excusez-moi un moment. Je vais voir s'ils me laissent examiner le corps.

Par bonheur, l'un des flics qui gardaient la palissade était celui auquel Joe avait parlé quelques jours plus tôt, et il le fit passer. Dans l'allée, l'un des enquêteurs tenta de le renvoyer dans la rue, mais Robert Adair, qui était descendu, cria d'en bas que Joe pouvait le rejoindre.

Le corps était très abîmé. Les insectes et autres animaux nécrophages en avaient fait leur pâture depuis un bon moment.

Le médecin légiste se redressa en époussetant ses mains gantées.

— Elle est ici depuis un bout de temps : probablement quatre à huit semaines, déclara-t-il. Certaines parties du corps ont été entièrement dévorées. Ils auraient intérêt à dératiser, dans le coin.

— Mais il s'agit bien d'une femme ?

L'homme hocha la tête.

— Oui. Agée de vingt-cinq à trente-cinq ans, à mon avis. Elle mesurait environ un mètre cinquante-cinq et devait peser soixante kilos.

L'un des enquêteurs plaisanta nerveusement :

— Drôle de façon de perdre du poids, hein ?

— Ça va, ça va ! jeta Robert. La cause de la mort ? Vous avez une idée ?

— Strangulation. Avec son foulard.

—Est-ce l'une des prostituées ? demanda un autre officier.

Le médecin légiste haussa les épaules.

— Comme vous le voyez, les gars, je n'ai pas grand-chose pour travailler, ici. Je vous en dirai plus dès que je pourrai.

— O.K., fit Robert.

Puis il poussa un juron et ajouta :

— Bon sang, on se disait bien qu'elles devaient être

quelque part ! Morte depuis deux mois… Ça doit être la dernière disparue.

Ou bien Genevieve O'Brien, pensa Joe.

— A moins qu'il ne s'agisse de Genevieve O'Brien, fit quelqu'un à voix haute, en écho à ses craintes.

Pourtant, malgré l'état du corps, Joe se dit que ce n'était pas elle. Il n'y avait pas la moindre trace de roux dans la chevelure. C'était Betty, et il n'avait pas besoin du rapport du médecin légiste pour en être convaincu.

Il pria le ciel pour que le « sixième sens » qui avait guidé la vision de Leslie soit bel et bien tombé juste, et que Genevieve soit vivante quelque part.

Quand il revint vers la voiture de police où Leslie attendait, il s'aperçut qu'elle faisait un compte rendu à l'un des officiers en mentant comme une arracheuse de dents. Elle avait escaladé la palissade pour remonter ses collants, disait-elle. Puis elle avait heurté du pied les planches de l'ouverture sans s'en apercevoir, les avait fait tomber sous son poids et avait dévalé les marches. Ensuite, Nikki avait appelé police secours et exigé que l'on prévienne Robert Adair.

Robert, qui était remonté derrière Joe, les rejoignit et interpella l'officier.

— En avez-vous fini avec ces dames, inspecteur Langdon ?

— Oui.

— Alors, ramenez-les, Joe. Dès que j'en saurai plus sur le corps, je vous le ferai savoir.

Joe hocha la tête.

— Merci. Vous savez, si ça se trouve, ce n'est pas l'une des prostituées disparues.

— Peut-être pas, fit Robert avec un haussement

d'épaules. Sauf que la rue où elles travaillaient est tout près d'ici. Quoi qu'il en soit, je vous appelle.

— Allez, vous deux, dit Joe à Leslie et Nikki. On y va !

— Ne soyez pas fâché, Joe ! implora Leslie.

— Je ne suis pas fâché.

— Si, vous l'êtes.

— Non. Vous venez de découvrir la victime d'un meurtre et vous avez peut-être aidé la police à résoudre une énigme restée en suspens pendant presque deux ans. Avez-vous pris un risque considérable ? Oui. Suis-je fâché pour autant ? Non. Simplement, Leslie, pourquoi diable n'avez-vous appelé personne à la rescousse ?

— J'allais le faire quand je suis tombée en bas des marches, répondit-elle. Je le jure.

Il soupira, glissa un bras autour de ses épaules et regarda Nikki.

— Nous allions effectivement appeler au secours, et nous voulions juste jeter un coup d'œil, confirma cette dernière.

— Je vous ramène à Hastings House, marmonna Joe en se remettant en marche. Nous commanderons des pizzas.

Leslie lui jeta un coup d'œil intrigué.

— Ah bon ? D'accord, fit-elle.

— J'essaie de vous éviter de traîner dans les rues et de tomber dans des trous, reprit-il. Moi, je dois ressortir, mais vous, vous restez à l'intérieur. Et je vais trouver un flic disponible pour surveiller Hastings House pendant la nuit.

Il se rendit compte qu'il marchait trop vite : Leslie et Nikki avaient du mal à le suivre.

— Pourquoi avons-nous besoin d'un garde ? Adam

sera là, Nikki aussi, et vous-même allez revenir plus tard, objecta Leslie.

— Je ne sais pas à quelle heure je rentrerai. En outre, je veux que vous changiez le code de l'alarme.

En même temps, il se reprocha de ne pas y avoir pensé plus tôt.

— Je veux aussi qu'on rajoute une serrure à la porte, poursuivit-il, et qu'on condamne la trappe de la chambre des morts avec une barre de fer.

— La chambre des morts ? répéta Nikki.

— L'office des domestiques, expliqua Leslie.

Quand ils arrivèrent, ils n'eurent pas besoin d'expliquer à Adam ce qui s'était passé : ils le trouvèrent dans la cuisine, en train de regarder les informations. Ignorant Joe, il regarda Leslie bien en face.

— Est-ce que vous saviez que cette femme était là ?

— Pas exactement, répondit-elle.

— Mais encore ? insista Adam.

— Un peu plus tôt, j'avais entendu pleurer.

— Vous avez entendu pleurer une femme morte ? s'écria Joe, incrédule.

Elle soutint son regard, très droite, les mains sur les hanches.

— Oui.

— Nikki et Leslie sont capables de… de voir des choses de l'au-delà, glissa Adam avec délicatesse.

— Vous voyez des fantômes ? fit Joe à Leslie, l'air accusateur.

— Quelquefois.

Il secoua la tête.

— Et Matt ? Est-ce que vous voyez Matt ?

— Non, répondit-elle.

Mais sa voix trembla.

— Adam, venez avec moi chercher de quoi manger ! suggéra Nikki.

— Revenez tout de suite, s'il vous plaît ! fit Joe d'un ton autoritaire, le regard rivé sur Leslie.

Elle garda le silence tandis qu'ils sortaient.

— Ainsi, vous voyez vraiment des fantômes, dit-il enfin.

— Quelquefois, répéta-t-elle. Dans ce cas précis... j'ai entendu pleurer. Mais, Joe...

Il l'arrêta d'un geste de la main.

— Vous ne me croyez pas, dit-elle.

— Si, je vous crois. C'est bien le problème, répondit-il.

— Je ne comprends pas.

— Leslie, vous devez partir d'ici. Je parle sérieusement.

— Mais, Joe...

— Je suis persuadé que c'est vous qui étiez visée, le soir de la réception, Leslie. Vous et non pas Matt. Je ne saurais pas dire pourquoi. Mais nous avons affaire à un maniaque qui kidnappe et tue des femmes, et je pense que c'est quelqu'un qui vous connaît, qui sait que vous avez un don pour trouver les morts. Pour une raison que j'ignore, peut-être pour plusieurs raisons, il vous considère comme une menace, vous comprenez ? Dans cette maison, vous êtes en danger.

Leslie se tut un moment, puis demanda :

— Comment va Brad ?

Joe fronça les sourcils, étonné.

— Il va bien.

— Alors, vous n'avez pas...

— Je vous l'ai dit. J'avais promis de ne pas le frapper et je ne l'ai pas fait.

— Mais vous pensez toujours que…

— Je pense que c'est un crétin mais qu'il n'est pas totalement dépourvu d'intégrité. Est-il coupable ? Je l'ignore encore. Ce que je sais, c'est que ce quartier est sillonné de passages souterrains, que j'ai plusieurs choses à faire ce soir mais que je veux d'abord m'assurer de votre sécurité. Je vais rejoindre les forces de l'ordre et trouver la vérité. Sans vous. Vous comprenez ?

— Joe, dit-elle d'un ton ferme, peut-être que les choses n'arrivent pas par hasard. Peut-être que si je suis ici, c'est pour aider à arrêter ce salaud. Je n'étais peut-être pas destinée à survivre à l'explosion, mais maintenant que je suis là, j'ai l'occasion d'être utile. Vous devez me laisser faire. Je vous en supplie !

— Vous vous êtes déjà rendue utile, Leslie. Maintenant, vous devez céder la place aux professionnels.

Il la prit dans ses bras et la serra contre lui. Son corps criait son envie d'aller plus loin, mais son esprit l'avertissait qu'il n'avait pour l'instant rien de plus à offrir que son amitié, sa force… sa vie.

Il s'écarta alors même qu'elle se laissait aller contre lui. Elle leva les yeux vers les siens et lui toucha la joue, un léger sourire aux lèvres.

— Je serai sage. Où allez-vous ?

— Je veux rejoindre Robert. Il faut examiner le reste du tunnel.

Elle redevint sérieuse, s'écarta à son tour et répondit avec feu :

— Oui, c'est la première chose à faire. Elle est quelque part par là, Joe. Genevieve est sous terre à cet endroit.

— Comment pouvez-vous en être aussi sûre ?

— A cause des pleurs.

— Mais vous avez dit que…

— J'ai entendu l'écho des sanglots de la femme morte, mais j'ai aussi entendu Genevieve pleurer, de manière bien réelle. Et elle n'est pas loin de cette maison. Je le sais.

Joe sortit son portable, puis hésita. C'était ridicule de soupçonner Robert. Mais il faisait partie des suspects et c'était lui qui menait une enquête qui, désormais, ne portait plus sur des disparitions mais sur un homicide.

Leslie, elle, se refusait à soupçonner Brad.

Personne n'avait envie de croire qu'un proche soit capable du pire.

Joe savait qu'il devrait se rendre directement au siège de la police, dès qu'Adam et Nikki seraient de retour. S'il voulait se montrer professionnel, il devait traiter cette affaire comme n'importe quelle autre, sans jouer les francs-tireurs. Heureusement, ce n'était pas loin. Il était impatient d'y foncer.

Au même instant, il entendit la porte s'ouvrir.

— Pizza ! cria Nikki.

— Ça y est, dit Leslie en souriant, vous pouvez partir.

Il hocha la tête.

— Soyez prudente. Et quand je reviendrai, nous devrons parler.

Elle sourit de nouveau, se hissa sur la pointe des pieds et l'embrassa sur la joue.

Il sortit de la cuisine juste au moment où Nikki et Adam y entraient, les bras chargés de boîtes de pizzas et d'un sac plein de sodas.

— Vous ne mangez pas ? lui demanda Nikki.

— Non. Leslie vous expliquera. Ne la quittez pas d'une semelle !

— Ne craignez rien, affirma Nikki.

Après son départ, Leslie mangea de la pizza, but du soda et bavarda de manière apparemment détendue. Mais intérieurement, elle avait l'impression de perdre les pédales.

— Pourquoi est-ce qu'on n'essaierait pas ? demanda Nikki.

Leslie la regarda d'un air absent. Sans doute n'avait-elle pas suivi la conversation si bien que ça.

— Essayer quoi ?

— Une séance médiumnique.

— Une séance ? répéta Leslie, manquant s'étrangler avec sa pizza. Une *séance* ? Est-ce que ça a le moindre intérêt pour des gens comme nous, Nikki ?

— Peut-être que oui, déclara Adam. Si ça se trouve, Matt a des choses à apprendre, et ça pourrait l'aider.

Leslie les dévisagea tour à tour, puis céda.

— O.K. Si vous pensez que ça peut servir à quelque chose…

— Où allons-nous faire ça ?

— Dans la chambre des morts, répondit Leslie. Ça s'impose.

Après plusieurs minutes exaspérantes, durant lesquelles l'officier de service lui répéta sur tous les tons que l'interlocuteur désigné était Robert Adair, Joe fut tenté de renoncer. Après tout, il avait d'autres noms sur sa liste.

Mais Robert faisait partie des trois seuls suspects, avec Ken Dryer et Hank Smith, à pouvoir utiliser une berline noire à n'importe quel moment. Tyson, Smith et Tryon avaient sûrement une flottille, et des officiers supérieurs comme Dryer et Adair avaient librement accès à tous les véhicules de la police.

Il appela Eileen Brideswell et lui expliqua :

— J'ai besoin de votre aide. Tout de suite.

Quelques minutes plus tard, on le conduisait au bureau du lieutenant Grayson, un homme mince, d'une soixantaine d'années, à l'air harassé. Il inclina pensivement la tête en écoutant Joe lui exposer le fruit de ses réflexions, malheureusement encore très hypothétiques. Joe ajouta qu'il préférait ne pas alerter Robert Adair pour éviter de le surcharger de travail, et il se garda bien de préciser qu'il le suspectait.

— Je peux vous donner trois hommes, dit Grayson. Et l'autorisation de pénétrer dans les tunnels.

— C'est tout ce qu'il me faut. Merci.

— Remerciez Eileen Brideswell, répondit Grayson.

Visiblement, il ne proposait son aide que parce qu'il y était contraint. Mais son irritation était compréhensible : après tout, il avait déjà un enquêteur sur l'affaire.

Grayson passa un coup de fil au responsable de la régie du métro, la Metropolitan Transit Authority, et Joe partit en compagnie de trois officiers en uniforme.

Quelques minutes plus tard, ils retrouvèrent à la station la plus proche de Hastings House un employé de la MTA nommé Gregory Breen.

Breen remit un plan à Joe en disant :

— Je ne sais pas ce qu'il vaut. Une fois que vous aurez quitté le réseau principal, c'est un no man's land. Personne n'a utilisé ces vieux tunnels depuis… depuis les années 1920, au moins.

Il descendit avec eux, leur fit emprunter un passage

de service jusqu'à un local, quelque part sous Broadway, et les conduisit devant une porte fermée à clé. Il la déverrouilla, et ils se retrouvèrent en face d'une palissade de bois.

Joe tendit la main, et le bois, pourri et friable, céda sous la poussée.

— Ça alors, je veux bien être pendu ! s'écria Breen.

— Avons-nous vraiment besoin de bougies ? demanda Leslie.

— Autant se mettre dans l'ambiance ! répondit gaiement Adam.

— On a droit à un verre de vin ?

— Assieds-toi ! ordonna Nikki.

Ils avaient apporté une table dans l'office des domestiques et avaient disposé trois bougies allumées. Une lumière chiche filtrait depuis la cuisine, mais à part ça la pièce était plongée dans l'ombre.

— Et maintenant ? demanda Leslie.

— Nous devons nous tenir les mains, expliqua Adam.

— Et ensuite ?

— Laisse faire Nikki.

Quand ils furent tous trois assis autour de la table, Leslie ferma les yeux. Ça semblait naturel.

Elle patienta en se demandant quelle formule Nikki allait employer pour conjurer les esprits. Mais son amie ne prononça pas le moindre abracadabra.

— Matt, fit-elle simplement à voix basse. Si tu es ici, nous avons besoin de ton aide. Nous savons que tu as tout fait pour contacter Leslie et que tu y es parvenu, mais il nous faut davantage. S'il te plaît, essaie de…

Nikki parlait encore quand Leslie sentit quelque chose et comprit que Matt était à ses côtés.

Quand elle se retourna, elle le vit.

Il était là sans y être, simple émanation brouillée dans laquelle elle reconnut pourtant sans hésiter sa haute silhouette, son beau visage empreint en cet instant de gravité. Oubliant la présence de Nikki et d'Adam, Leslie se leva et se glissa dans ses bras. Il n'était pas réel mais elle le sentait. Elle eut conscience d'une caresse sur ses cheveux, elle perçut sa force quand il la serra contre lui. Et elle l'entendit.

— *Vous devez sortir d'ici, Leslie. Tous les trois. Il est entré par la porte principale. Il connaît le code.*

— Qui connaît le code ? demanda Nikki, révélant ainsi que Leslie n'était pas la seule à entendre Matt.

— *Je ne sais pas, mais il est tout près. Je me suis battu avec lui la dernière fois mais je n'ai pas pu l'arrêter. Sortez... je vous en supplie !*

Tout à coup, la maison fut plongée dans le noir. Seule la flamme des bougies offrait un répit minuscule dans l'obscurité.

— Il y a quelqu'un dans la maison, dit Adam.

Une sensation de froid envahit Leslie.

Matt l'avait quittée.

— Qu'est-ce que nous cherchons exactement ? demanda l'officier Dale Nelson.

Il était tout jeune, frais émoulu de l'école de police, et faisait preuve de bonne volonté et de courage, même s'il ne voyait pas très bien ce qu'on attendait de lui. Nelson, ainsi que les deux autres policiers plus âgés qu'on avait envoyés à Joe, O'Hara et Myers, étaient peut-être sceptiques, mais on leur avait ordonné d'obéir et de se montrer le plus efficace possible. Joe avait envoyé les deux vétérans explorer une galerie située au nord-est, se réservant avec Nelson celle qui s'ouvrait à l'ouest, c'est-à-dire la plus proche de la rue des prostituées, de Hastings House, du chantier de fouilles et aussi de l'ancienne station où le cadavre avait été retrouvé quelques heures plus tôt. Si Leslie avait vraiment entendu pleurer depuis l'intérieur de Hastings House, ce tunnel devait être dans la bonne direction. Le problème, c'étaient les aménagements successifs ajoutés au cours du temps. Ils transformaient le trajet en labyrinthe complexe, à l'atmosphère sinistre et décrépite.

Ils étaient en outre plongés dans l'obscurité.

— Nous cherchons une sorte de réserve, expliqua Joe. Un local susceptible d'être utilisé comme cellule. Il faut guetter tout ce qui pourrait ressembler à une porte.

— Compris ! dit Nelson.

Brusquement, il eut un cri rauque.

— Qu'est-ce qu'il y a ? demanda Joe.

— Un rat, répondit Nelson. Désolé.

— O.K.

Ils reprirent leurs recherches.

— Soufflez les bougies ! dit Adam.

Nikki s'exécuta rapidement. Ils se tinrent debout dans le noir le plus complet. Leslie faillit sauter au plafond en sentant une main se poser sur son épaule. C'était Adam.

— Je vais chercher mon arme, dit-il.

— A l'étage ?

— Oui.

— Non !

— Je n'ai pas le choix.

— Adam…

— Je serai prudent.

Il disparut, mais Leslie entendait la respiration de Nikki à côté d'elle.

— Nous ne pouvons pas rester ici, chuchota-t-elle.

— Tu as une meilleure idée ? demanda Nikki.

Leslie pensait à la cave où se trouvaient des outils dont ils pourraient se servir pour se défendre.

— Hé !

Ce cri venait de leur parvenir du hall, et la voix ajouta :

— Qu'est-ce qui se passe ici ?

Brad ! Leslie ne savait pas s'il venait en ami ou en ennemi. Etait-ce lui qui avait coupé l'électricité pour les prendre par surprise ? Ou alors y avait-il quelqu'un d'autre dans la maison ?

Elle ne trouvait de réponse à aucune de ces questions.

Elle poussa la table et retira le tapis qui cachait la trappe.

— Viens ! souffla-t-elle à Nikki d'un ton pressant.

— Non. Vas-y toute seule, lui répondit Nikki. Moi je ne risque rien : je suis en dehors de cette histoire. Cache-toi et je remettrai le tapis. Allez !

— Je ne peux pas te laisser alors qu'il y a du danger, Nikki.

— Ce n'est pas moi qui suis menacée. Je vais me cacher aussi, mais si je ne replace pas le tapis, on comprendra tout de suite où tu es. Dépêche-toi !

Leslie obéit. Elle descendit l'escalier à l'aveuglette en essayant de se rappeler où elle avait laissé la lampe-tempête. Elle tâtonna autour des diverses caisses jusqu'à ce que ses doigts se referment enfin sur la lampe. En explorant de nouveau, elle trouva aussi une truelle. Puis elle s'immobilisa et tendit l'oreille, essayant de reconstituer la pièce de mémoire. Il y avait des caisses empilées à droite de la cheminée. Elle se glissa derrière, contre le mur, la truelle dans une main, la lampe dans l'autre. Et elle commença à attendre.

D'abord, ce fut le silence. Et puis…

Des sanglots. Elle se tourna en direction du son, mais il faisait noir comme dans un four et elle ne distinguait absolument rien. Elle se rappela que Joe avait tenté d'appuyer sur les briques quand il était venu et, dans l'obscurité, elle se mit à faire la même chose.

Elle pressa sur une brique qui, tout à coup, céda. Stupéfaite, elle se figea un moment puis, à tâtons, retrouva la brique à sa légère saillie et pressa plus fort, jusqu'à l'enfoncer complètement. Sa main rencontra une surface froide et métallique. Elle la parcourut du bout des doigts pour tenter de comprendre ce que c'était, puis décida d'appuyer, et un grincement strident envahit tout à coup la cave.

La paroi entière se déplaça. Leslie déglutit et cligna des yeux. Il régnait toujours une obscurité complète, mais une bouffée d'air fétide lui fit comprendre ce qui s'était passé. Une porte s'était ouverte avec un bruit assourdissant, suffisant pour réveiller un mort. S'il y avait réellement un tueur dans la maison, il l'aurait forcément entendu, ce qui lui ôtait tout espoir de remonter à l'étage.

Elle n'avait plus qu'une seule issue.

Aller de l'avant.

*
* *

Il y avait bel et bien quelqu'un à l'intérieur et Adam le comprit avant même d'entendre une voix les héler depuis le rez-de-chaussée. Voyant que ni Leslie ni Nikki ne répondaient, il préféra jouer la prudence, se faufila à pas de loup dans le couloir de l'étage, l'arme à la main, et s'approcha de l'escalier. Puis il entendit un chuchotement dans le noir.

— Adam ?

C'était Nikki.

Avant qu'il puisse répondre, on entendit un branle-bas au rez-de-chaussée. Il dévala les marches, distinguant vaguement dans le hall une silhouette qui semblait lutter avec un adversaire invisible.

— Stop ou je tire ! cria Adam.

La silhouette se précipita à l'extérieur en trébuchant. Adam se lança à sa poursuite.

— Arrête, Adam ! cria Nikki. Appelons la police !

— Non ! Il aura filé avant que les flics n'arrivent, répliqua Adam sans ralentir.

Il fonça en trombe sur le porche et se rendit compte que Nikki était juste derrière lui.

— Merde ! jura Nelson.

Joe fit volte-face en se demandant pourquoi il s'était encombré d'une bleusaille pareille.

Cette fois, cependant, le jeune homme avait les traits crispés par la souffrance.

— Qu'y a-t-il ?

— C'est ma cheville. Mon pied a glissé dans une ornière : il y avait un rail tordu… Merde ! Je ne peux plus marcher. Je suis désolé.

— Bon. Je vais vous ramener.

— Non, surtout pas ! Continuez seul !

— Vous voulez que je vous abandonne dans un tunnel désaffecté ?

— J'ai une lampe et une radio. La radio passera sûrement très mal, mais la lampe fonctionne. Envoyez juste de l'aide dès que vous pourrez.

Il grimaça et ajouta :

— Je parle sérieusement. Je peux très bien attendre. Allez trouver cette fille.

Joe hocha la tête.

— Entendu. Je vous envoie quelqu'un dès que possible.

— C'est ça. Allez-y !

Sur un dernier signe de tête, Joe repartit.

Leslie alluma sa lampe. Elle entendait des bruits de pas au-dessus de sa tête : ceux de Nikki ou d'Adam, peut-être.

Ou peut-être pas.

Elle franchit la porte tout en l'examinant avec attention. Logiquement, le pêne et les gonds auraient dû être beaucoup plus rouillés qu'ils ne l'étaient. Quand diable cette porte avait-elle été installée ?

Sans doute pendant la guerre de Sécession, quand la maison servait de halte au Chemin de Fer souterrain. Elle ne donnait pas sur un tunnel du métro. Il y en avait peut-être un plus loin, mais pour l'instant…

Leslie repoussa le battant derrière elle et ferma le mieux possible. Puis elle leva sa lampe. Elle n'avait d'autre choix que d'avancer.

Elle se mit en marche, puis se cloua sur place.

— Leslie ? Est-ce que tu es ici, dans la cave ? Qu'est-ce qui se passe, à la fin ? La maison est plongée dans le noir et la porte d'entrée était ouverte.

Brad ! Sa voix trahissait un étonnement sincère. Mais alors, si c'était lui qui se trouvait dans la cave derrière elle, où diable étaient Nikki et Adam ?

Elle resta coite. Puis elle entendit la porte qu'elle venait de rabattre s'ouvrir, et elle se mit à courir dans la galerie, éteignant sa lampe à la hâte. La porte grinça tandis que Brad se frayait un passage.

— Leslie, c'est moi, Brad ! cria-t-il d'une voix furieuse. Bon sang, tu m'as vraiment fichu les jetons. Où es-tu, à la fin ?

Elle s'immobilisa, osant à peine respirer. Mais elle ne pouvait pas rester là. Elle recommença à avancer, centimètre par centimètre, tâtant la paroi pour se guider. Elle sentit sous ses doigts des carreaux de céramique, puis de la brique, du ciment et de nouveau des carreaux.

— Leslie, il fait tout noir, là-dedans ! hurla Brad.

Il y eut un cri bref, suivi d'un bruit sourd, comme si quelque chose de lourd venait de tomber.

Brad ?

Et plus rien.

Elle continua, muette, désespérée. Il y avait quelqu'un derrière elle. Elle en était sûre. Et quelque chose lui disait que ce n'était plus Brad.

Des carreaux… du ciment, humide et visqueux sous sa paume…

Et puis… du bois ?

Joe entendit du bruit, quelques mètres devant lui. Impossible de deviner ce que c'était. Il sortit son revolver et leva sa lampe.

Le bruit semblait à la fois très proche et curieusement lointain.

Jurant entre ses dents, il s'arrêta pour consulter de nouveau le plan.

Il y avait un tunnel parallèle à celui où il se trouvait qui, apparemment, n'avait jamais servi pour le métro. Il déchiffra l'annotation : *galerie ancienne, inutilisable, réserve.*

Réserve. Cela signifiait que l'on devait pouvoir y accéder. Joe plissa les yeux, tentant de percer l'obscurité. Est-ce qu'on ne distinguait pas quelque chose, dix mètres plus loin ? Il hâta le pas.

Leslie sentit des loquets sous ses doigts. Une porte ! Avec la conscience aiguë d'être suivie, à une distance qu'elle ignorait, elle se mit à les manœuvrer. Elle n'avait pas le choix.

Le premier loquet céda avec un petit claquement. La jeune femme accéléra sans se soucier du bruit et, impulsivement, se mit à crier :

— Au secours !

L'écho de son cri résonna dans la galerie. Elle tira le dernier loquet et le battant céda, libérant tout à coup un jet de lumière. Elle cligna des yeux, brièvement aveuglée, découvrit une pièce où régnait une odeur mortifère, meublée d'un lit de camp et d'une table où étaient posées quelques bouteilles d'eau.

Il y avait un étrange empilement informe, à l'autre bout.

Et aussi une femme brune aux yeux bleus, d'une maigreur effroyable. Ses chevilles avaient beau être enchaînées, elle était debout, pâle, malade mais apparemment prête à se battre. C'était Genevieve O'Brien.

— Entrez ! Je n'arrive pas à croire que vous m'ayez retrouvée. Il est juste derrière vous ! dit-elle.

Leslie se retourna, hurla. L'homme n'était qu'à quelques mètres.

— Entrez vite ! supplia Genevieve.

Leslie se précipita à l'intérieur et referma la porte d'un coup sec. Elles s'appuyèrent de tout leur poids sur le battant. De l'autre côté, on tambourina avec frénésie. Genevieve regarda Leslie.

— Qui êtes-vous ? Comment êtes-vous arrivée ici ? Il va nous tuer toutes les deux, maintenant.

— Pour l'instant vous êtes vivante, dit Leslie d'une voix haletante, tout en luttant pour maintenir la porte.

Combien de temps allaient-elles pouvoir tenir ? Qui savait où elle était en ce moment ?

Adam et Nikki.

S'ils étaient encore en vie.

— Qui est-ce ? demanda Leslie. Qui ?

A l'instant même où elle posait la question, leur ennemi enfonça la porte d'un coup brutal, les projetant toutes les deux vers l'arrière.

Alors, elle sut.

Joe trouva la porte. Il se précipita dessus de tout son poids, à plusieurs reprises, luttant contre des décennies de rouille accumulée. Le battant finit par céder.

Il s'ouvrait sur un autre tunnel qui, à l'autre bout, se terminait par une issue béante. Hastings House ! Car c'était Hastings House, si ses calculs étaient bons. Très exactement, la cave. Oui, c'était ça. Il y avait bel et bien eu une porte dissimulée dans le mur de la cave et cette porte, maintenant, était grande ouverte.

Il entendit gémir et se précipita, sa torche à bout de bras. Un corps gisait sur le sol. Il s'agenouilla et entendit un nouveau gémissement.

Brad !

Brad qui, maintenant, clignait des yeux.

— Qu'est-ce qui vous a pris ? s'écria-t-il. Pourquoi m'avez-vous frappé ? Quand je suis entré, la maison était plongée dans le noir, je le jure, et la porte d'entrée était grande ouverte. J'ai commencé à chercher quelqu'un... je suis descendu à la cave, et... Je ne ferais jamais de mal à Leslie, bon sang !

— Où est-elle, nom d'un chien ?

— Qu'est-ce que j'en sais ? Vous m'avez assommé.

— Ce n'est pas moi qui vous ai assommé.

C'est alors qu'ils entendirent un hurlement à glacer le sang.

Robert Adair entra dans la pièce, l'air peiné.

— Je savais bien que vous alliez contrarier mes projets, Leslie.

— Robert, vous êtes venu, intervint Genevieve. Ne vous fâchez pas, je vous en prie ! Je pense que ce sera merveilleux d'avoir Leslie avec nous.

Leslie secoua la tête, sidérée, réfléchissant sur la meilleure façon de gagner du temps. De sauver sa vie.

— Réfléchissez à ce que vous faites, Robert, dit-elle enfin. A mon avis, vous espériez au fond de vous-même être découvert. N'avez-vous pas envoyé Eileen Brideswell vers Joe ? Vous êtes un homme bon. Vous n'avez pas l'intention de me faire du mal.

Il brandissait une arme. Elle savait qu'il avait déjà tué. Elle déglutit, comprenant tout à coup ce qu'était l'étrange empilement, à l'autre bout de la pièce. C'était le corps d'une fille disparue, voire plusieurs corps. Il avait laissé les cadavres ici, avec Genevieve, pour lui montrer le sort inéluctable qui l'attendait et, ainsi, la dompter. La plier à sa volonté.

— Pourquoi n'êtes-vous pas morte dans l'explosion, Leslie ? Et ensuite… pourquoi êtes-vous revenue, au lieu de rester loin d'ici ? Il n'y a qu'une seule façon de traiter les femmes : demandez à Genevieve. Les disparitions des prostituées la rendaient folle. Elle allait s'en mêler. Voilà pourquoi j'ai dû l'enfermer ici. Elle s'est montrée délicieuse, je dois le dire. Il est vrai qu'elle tient tellement à vivre !

— Leslie aussi veut vivre, dit Genevieve.

— Je n'arrive pas à croire que c'est vous, Robert ! souffla Leslie, choquée, incrédule.

— Et qui d'autre ? fit-il d'un ton léger. Qui d'autre avait accès aux sites, aux immeubles, aux voitures ? Qui d'autre pouvait sillonner la ville entière et agir à sa guise ? Ces tunnels sont extraordinaires, vous savez ? Ils donnent directement accès à Hastings House. Bien sûr, vous l'aviez compris, n'est-ce pas, Leslie ? Mais vous ne savez peut-être pas qu'il y a aussi une issue dans la crypte que vous avez découverte. Je m'étais arrangé pour vous régler votre compte, le matin où vous y étiez seule, mais il a fallu que Laymon arrive avant que je puisse vous amener dans le tunnel. Personne n'aurait rien su. Hélas, Laymon a surgi et j'ai dû filer en catastrophe. Vous êtes remarquablement difficile à supprimer, jeune dame. Même une poussée sur les rails du métro n'a pas suffi. Il faut bien me comprendre : je n'ai jamais eu l'intention de vous faire du mal. Simplement, vous en savez beaucoup trop. Je ne sais pas jusqu'à quel point, mais vous en savez trop, de toute façon. Vous auriez fini par me percer à jour. Vous avez un talent particulier, un genre de double vue qui s'est encore renforcé après que vous avez survécu à l'explosion. Regrettable incident, d'ailleurs : quatre morts et j'ai raté la seule personne que je voulais vraiment tuer. J'en suis désolé, Leslie, fit-il doucement.

Elle vit que ses doigts tressaillaient sur la détente.

Il allait l'abattre. D'une seconde à l'autre.

— Stop ! rugit une voix.

Elle entendit des pas précipités.

Joe !

Robert fit volte-face et tira dans le tunnel, mais son bras sursauta étrangement et le coup se perdit. Il donnait la curieuse impression de se débattre avec lui-même... ou avec un adversaire invisible. Il n'en continuait pas moins à appuyer sur la détente.

Encore et encore.

Les coups de feu résonnaient douloureusement dans l'espace confiné. Tirant toujours, de manière désordonnée, Robert jurait, hurlait.

Tout à coup, il se retrouva plaqué contre la porte. Sa bouche s'agrandit d'horreur, mais il ne lâcha pas son arme.

Matt ! pensa Leslie avec joie tandis que Robert se tordait, essayait désespérément de tendre son bras armé vers le tunnel.

Brusquement, Joe surgit de l'obscurité, offrant une cible parfaite.

— Non ! hurla Leslie.

Elle sauta sur le dos de Robert Adair. Genevieve cria de toutes ses forces pour tenter de le déstabiliser. Un nouveau coup de feu retentit dans le tunnel et Robert, atteint de plein fouet, pivota sur lui-même, faisant face aux deux femmes.

Il avait le sourire aux lèvres.

Leslie se demanda pourquoi.

Puis elle comprit.

Au moment de mourir, il tira une dernière fois.

— Non !

Leslie entendit Joe hurler ce simple mot à l'instant même où elle tombait. Genevieve tenta en vain de la retenir, mais ses faibles forces la trahirent, faisant comprendre à Leslie ce qu'elle avait pu endurer pendant de longues semaines. Elles s'effondrèrent toutes les deux sur le sol tandis que Joe se précipitait.

Mais Leslie ne vit pas Joe.

Elle vit Matt.

Il était agenouillé et la berçait dans ses bras.

Il avait les larmes aux yeux.

— Non, Leslie, non…

— Leslie !

Loin, très loin, elle entendit Joe crier. Il s'efforçait désespérément d'arrêter le flot de sang qui jaillissait de la poitrine de la jeune femme.

— Tiens bon, Leslie, tiens bon…

Elle eut vaguement conscience que des bruits de pas retentissaient dans le tunnel.

Elle sourit. Elle avait eu, dans sa vie, de vrais amis.

— Leslie, chuchota Matt en la berçant toujours. Bats-toi. *Bats-toi !*

Elle ne pouvait pas se battre. Elle le savait. Elle tendit les bras vers Matt, vit ses yeux mouillés de larmes. Son amour.

— Certaines choses sont écrites, souffla-t-elle.

Épilogue

Assis sur un banc en ciment dans le cimetière, Joe contemplait la terre fraîchement tassée de la tombe. Il était seul. Il y avait eu une telle foule à l'enterrement, le matin, qu'il avait ressenti le besoin de prendre du recul et était revenu l'après-midi, en solitaire. Leslie avait été aimée par beaucoup de gens de valeur. Par Adam. Par Nikki, qui accompagnait Leslie lors de la découverte de l'entrée de métro et des tunnels par lesquels Robert s'était échappé, la nuit où Joe lui avait donné la chasse. Adam et Nikki, qui étaient présents aussi lorsque les urgentistes avaient tenté désespérément de sauver Leslie, et quand on l'avait déclarée morte. Ils avaient tous souffert. Brad Vernon, également, qui avait pleuré comme un gamin. Même Dryer s'était effondré, en direct, à la télévision, en venant annoncer ce qui s'était passé.

Tout cela était fini, maintenant. Comme était finie la torture que Robert Adair avait infligée à ses victimes. Le récit de Genevieve, basé sur les visites délirantes qu'il lui faisait dans sa prison improvisée, avait permis d'éclairer un peu ce qui avait fait basculer le policier dans la folie. Il n'avait jamais eu une vie sociale très riche. Il s'était rabattu sur les prostituées puis, finalement, s'était retourné contre elles. Dans son esprit, elles méritaient tout ce qui pouvait leur arriver. Au début, quand il avait kidnappé Genevieve, elle n'était pas seule dans sa prison : il y avait d'autres filles, et elles avaient toutes été maltraitées. Quand il se lassait de l'une d'elles, quand elle l'irritait… il la tuait. Joe était là quand elle raconta stoïquement à la police ce qu'elle avait dû accepter pour survivre. Elle précisa d'ailleurs qu'à son avis, c'était son impuissance qui avait rendu Robert psychotique. Cet homme puissant et respecté n'avait personne qui l'attendait à la maison.

Joe commençait à surmonter sa stupéfaction. Même s'il avait inscrit Robert sur sa liste de suspects, il n'avait jamais vraiment privilégié cette hypothèse, même à la fin. Cela lui paraissait encore difficilement concevable. Pourtant, à la réflexion, l'un d'entre eux aurait pu y songer bien plus tôt. Sauf que c'était Robert lui-même qui menait l'enquête.

La disparition de Leslie lui infligeait une souffrance qui s'atténuait par moments mais le cisaillait à d'autres comme un coup de couteau. Il ne cessait de repasser dans sa tête l'enchaînement des événements, s'efforçant d'élaborer un scénario qui se serait achevé différemment, dans lequel Leslie aurait survécu.

Il avait apporté une unique rose, qu'il jeta doucement sur la tombe.

— Je n'ai pas réussi à te sauver, murmura-t-il.

Elle n'avait pas encore de pierre tombale, mais celle de Matt était juste à côté : un sobre et beau monument de marbre blanc que Joe avait choisi lui-même.

— Et je ne t'ai pas sauvé non plus, ajouta-t-il.

Il ferma les yeux. Cela avait été, de manière déconcertante, une journée magnifique, avec un ciel d'azur et une brise légère. Joe avait tout de même attendu la fin de l'après-midi pour revenir, préférant le moment où le soleil se faisait moins ardent, où l'air embaumait. Il était resté assis jusqu'à ce que le crépuscule ait délavé toutes les couleurs du ciel, comme si la délicatesse des teintes du soir tombant pouvait donner un sens à ce qui s'était passé.

Pourquoi, d'ailleurs, était-il revenu ?

Parce qu'il espérait que l'un d'eux, lui ou elle, allait lui envoyer un message ? Peut-être, se dit-il.

Il sentit une main se poser sur son épaule et se retourna.

Genevieve O'Brien était là. Sa beauté était sidérante, avec ces yeux de la couleur du ciel et ces cheveux acajou dont les reflets cuivrés évoquaient une vibrante flamme intérieure. Elle était mince et extrêmement pâle. Ne venait-elle pas de passer deux mois de terreur, prisonnière dans une cellule souterraine ? Mais dès le départ, elle avait fait preuve d'une force d'âme peu commune, ce qui lui avait permis de survivre.

Elle avait pris la parole durant la cérémonie pour livrer un admirable hommage à la femme qui venait de mourir, qui était morte pour elle. Son discours avait bouleversé tout le monde. Peut-être qu'ensuite certains s'en inspireraient pour mieux se comporter envers leurs frères humains. En tout cas, pendant quelque temps, s'était dit Joe avec scepticisme. Leslie avait été une véritable héroïne.

Le matin, pendant l'enterrement, alors que Genevieve, debout devant la tombe, s'apprêtait à déposer une gerbe sur le cercueil, un photographe s'était approché d'elle. Pour Joe, c'était trop. Il s'était interposé. Il ne savait plus très bien ce qu'il avait dit, mais le reporter s'était enfui.

Genevieve avait tourné vers lui ses immenses yeux bleus emplis de larmes, et avait dit simplement :

— Merci.

Maintenant, elle venait de le rejoindre sur le banc.

— Comment tenez-vous le choc ? lui demanda-t-elle.

Il la dévisagea.

— Pas trop mal. Et vous ?

Elle baissa les yeux vers les tombes.

— Je suis reconnaissante. Et plus déterminée que jamais de donner un sens à ma vie.

Elle était stupéfiante, se dit Joe avant de ramener à son tour les yeux vers les tombes.

— J'ai pourtant tout essayé, murmura-t-il.

Elle lui posa de nouveau la main sur l'épaule.

— Vous et Leslie m'avez sauvé la vie. Et vous avez empêché un monstre de continuer à nuire.

Il secoua la tête : il n'avait pas réussi à sauver Leslie.

— J'aimerais boire un verre, reprit Genevieve.

— Quoi ?

— Vous ne voulez pas m'emmener quelque part, chez O'Malley's, par exemple ? J'aimerais vraiment prendre un verre.

— Je… Oui, bien sûr.

Après tout, à quoi cela les avançait-il de rester assis dans un cimetière ?

Elle se leva la première et lui tendit la main. Il s'en saisit et se leva à son tour. Ils se dirigèrent vers la sortie, en empruntant un sentier en pente douce.

Puis Genevieve s'immobilisa et se retourna.

— Elle est avec lui, maintenant, dit-elle doucement.

— Pardon ?

— Regardez.

Il fit volte-face.

— Regardez là-bas. Juste à l'endroit où nous étions assis.

Il obéit et cligna des yeux. Les lueurs du couchant devaient lui brouiller la vue. Ou alors, son esprit las, confus, prenait ses désirs pour des réalités.

Et pourtant…

Ils étaient là. Matt, grand, les épaules larges, les cheveux mordorés, souriait à la mince et belle jeune femme debout à côté de lui : Leslie. Leslie qui levait vers lui son fin visage, les yeux brillants tandis qu'elle contemplait l'homme qu'elle aimait. Matt lui prit la main en riant, s'assit sur le banc et l'attira contre lui pour la bercer tandis que le soleil jetait ses derniers feux.

Joe cligna encore des yeux. Il regarda Genevieve, puis de nouveau le banc, sur la petite éminence. Ils n'étaient plus là, bien sûr. Un nuage avait dispersé la brillance des ultimes rayons.

— Vous arrive-t-il de penser que peut-être — peut-être — Leslie n'en a réchappé la première fois que parce qu'il le fallait, parce qu'elle avait encore une mission à remplir ici-bas ? demanda Genevieve à voix basse.

Elle serra la main de Joe.

— Si ça se trouve, nous aurons l'occasion de les revoir, ajouta-t-elle pensivement.

— Quoi ?

— Je laissais juste courir mon imagination, murmura-t-elle.

Joe ne put s'empêcher de regarder de nouveau vers le banc. Le nuage avait disparu, mais les dernières lueurs aussi. Qui savait si ces deux êtres merveilleusement beaux n'étaient pas encore là, avec leur inaltérable amour ?

Il dévisagea Genevieve.

— Avez-vous… vraiment vu quelque chose ? lui demanda-t-il. Vous semble-t-il possible que…

Elle eut un léger rire.

— Vous savez ce que je crois, désormais ? Que tout est possible. Absolument tout. Venez, maintenant. Vous m'avez promis un verre.

Elle se dirigea vers la rue et il la suivit.

Brusquement, il comprit pourquoi il s'était senti obligé de revenir au cimetière : pour voir un fantôme. Pour demander à un fantôme de lui pardonner, de lui confirmer que tout était écrit.

Il se mit à grommeler. Alors, il allait devoir vivre avec *ça*, maintenant ? Est-ce qu'il allait les voir en permanence, savoir où ils étaient, ce qu'ils voulaient ?

Flûte !

Oui, peut-être, en fait.

Il se dépêcha pour rattraper Genevieve et lui prit la main. Elle pressa sa paume et leva les yeux vers lui tandis qu'ils s'engageaient sous les néons nocturnes, emportés par le flot d'énergie et la vie bouillonnante de la nuit new-yorkaise.

BestSellers

A paraître le 1er juillet

Best-Sellers n°334 • thriller

Le tueur d'anges - Erica Spindler

Il y a cinq ans, des meurtres de petites filles ont semé la panique à Rockford, Illinois. Kitt Lundgren, chargée de l'enquête, a laissé le coupable lui échapper. Sa vie en a été marquée à jamais. Et voilà que le tueur d'anges recommence à frapper. Cette fois, Kitt est décidée à le retrouver, mais l'enquête est confiée à l'inspecteur Riggio, une jeune femme ambitieuse qui ne pardonne pas à Kitt ses erreurs passées. L'affaire s'annonce difficile, mais Kitt tient une piste. Car le tueur d'anges l'a choisie pour informer la police que cette nouvelle série de crimes n'est qu'un plagiat. Et qu'il charge Kitt, et elle seule, d'arrêter son « copieur »…

Best-Sellers n°335 • thriller

Le cercle de sang - Michelle Gagnon

Kelly Jones, agent du FBI, est envoyée sur le campus de l'université de Nouvelle-Angleterre où elle-même a fait ses études, pour enquêter sur le meurtre de deux étudiantes. Leurs corps sauvagement mutilés ont été retrouvés dans un réseau de tunnels abandonnés. Dans les deux cas, le tueur a laissé un indice : un visage monstrueux dessiné au sang sur le mur. Les soupçons de Kelly, mais aussi de ses deux partenaires Roger Morrow et Jake Riley, s'orientent vers Josh, le colocataire d'une victime, aux tendances schizophrènes. Quant aux mutilations, elles semblent inspirées de rituels barbares dont les origines remontent aux anciens cultes nordiques…

Best-Sellers n°336 • suspense

Secrets - Suzanne Forster

Marnie n'a pas toujours été Alison Villard, la riche et belle héritière de l'une des familles les plus puissantes de Mirage Bay, en Californie. Orpheline au visage difforme, et recueillie par une vieille dame, Marnie rêvait de devenir un jour aussi belle, aussi riche, aussi désirable qu'Alison. Jusqu'au jour où, en se réveillant à l'hôpital, amnésique, après un tragique et terrible accident, Marnie découvre qu'une opération de chirurgie lui a donné les traits d'Alison. A son chevet, Andrew Vilard, son mari, semble la prendre pour la vraie Mme Villard…

Best-Sellers n°337 • thriller

Et tu périras par le feu - Karen Rose

De retour dans la police après une erreur qui a manqué lui coûter la vie, l'inspecteur Mia Mitchell fait équipe avec Reed Solliday, capitaine des pompiers de Chicago, pour arrêter un dangereux psychopathe qui a violé une jeune fille et l'a tuée en mettant le feu à la maison où elle se trouvait. Très marquée par un passé personnel douloureux, Mia, malgré sa méfiance à l'égard des hommes, est contrainte de faire confiance à son coéquipier – un homme meurtri par la mort de sa femme, et père d'une adolescente. Pour l'un comme pour l'autre, cette enquête va marquer un tournant décisif, dans leur vie comme dans leur carrière…

Best-Sellers n°338 • roman

La vallée des secrets - Emilie Richards

Blessée par les absences et la froideur de son mari Isaac, la journaliste Kendra Taylor s'installe dans un chalet isolé au cœur de la Shenandoah Valley, en Virginie. Une demeure héritée par Isaac d'une grand-mère qu'il n'a jamais connue. Dans ce lieu enchanteur et sauvage, elle espère se ressourcer et faire le point sur son mariage. Mais c'est une autre quête qui la passionne bientôt : celle du passé enfoui et mystérieux des ancêtres d'Isaac. Car, elle en est persuadée, ce n'est qu'en sachant enfin d'où il vient qu'il pourra construire avec elle un avenir serein…

Best-Sellers n°339 • historique

L'épée et le lys - Margaret Moore

Angleterre, 1243

Quand, au décès de son père, lady Mathilde hérite du château d'Ecclesford, elle sait qu'elle vient de se faire un ennemi mortel. En effet, son cousin Roald de Sayres, auquel la lie un inavouable secret de famille, lui conteste la légitimité de cet héritage et menace d'assiéger la citadelle. Une fois maître en la place, il forcera les villageois à lui prêter allégeance, puis fera enfermer Mathilde au couvent et déshonorera sa soeur, la fragile Giselle. Pour éviter ce sort funeste, Mathilde sait qu'elle n'a pas le choix. Vite, très vite, il lui faut trouver un homme capable de défendre Ecclesford. Et, dans toute la région, il n'existe qu'un guerrier assez redoutable pour relever pareil défi : sir Henry d'Alton, un chevalier normand sans terre que l'on dit aussi conquérant sur le champ de bataille que dans le lit des dames…

Best-Sellers n°340 • suspense

Crimes masqués - Tess Gerritsen

Dans ce livre, Tess Gerritsen explore le genre qui a fait son succès – le suspense – à travers l'histoire de deux femmes victimes chacune d'une manipulation criminelle. Ainsi le Dr Kate Chesney se retrouve-t-elle accusée d'une grave erreur médicale derrière laquelle se cache un meurtre prémédité, tandis que Léa Fontaine, une brillante scientifique, se voit prise au piège de la double vie menée par son mari…

Composé et édité par les
éditions Harlequin
Achevé d'imprimer en avril 2008

BUSSIÈRE
GROUPE CPI

à Saint-Amand-Montrond (Cher)
Dépôt légal : mai 2008
N° d'imprimeur : 80441 — N° d'éditeur : 13497

Imprimé en France